Ney Sceatcher

Der Dieb ohne Herz

DRACHENMOND VERLAG

Lektorat: Stephan R. Bellem
Korrektorat: Michaela Retetzki
Satz & Layout: Astrid Behrendt
Dekorelemente: Shutterstock
Illustrationen: Ana Neves

Umschlagdesign: Alexander Kopainski
Bildmaterial: Shutterstock

Druck: Booksfactory

ISBN 978-3-95991-418-5

Für den Jungen ohne Herz,
der mir den Anfang meiner Geschichte gab.

Für meine Eltern,
die mich in allem unterstützen.

Für meine Freunde,
die mich auffangen, wenn ich falle.

Für meine Leser,
die mich zum Lächeln bringen.

Und für dich,
ich hoffe, du findest deine Geschichte und lebst deine Träume.

Prolog

*E*s war einmal vor langer Zeit, so erzählte man sich, da existierte eine Stadt, in der die Menschen Masken trugen, um ihr wahres Gesicht zu verbergen. Masken aus Glas, aus Papier, aus Holz oder aus Metall. Es gab sie in allen Variationen. Niemand wusste, wie die Menschen dahinter aussahen, und niemand fragte. An jenem Ort, der auch Malufra genannt wurde, regierte eine Königin mit langem blondem Haar. Ihr Haar war so lang, dass die Diener morgens eine Stunde damit verbrachten, die dichte Mähne zu bändigen und hochzustecken. Auch die Königin trug Masken, nur waren ihre schöner und prunkvoller als die der anderen. Sie sei verrückt, so tuschelte man hinter vorgehaltener Hand, würde mit ihrem Spiegelbild sprechen, würde sich selbst Lieder vorsummen und Gestalten sehen, die gar nicht existierten. Ja, um die Königin von Malufra rankten sich viele Geschichten. Nur was der Wahrheit entsprach und was nicht, das wusste keiner. Die Stadt lag schon seit Jahrzehnten abgeschieden, und um sie zu betreten, musste man durch den dunklen Wald, vorbei an dem Dieb ohne Herz.

Ein Dieb ohne Herz? Auch das ist eine andere Geschichte.

Vor Malufra und dem dunklen Wald, da lag ein kleines Fischerdorf. In dem man im Gegensatz zu Malufra keine Masken trug. In diesem Dorf lebte ein Mädchen, sein Haar war so weiß wie Schnee und seine Augen so blau wie das Meer, das es tagein, tagaus zu Gesicht bekam. Seit sie klein war, sammelte sie Geschichten. Das Mädchen lauschte gespannt all den Erzählungen. Egal ob wahr oder nicht, verwahrte alles in seinem kleinen Köpfchen und trug sie seitdem wie ein Gepäckstück mit sich herum.

Manchmal, wenn niemand sprach, dann blickte sie in die Gesichter der Menschen und versuchte sich ihre Geschichte vorzustellen. Ver-

suchte zu erahnen, was für Geheimnisse sie versteckten, was für Lieder sie hinter verschlossenen Türen sangen und was ihnen durch den Kopf ging, während sie gedankenversunken in den Himmel starrten.

Das Mädchen liebte Geschichten und Märchen und ganz tief in ihrem Herz, da hatte sie ihre liebsten Erzählungen versteckt. Die Geschichte über die verbotenen Wünsche oder die der gläsernen Prinzessin, die Erzählung von dem Mädchen ohne Kopf oder eben die Geschichte vom Dieb ohne Herz.

Doch das Mädchen lebte nicht von klein auf in diesem Dorf. An einem stürmischen Wintertag tauchte es auf und niemand wusste, wer es war oder woher es kam. Seitdem arbeitete sie in der Werkstatt einer herzensguten Frau und half ihr dabei, Masken herzustellen. Masken für die reichen Leute in dem Fischerdorf, die auch so etwas Einzigartiges besitzen wollten wie die Menschen in Malufra. Die Masken stellten sie bei sich zu Hause auf oder hängten sie an die Wand, um zu zeigen, dass sie das Geld dafür besaßen.

Inzwischen war das Mädchen älter geworden und sein Herz verlangte nach mehr Geschichten. Sie wollte hinaus in die Welt, wollte alles erkunden, verspürte den Drang, endlich ihre eigene Geschichte zu entdecken.

Da stand sie also, blickte hinaus auf das Meer, in ihrer Hand eine schwarze Maske, auf der leuchtende Sterne abgebildet waren.

Lasst es mich so sagen, in dieser Geschichte wird es ein Happy End geben, nur nicht so, wie wir alle es erwarten.

Es war einmal

eine Geschichte ...

Wo Sterne funkelten

vor einigen Jahren

Es war bereits dunkel auf den Straßen, keine Menschenseele war mehr zu sehen. Der Mond beleuchtete schwach die kleinen gepflasterten Wege, die durch das Dorf führten, während vereinzelte Schneeflocken sich einen Weg hinunter auf die Erde bahnten. Kalt war es und dunkel, nur das leise Flüstern des Windes drang durch die Ritzen hinein in die Häuser. Die meisten Menschen lagen in ihren Betten, verkrochen sich unter dicken Wolldecken und träumten bereits von morgen.

In einem Haus, das etwas weiter abgelegen stand, da brannte noch Licht. Eine Frau mit dichtem schwarzem Haar saß an ihrem Arbeitstisch und hatte sich über einen Gegenstand gebeugt. Diese Frau liebte die Nacht, da war es ruhig und man konnte ungestört arbeiten. Während die anderen schliefen, da stellte sie Masken her.

In ihrer Hand lag das neueste Werk, die Bestellung einer reichen Adelsdame. Die Maske war aus Glas, ganz bunt und farbenprächtig, die Seiten zierten Federn von Vögeln. Vögel, die man seit Jahren nicht mehr zu Gesicht bekommen hatte. Die Frau fuhr sich seufzend durch das Haar. Bis morgen früh musste sie fertig sein, nur fehlte noch das gewisse Etwas. Nur was?

Sie wollte erneut aufseufzen, als ein schwaches Klopfen an der Tür sie zusammenzucken ließ.

»Herein!«, rief die Frau, die sich selten fürchtete. Sie glaubte an die Gerechtigkeit und auch an das Gute in den Menschen. Wenn jemand sie bestehlen wollte, dann könnte sie es ohnehin nicht verhindern. Mehr als Masken und bunte Federn konnte sie nicht bieten, denn das Geld, das sie nicht brauchte, das schenkte sie den Armen und Bedürftigen.

Die Holztür schwang auf und ein Mädchen erschien in ihrem Sichtfeld. Zitternd blickte es zu der Frau, eine Hand noch immer auf der Klinke. Der Wind blies ihr durch das Haar, verlieh ihr etwas Gespenstisches. Vielleicht lag es auch einfach an ihrer Haarfarbe. So hell wie das milchige Gesicht des Mondes.

»Verzeihung«, stammelte das Mädchen und umklammerte den Griff der Tür etwas fester.

Die Frau mit dem schwarzen Haar legte die Maske auf die Seite und blickte dann wieder zu ihr auf.

»Wie kann ich dir helfen?«, fragte sie zögerlich.

»Ich brauche eine Maske.« Noch immer zitterte es und erst jetzt fiel der Frau auf, dass diese dürre Gestalt mit dem hellen Haar nur ein einfaches Kleid trug. Der Stoff wehte um ihre Beine und bedeckte kaum ihre Knie. Immer wieder versuchte das Mädchen, das Kleid herunterzuziehen, der Wind war jedoch kräftiger. Die Haut des Mädchens war voller Dreck, kaum eine saubere Stelle war in seinem Gesicht zu finden.

Besorgt stand die Frau auf. »Masken sind hier kostbar, beinahe unbezahlbar.« Sie schüttelte den Kopf. »Komm erst einmal herein.« Auffordernd winkte sie das Mädchen in die warme Stube.

Das Kind nickte erleichtert, trat ein und schloss die Tür hinter sich. Das Rauschen des Windes verwandelte sich augenblicklich wieder in ein sanftes Flüstern.

»Wo sind deine Eltern?«, fragte die Frau und drehte sich kurz um, um nach einer dicken Decke zu greifen, die über einem der Stühle lag. Eilig reichte sie dem Kind das Stück Stoff.

Das Mädchen schwieg, starte einfach geradeaus zu der flackernden Kerze, die auf dem Holztisch stand und den Raum spärlich beleuchtete.

»Bist du auf der Flucht?«, versuchte es die Frau weiter.

Noch immer schwieg das Mädchen.

»Du brauchst nicht zu antworten, wir sind alle auf der Flucht vor irgendetwas.«

Das Mädchen lächelte und nickte. Die Frau wusste nicht warum, doch dieses Lächeln erweichte ihr Herz. Sie durfte dieses Kind nicht einfach wieder hinaus in die Kälte schicken. Bestimmt hatte es seine Eltern bei dem Sturm verloren und morgen, sobald der Himmel wieder klar war, würde sie dem Mädchen helfen, seine Familie zu finden.

»Was für eine Maske möchtest du denn?«

*»Eine dunkle, mit Sternen«, sprach das Mädchen ganz überzeugt.
Ihre anfängliche Unsicherheit schien wie verflogen.*

*»Ich muss dich leider enttäuschen, ich werde dir keine Maske machen.«
Die Mundwinkel des Kindes wanderten wieder nach unten.*

»Ich werde dir zeigen, wie es geht, und dann machst du deine eigene.«

»Malina!«

»Malina!«

»Himmel noch mal, Malina, das Wasser!«

Erschrocken zuckte ich zusammen. Meine Gedanken waren gerade
bei meiner ersten Begegnung mit Irena gewesen. An diesen Tag aus
meiner Kindheit konnte ich mich noch gut erinnern. Er war einer der
wenigen, die mir im Gedächtnis geblieben waren.

»Malina!«

»Ja!« Ich rollte mit den Augen und nahm den Topf mit dem
kochenden Wasser von der Feuerstelle.

»Ich wundere mich bei dir manchmal, dass die komplette Hütte
noch nicht in Brand steht.« Irena seufzte und fuhr sich energisch
durch ihr dichtes, dunkles Haar.

Ich schwieg und verdrängte den Gedanken, dass mir genau das
beinahe vor einer Woche passiert wäre. Ich hatte das Feuer vergessen
und war eingeschlafen. Zum Glück befand Irena sich zu dieser Zeit
auf dem Marktplatz.

»Irgendwelche interessanten Bestellungen?«, fragte ich, um sie von
dem Thema abzulenken. Es war warm und die Sonne schien erbar-
mungslos vom Himmel. Manchmal bedauerte ich es, dass wir nicht
unten am Meer wohnten. Dort wehte wenigstens ein kräftiger Wind.
Den brauchten die Fischer auch. Sie verbrachten den ganzen Tag auf
ihren Segelbooten und waren der Sonne ausgeliefert.

»Eine Maske für die Zofe eines adligen Herrn, eine Maske für
den Stadtältesten für ein Fest, eine Maske für eine reiche Dame aus
Bolinski und eine Maske für einen Handelsmann.« Irena setzte sich
auf ein beiges Holzscheit neben dem Feuer und betrachtete die Flam-

men. Hinter ihr befand sich unser Heim, in dem wir beide lebten. Das Haus war wie alle Behausungen des kleinen Fischerdorfes Rondama klein, alt und trotzdem robust. Der einzige Unterschied waren die vielen kleinen Verzierungen an den Wänden. Es waren vergilbte Zeichnungen aus einer früheren Zeit und trotzdem erkannte man anhand der Umrisse, was sie darstellen sollten. Es waren Bilder von Geschichten, von Märchen, die man sich erzählte. Irenas Zuhause befand sich in der Nähe des Waldes, den keine Menschenseele betrat. Unheimliche Erzählungen rankten sich darum. Dort lebte nämlich der Dieb ohne Herz mit seinen Kameraden. Der Wald war ihr Zuhause, und wer dort vorbeiwollte, der musste einen hohen Preis zahlen. Der Dieb konnte mit den Bäumen und dem Wind sprechen, auch die Dunkelheit war ein Teil von ihm, und wer es wagte, ihn zornig zu machen, der würde sich in den Tiefen des Waldes verirren und nie mehr zurückkehren. Gleich dahinter lag Malufra, die Stadt der Masken.

»Das klingt nach viel Arbeit«, sprach ich und stellte den Topf mit dem Wasser neben mir ab.

»Viel Arbeit für nichts.« Sie seufzte und erst jetzt fielen mir die dunklen Schatten unter ihren Augen auf. Ich wusste nicht, wie alt sie war. Irena wirkte immer noch jung, und wenn ich sie ansah, dann vergaß ich irgendwie immer, dass sie diejenige war, die mich aufgezogen hatte. Sie war mehr Freundin als Ersatzmutter für mich. Sie besaß keine Familie, ihre Eltern starben schon früh an einer Krankheit und ihr Bruder verließ nach seiner Verlobung mit einer angesehenen Frau das kleine Fischerdorf.

»Mein Einkommen reicht kaum für uns beide, wie will ich weiterhin die Armen unterstützen? Viele Menschen stellen Masken her und jeder bietet sie günstiger an. Die Preise gehen immer mehr zurück und irgendwann können wir diese Dinger verschenken.«

Ich schwieg, wusste nicht so recht, was ich darauf antworten sollte. Etwas nachdenklich betrachtete ich meine Hände. An der linken Hand zog sich ein tiefer Schnitt quer über die Handfläche. Er war noch frisch. Masken aus Glas herzustellen war aufwendig und schwer. Die Glasstücke hatte Irena von einem bekannten Händler aus dem Dorf. Mithilfe eines speziellen Schneidwerkzeuges konnte man die

Stücke kleiner schneiden. Dabei musste man äußerst vorsichtig sein; wenn man zu kräftig drückte, dann zersprang das Glas in Tausende Teile und bohrte sich in die Handflächen. Trotz des Aufwandes liebte ich diesen einen Moment, wenn man die bunten Stücke vereinte, die fertige Maske abschliff und gegen das Licht hielt. Erst im Licht bekamen die Farben Leben und funkelten im Schein der Sonne. *Magie,* hatte Irena diesen Vorgang genannt. Magie war der Teil des Lebens, der einen zum Staunen brachte.

»Wo hast du schon wieder deine Gedanken?« Erneut weckte die Stimme von Irena mich. Sie ließ mich auftauchen aus meiner tiefen Gedankenwelt, in der ich mich manchmal verlor.

Lächelnd sah ich in ihre grünen Augen. »Die Idee mit den Masken, die Idee …« Ich wollte gerade weitersprechen, als Irena die Augen schloss und die linke Hand hob, um mich zum Schweigen zu bringen.

»Ich weiß, was du sagen möchtest. Fang bitte nicht wieder damit an.«

»Irena, hör mir doch zu. In Malufra ist der Bedarf nach Masken viel größer als hier, und wenn wir erst einmal Masken in Malufra selbst verkaufen würden, dann würden wir …« Abermals hob sie die Hand, um mich zu unterbrechen. Ich schwieg und blickte zu Boden. Die hellen Haarsträhnen schoben sich vor mein Blickfeld.

»*Wenn* ist ein Wort mit vielen Bedeutungen. Erinnerst du dich an die Geschichte des Fischerjungen, der den Mond besitzen wollte?« Irena war inzwischen aufgestanden und hatte sich das schwarze Haar mit einem Tuch zurückgebunden. Ihre Hände waren makellos. Kein Kratzer, keine Schwielen, keine Verletzungen. Nur ab und an entdeckte man bei starkem Licht kleine Narben. Narben von früher, aus einer Zeit, in der Irena noch lernen musste, dass auch Masken ihren eigenen Willen hatten.

»Die Geschichte vom jungen Fischer, der alles besaß und alles hatte?«

»Genau diese Geschichte.« Irena nickte zufrieden und klopfte sich die Hände an dem schwarzen, langen Kleid ab, das sie trug. »Holst du die bestellte Ware ab? Ich fange derweil schon mal an.« Sie wartete erst gar nicht meine Antwort ab, sondern verschwand im Inneren des Hauses.

Ich dachte noch einmal über ihre Worte und die Geschichte vom Fischer nach.

Er hatte viele Freunde, eine Familie und ein wunderschönes Mädchen an seiner Seite. Seine Taschen waren gefüllt mit Geld und dennoch wollte er immer mehr. Er wollte ein Schloss wie das des Königs, er wollte ein Pferd so schnell wie der Wind, ein Huhn, das goldene Eier legte, und eine Schar an Dienern. Irgendwann, nach unzähligen Jahren, waren all diese Dinge in seinem Besitz. Er hatte wirklich alles und doch war es noch nicht genug. Er blickte hoch in den Himmel und sah den runden Mond dort hängen. Den Mond dort oben, den wollte er auch besitzen. Die Gier spiegelte sich in seinen Augen, und seine Freunde und seine Familie hatten bald Angst um den Fischer. Doch dieser ließ sich nicht beirren und jagte fortan den Mond. Er lief dem Mond entgegen, achtete nicht auf seine Schritte und den Weg zu seinen Füßen. Er war so versunken in seinen Gedanken, so voller Gier, dass der Fischer nicht bemerkte, dass er gerade einen Fluss durchquerte. Ehe er sich's versah, da riss die reißende Strömung an seinen Kleidern und zog ihn hinab in die Tiefe des Wassers. Ja, dort lag er nun und starb eines einsamen Todes. Manchmal war alles einfach nicht genug.

Seufzend warf ich einen Blick hinüber zu dem Wald, der nicht weit von uns entfernt lag. Dichte Bäume versperrten mir die Sicht. Die Blätter raschelten im Wind. Irgendetwas Unheimliches ging von diesem Wald aus. Schnell schüttelte ich den Kopf, um meine Gedanken zu vertreiben, und machte mich auf den Weg hinab zu dem Dorf. Ja, manchmal war alles einfach nicht genug.

Wo Wünsche wahr wurden

Geschichten waren es, die uns zum Leben erweckten, dank ihnen gerieten wir niemals in Vergessenheit. Sie belebten uns, ließen uns fühlen und träumen, verliehen uns unsichtbare Flügel, die uns hoch hinauf Richtung Himmel trugen.

Es war bereits später Abend, als ich mit der bestellten Ware vor dem Eingang des Hauses stand. Seufzend ließ ich den schweren Sack auf den mit Gras überwucherten Boden gleiten. Unsere Aufträge wurden immer weniger und trotzdem bestellte Irena dieselbe Menge bei den Händlern. Ihr Herz ließ es nicht zu, dass andere unter unseren schweren Zeiten litten. Innerlich hoffte ich, dass es wirklich nur schwere Zeiten waren, obwohl ich die Wahrheit eigentlich kannte.

Mein Blick glitt hoch zu den Sternen über uns. Schon als junges Mädchen hatten mich diese hellen Punkte auf der schwarzen Tapete fasziniert. Wie sie einfach da waren, so winzig und doch so wunderschön. Gern erinnerte ich mich an eines der ersten Märchen, das ich in meinem Leben gehört hatte, das Märchen über die Wünsche. In der Geschichte hieß es, dass man sich alles wünschen konnte, was man wollte. Jeder noch so kleine Wunsch würde in Erfüllung gehen, wenn man als Gegenleistung dafür etwas bot. Als eine Art Vertrag wurde für jeden ausgesprochenen Wunsch ein Stern am Himmelszelt erleuchtet, der erst wieder verschwand, wenn man seine Schuld beglichen hatte, damit der Traum in Erfüllung gehen konnte. Sternschnuppen trugen ihn dann hinab auf die Erde.

Mein Blick verweilte noch etwas länger bei dem Lichtermeer dort oben, ehe ich den vollen Sack wieder hochhob und in das Innere des Hauses trat. Auf dem kleinen Schreibtisch in der Ecke brannte noch eine Kerze. Die Flamme schien im Schein der Dunkelheit zu tanzen.

Ganz langsam bewegte sie sich hin und her. Irena saß am Tisch. In ihrer linken Hand hielt sie eine angefangene Maske und in der rechten Hand eine ziemlich ausgefallene Feder. Ihren Kopf hatte sie auf die Holzfläche gelegt und ein leises Schnarchen war zu hören.

Lächelnd zog ich die Tür hinter mir langsam zu. Morgen würde sie sich wieder ärgern, dass sie eingeschlafen war, aber das war in Ordnung. Irena brauchte ihren Schlaf.

Ich schnappte mir die Kerze und lief durch das Vorzimmer, hinein in die kleine Küche mit dem runden Holztisch in der Mitte des Raumes. Ein Topf mit Suppe stand dort. Doch diesen beachtete ich kaum. Essen konnte ich noch später. Ich schritt die Holzstufen hinauf, die gleich nach der Küche anfingen. Die Decke war etwas niedrig und mit jedem Schritt musste ich meinen Kopf etwas mehr einziehen, bis ich endlich wieder aufrecht gehen konnte. Oben im Dach befand sich mein Zimmer. Es war groß, wenn auch etwas spärlich eingerichtet. Der komplette Dachstock gehörte mir, na ja, fast mir. Außer meinem Zimmer befanden sich noch zwei weitere Räume dort oben. Zum einen eine Abstellkammer und zum anderen Irenas Zimmer, das sie seit Jahren nicht mehr betreten hatte. Oft schlief sie unten bei ihrem Arbeitsplatz, weswegen sie starke Rückenschmerzen plagten.

In meinem Zimmer befanden sich ein schmales Bett, ein Tisch mit zwei Stühlen, eine Kommode und ein kleines Regal. Platz für mehr hätte ich gehabt, nur mehr brauchte ich nicht.

Auf meinem Bett lagen einige Kissen und Decken. Einen kleinen Teil nahm ich mit, während ich die Kerze noch in der anderen Hand hielt, und lief wieder hinunter zu Irena. Ihr Schnarchen unterbrach sie kein einziges Mal. Ihr Schlaf war tief und fest und womöglich hätte sie nicht einmal bemerkt, wenn sich eine Horde Ziegen in unserem Haus befunden hätte. Ich deckte sie zu und bettete ihren Kopf auf eines der Kissen. Das dichte Haar fiel ihr dabei vor die Augen. Ich lächelte, flüsterte leise »Gute Nacht« und wagte mich dann noch einmal hinaus in die Dunkelheit. Ich setzte mich direkt vor den Eingang des Hauses, stellte die flackernde Kerze neben mich und zog die Knie an meine Brust. Die Stille war wunderbar und manchmal genoss ich es einfach, wenn ich meine Augen schließen konnte und der Wind durch mein Haar fuhr.

15

Nur war heute etwas anders. Ich fühlte mich beobachtet. Fröstelnd rieb ich mir die Arme und starrte dorthin, wo die dichten Bäume sich umarmten. War da ein Schatten, oder spielte mir bloß die Dunkelheit einen Streich? Dieses eigenartige Gefühl verschwand wieder so schnell, wie es aufgetaucht war. Da war nichts, zumindest hoffte ich das.

Ich schüttelte meinen Kopf und stand auf. Erstaunlicherweise war ich immer noch hellwach. Ich ging kurz nach drinnen und vergewisserte mich noch einmal, dass Irena wirklich tief und fest schlief, ehe ich eines der Küchenmesser in meinem Stiefel versteckte, die Kerze ausblies und hinaus in die Nacht schlich. Ich schlenderte einen kleinen Weg entlang, über einen Hügel und vorbei an Sträuchern und Wildblumen. Immer wieder wanderte mein Blick dabei zu den dichten Baumkronen des Waldes, der sich nun immer mehr entfernte, je weiter ich hinab in das Dorf lief.

Über all die Jahre hatte ich mich immer wieder gefragt, woher ich kam. Warum ich in jener Nacht nach einer Maske gefragt hatte, war für mich weiterhin ein Rätsel. Es schien beinahe so, als ob mir all die Erinnerungen vor jenem Abend fehlten. Auch Irena konnte mir nicht wirklich weiterhelfen. Sie hatte sich überall erkundigt, doch niemand kannte mein Gesicht oder meine Geschichte. Alles rund um meine Vergangenheit blieb verborgen hinter dem Schatten der Ungewissheit.

Bald erreichte ich die Mauer des Dorfes. Der einzige Eingang war ein schweres Eisentor, das bewacht wurde. Ein Wachmann stand davor. Sein Haar war dunkel, jedoch entdeckte man selbst im schwachen Licht einige graue Strähnen. Er lächelte, als er mich sah, dabei bildeten sich kleine Fältchen um seine Augen. »Malina, noch wach zu solch später Stunde?«, fragte er, während er die Hand zum Gruß hob. Ich erwiderte den Gruß und nickte leicht.

»Kann nicht schlafen« sprach ich und wartete geduldig, bis er das Tor öffnete. Eilig schlüpfte ich hindurch, ehe ich mich noch einmal umdrehte. »Richte deiner Frau Grüße aus, Edmund.« Er nickte, wie ich es vorhin getan hatte, und schloss dann wieder die Pforte.

Meine Beine trugen mich immer weiter hinab, vorbei an Häusern, in denen noch Licht brannte, vorbei an dem alten Wirtshaus und den betrunkenen Kaufleuten. Erst am Hafen machte ich halt, als das Rauschen des salzigen Wassers an meine Ohren drang. Hier war es kühler und irgendwie bereute ich es, dass ich keine Jacke angezogen hatte. Der Wind blies immer kräftiger, während die Wellen in unregelmäßigen Abständen gegen die Mauern aus Stein schlugen. Es roch nach Salz, nach Fisch, nach Freiheit und nach …

»Seltsamer Abend, nicht wahr?«

Ich drehte mich überrascht um. Es war ein Junge. Ich hatte gar nicht bemerkt, wie er neben mich getreten war. Er hatte blondes, längeres Haar und blickte starr zum Meer. Seine Kleidung war schwarz und er trug ungewöhnlich viele Schichten auf einmal. So was taten meist nur Menschen, die auf der Durchreise waren.

»Ist nicht jeder Abend seltsam?«, fragte ich zurück und blickte immer noch zu dem jungen Mann. Auf seinem Rücken trug er einen Köcher mit Pfeilen und einen Bogen. Unbewusst dachte ich an das Messer in meinem Stiefel. Im Nahkampf würde ihm der Bogen nichts mehr nützen, obwohl, konnte ich überhaupt einen Menschen verletzen?

»Du kommst nicht von hier, oder?«, fragte ich.

»Ich bin auf der Durchreise.«

»Aha!« Triumphierend schnipste ich mit den Fingern.

Er wandte nun seinen Kopf von dem Meer ab und sah mich etwas verwirrt an. Seine Augen waren von einem sanften Braun. Die Gesichtszüge des Jungen waren weich, was zu seinem freundlichen Lächeln passte. Irgendwie war es beinahe unmöglich, sein Alter zu erraten. In seinem Blick lag so viel Tiefe und Wissen, aber trotzdem wirkte er jung, was womöglich an dem fehlenden Bart lag. Hier im Dorf trugen die meisten Männer stolz einen Bart, und wenn es nur ein winziger war.

»Und du?«, fragte er nun. Er wirkte interessiert, richtete seine volle Aufmerksamkeit auf mich.

»Ich wohne hier«, sprach ich.

»Deine Haare sind seltsam.«

»Sie sind nicht …« Ich schüttelte den Kopf, blickte wieder hinauf zu den Sternen. Im Grunde waren sie wirklich nicht so eigenartig, wie manche dachten. Viele Leute trugen andere Haarfarben. Ganz früher existierten nur diese typischen Braun-, Schwarz- und Blondtöne, selbst Rot war sehr selten. Irgendwann im Laufe der Zeit fanden

Kräuterfrauen heraus, wie man die Farbe der Haare auf Dauer ändern konnte, und seitdem gab es die unterschiedlichsten Haarfarben.

»Sie sind nicht seltsam«, vervollständigte er meinen Satz.

»Sie sind nicht seltsam«, wiederholte ich nun und musste ein Lächeln unterdrücken.

Die Sterne über mir funkelten, verzauberten mich mit ihrer kompletten Schönheit und zogen mich in ihren Bann. Immer wieder geisterte mir dabei das Märchen mit den Wünschen durch meinen Kopf. Was, wenn es wirklich wahr wäre? Was würde ich mir wünschen?

»Starrst du andauernd hoch in die Sterne?«

Ich spürte, dass er mich immer noch ansah. Wie das Braun seiner Augen auf mir lag und wie er sich wunderte, was diesem seltsamen Mädchen mit den hellen Haaren wohl durch den Kopf ging.

»Nein, manchmal nehme ich mir auch etwas Zeit und esse, damit ich nicht ganz eingehe«, antwortete ich.

»Es gibt da so ein Märchen, dass man sich wünschen kann, was immer man möchte.« Er fuhr fort, ohne auf meine kreative Antwort einzugehen.

Noch immer blickte ich hoch in den Himmel, beobachtete ihn dabei aus dem Augenwinkel heraus. Jungen Männern sollte man nicht trauen, besonders nicht, wenn sie einen Bogen bei sich trugen und Mädchen nachts auflauerten. »Das Märchen kenne ich.«

»Was würdest du dir wünschen?«, fragte er und machte einen Schritt auf mich zu. Nun senkte ich wieder meinen Blick und ging etwas auf Abstand.

»Ich tue dir nichts, keine Sorge.« Besänftigend hob er beide Hände hoch und schenkte mir dieses nette Lächeln von vorhin.

»Ich würde ganz gern nach Malufra gehen«, beantwortete ich die Frage wahrheitsgemäß.

»Der Stadt der Masken? Dafür müsstest du durch den Wald.« Er schüttelte sich. »Dort lebt ein Ungeheuer.«

»Im Grunde ist es ein Dieb.« Das Märchen vom Dieb ohne Herz war eines meiner liebsten. Es war unheimlich, schauerhaft und trotzdem schön auf seine Art und Weise.

»Ein Dieb ohne Herz.« Erneut schüttelte sich der Junge und spuckte dann drei Mal auf den Boden.

»Vertreibt Unglück«, beantwortete er meine fragenden Blicke.

Wieder etwas, woran man merkte, dass er nicht von hier kam. Hier spuckte niemand auf den Boden, nicht einmal, wenn eine schwarze Katze einem den Weg kreuzte.

»Trotzdem würde ich gern nach Malufra, ich würde gern zur Königin gehen.«

»Die ist verrückt.« Schon wieder hatte er etwas einzuwenden.

»Was auch nur ein Märchen ist«, sagte ich und kickte einen Stein zu meinen Füßen in hohem Bogen in das Meer.

»Und was würdest du dafür als Preis zahlen, um mit der verrückten Königin zu sprechen?«

Langsam ging mir das Gespräch zu nahe.

»Ich sollte jetzt wirklich wieder zurück, hat mich gefreut.« Eilig hob ich die Hand und lief wieder Richtung Tor.

»Und deine Geschichte, wie geht deine Geschichte?«, rief mir der Fremde noch nach, doch ich drehte mich kein einziges Mal mehr um. Im schlimmsten Fall würde er mir einen Pfeil in den Rücken schießen, was, um ehrlich zu sein, wirklich ein schlimmer Fall wäre.

Ich huschte durch die Nacht, begegnete wieder den Betrunkenen, schlich um die Häuser herum, nur brannte diesmal kein Licht im Inneren. Beim Tor verabschiedete ich mich von Edmund und ließ das Dorf und den Jungen hinter mir.

Erst kurz vor unserem Haus hielt ich an. Keuchend schnappte ich nach Luft. Den Hügel war ich beinahe hinaufgerannt. Nun zerrte die Müdigkeit an mir. Während des gesamten Weges war mir dieses Ding mit den Wünschen nicht aus den Gedanken gewichen. Ich hatte einen Plan gefasst. Ich würde der Königin einen Brief zukommen lassen und sie bitten, dass wir sie besuchen dürften. Ein ziemlich unkluger Vorschlag, den ich auf meine Müdigkeit schob, genau wie das, was ich nun machte.

»Ich wünsche mir«, begann ich, »dass wir eine Einladung von der Königin von Malufra bekommen würden.«

Ich wartete einen Moment. Irgendwie fühlte sich das Ganze noch nicht richtig an. Da fehlte noch etwas.

»Dafür biete ich, was immer ihr wollt.«

Noch immer war es still. Was hatte ich auch erwartet? Dass dieses Märchen wahr war und in den nächsten Sekunden der königliche Bote auftauchte, um mich und Irena mit auf das Schloss zu nehmen?

Ich schnappte mir die Kerze vom Boden und öffnete die Tür. Einen kurzen Moment blickte ich noch einmal hoch zu den Sternen. Täuschte ich mich, oder war da ein neuer Leuchtpunkt am Himmelszelt aufgetaucht?

Einer, der heller strahlte als alle anderen?

Wo Mädchen verschwanden

»Malina!«

»Malina!«

»Himmel noch mal, Malina!«

Es fühlte sich an, als ob ich gerade erst meine Augen geschlossen hätte, als mich die Stimme von Irena weckte. Ich blinzelte, rieb mir zaghaft über die Augen und wagte einen Blick unter der Decke hervor. Hatte ich verschlafen?

»Malina!« Völlig außer Atem kam Irena die breiten Stufen hoch. Ihr Haar war zerzaust und es wirkte beinahe, als sei sie gerade erst aus dem Bett beziehungsweise aus dem Stuhl hochgeschreckt.

»Was ist los?«, fragte ich und rieb mir erneut über die Augen.

»Sie haben wieder einen gefunden.« Irena schüttelte den Kopf.

Nun war ich endgültig wach. Ohne ein weiteres Wort von Irena erhob ich mich, zog meine einfache graue Jacke über das Schlafgewand und rannte die Stufen hinunter. Meine nackten Füße huschten über die hölzernen Treppenabsätze und beinahe wäre ich in Edmund gerannt. Er stand im Eingang unseres Hauses. Noch immer trug er seine Wachmannsuniform und das dunkle Haar war perfekt frisiert. Auch seine Stiefel glänzten und seine Uniform war sauber zugeknöpft. Doch selbst diese Perfektion und dieser Schein konnten die Wahrheit nicht verbergen. Edmund hatte denselben nachdenklichen Blick aufgesetzt wie Irena vor wenigen Sekunden.

»Wo?«, fragte ich einfach und drängte mich an ihm vorbei.

»Unten am Meer. Sie haben ihn bereits weggeschafft«, beantwortete er meine Frage. Ich schloss die Augen und trat nun endgültig hinaus ins Freie. Die Sonne war gerade erst aufgegangen und es roch noch nach Morgentau. Ein kühler Wind blies mir durchs Haar und ließ mich trotz meiner Jacke frösteln.

»Ich denke, wir sollten uns langsam Sorgen machen.« Irena erschien hinter dem Wachmann und verschränkte die Arme vor der Brust.

Ich nickte. Es war bereits der vierte Todesfall in diesem Monat und so langsam musste etwas geschehen. Auf einmal erschien das Bild des blonden Jungen vor meinen Augen. »Wie sah er aus?«, fragte ich zaghaft und hoffte, dass nicht er der Tote war.

»Ein älterer Mann mit gräulichem Haar. Er war auch Fischer. Wie die anderen.«

Wie die anderen … Immer wieder hatte man unten am Meer tote Männer gefunden. Sie alle hatten als Fischer gearbeitet und waren in den hohen Wellen ertrunken, zumindest deutete alles darauf hin.

»Das liegt an der Geldnot. Die Abgaben werden immer höher und irgendwann fahren die Fischer auch nachts hinaus, um irgendwie an ihr Geld zu kommen.« Irena schluckte, als sie die Worte aussprach, und schüttelte dann traurig den Kopf. »Diese ständige Suche nach Geld, sie bringt uns alle noch ins Grab.«

Wieder nickte ich. Wer der Mann wohl gewesen war? Hatte er Familie und Kinder gehabt? Ich wollte mir seine Geschichte gar nicht erst ausmalen.

»Ich werde wieder hinuntergehen und schauen, ob ich etwas helfen kann«, sprach Edmund und verneigte sich leicht.

»Ich komme mit!«, rief Irena und fuhr sich eilig durch ihre dichte Mähne. »Noch einmal sehe ich nicht tatenlos zu.« Mit energischen Schritten lief sie die Treppe hoch.

»Dann werde ich wohl warten«, seufzte er und kratzte sich verlegen am Kopf. Er wusste nur zu gut, dass es nichts brachte, Irena zu widersprechen. Sie hatte einen sturen Kopf und ließ sich nicht von ihrem Vorhaben abbringen.

Es dauerte nicht lange, da erschien Irena wieder bei der Treppe. »Ich bin gleich wieder zurück, schlaf du ruhig noch etwas.« Sie lächelte, ehe sie zusammen mit Edmund das Haus verließ.

Erst jetzt fiel mir diese Stille auf. Im ganzen Haus war es ruhig, kein einziger Laut drang von draußen herein. Ich seufzte und gähnte noch einmal herzhaft. An Schlaf konnte ich nun nicht mehr denken. Ich war zwar noch müde, aber wenn ich mich jetzt noch einmal hinlegen würde, dann würden meine Gedanken wegen des Toten stän-

dig abschweifen. Also ging ich in die Küche und suchte nach etwas
Essbarem. Viel gab es nicht. Die Suppe von gestern stand noch dort,
aber inzwischen war nicht mehr viel davon übrig. Daneben lag noch
ein Stück Brot, dem ich jetzt meine Aufmerksamkeit schenkte. Ich
brach es in der Mitte auseinander und wollte gerade einen Bissen
nehmen, als mir etwas anderes auffiel. Ein brauner Umschlag lag auf
dem Boden. Womöglich hatte ihn ein Windstoß vom Tisch befördert, immerhin stand das Fenster offen. Neugierig hob ich ihn auf.
Das Papier war ganz rau und vergilbt, als ob der Brief schon eine
Weile dort unten läge. Dort, wo ich den Umschlag berührt hatte,
kribbelten meine Finger ganz leicht. Überrascht ließ ich ihn wieder
fallen. Nun lag er auf der anderen Seite und ich entdeckte auch, an
wen er adressiert war. *Malina*

Ein Brief für mich? Ein ungutes, beinahe schon beängstigendes
Gefühl kroch meinen Rücken hinauf. Ich hatte bisher noch nie einen
Brief bekommen, höchstens von Irena selbst, aber das hier war nicht
ihre Handschrift. Ich legte das Brot beiseite und hob den Brief erneut
auf. Diesmal blieb das Kribbeln aus. Er war verschlossen durch ein
blutrotes Siegel mit dem Buchstaben M. Ganz vorsichtig durchbrach
ich das Siegel und öffnete den Umschlag.

*Eine Einladung in das Reich Malufra. Mit dieser Einla-
dung ist es Euch gestattet, die Königin höchstpersönlich zu
besuchen und auf Kosten des Königreiches einige Tage in
meiner Stadt zu verbringen.*

Die Königin

Ich las den Brief immer und immer wieder, machte mir alle mögli-
chen Gedanken dazu. Warum war diese Nachricht an mich gerichtet?
Warum sollte die Königin mich einladen?

Und während ich dasaß und meinen Gedanken folgte, vergaß ich
komplett die Zeit.

»Was ist das?«

Ich keuchte auf und drehte mich ruckartig um. Irena stand hinter
mir. Sie strich sich eine dunkle Haarsträhne hinter das Ohr und
blickte mich dann auffordernd an.

»Ein Brief mit einer Einladung nach Malufra«, sprach ich leise.

Nun weiteten sich ihre Augen. »Ein Brief mit einer Einladung nach Malufra?«, wiederholte sie ungläubig. Langsam schritt sie näher und nahm mir den Zettel aus der Hand.

So standen wir eine Weile, die mir wie eine Ewigkeit vorkam. Irena musste den Brief inzwischen schon Dutzende Male gelesen haben, schwieg aber weiterhin.

»Bestimmt ein Scherz.« Ich zuckte mit den Schultern und nahm mein Brot wieder in die Hand.

»Leider nicht, das hier ist wirklich eine Einladung zur Königin.« Sie schüttelte den Kopf und setzte sich dann auf einen der Holzstühle rund um den Tisch. Sie deutete auf das Siegel. »Solch ein Siegel besitzen nur adelige Menschen und auch den Initialen nach zu urteilen, hat die Königin von Malufra den Brief unterzeichnet. Nur, warum sollte sie dir so etwas schicken?« In ihrem Blick lag eine Art Vorwurf.

»Ich weiß es ...« Ich wollte gerade meinen Satz mit dem Wort *nicht* beenden, als mir das Märchen mit den Wünschen in den Sinn kam. »Ich habe es mir gewünscht.« Nun setzte auch ich mich auf einen der Stühle. Mein Herz pochte und ein unangenehmes Gefühl breitete sich in meiner Brustgegend aus.

»Malina ...« Irena holte tief Luft und schluckte ihren Ärger hinunter. »Zu welchem Preis?«

Nun sagte ich nichts mehr, da ich wirklich nicht wusste, was ich dazu noch sagen könnte. Ich kannte den Preis nicht und vielleicht war das der Grund für dieses unangenehme Ziehen in der Nähe meines Herzens.

»Ich weiß, es sind nur Märchen, aber in jedem Märchen steckt ein Funke Wahrheit.« Sie schüttelte den Kopf. »Ich möchte nur, dass du mir eines versprichst.«

»Was?«, fragte ich zögerlich.

»Dass du nicht dorthin gehst. Du bleibst hier und folgst der Einladung nicht!« In ihrer Stimme lag ein warnender Unterton. Ich wusste, sie war nicht wütend, sie machte sich bloß Sorgen.

»Und was, wenn das eine perfekte Möglichkeit wäre, um der Königin von unseren Masken zu erzählen? Und vielleicht ...« Ich holte erst tief Luft, bevor ich den Satz zu Ende sprach, denn ich wusste,

Irena würde nicht begeistert darauf reagieren. »Vielleicht würde ich irgendwo dort draußen auch einen Hinweis auf meine Herkunft finden. Ich kenne meine Geschichte immer noch nicht und hier kann mir keiner helfen.«

»Malina«, seufzte sie und starrte aus dem Fenster hinaus. »Die Königin versteckt ihr Gesicht nicht umsonst hinter Masken. Sie ist verrückt und in ihrem Reich gelten ihre Regeln. Man kann dich nicht vor ihr schützen, ich kann dich nicht vor ihr schützen.«

»Und wenn du mitkommst?«, fragte ich, obwohl ich die Antwort bereits kannte.

»Ich betrete den Wald nicht, meine Welt ist hier, und darum möchte ich, dass du mir versprichst, dass du hierbleibst.«

»Es wäre nur für eine kurze Zeit!« Ich spürte, wie dieses Ziehen, dieser Schmerz sich an die Oberfläche kämpfte und in Form von Tränen meine Wange hinunterrann.

»Malina!« Die Stimme von Irena wurde immer lauter. »Ich will nicht, dass du gehst.«

»Und warum?« Meine Stimme bebte. Es war nicht gut von mir, dass ich mich wie ein kleines Kind benahm. Irena war für mich da gewesen, sie hatte sich um mich gekümmert, und sie war es auch, die mir ein Zuhause gegeben hatte. Nur genau darum musste ich nach Malufra. Ich wollte ihr helfen und ich wollte endlich erfahren, wer die Malina von früher war.

»Weil du die Welt dort draußen nicht kennst.« Sie schüttelte traurig den Kopf. »Du verstehst nicht, zu was Menschen fähig sind«, fügte sie hinzu und ihr Blick glitt wieder hinüber zu dem Fenster. »Und genau darum möchte ich jetzt, dass du mir versprichst, dass du hierbleibst.«

Ich schwieg und wischte mir mit dem linken Handrücken die verbliebenen Tränen aus dem Gesicht.

»Malina …«

»Ich verspreche es«, sagte ich enttäuscht. Ich stand wieder auf und ließ den Brotlaib auf dem Küchentisch. Der Appetit war mir vergangen.

»Es ist zu deinem Besten«, fügte Irena besänftigend hinzu, nur war ich bereits aus der Tür hinaus verschwunden. Mir war es egal, dass ich nur eine einfache Jacke trug und darunter noch mein Schlafgewand. Ich brauchte einfach einen Moment für mich. Diese Einladung war höchst sonderbar, und gleichzeitig war sie eine gewaltige Chance. Wenn die Königin erst einmal sehen würde, was für Masken Irena herstellte, dann würde sie mit Sicherheit welche kaufen. Dann hätten wir wieder mehr Geld und womöglich würde dann dieser Ausdruck aus den Augen von Irena verschwinden. Sie brauchte das Geld. Damit könnte sie auch wieder den Armen helfen und so würden solche schrecklichen Dinge wie mit dem Fischer hoffentlich nie mehr passieren.

Als ich spätabends wiederkam, waren alle Lichter gelöscht. Irena war nirgends zu sehen, aber ich brauchte sie nicht zu suchen, ich wusste auch so, dass sie heute wieder einmal nach langer Zeit in ihrem Zimmer schlief. Wenn man Masken herstellte, dann brauchte man einen ruhigen Verstand. Denn Masken formten sich nach den Gedanken derer, die sie herstellten. Dies hatte Irena mir einmal erklärt. Darum stellte sie keine her, wenn sie traurig, wütend oder enttäuscht war.

Der Brief von heute Morgen lag immer noch auf dem Küchentisch. Ich setzte mich nieder und nahm ihn in die Hände. Wenn ich gehen würde, würde ich Irena verletzen. Wenn ich blieb, dann wäre sie glücklich. Aber was wollte ich?

Wo Entscheidungen Herzen brachen

*I*ch blickte noch einmal zurück zu dem Haus, das in all den Jahren mein Zuhause gewesen war. Irena schlief bestimmt noch, und wenn sie aufwachte und bemerkte, dass ich fehlte, dann würde sie zuerst wütend werden. Nach der Wut käme dann schon bald die Enttäuschung. Irgendwann würde sie dann den Zettel auf dem Küchentisch sehen, auf dem stand, dass ich gegangen war. Ich hatte es ihr versprochen und ich hatte mein Versprechen gebrochen.

Ich musste es tun. Ich drehte mich wieder in die Richtung des Waldes und lief los. Ich hatte gestern kein Auge zugetan und hatte stattdessen eine kleine Reisetasche mit den wichtigsten Dingen gepackt. Natürlich hatte ich ein schlechtes Gewissen, aber wenn ich hierbleiben würde, würde ich niemandem helfen.

Je näher ich den dunklen Bäumen kam, umso kräftiger blies der Wind. Er war wie eine Art Warnung.

Ich zog den Umhang enger um meine Schultern und die Kapuze etwas tiefer ins Gesicht. Der Eingang des Waldes wurde von zwei knorrigen Eichen gekennzeichnet. Sie hatten dicke Stämme, und unzählige Äste und Blätter bildeten ihre Baumkronen. Wie zwei Wächter standen sie da und schienen mich zu beobachten. Trotzdem lief ich zielstrebig weiter, immer weiter in die Dunkelheit des Waldes hinein. Es war zwar helllichter Tag und doch schien es, als ob das Licht nicht durch die Blätterdecke hindurchdringen würde.

Es war nicht nur die Beinahedunkelheit, die mir einen eisigen Schauer über den Rücken laufen ließ, es war die Stille, die mir Unbehagen bereitete. Ich hörte nur meine eigenen Schritte auf dem Waldboden. Selbst das Rauschen des Windes war verschwunden. Ich verdrängte die Angst und lief immer weiter geradeaus. Solange ich nirgends abbog oder vom Weg abkam, konnte ich mich auch nicht verirren.

So lief ich, bis meine Beine schmerzten und sich Blasen an meinen Füßen bildeten. Inzwischen konnte ich nicht einmal mehr sagen, wie viel Zeit vergangen war. Meine Augen hatten sich an die schwachen Lichtverhältnisse gewöhnt. Wirklich viel zu sehen gab es nicht. Wald, so weit das Auge reichte. Ich seufzte, lehnte mich an den Stamm eines Baumes. Langsam rutschte ich daran herunter und legte meinen Kopf auf die Knie. Ich war müde vom Laufen und auch hungrig. In meiner Tasche hatte ich zwar eine Notration, aber wer wusste schon, wie lange ich mich hier aufhalten würde. Wenn ich nur …

»Drei Meter groß war er!«

»Deine Nase wird nur noch länger, wenn du weiterhin so einen Unsinn redest.«

Ich erstarrte. Wer war das? Ich dachte, hierher würden sich keine Menschen verirren. Eilig kroch ich hinter den Baum und duckte mich etwas. Die Kapuze rutschte mir dabei wieder nach hinten.

»Wenn ich es dir sage! Du glaubst mir so oder so nichts.« Die Stimme gehörte einem Mann, während die andere unbekannte Person eine Frau sein musste.

»Das tue ich tatsächlich nicht, du erfindest ständig irgendwelche Märchen, um andere zu beeindrucken«, antwortete die Frau. Die beiden kamen immer näher. Sosehr ich mich auch anstrengte, ich erkannte nicht wirklich viel. Was zum einen an den schlechten Lichtverhältnissen und zum anderen an ihrer Kleidung lag. Sie trugen Kapuzen, die sie sich bis ins Gesicht gezogen hatten, und dunklen Stoff. Ihre Bewegungen waren geschmeidig, fast lautlos schlichen sie über den Waldboden, und würden sie sich nicht miteinander unterhalten, so hätte ich sie gar nicht gehört.

Mein Herz schlug mir bis zum Hals. Was, wenn sie mich entdecken würden?

»Und funktioniert es?«, fragte der Mann und lachte. Er war größer als die Frau und hatte breitere Schultern. Außerdem trug er ein Schwert um die Hüften, während es aussah, als ob seine Begleiterin unbewaffnet unterwegs war.

»Was?«, fragte die Frau. Sie wirkte etwas genervt. Ich konnte mir nur allzu gut vorstellen, wie sie unter der Kapuze ihre Augen verdrehte.

»Das mit dem Beeindrucken.« Er blieb stehen. Nun standen die beiden im Grunde direkt vor meinem Baum und ich wagte kaum noch zu atmen.

Sie murmelte irgendetwas, was ich nicht wirklich verstand. Ich wandte den Kopf ab und duckte mich noch etwas mehr Richtung Waldboden. Sobald die beiden verschwunden waren, würde ich rennen. Ich würde meine Beine in die Hand nehmen und um mein Leben rennen. Mein einziger Schutz war das stumpfe Küchenmesser in meinem Stiefel. Gegen ein Schwert würde ich damit wohl nicht ankommen, zumindest nicht in diesem Leben.

»Irgendetwas ist eigenartig.« Die Stimme des Mannes ließ mich zusammenzucken.

»Es ist nichts eigenartig«, seufzte die Frau und lehnte sich nun direkt an den Baum, hinter dem ich kauerte.

»Hörst du mir überhaupt zu?« Jetzt wirkte er genervt.

»Bis auf das Mädchen hinter dem Baum gibt es hier aber nichts Eigenartiges«, schnurrte sie.

Ich schloss die Augen für einen kurzen Moment, holte tief Luft, öffnete sie wieder und stieß mich blitzschnell vom Boden ab. Dann rannte ich los.

»Jetzt hast du sie erschreckt«, hörte ich die Stimme des Mannes aus weiter Ferne. Doch ich kümmerte mich nicht darum und sprintete immer weiter. Der Boden zu meinen Füßen war uneben und ich geriet immer wieder ins Straucheln, fing mich so schnell es ging wieder. Zweige streiften mein Gesicht und verfingen sich in meinen Haaren. Ich keuchte und meine Lunge schien nach Luft zu schreien. Für gewöhnlich rannte ich nicht durch unebene Waldgebiete. Erst als ich mir sicher war, dass die beiden mir nicht folgten, hielt ich an. Ich kauerte auf dem Boden, inmitten von moosbewachsenen Steinen, und holte gierig Luft. Mein Mund fühlte sich staubtrocken an und meine Zunge klebte an meinem Gaumen. Ich schnappte mir meine Tasche und suchte nach dem kleinen Wasserschlauch. Gierig trank ich einige Schlucke, ehe ich wieder lauschte. Nichts war zu hören.

Ich stand wieder auf und setzte meinen Weg fort. Ich konnte nur hoffen, dass die beiden kein Interesse an mir hatten und ihren Weg in die andere Richtung fortsetzten.

Nach einiger Zeit kam der Regen. Die Blätter der Bäume fingen das meiste Wasser auf, aber es reichte nicht für einen vollständigen Schutz. Das wenige Licht wurde immer schwächer, da sich nun auch noch dicke Wolken vor die letzten Sonnenstrahlen geschoben hatten. Wasser durchnässte meinen Umhang und Kälte breitete sich in meinem Körper aus. Ich lief weiter, presste die Tasche an meine Kleidung und strich mir das nasse Haar aus dem Gesicht. Der Brief der Königin lag sicher verwahrt in der Tasche. Ich hatte ihn in ein kleines metallenes Kästchen gepackt und einen alten Schal darum gewickelt. Das Wasser sollte ihn also nicht erreichen.

Der Regen wurde immer kräftiger und nun blies auch noch ein störrischer Wind umher. Dieser zerrte die letzten Kräfte aus meinem Körper. Ich geriet ins Straucheln, stützte mich an einem Baumstamm ab und wollte weitergehen. Auf einmal schlang sich etwas um meinen Knöchel. Erschrocken schrie ich auf. Mein Schrei wurde vom Regen und dem Wind erstickt. Entsetzt blickte ich hinunter an meinem Körper, wo sich dicke Wurzeln um meinen Fuß wanden. Ich warf mir die Tasche über die Schulter und zog mit beiden Händen an der Wurzel. Sie lockerte sich etwas, sodass ich meinen Fuß befreien konnte.

Ehe ich erleichtert einen Schritt zurückmachen konnte, kroch bereits die nächste über meine Beine und wickelte sich darum wie eine Schlange um ihre Beute. Ich zog und zerrte, nun kamen neue Wurzeln und schlangen sich um meine Handgelenke. Keuchend gab mein Körper nach und ich fiel auf den harten Waldboden. Die hartnäckigen Dinger wanden sich um meinen Körper, zogen an mir, während ich kaum noch Luft bekam. Schwarze Punkte tanzten vor meinen Augen und ich war mir nicht sicher, ob dies an der Anstrengung oder an dem prasselnden Regen lag, der mir die Sicht nahm.

In meinen Gedanken tauchten Bilder von Irena auf, wie sie verzweifelt nach mir rief. Ihre Hände umklammerten eine Maske, während sie in meinem leeren Zimmer stand.

Ich schüttelte den Kopf. Wut kochte in mir. Mit letzter Kraft richtete ich mich auf und zerrte die Wurzeln weg von mir. Ich schrie und zog, kämpfte dagegen an. Die engen Fesseln lösten sich. Erleichtert rappelte ich mich auf, strauchelte wieder, aber gab nicht auf. Ich lief wieder zurück zu dem Waldweg und ballte die Fäuste. Dann knickte ich vor Erschöpfung endgültig ein.

Wo Fremde einem halfen

*I*renas kühle Hände strichen über meine Stirn. Ganz behutsam und sanft, als ob sie Angst hätte, ich wäre so zerbrechlich wie ihre Masken aus Glas. Ich wollte etwas sagen, fand aber keine geeigneten Worte. Ich kämpfte gegen das Schwindelgefühl und gegen das Pochen in meinem Schädel an. Langsam öffnete ich die Augen und vertrieb endlich die Dunkelheit, die schon viel zu lange Besitz von mir ergriffen hatte.

»Irena«, krächzte ich und hustete. Nur stand vor mir nicht Irena. Erschrocken wich ich zurück und stieß dabei gegen etwas Hartes.

»Du hast Fieber, du solltest dich noch etwas ausruhen«, sprach die Frau vor mir. Sie war jung, womöglich um die einundzwanzig Jahre, und hatte lange schwarze Haare, die sie zu einem Zopf geflochten hatte. Ihre Augen besaßen die Farbe von hellem Grau und sie trug einen dunkelblauen Umhang. Erst jetzt erkannte ich die Stimme wieder. Sie war die Frau von vorhin aus dem Wald.

»Wer seid Ihr?«, fragte ich und richtete mich etwas auf. Meine Kleidung war inzwischen wieder trocken.

»Rabea, zumindest nennt man mich so, und du bist Malina?«, fragte sie und ließ mich dabei nicht aus den Augen.

»Woher …?«

»… ich deinen Namen kenne? Du sprichst im Schlaf«, beendete sie meinen Satz, zuckte mit den Schultern und gähnte dann herzhaft.

»Wir dachten wirklich, du stirbst uns weg«, fuhr sie fort und gähnte erneut. »Was für eine Nacht.« Lächelnd schüttelte sie den Kopf.

»Wir? Du und der Mann aus dem Wald?« Nun war meine Neugierde stärker als meine Angst.

»Du meinst Lev? Oh nein, dieser Elefant hat so viel Feingefühl wie ein hungriger Raubvogel auf Beutejagd.« Sie lachte.

»Wo bin ich hier überhaupt?« Schmerzverzerrt rieb ich mir über die Stirn. Ich konnte mich nur noch daran erinnern, wie ich mitten im Wald zusammengebrochen war.

»In einem Lager im Wald. Du bist genau in ein Nest von giftigen Kümmerlingen getreten. Kleine Blumen mit Wurzeln, die sich gern selbstständig machen. Die rauben dir deine Kräfte, diese kleinen Mistdinger.« Wieder lächelte sie. Erst jetzt nahm ich die Umgebung wahr. Ich befand mich in einer Art Zelt. Es war groß und diente wohl als Lager. Überall standen Dinge herum. Waffen, Krüge, Säcke, ein alter Stuhl, Decken und sogar eine grün leuchtende Vase in der Ecke. Neben dem schmalen Klappbett, auf dem ich lag, befand sich hier auch noch ein Tisch und eine kleine Kommode, die in Anbetracht dessen, dass wir uns hier im Wald befanden, völlig fehl am Platz wirkte. Ein wenig Licht schien durch die hellbraunen Zeltwände. Inzwischen hatte es wohl auch aufgehört zu regnen.

»Ich bringe dir etwas zu essen, du musst kurz vor dem Hungertod sein.« Rabea verschwand wieder aus dem Zelt und ließ mich ratlos zurück. Sie hatte mich gerettet, aber zu welchem Preis? Wer waren sie und ihr eigenartiger Begleiter?

Ich fühlte eine sonderbare Unruhe, die sich langsam an die Oberfläche kämpfte. Ich ignorierte meine pochende Stirn und stand auf. Sofort erschienen schwarze Punkte vor meinen Augen, die aber bald wieder verblassten. Womöglich brauchte ich einfach etwas zu essen. Ich durchquerte das Zelt und warf einen Blick nach draußen. Es war wirklich hell und wir befanden uns auf einer Lichtung. Ein Lagerfeuer brannte direkt vor mir und darüber hing ein schwarzer Kessel, aus dem schwache Rauchfahnen aufstiegen. Neben diesem Zelt gab es noch sieben weitere. Sonderbar war hier, dass alle eine andere Farbe besaßen. Außerdem gab es an den Ecken eigenartige Muster und Schriftzeichen, die ich so noch nie gesehen hatte. Neben Zelten und einem Lagerfeuer befanden sich dort noch zwei große Holztische.

Die Bäume um den Platz herum bildeten eine Art Kreis. Fasziniert lief ich weiter. Das hier war tatsächlich ein Lager.

»Du scheinst sehr neugierig zu sein.«

Überrascht drehte ich mich um. Rabea stand hinter mir, in ihren Händen hielt sie zwei Tonschüsseln. »Hunger?« Fragend hob sie die Schultern. Ich nickte und nahm ihr eine der Schüsseln ab.

»Setzen wir uns erst einmal und dann erzählst du mir, was du hier im Wald zu suchen hast«, fuhr sie fort und setzte sich an einen der Holztische neben dem Feuer. Ich machte es ihr nach und begutachtete mein Essen. Es war eine köstlich riechende Suppe mit Beeren, Wurzeln und irgendwelchen anderen Zutaten, die ich auf die Schnelle nicht erkannte. Ich hatte bereits den Löffel in der linken Hand, als wieder dieses mulmige Gefühl aufkam. Ich hielt inne und schielte etwas zu Rabea, die bereits die Hälfte ihrer Portion verspeist hatte. »Meinst du nicht, es ist der falsche Zeitpunkt, um mir nicht zu trauen?«, fragte sie und deutete mit ihrem Löffel auf meine Suppe.

»Tut mir leid«, sprach ich und aß nun auch von meiner Schüssel. Sie hatte recht, hätte sie mir etwas antun wollen, dann hätte sie das schon vorher machen können, als ich in Ohnmacht gefallen war.

»Also, erzähl mir etwas über dich, Malina.« Sie stellte ihre Schüssel auf die Seite, während ich nicht genug von dem Essen bekam. Die Beeren waren süßlich, während die Wurzeln einen leicht bitteren Beigeschmack hatten. Eine Wärme kroch meinen Hals hinunter und bereitete sich in meinem Magen zu einem wohligen Gefühl aus.

»Ich lebe in dem Fischerdorf Rondama gleich vor dem Wald. Mein Ziel ist es, nach Malufra zu gelangen. Ich war auf dem Weg durch den Wald, als ich euch begegnet bin und mich hinter dem Baum versteckt habe. Aus Angst bin ich dann geflohen und dann kamen ebendiese Blumen.«

»Malufra.« Rabea kratzte sich gedankenversunken am Kopf. »Das ist ganz schön weit weg von hier«, sprach sie nach einer Weile. »Und was willst du in der Stadt mit der verrückten Königin der Masken?« Nun lag ihr Blick wieder auf mir und ich konnte mir nur allzu gut vorstellen, wie sich dieser neugierige Blick schon bald in Mitgefühl wandeln würde. Ein zartes, blasses Mädchen mit hellem Haar fällt mitten im Wald in Ohnmacht und möchte dann so schnell es geht in eine völlig neue Stadt.

»Ich möchte gern jemanden besuchen, einen Verwandten«, antwortete ich ihr und blickte ihr dabei direkt in die Augen. Sie erwiderte den Blick eine Zeit lang, ehe sie wieder zu dem Feuer sah. Solange ich mir nicht sicher war, wie sehr ich ihr trauen konnte, würde ich nichts über die Einladung sagen. Nicht jeder bekam eine

Einladung von der Königin und manche warteten ihr ganzes Leben auf solch eine Gelegenheit.

»Hast du keine Angst, so ganz allein?« Sie stand auf und lief zu dem Feuer hinüber.

»Darüber habe ich ehrlich gesagt nicht nachgedacht«, sprach ich. Ich hatte noch gar keine Zeit gehabt, mir Gedanken darüber zu machen, wie gefährlich dieses ganze Unterfangen hier war. Ich war allein, wusste nicht einmal, wie man kämpfte, und hatte keine Ahnung, ob Malufra wirklich dort hinter dem Wald lag. Ich hatte mich naiv verhalten wie die meisten Charaktere eines Märchens. Und soweit ich wusste, ging das selten gut für die Beteiligten aus.

Rabea lief um das Feuer herum und hob etwas vom Boden auf. Dieses Etwas stellte sich als kleiner Beutel heraus, dessen Inhalt sie in den schwarzen Kessel kippte. »Spürst du schon was?«, fragte sie nach einer Weile.

»Ich fühle mich etwas müde«, murmelte ich und fasste mir an die Stirn. »Dafür hat das Kopfweh aufgehört«, stellte ich fest.

»Diese Medizin in dem Essen senkt dein Fieber und nimmt die Schmerzen, aber sie raubt dir Energie. Leg dich noch etwas hin.« Mit einem Holzlöffel rührte sie in dem Kessel und betrachtete gespannt, wie noch mehr Rauch hoch in den Himmel stieg.

Auf einmal kam mir etwas anderes in den Sinn. »Meine Tasche!«, rief ich panisch und blickte um mich.

»Sie liegt im Zelt. Ich habe nichts angefasst.« Rabea deutete mit dem Kopf in Richtung des Zelteinganges.

Ich stand also wieder auf und lief zurück.

Die Tasche lag tatsächlich neben dem Bett. Ganz vorsichtig öffnete ich sie und blickte hinein. Alles war noch da. Mit einem leisen Seufzen ließ ich mich wieder auf das Bett fallen und schon bald schlossen sich meine Lider wie von selbst. Ich träumte von bunten Masken aus Glas, von einem Fischer, der verzweifelt nach einem leuchtenden Punkt am Himmel griff, und von einer Frau mit kalten grauen Augen, aber einem freundlichen Lächeln.

Als ich wieder aufwachte, war es Nacht. Ich fühlte mich viel besser als zuvor und meine Kopfschmerzen waren nun endgültig verschwunden. Dafür war mein Hals staubtrocken. Ich stand auf, nahm meine Tasche und lief hinaus aus dem Zelt. Rabea stand wieder bei dem Lagerfeuer vor dem schwarzen Kessel, nur war sie diesmal nicht allein. Neben ihr stand ein Mann, der immer wieder Witze machte, die sie nicht wirklich zu beeindrucken schienen. Von der Größe und der Statur her musste das Lev sein, der Elefant ohne Feingefühl. Weiter hinten bei den Zelten entdeckte ich eine Person, die mir durchaus bekannt vorkam.

»Ein herrlicher Abend, nicht wahr?«, sprach der junge Mann mit den blonden Haaren und Pfeil und Bogen. Er war es, den ich in Rondama unten am Hafen getroffen hatte. Auch heute trug er diese seltsame Kleidung mit den vielen Schichten. Er lehnte an einem der Bäume und blickte genau in meine Richtung.

»Kann es sein, dass wir uns schon einmal begegnet sind?«, fragte ich und lief näher an ihn heran. Mehr als ein Schulterzucken bekam ich nicht von ihm. »Du gehörst also zu dieser bunten Truppe?«, fuhr ich fort.

»Wir sind Jäger, keine bunte Truppe.« Er lachte und deutete mit seinem Bogen auf die anderen Menschen vor dem Lagerfeuer. »Ich bin Tarek und du musst Malina sein.« Er stieß sich ab und streckte mir dann auffordernd seine rechte Hand entgegen. Zögernd nahm ich sie und beobachtete, wie er mir einen Kuss auf den Handrücken hauchte. Seine Hände waren bedeckt von Lederhandschuhen und in seinem Blick lag Schadenfreude.

»Jäger, die hilflose Tiere im Wald erlegen?« Ich schnaubte und entzog ihm meine Hand.

»Wir jagen keine Tiere, wir jagen andere Dinge.«

»Was für Dinge kann man denn noch jagen?«

Er schien meine fragenden Blicke zu genießen. Nachdenklich sah er hoch in den Himmel und tippte dabei immer wieder mit den Fingern an seinen Bogen. »Geheimnisse, Geschichten, alles, was kostbar ist, kann gejagt werden.«

»Jagt ihr auch Menschen, die in Rätseln sprechen? Wenn ja, dann solltest du dir schleunigst ein gutes Versteck suchen.« Ich drehte mich um und lief zu Rabea. An den Schritten hinter mir vernahm ich, dass Tarek mir folgte.

»Du bist wach.« Rabea ließ augenblicklich von dem Kessel ab, als sie mich sah. »Ich hoffe, du fühlst dich inzwischen besser.«

»Viel besser, danke dir.« Ich nickte und wollte ihr gerade eine Frage stellen, als Lev mir zuvorkam.

»Weiß er, dass sie hier ist?«, fragte er und blickte zuerst zu Rabea und dann zu Tarek, der inzwischen neben mir stand.

»Ich denke, er weiß es schon längst, aber danke für deinen Hinweis«, schnauzte sie ihn an.

»Falls es um den Anführer eurer Jägerbande geht, ich will keinen Ärger machen. Ich hatte so oder so vor, so früh wie nur möglich aufzubrechen«, sprach ich und sah zu Lev. Dieser blickte mir erst gar nicht in die Augen. Auch er trug diese seltsamen Kleider und an seinem Gürtel hing noch immer ein Schwert. Seine Haare waren lang und schwarz. Einige Strähnen fielen ihm vor seine Augen, die wie seine Haare völlig dunkel waren.

»Bevor die Sonne nicht aufgeht, gehst du nirgendwohin.« Rabea schüttelte den Kopf und strafte Lev mit einem weiteren warnenden Blick.

»Ich bin mir sicher, er wird ganz entzückt von dir sein«, kam es nun von Tarek. Ich brauchte mich gar nicht in seine Richtung zu drehen, um zu erkennen, dass er wieder dieses Grinsen auf seinen Lippen hatte. Womöglich war er es gewohnt, dass Frauenherzen in seiner Nähe höherschlugen, aber ich war nicht hier, um den Mann fürs Leben zu finden. Bevor noch jemand etwas über mich sagen konnte, wechselte ich eilig das Thema.

»Wie weit ist es von hier bis nach Malufra?«

»Drei Tage«, antwortete Rabea und runzelte die Stirn dabei. »Aber es kommt dabei immer auf das Wetter an. Bei Regen und dichtem Nebel kommt man kaum voran. Auch in der Nacht solltest du besser rasten, anstatt weiter durch die Dunkelheit zu laufen.«

»Ist es so weit durch den Wald?« Ich hätte nicht gedacht, dass ich wirklich noch drei Tage brauchen würde, bis ich bei der Königin war. Drei Tage waren viel Zeit, und wenn Rabea recht behielt, dann würden aus diesen wenigen Tagen wohl noch mehr werden, wenn das Wetter und die Dunkelheit meine Feinde auf dem Weg waren.

Diesmal war es Tarek, der mir antwortete. »Der Wald ist sehr dicht und danach gibt es noch eine Passage, für die du ebenfalls einige Zeit aufwenden musst.«

»Eine Passage? Ich dachte, Malufra liegt gleich hinter dem Wald.«

Lev lachte auf. »Viele Leute reden Unsinn.« Er schüttelte den Kopf und stapfte davon.

»Lass dich nicht entmutigen von ihm. Er hatte bloß einen schlechten Tag.« Rabea sah ihm noch eine Weile nach, bevor sie sich wieder uns zuwandte. »Nun sollte er dich aber wirklich kennenlernen, ansonsten haben wir bald ein Problem.« Sie räusperte sich und deutete hinter mir in den dunklen Wald hinein. *Ein Problem?* Etwas verwirrt folgte ich ihrem Blick, mehr als schattenähnliche Umrisse erkannte ich nicht.

»Sie meint den Anführer unserer bunten Truppe.« Tarek verschränkte die Arme vor der Brust. »Und du wirst dich freuen, du kennst ihn sogar.«

»Ich kenne ihn?« Langsam waren mir das hier zu viele Überraschungen. Wer konnte das sein? Im Wald war ich bloß Lev und Rabea begegnet und einen Tag zuvor Tarek.

»Nun gut, vielleicht nicht kennen, aber du weißt Bescheid über seine Geschichte. Er ist der Dieb ohne Herz.«

Das war der Moment, in dem sich mein Herzschlag beschleunigte. Ich ballte meine Hände zu Fäusten und blickte direkt in die Dunkelheit. Der Dieb ohne Herz war im Grunde nur ein Märchen. Es war das Märchen von einem jungen Mann, der sich sein Herz mit einem Messer herausgeschnitten und es in einem Baum versteckt hatte, um nie wieder Gefühle zu haben. Doch müsste solch ein Mensch nicht tot sein, so ganz ohne Herz?

Wo Diebe ihr Herz
in Bäumen versteckten

*D*u hast auf den Boden gespuckt, als ich das Märchen erwähnt habe!« Ich drehte mich zu Tarek um, doch dieser stand gar nicht mehr hinter mir. Mit schnellen Schritten lief er über den Zeltplatz. Er war also nicht nur ein Lügner, sondern auch ein Feigling.

»Lauf einfach geradeaus, dann findest du ihn. Keine Sorge, er tut dir nichts.« Rabea nickte mir aufmunternd zu und drehte sich dann ebenfalls um. Ich schloss die Augen und ballte erneut wütend die Fäuste. Mein Herz schlug mir bis zum Hals. Die Dunkelheit war zwar nichts, wovor ich mich fürchtete, aber selbst ich wusste, was für ein tolles Versteck sie war.

»Nun gut«, flüsterte ich und lief langsam in den Wald hinein. Es wurde immer dunkler und meine Schritte wurden immer unsicherer. Der Boden zu meinen Füßen bot kaum Halt und immer wieder streiften knorrige Äste meine Wangen. Mit der Dunkelheit kam wieder diese Stille und auf einmal verblasste alles um mich herum. Ich hörte nicht mehr das Knistern des Feuers, die Stimmen der Menschen oder wie der Wind durch die Blätter pfiff. Ich befand mich in einer Art Blase. Erstaunlicherweise gewöhnten sich meine Augen an das Schwarz. Schon bald wurden die Umrisse schärfer und ich sah immer mehr Bäume, so weit das Auge reichte. Dieser Wald schien unendlich zu sein und ebenso viele Wege zu besitzen.

»Und du bist?«

Eine Stimme, ganz sanft an meinem Ohr, jagte mir einen Schauer über den Rücken. Da stand er also. Zumindest fügten sich in meinen Gedanken Bilder zusammen. Ich konnte mir genau vorstellen, wie diese Märchengestalt hinter meinem Rücken aussah. Ein riesiger Mann mit langen Klauen und traurigen, kalten Augen. Völlig in

Schwarz gekleidet, mit ebenso pechschwarzen Haaren wie der gute Lev. Und da, wo sein Herz hätte sein sollen, da klaffte ein großes rundes Loch. Ich drehte mich um, nahm all meinen Mut zusammen und blickte dem Dieb ohne Herz entgegen. Etwas verwirrt machte ich einen Schritt zurück. Ich erkannte zwar nicht viel, aber dieser Mann war weder riesig noch hatte er schrecklich lange Klauen.

»Du wirkst irgendwie enttäuscht?«, meinte er nur und kam etwas näher. »Warte.« Er hob seinen Zeigefinger und suchte nach irgendetwas hinter sich. Es dauerte nicht lange, da wurde es auf einmal hell. Überrascht von der plötzlichen Helligkeit kniff ich die Augen zusammen.

»Besser?«

»Danke«, sagte ich und räusperte mich, da meine Stimme so piepsig wie der Tonfall einer Maus war. Vor mir stand ein junger Mann mit etwas längeren dunkelbraunen Haaren und leuchtend grünen Augen. Er war einen Kopf größer als ich und hatte eine kräftige Statur. Auch er trug die Jägerbekleidung und quer über seinem Hals zeichnete sich eine feine Narbe ab, die beinahe schon silbern im Licht wirkte. Er sah gut aus, wenn auch irgendetwas an ihm unheimlich wirkte. Waren es die ausdrucksstarken Augen oder diese lange Narbe? Ich schüttelte leicht den Kopf. In seiner Hand hielt er eine Laterne, in der nun ein Feuer sich passend zum Wind hin und her bewegte. Ich hatte keine Ahnung, wie er diese angezündet hatte oder wie er es geschafft hatte, sich anzuschleichen.

»Ich habe mir den Dieb ohne Herz irgendwie anders vorgestellt«, brachte ich nach einer Weile die Worte hervor, die schon die ganze Zeit in meinen Gedanken herumschwebten.

»Schon eigenartig, wie sich die Leute immer etwas vorstellen und danach enttäuscht sind, dass nicht ihre Gedanken die sind, die der Welt Farbe schenken.« Er lächelte, aber es erreichte die grünen Augen nicht.

Meine Handflächen kribbelten wieder. Es war dasselbe Kribbeln, als ich den Umschlag der Königin berührt hatte. Von diesem Mann ging irgendetwas aus, was nicht wirklich menschlich war. »Warum versteckst du dich im Dunkeln?« Ich ließ ihn keinen Moment aus den Augen, während meine Hände noch immer nicht aufhörten zu kribbeln. Ich verschränkte sie ineinander und hoffte, dieses unangenehme Gefühl würde bald nachlassen.

»Ich verstecke mich nicht. Mir ist nur die Dunkelheit lieber als dieses grelle Licht.« Er blickte hinab auf die Laterne in seiner Hand. Das Feuer darin wiegte sich immer noch langsam hin und her. »Und du bist?«

»Malina.«

»Und du kommst von?«

»Rondama …«

»Dem Fischerdorf?« Er lachte auf. »Dieses kleine Dörfchen vor dem Wald?« Ihn schienen diese Worte ziemlich zu amüsieren.

»Warum ist das witzig?« Ich machte einen Schritt zurück. Erst jetzt fiel mir auf, dass die Stille von vorhin nicht mehr da war. Es raschelte in den Baumkronen, der Wind blies um unsere Köpfe und die Stimmen der anderen drangen zu uns, wenn auch nur schwach.

»Weil du so gar nicht in diese Fischerwelt passt.« Er schüttelte ganz leicht den Kopf und blickte für einen kurzen Moment hinter sich in die Dunkelheit, als ob er dort alle Antworten finden würde, die er suchte. »Und was willst du hier im Wald?« Er blickte mir wieder in die Augen und hob die Laterne etwas höher an.

»Ich fange auch keine Fische, ich stelle Masken her. Ich will nach Malufra und dafür muss ich wohl oder übel durch diesen Wald«, antwortete ich ihm.

»Auch wenn du Masken herstellst und keine Fische fängst, so passt du noch immer nicht nach Rondama.«

Ein kalter Wind blies mir über den Nacken und fröstelnd rieb ich mir die Arme. »Und wohin passe ich dann?«

Wieder blickte er hinter sich in die Dunkelheit, ehe er seinen Blick erneut nach vorn richtete. »Nicht nach Rondama.«

Ich seufzte. Meine anfängliche Unsicherheit war verschwunden. Der Dieb ohne Herz, wenn er es wirklich war, wollte nur mit mir sprechen. Ich hatte ihn mir ganz anders vorgestellt. Sein Märchen war immer eines meiner liebsten gewesen, nur hätte ich niemals gedacht, dass ich ihm eines Tages begegnen würde.

»Und du besitzt kein Herz?«

»Nein, Maskenmädchen, ich besitze kein Herz.«

»Maskenmädchen?« Etwas irritiert sah ich ihn an.

»Du bist ein Mädchen, das Masken herstellt, darum Maskenmädchen.«

»Und wie soll ich dich nennen, wenn du mich nicht Malina nennst?«, fragte ich zögerlich.

»Nenn mich Dieb ohne Herz.«

»Das ist ein schrecklich langer Name und in einem Notfall ...«

»Ich sehe, wir verstehen uns«, unterbrach er mich und lächelte wieder.

Nun musste ich auch ein kleines bisschen lächeln. Wie es schien, verbarg auch er ein Geheimnis. Zum Glück liebte ich Geschichten und Geheimnisse und irgendwann würde ich bestimmt auch seines herausfinden. »Und du hast dein Herz einfach herausgeschnitten und in einen Baum getan?«, fragte ich ihn. Laut dem Märchen war der Dieb einst ein hübscher Mann gewesen, der es liebte, in der Welt herumzureisen. Sein Herz und seine Gedanken waren voller Liebe, bis sich eines Tages nach einem schrecklichen Vorfall sein Leben grundlegend änderte. Er hatte ein Messer genommen und sich sein eigenes Herz herausgeschnitten. Dieses hatte er sicher in einem hohlen Baum verstaut. Ich verstand bis heute noch nicht, warum man ihn Dieb nannte.

»Es war ein Pakt.«

»Mit wem?«

»Das erzähle ich dir, wenn ich dir irgendwann vertraue, Maskenmädchen. Das heißt, falls ich das jemals würde.« Er drehte sich um und lief wieder Richtung Lagerfeuer.

»Warte!«, rief ich und rannte ihm nach. Ich packte ihn am Ärmel seines Hemdes. Überrascht hielt er inne.

»Wenn du der Dieb ohne Herz bist, dann kennst du sicher den Weg nach Malufra.« Noch immer hielt ich den Stoff in meinen Händen. Das Kribbeln war verschwunden. Auch jetzt, während ich so nahe bei ihm stand, konnte ich keinerlei Gefühlsregungen in seinen Augen entdecken. Fast schon unheimlich.

»Was will ein Maskenmädchen überhaupt in der Stadt der Masken?«

»Einen Verwandten besuchen.« Auch dieses Mal, wo ich die Lüge ein zweites Mal aussprach, wunderte es mich, wie leicht mir diese Worte über die Lippen kamen. Im Grunde war ich kein Mensch, der oft log. Wenn ich es tat, dann nur im Notfall, und das hier war einer.

Der Dieb runzelte die Stirn. »Eine Tante? Oder womöglich eine gute Freundin deiner Mutter?« Er stellte die Laterne auf einen Baumstumpf neben sich und legte seine Hand über meine, mit der ich ihn noch immer an seiner Kleidung festhielt. »Oder einen Bruder?«

Ich entzog mich seiner Hand und trat einen Schritt zurück.

»Womöglich auch eine entfernte Cousine?« Nachdenklich rieb er sich das Kinn. »Wenn du dir eine Geschichte ausdenkst, dann denk sie gefälligst zu Ende. Ich habe den Brief in deiner Tasche gesehen.«

»Wann?«, entfuhr es mir und unbewusst griff ich zu meiner Schulter, wo sich der Riemen meiner Umhängetasche befand.

»Als du geschlafen hast. Ich bin kein Freund der Helligkeit, aber wenn jemand mit solch einem Krach durch den Wald läuft, dann weckt das meine Neugierde.« Er nahm wieder die Laterne, lief weiter. Nun trennten uns nur noch wenige Meter von dem Lagerfeuer und den anderen. Für einen kurzen Moment war ich versucht, ihn erneut an seinem Hemd zu packen, nur mein Mut verließ mich. Ich folgte ihm und ließ die Dunkelheit hinter mir.

»Wie ich sehe, habt ihr euch bereits bekannt gemacht«, sprach Rabea, als sie uns entdeckte. Von Lev war keine Spur zu sehen. Dafür stand Tarek wieder neben dem Feuer und lächelte.

»Und wie lange soll sie hierbleiben?«, fragte der Dieb Rabea. Diese zuckte mit den Schultern.

»Ich werde euch nicht weiter Probleme machen. Ich breche morgen früh auf, sobald die Sonne aufgeht.« Während ich das sagte, versuchte ich meine Haare von Laub zu befreien. Mein kleiner Spaziergang hatte seine Spuren hinterlassen. »Ich muss nur wissen, in welche Richtung ich gehen muss, damit ich nach Malufra gelange.«

»Einfach den kleinen Weg entlang.« Der Dieb deutete zwischen den Baumkronen hindurch wieder mitten in die Dunkelheit hinein. Rabea sah ihn einen Moment lang an und es wirkte beinahe, als wollte sie etwas sagen, sich aber nicht sicher wäre, ob sie dies wirklich sollte.

»In Ordnung.« Ich schluckte und drängte mich an ihnen vorbei. »Danke, dass ich hier sein durfte«, fügte ich hinzu und betrat dann wieder das Zelt. Eine kleine Laterne stand neben dem Bett und tauchte das Innere in ein schwaches Licht. Ich setzte mich aufs Bett und drückte die Tasche eng an meinen Körper. Ich durfte nicht aufgeben, Malufra lag direkt vor meiner Nase.

Ich öffnete die Verschlüsse der Umhängetasche und griff hinein. Als Erstes holte ich den Schal und das Metallkästchen mit dem Brief hervor. Das Kästchen war von Irena und normalerweise hatte sie darin kleine Steine oder Federn für die Masken aufbewahrt. Es war mir wichtig, dass ich irgendetwas von ihr dabeihatte. Inzwischen war ihr mein Fehlen sicher aufgefallen und ich fragte mich, ob sie mich suchte oder ob sie wartete, bis ich zurückkam. Noch einmal fuhr ich behutsam über das Kästchen, ehe ich es neben mich legte. Erneut griff ich in die Tasche und zog das Päcklein mit dem Proviant hervor. Auch das legte ich neben mich und suchte weiter in den Tiefen des Beutels nach einem meiner wichtigsten Stücke. Meine rechte Hand umschloss den Gegenstand. Er war nicht sonderlich groß und bestand aus kühlem Glas. Das Glas selbst war Moreanglas, ein seltenes Stück, das im ersten Moment pechschwarz wirkte, doch wenn man es unter das Licht hielt, dann erkannte man viele verschiedene Farben unter der Oberfläche. Ganz feine Risse aus Rosa, Grün, Blau, Gelb und auch Rot. Aber man erkannte sie nur, wenn man ganz genau hinsah und Licht hatte. Die zwei Löcher in dem Glas waren für die Augen gedacht und an den beiden Enden waren zwei Stoffbänder hindurchgezogen. Diese waren dafür da, dass man die Maske anziehen konnte. Die Bänder selbst bestanden aus schwarzer Seide, die sich angenehm um meine Finger wickelten. Das Allerschönste an der Maske waren die kleinen funkelnden Steinchen, die wie Sterne wirkten. Das hier war meine erste Maske gewesen. Die Maske, die mich immer daran erinnerte, wie ich Irena begegnet war und dass ich mich noch immer auf der Suche nach mir selbst befand.

»Ein schönes Stück.«

Erschrocken ließ ich die Maske fallen und erwischte sie gerade noch im letzten Moment an einem der Bänder, ehe sie auf dem Waldboden aufgeschlagen wäre. Wütend drehte ich mich um und blickte in ein grünes Augenpaar.

»Ein schönes Stück, das beinahe zerstört worden wäre. Warum schleichst du dich an?«, rief ich und verstaute die Maske eilig wieder in der Tasche.

»Das hier ist mein Zelt, ich habe es ganz normal betreten. Du warst nur zu sehr vertieft in deine Maske, Maskenmädchen.« Er nickte und lief hinüber zu der kleinen Kommode.

»Ich wollte niemandem den Platz wegnehmen«, entschuldigte ich mich und packte auch wieder den Rest der Sachen in meine Tasche.

»Ich schlafe nicht, keine Sorge. Du hast mir den Platz nicht gestohlen.« Er lächelte, während er sich auf die Brust tippte, dorthin, wo wohl vor einigen Jahren noch sein Herz geschlagen hatte. »Es hat einige Vorteile, wenn man sich dazu entschließt, sein Herz herzugeben.«

»Und was wären die Nachteile?«, erkundigte ich mich.

»Im Grunde gibt es keine.« Gelangweilt zuckte er mit der Schulter und sah sich in dem Zelt um, als ob er nicht wüsste, wonach er suchte.

»Dann sollte ich womöglich auch mein Herz herausschneiden.«

»Ich habe noch nie von einem Maskenmädchen ohne Herz gehört.« Er schnaubte belustigt.

»Nur weil ein Märchen noch nicht aufgeschrieben wurde, heißt das noch lange nicht, dass es nicht auch existieren kann.« Ich verzog das Gesicht, während ich daran dachte, wie es wohl sein würde, sich das eigene Herz herauszuschneiden. Nie und nimmer würde ich so etwas freiwillig machen. Dieser Schritt musste ihn eine Menge Überwindung gekostet haben. »In dem Märchen heißt es, dass du nicht fühlen kannst, stimmt das?«, hakte ich nach.

»Bestimmte Dinge kann ich fühlen, andere nicht. Wie es scheint, kennst du dich mit Märchen aus.«

Ich nickte. »Ich liebe sie, jedes einzelne von ihnen. Märchen geben uns Hinweise und Ratschläge.«

»Und das Märchen von mir, was sagt dir das?« Seine Aufmerksamkeit galt nicht mehr den Gegenständen um ihn herum, sondern voll und ganz mir.

Ich schwieg. Mir kamen einige Sachen in den Sinn, nur würden diese ihn womöglich wütend machen.

»Dir fällt nichts ein?« Er hob fragend eine Augenbraue.

»Nein«, brachte ich hervor.

»Das lügende Maskenmädchen. Bisher hinterlässt du keinen sonderlich positiven Eindruck.«

Ich schloss die Augen. Dafür konnte ich ihm keinen Vorwurf machen. In den wenigen Minuten, in denen wir uns unterhalten hatten, hatte ich ihn schon zweimal angelogen.

»Du musst eines wissen. Ich erkenne jede Lüge, da ich mich nicht ablenken lasse von ebensolchen trügerischen Gefühlen. Ich sehe nur die Wahrheit, auch wenn diese nicht immer wunderschön ist«, sprach er.

»Und wie kann ich dir helfen?« Erst jetzt fiel mir wieder ein, dass ich ihn fragen wollte, warum er überhaupt in das Zelt gekommen war.

»Warum willst du nach Malufra?«, fragte er und setzte sich auf den hölzernen Stuhl gleich neben der grünen Vase.

»Ich habe eine Einladung von der Königin. Die hast du ja bereits gesehen.« Ich wartete einen Moment, ehe ich den Brief aus der Tasche zog und hochhielt.

»Und genau das hat mich so verwundert. In den letzten Jahren hat die verrückte Königin nicht gerade mit Einladungen um sich geworfen. Was hast du, was sie so sehr interessiert?«

»Ich will ihr die Maske zeigen.«

»Die Maske mit den Sternen? Und warum solltest du das machen? Ich bin mir sicher, sie besitzt genug Masken und braucht deine nicht auch noch.«

»Irena …« Ich stockte. Ja, was war Irena überhaupt? Wer war sie in meinem Leben? »Die Frau, bei der ich lebe, stellt Masken her, wunderschöne Masken in etlichen Variationen und Farben. Jedoch wird das Geld in unserem Dorf immer knapper und die Abgaben immer höher. Menschen riskieren ihr Leben, nur damit sie an Geld kommen. Irena hat auch damit zu kämpfen. Masken sind kostbar, und wenn die Leute knapp bei Kasse sind, dann sind sie nicht bereit, für so etwas Geld auszugeben. Sie hat die letzten Jahre auf mich aufgepasst und für mich gesorgt und darum wollte ich zur Königin nach Malufra. Ich wollte ihr Irenas Masken zeigen, damit sie ihr welche abkauft.«

Der Dieb nickte. »Bist du dir sicher, dass die Königin diese Maske so besonders finden wird?«

»Nein, ich bin mir ganz und gar nicht sicher. Ich muss es trotzdem versuchen. Und wenn es nicht klappt, dann finde ich womöglich andere Interessenten. In Malufra gibt es genug Adlige mit Masken.«

Ich betrachtete den Waldboden zu meinen Füßen und zählte in meinen Gedanken die Sekunden, die verstrichen. Womöglich würde er mir von meinem Vorhaben abraten, aber egal was er sagen würde, ich würde nicht aufgeben.

»Wir helfen dir.«

Ungläubig hob ich den Kopf. »Womit?«

»Ein Teil der Gruppe wird dich bis zur Passage bringen. Ab dort musst du dann allein weiter. Doch bis dorthin stehst du unter unserem Schutz.« Er nickte bestätigend und erhob sich aus dem Stuhl. Langsam gewöhnte ich mich daran, dass man keinerlei Regung in seinem Gesicht erkennen konnte. Keine Emotionen, keine Gefühle, rein gar nichts, was mir helfen würde zu verstehen, warum er sich so verhielt.

»Und warum helft ihr mir?«, fragte ich zögerlich.

»Hinter dem Wald, kurz vor Malufra, liegt ein kleiner See. Vielleicht hast du schon davon gehört. In diesem See liegt etwas verborgen, was mir gehört, und ich würde es mir gern zurückholen.«

Ich wollte gerade nachfragen, um was es sich dabei handelte, da war er bereits wieder aus dem Zelt verschwunden. Sein Herz konnte er nicht meinen, denn das lag verborgen in einem hohlen Baumstumpf. Um was ging es ihm also?

Wo Märchen begannen

Mein Schlaf war unruhig, meine Gedanken völlig wirr. Es fühlte sich beinahe so an, als würde ein unsichtbares Paar Hände sich um meine Kehle legen und zudrücken. Immer wieder schreckte ich hoch und tastete an meinen Hals, dann zu der Gegend, wo sich mein Herz befand. Es schlug, wenn auch etwas zu kräftig. Was war nur los mit mir?

Müde rieb ich über meine Augen und setzte mich auf. Die Decke beförderte ich dabei ganz an den Rand, da mir viel zu warm war. Mit den Händen tastete ich im Dunkeln nach meiner Tasche. Ich hatte sie direkt neben meinem Kopf platziert.

»Klopf, klopf.« Der Stoff beim Zelteingang wurde auf die Seite geschoben und Rabeas Kopf tauchte auf. Ihre langen dunklen Haare hatte sie sich hochgebunden und sie trug wieder dieselben dunklen Kleider wie damals im Wald mit Lev. Schwarze Hosen, ein langes Oberteil und einen Umhang mit Kapuze. Um ihre Hüften hing ein brauner Gürtel, an dem sich drei Messer befanden. In der linken Hand hielt sie eine Laterne. »Du bist wach, gut.« Aufmunternd nickte sie mir zu und betrat dann das Zelt.

»Ich konnte nicht schlafen«, gab ich zur Antwort.

»Albträume?« Sie lief zu der Laterne neben meinem Bett und kniete sich davor. Ihre eigene stellte sie gleich daneben.

»Ich kann mich meist nicht an meine Träume erinnern, aber es hat sich angefühlt, als ob mir jemand die Luft abschnüren würde.« Ich schüttelte eilig den Kopf, um dieses Gefühl wieder zu vertreiben.

»Das kenne ich«, sprach sie nachdenklich und entzündete mithilfe der Kerze aus ihrer Laterne meine. Augenblicklich wurde es noch heller in dem Zelt. Dunkle Schatten tanzten an der Decke entlang und es wirkte, als ob sie über mich lachen würden.

»Du warst noch nie lange weg, oder?«

Ich schüttelte den Kopf.

»Das nennt sich Heimweh. Bestimmt hast du jemanden zurückgelassen, der dir viel bedeutet.« Lächelnd reichte sie mir die Laterne. Sofort tauchten Bilder von Irena in meinem Kopf auf.

»Und wie werde ich dieses bedrückende Gefühl los?«

»Gar nicht, du gewöhnst dich irgendwann daran. Nun aber zu etwas anderem: Wie lange brauchst du, bist du bereit ist?«

»Bereit?« Es war noch immer dunkel draußen und meiner Müdigkeit nach zu urteilen, hatte ich auch noch nicht lange geschlafen.

»Wir brechen auf. Jetzt ist der beste Moment dafür, denn bald geht die Sonne auf. Lev und ich bringen dich ein Stückchen durch den Wald, dann lösen uns die anderen ab.« Sie stand wieder auf und klopfte sich mit ihrer freien Hand den Dreck von der Hose.

»Ich bringe dir gleich noch andere Kleidung. Die schützt dich vor weiteren Giftpflanzen.«

Ich nickte und wartete geduldig, bis Rabea aus dem Zelt verschwand und bald darauf wieder mit einem Stapel Kleider zurückkam. Es waren diese dunklen Stoffstücke, die sie selbst auch trug. »Schützen vor Insektenbissen, giftigen Schlangen, vor Sonnenbrand und Kelpies.«

»Kelpies?« Jetzt war ich endgültig wach. So etwas gab es gar nicht. Nur eben in Märchen, obwohl …

»Keine Sorge, es gibt keine.« Lachend verließ sie das Zelt.

Da stand ich also etwas später auf der Lichtung. Die Kleider waren mir ein bisschen zu groß, aber lieber zu groß als zu eng.

Rabea hatte recht behalten, inzwischen konnte man den Sonnenaufgang über den Baumkronen entdecken. Ein Spiel aus etlichen Rottönen, das mich immer wieder staunen ließ. Wie bunte Steine, die man gegen das Licht hielt, um ihr Farbenspiel zu betrachten.

Ich wandte den Blick wieder ab und sah zu dem Lagerfeuer. Nun brannten die Holzscheite kaum noch, nur noch die Glut deutete darauf hin, dass bis vor Kurzem noch ein prächtiges Feuer darin gebrannt hatte. Rabea und Lev standen um den Steinkreis herum. Er hatte die Hände hinter dem Rücken verschränkt und starrte hoch in den Himmel. Seiner Miene nach zu urteilen, war er nicht gerade begeistert davon, ein völlig fremdes Mädchen durch den Wald zu begleiten.

»Hast du alles?«, fragte Rabea.

Nickend deutete ich auf meine Tasche.

Rabea lief voraus. Sie wählte einen Weg direkt zwischen den Bäumen hindurch. Ich folgte ihr, während Lev das Schlusslicht bildete. Der Abstand zwischen mir und ihm wurde immer größer und ich wurde das Gefühl nicht los, dass er nur auf seine Chance wartete, heimlich zwischen den Bäumen zu verschwinden.

Der Weg wurde immer schmaler und der Boden zu meinen Füßen unebener. Als wir dann an einem Feld von diesen Kümmerlingen vorbeikamen, zog es in meiner Bauchgegend. Ich trug nun diese Kleidung und trotzdem vermied ich es, auch nur in die Nähe dieser heimtückischen Pflanzen zu kommen.

So liefen wir eine Weile schweigend hintereinanderher. Die Sonne war aufgegangen, der Tag war angebrochen und schon bald hörte man das fröhliche Zwitschern einiger Vögel.

»Du meldest dich, wenn du eine Pause brauchst«, rief Rabea nach hinten, ohne sich umzudrehen.

Der Weg vor uns wurde wieder breiter und ich musste mich nicht mehr so darauf konzentrieren, wo ich hintrat. Ich beeilte mich etwas und lief nun neben Rabea. »Danke, dass ihr mich begleitet.«

»Der Wald ist unser Zuhause, wir machen das gern«, antwortete sie und blickte weiterhin angestrengt nach vorn. Irgendetwas stimmte hier nicht, aber womöglich bildete ich mir das nur ein.

»Warum haben eure Zelte eigentlich unterschiedliche Symbole und Farben?« Diese Frage lag mir schon seit einer Weile auf der Zunge. Von Rabea erhielt ich darauf keine Antwort. Sie wechselte wieder den Weg, sodass ich erneut hinter ihr laufen musste. Lev schlich still hinter uns her und betrachtete die Natur um sich. Immerhin hatte er den Abstand zu mir etwas verkleinert.

»Tarek hat mir erzählt, ihr seid Jäger.« Ich hielt inne und wartete einen Moment, ehe ich fortfuhr: »Und warum hast du heute Morgen gesagt, dass uns die anderen ablösen? Heißt das, sie sind irgendwo hier?« Womöglich ging ich ihr in diesem Moment gewaltig auf die Nerven und ich konnte mir nur allzu gut vorstellen, wie sie es bereits bereute, mich gerettet zu haben.

»Du stellst ganz schön viele Fragen«, brummte Lev.

»Hast du denn Antworten darauf?«, rief ich lauter als beabsichtigt nach hinten. Mehr als ein Schweigen bekam ich nicht. Ich seufzte und hob schützend meine Arme vor den Kopf, als Rabea stehen blieb und ich beinahe in sie hineingelaufen wäre. Eine Mauer aus Dornen versperrte uns den Weg. Sie bestand aus kahlen braunen Büschen und Sträuchern, die sich gegenseitig umwickelten und nicht zuließen, dass man an ihnen vorbeikam. Nur schon allein der Gedanke an diese spitzen Dinger tat mir weh.

»Und nun?« Lev drängte sich an mir vorbei und blickte fragend zu Rabea. Diese schüttelte nur nachdenklich den Kopf.

»Ihr wartet hier, ich bin gleich wieder da.« Sie drehte sich um und tauchte zwischen den Bäumen unter.

Ich betrachtete die Hecke eingehend. »Was, wenn wir einfach um diese Mauer herumlaufen?«

»Solche Dornensträucher grenzen für gewöhnlich etwas ab, die reichen einige Meter.« Er seufzte auf und drehte sich dann demonstrativ mit dem Rücken zu mir, als wollte er sagen, dass er keine weiteren Gespräche führen möchte.

Ich rollte mit den Augen und lief näher an die Dornen heran. Eigenartig, dass man solch ein Gebilde hier im Wald fand. Wenn das der Wahrheit entsprach und diese Hecken wirklich etwas abgrenzten, dann musste man doch auch irgendwie rüberkommen.

Ganz vorsichtig streckte ich meine Hand nach den Dornen aus. Vielleicht könnte man die Äste einfach hinunterdrücken und so hindurchgelangen.

»Aua!« Schmerz zuckte durch mein rechtes Handgelenk.

»Wurdest du von Irrlichtern gebissen?!«, sprach Lev zornig. Auf einmal war er neben mir aufgetaucht und hatte mit dem Knauf seines Schwertes auf meinen Handrücken geschlagen.

»Man fasst die Dornen nicht an! Das kann dich das Leben kosten.«

Überrascht blickte ich hoch zu ihm, während ich mir immer noch über die schmerzende Hand rieb.

»Hast du etwa noch nie von dem Märchen der verwunschenen Hecken gehört?«, fragte er in dem bissigen Tonfall, in dem er schon die ganze Zeit zu mir sprach. Mir war er nicht entgangen.

»Nein, ich kenne es nicht«, murmelte ich und trat einen Schritt weg von der Mauer. »Worum geht es denn bei dem Märchen?«

Doch Lev hatte wieder seine Arme vor der Brust verschränkt und mir den Rücken zugewandt.

»Wenn du mir mehr über das Märchen erzählst, dann könnte ich vielleicht einen Weg hinaus finden«, sprach ich energisch.

»Rabea wird dir das Märchen gern erzählen, bis dahin würde ich warten und nichts anfassen.«

Ich nickte. Zum Glück dauerte es nicht lange, bis Rabea wieder auftauchte. Ihre Frisur hatte sich inzwischen gelöst und ihre Haare hingen ihr wirr über die Schulter. Genervt entfernte sie einige Blätter und kleine Äste daraus.

»Wir haben ein Problem«, sagte sie und legte die Stirn in Falten.

»Was für eines?« Lev hatte sich wieder umgedreht und lief nun auf sie zu.

»Weder Tarek noch er sind in der Nähe, und so wie ich das einschätze, dauert es zu lange, wenn wir nach einem Ende dieser Hecke suchen würden.« Sie seufzte auf und lehnte sich an einen Baum. »Wir können also nur abwarten«, murmelte sie leise und blickte auf den Waldboden.

»Ich versuche es einfach mit dem Schwert.« Lev zog das Schwert aus der Scheide. »Mal sehen, wer gewinnen wird, Metall oder Natur.« Er hatte bereits einen siegessicheren Blick aufgesetzt, als Rabea warnend die Hand hob.

»Du weißt, dass das nichts bringt. Die Ranken wachsen immer nach.«

»Das Märchen?«, versuchte ich es erneut und stellte mich zwischen die beiden. Rabea hob verwundert die Augenbraue.

»Du hast die Ehre, ihr von dem Märchen der verwunschenen Hecke zu erzählen«, grummelte Lev.

»Du kennst die Geschichte wirklich nicht?«, fragte sie. Ich verneinte. Märchen waren ein Teil meiner Welt, dennoch kannte ich immer noch nicht alle und das würde ich womöglich auch nie. Zu viele gab es von ihnen und jeden Tag entstanden neue. Rabea setzte sich auf den mit Moos bedeckten Waldboden und ich tat es ihr nach.

»Es war einmal, so erzählte man sich, ein König. Der König war ein freundlicher Mann mit dem Herz am richtigen Fleck, aber was ihm fehlte, das war die große Liebe. Denn egal was er tat, die Liebe blieb ihm verwehrt. Er hatte oft versucht, eine Frau zu finden, aber eigenartigerweise geschahen immer merkwürdige Dinge, sobald er die passende gefunden hatte. Seine erste Frau, die verliebte sich auf einmal urplötzlich in einen anderen. Die zweite Frau, die bekam einen fiesen Hautausschlag, sobald sie bei ihm war. Die letzte Frau, die sich in seine Nähe wagte, fiel in einen tiefen Brunnenschacht, und das genau zu dem Zeitpunkt, als der König ihr den Verlobungsring anstecken wollte.

Er konnte nichts dagegen unternehmen, die Liebe war gegen ihn. Wie schon zuvor erwähnt, war der Mann mit blauem Blut ein herzensguter Mensch. Er bot den Armen einen Unterschlupf, senkte die Steuern wann immer es ging und behandelte alle gleich, egal ob Bauer oder Berater.

Da gab es auch eine Köchin, die war schon etwas älter. Ihre Haare waren durchzogen mit grauen Strähnen und ihr Gesicht ganz faltig. Sie war langsam, was die Arbeit anging, und ihre Braten waren nicht die besten, aber der König ließ sie machen und bedankte sich immer bei ihr für die Mahlzeiten.«

»Du hast das Wichtigste vergessen«, kam es von Lev. Auf einmal war er auch interessiert und lauschte gespannt der Erzählung.

»Lass mich die Geschichte erst einmal beenden.« Rabea fischte sich ein weiteres Blatt aus dem Haar und warf es in die Richtung des grimmigen Herrn. Natürlich flog das Blatt nicht weit, aber es entlockte ihm wenigstens ein schiefes Lächeln. »Der König besaß auch noch einen jüngeren Bruder. Dieser war im Gegensatz zu ihm durch und durch böse und dunkle Schatten trübten seine Augen. Er war zornig, voller Hass, wie gern hätte er auch den Thron für sich gehabt.« Rabea machte eine Pause, um sich zu räuspern.

»Wie geht es weiter?«, fragte ich sogleich.

»Nicht so stürmisch, zurück zu der alten Köchin. Die Frau wollte dem König helfen und so lief sie jeden Abend hinaus in den prächtigen Garten des Schlosses. Dort bat sie das Wetter um Hilfe, denn sie wünschte dem König nichts sehnlicher als die passende Königin. Die Tage vergingen und irgendwann, da erhörte das Wetter ihre Bitten. Der Wind formte wellendes, langes Haar, die Wolken den passenden Körper und die Sonne, die erschuf ein strahlendes Lächeln. Wach geworden von dem tosenden Lärm, rannte der König sogleich in den Garten. Er entdeckte die junge Frau und so geschah es, die beiden verliebten sich ineinander. Trotzdem plagten den König Zweifel und er befürchtete andauernd, dass wieder etwas geschehen würde. Darum heirateten die beiden erst nach einigen Jahren. Sie waren glücklich und schon bald gebar die Königin einen hübschen Sohn.«

»Das hat sicherlich den Bruder verärgert«, sprach ich.

Rabea nickte. »Genau, der jüngere Bruder erfuhr von dem Glück und nun zerbrachen all seine Hoffnungen endgültig. Getrieben von seinem Hass, ließ er sich einen teuflischen Plan einfallen. Eines Nachts, als bereits alle schliefen, da vergiftete er die Königin und raubte das Kind. Die Wachen, die von den Schreien des Säuglings alarmiert wurden, weckten den König. Dieser schnappte sich das schnellste Pferd aus seinem Stall und ritt dem Übeltäter hinterher. Der Bruder floh mit dem Kind in seinen Armen in den Wald. Doch die Gerechtigkeit siegt bekanntlich immer und schon bald holte der Ältere den Jüngeren ein. Er entriss ihm das Kind und bat das Wetter erneut um Hilfe. Das Wetter gewährte ihm einen letzten Gefallen und erschuf Mauern aus Dornen, mithilfe des Waldes. Die Dornen drängten den Bruder immer weiter zurück. Diese Mauern würden erst weichen, wenn der König ihm verzieh oder wenn er seine Taten bereute. So konnte der Bruder das Königreich für lange Zeit nicht mehr betreten. Und der König, der schenkte all seine Liebe und Hingabe seinem Sohn, der später das Königreich übernahm.« Rabea streckte sich und erhob sich von dem Boden. »Das war das Märchen der verwunschenen Hecke.«

»Dann wissen wir ja jetzt auch, was wir machen müssen, damit die Hecke verschwindet!«, meinte ich. Ich stand auch wieder auf.

»Lass mich raten, wir bitten den König um Verzeihung?«, riet Lev und bedachte mich dabei mit einem abschätzigen Blick.

»Keine Ahnung, wo der König ist, aber nein. Wir müssen nur unsere Taten bereuen und dann geht die Hecke zurück.«

»Ich soll mich also da hinstellen und sagen, was ich bereue?« Irritiert sah er zuerst zu mir und dann zu Rabea. Diese hatte nichts dagegen einzuwenden, was ihn wohl noch mehr aufbrachte. »Das hier ist keine Beichte!«

»Wir versuchen es einfach einmal und sehen dann weiter«, erwiderte Rabea darauf und stellte sich vor die Hecke. »Ich bereue …« Sie hielt inne. Ihre Hände verkrampften sich und ihr ganzer Körper wirkte angespannt. »Ich bereue, dass …«, probierte sie es erneut, auch dieses Mal kamen ihr die Worte nicht über die Lippen.

»Ich wäre immer noch dafür, dass wir es mit dem Schwert versuchen«, meinte Lev und näherte sich nun ebenfalls der Hecke.

»Ich bereue, dass ich gelogen habe.« Es dauerte einen Moment, bis ich meine eigenen Worte erkannte. Ich hatte das gesagt.

»Was?« Rabea wandte sich in meine Richtung.

»Ich habe gelogen, ich besuche keine Verwandten in Malufra. Der Grund, warum ich nach Malufra möchte, ist der, dass ich eine Einladung von der Königin erhalten habe.« Ich schwieg und wartete auf die Reaktionen der beiden. Doch diese blieben aus. Rabeas Gesichtszüge wurden etwas sanfter, während Lev noch immer ein Desinteresse an den Tag legte, das beinahe schon beängstigend war.

»Das wissen wir schon«, antwortete Rabea.

»Was?«, fragte ich diesmal erstaunt.

»Sagst du es ihr oder ich?« Rabea wandte sich wieder an Lev. Er zuckte nur mit den Schultern und tippte immer wieder auf sein Schwert.

»Ich nehme einmal an, das heißt, ich soll erzählen«, murmelte sie und seufzte dann hörbar auf. »Wie viel weißt du über das Märchen vom Dieb?«

»Dass er früher ein aufrichtiger und ehrlicher junger Mann war, bis irgendetwas Schreckliches passierte und er beschloss, sein Herz in einem Baumstamm zu verstecken.« Fröstelnd rieb ich mir über die Arme. Irgendetwas stimmt hier nicht, aber was es war, das konnte ich nicht genau sagen.

»Was du nicht weißt, wir sind an diesen Pakt gebunden. Solange der Dieb sein Herz nicht hat, müssen wir mit ihm hier im Wald bleiben. Darum diese verschiedenen Farben und Symbole an den Zelten. Jeder von uns kommt von einem anderen Ort. Wir alle sind irgendwann einmal hier gelandet und dann kam der Pakt, der uns an den Wald kettete. Wenn wir versuchen den Wald zu verlassen, dann hält uns eine unsichtbare Barriere davon ab. Wie eine Art Mauer, die man nicht sieht und nicht bezwingen kann. Der Dieb versucht sein Herz zu finden. Ein Teil, das ihm dabei hilft, ist in ebendiesem See versteckt.« Sie hielt inne.

Verwirrt schüttelte ich den Kopf. »Aber Tarek war in Rondama.«

»Jeder von uns kann ein einziges Mal den Wald verlassen und er, er wollte das Meer betrachten.« Sie schnaubte. »Wir wussten, dass du kommen würdest. Im Wald gibt es Hexen, die sehen die Zukunft. Sie haben uns gesagt, dass ein gewöhnliches Mädchen dem Dieb helfen wird.«

»Darum habt ihr mir also geholfen?« Nun war ich wirklich fassungslos. Es war also alles gar kein Zufall gewesen. Lev und Rabea waren nicht ohne Grund damals in meiner Nähe durch den Wald gestreift, und Rabea hatte mir geholfen, damit ich ihnen jetzt helfen würde.

»Wir hätten dich nicht einfach im Wald gelassen. Zumindest ich hätte dir bestimmt geholfen.« Rabea warf einen Seitenblick zu Lev, der nur hoch in den Himmel starrte und die Baumkronen zu beobachten schien.

»Ihr bringt mich nach Malufra zur Königin, wenn ich euch mit der Passage beim See helfe?«, fragte ich zögerlich.

»Ich verstehe, wenn du uns nicht mehr helfen willst. Wir aber helfen dir auch so.« Sie schluckte und blickte betreten zu Boden.

»Da ist noch etwas. Tarek hat gesagt, ihr seid Jäger von Geheimnissen und Geschichten, was hat es damit auf sich?« Diese Frage geisterte mir schon eine ganze Weile durch den Kopf und nun hatte ich die Möglichkeit, eine Antwort darauf zu erhalten.

»Wir sammeln diese Art von Dingen und bewahren sie. Wie das Märchen der verwunschenen Hecke, von dem hast du auch nichts gehört. Manchmal verirrt sich jemand hierher und dann erzählen wir ihm die Geschichten, und oft lassen die Menschen dafür Geheimnisse oder andere Erzählungen da. Wir sorgen dafür, dass nicht auch wir irgendwann in Vergessenheit geraten«, beantwortete sie meine Frage.

»Die Leute haben Angst vor euch!« Wie oft war ich in den letzten Jahren vor dem dunklen Wald gewarnt worden? Ich hätte diesen Ort niemals freiwillig betreten. Niemand hätte das …

»Menschen fürchten sich immer vor dem Unbekannten.« Auf ihren Lippen zeichnete sich ein schwaches Lächeln ab.

»Und wo ist Tarek, der Dieb oder die anderen?«

»Irgendwo in der Nähe, sie kommen abends«, unterbrach Lev mich und deutete dann wieder auf die Mauer. »Da wir das ja nun geklärt hätten, würde ich gern versuchen, dieses Hindernis zu bezwingen.«

Jetzt hatten weder Rabea noch ich etwas einzuwenden. Wir beide traten außer Reichweite, während Lev das Schwert zog. Er holte aus und ließ es mit einer Wucht auf die Hecke knallen. Viel passierte nicht. Erneut bearbeitete er die Hecke mit seinen Schwerthieben. Diesmal brachen Äste krachend auseinander und Dornensplitter flogen in alle Richtungen. Er wiederholte die Prozedur immer und immer wieder, während die Sträucher ächzten. Das Wetter änderte sich ebenfalls. Der Wind wurde immer stürmischer. Zuerst zog er nur ganz leicht an meinen Haaren, schon bald wandelte sich dieses sanfte Ziehen in ein Reißen.

Schützend hielt ich meine Arme vor die Augen, um nicht von den herumwirbelnden Kleinteilen getroffen zu werden. Als ich einmal aufsah, erhaschte ich nur einen Blick auf den schmerzverzerrten Gesichtsausdruck von Lev. Er gab nicht auf, hieb unermüdlich auf die Hecke ein.

Noch ein Schlag, dann krachten die Äste auseinander. Das Ächzen der Natur erstarb und auch der Wind beruhigte sich. Dort, wo vorhin noch die Mauer gestanden hatte, befand sich nun ein klaffendes Loch, genau vor uns.

»Schnell!«, keuchte Lev und deutete atemlos auf den Eingang. Rabea und ich ließen uns das nicht zweimal sagen. Wir sprangen über die kaputten Äste, darauf bedacht, uns nicht an den Dornen zu verletzen. Lev folgte uns eilig.

Keine Sekunde zu spät, wie sich herausstellte. Hinter ihm schossen neue Dornen in die Höhe und wanden sich um die noch verbliebenen Äste. Innerhalb kürzester Zeit war die Mauer wieder intakt.

»Das Metall hat gesiegt.« Noch immer etwas außer Atem, klopfte Lev stolz an sein Schwert. Auf seiner Stirn sah man kleine Schweißperlen und bestimmt taten ihm die Arme höllisch weh.

»Ihr könnt mir ruhig danken, immerhin musste so keiner von euch etwas bereuen. Oder fast keiner.« Er räusperte sich und setzte sich dann auf den Boden. Erst jetzt kam ich dazu, die Umgebung etwas genauer zu betrachten. Wir befanden uns noch immer mitten auf einem Waldweg, nur waren die Blätter der Bäume hier um einiges dunkler. Es war kein saftiges Blattgrün mehr, die Farbe glich einem dunkelgrünen Abgrund.

»Und nun?«, fragte ich zögerlich.

»Wir machen kurz Rast, laufen dann weiter und suchen nach einem geeigneten Platz für ein Lager«, sprach Rabea. Sie lief geradeaus, dicht gefolgt von Lev. Ich zögerte noch einen Moment und blickte zurück zu der dichten Hecke. Inzwischen sah man keine Spuren mehr von Gewalt.

Wo war ich hier nur gelandet?

Ein Dieb ohne Herz, ein griesgrämiger Mann mit Augen schwarz wie die Nacht, ein Jäger mit Pfeil und Bogen, eine Frau, die tief in ihrem Inneren etwas bereute, das sie beinahe auffraß, und mitten unter ihnen ein Mädchen, das auf der Suche nach seiner eigenen Geschichte war. Wenn das nicht nach einem Märchen klang, dann wusste ich auch nicht.

Wo Hexen die Guten waren

*D*ie Sterne standen bereits hoch am Himmelszelt und ein kühler Wind zog über die Baumwipfel hinweg. Er brachte die Blätter über unseren Köpfen zum Rascheln. Ein sanftes Geräusch, das beinahe wie ein Gutenachtlied klang. Meine Augen fielen immer wieder zu, während ich angestrengt versuchte, wach zu bleiben. Vor mir brannte ganz schwach noch ein kleines Feuer. Nicht lange und es würde ausgehen. Rabea hatte mir vor wenigen Stunden eine Decke gebracht, die ich dankbar um meinen Körper geschlungen hatte. Sie und Lev hatten keine, aber das schien ihnen nichts auszumachen.

»Warum versuchst du nicht zu schlafen?«, flüsterte Rabea. Sie hatte sich an den Stamm einer knorrigen Eiche gelehnt und starrte hoch in den Himmel. Die Schatten des Feuers tanzten über ihr Gesicht. In ihrem Blick lag so viel Leere, als ob sie immer noch darüber nachdenken würde, was sie alles bereute.

»Ich bin nicht müde«, flüsterte ich zurück, während mir meine Augen erneut zufielen.

»Der Dieb hat mich schon davor gewarnt, dass du gern Lügen erzählst.« Sie lächelte.

»Wann schläfst du?«, erkundigte ich mich und richtete mich etwas auf. Mein Rücken schmerzte bereits von der unbequemen Position. Lev hatte sich einen Baum weiter hinten ausgesucht. Er hatte uns zwar den Rücken zugewandt, aber sein Brustkorb hob und senkte sich in gleichmäßigen Atemzügen, darum ging ich davon aus, dass er bereits schlief.

»Einer bleibt immer wach«, antwortete Rabea. Ich nickte und folgte ihrem Blick. Sterne faszinierten mich schon mein Leben lang. Sie waren einfach da, strahlten um die Wette. Einer schöner als der andere, so irreal und doch so alltäglich.

»Ich liebe den Geruch der Natur«, kam es auf einmal von Rabea. Noch immer sah sie hoch in den Himmel.

»Ich auch«, antwortete ich, während ich tief Luft holte. Kein Parfum der Welt roch besser als die Natur, und keines schaffte es, so viel Sehnsucht in den Herzen der Menschen auszulösen wie die Luft, die um mich herumschwirrte.

»Malina …« Rabeas Stimme glich mehr einem Flüstern. Sie blickte sich unsicher um, dabei verharrte ihr Blick etwas länger auf Lev. Als sie sich sicher war, dass er schlief, kroch sie zu mir herüber. »Malina …«, sprach sie erneut. »Hör mir gut zu.«

Nun war ich hellwach und rutschte auch noch etwas näher an sie heran.

»Du musst den Gegenstand zuerst finden, und wenn du ihn hast, dann gib ihn erst dem Dieb, wenn du in Malufra angelangt bist und vor der Königin stehst, versprochen?«

Ich wollte etwas erwidern, erneut Fragen stellen, aber in ihrem Blick lag solch eine Verzweiflung, dass ich nur stumm nickte.

»Versprochen?«, flüsterte sie nun energischer.

»Versprochen«, antwortete ich und dachte dabei an mein Versprechen an Irena. Erleichtert rutschte Rabea wieder an ihren Platz und schloss die Augen.

Ich schreckte hoch. Unsicher blickte ich über den Platz. Es war dunkel, das Feuer war inzwischen erloschen und nur mit Mühe erkannte ich die Umrisse von Rabea neben mir. Gleichmäßige Atemzüge waren zu hören. Es dauerte einen Moment, dann erinnerte ich mich wieder an alles, was in den vergangenen Stunden passiert war. Gleich nach dem Versprechen war ich eingeschlafen und Rabea wohl auch. Warum war ich aufgewacht? Fröstelnd rieb ich mir die Arme. Inzwischen nützte die Decke auch nichts mehr. Wahrscheinlich hatte mich die Kälte geweckt. Meine Beine fühlten sich ganz taub an und meine Rückenschmerzen waren bis hoch in den Nacken gewandert. Langsam stand ich auf, darauf bedacht, niemanden zu wecken. Ich hob die Tasche vom Boden auf und nahm sie über die Schulter. War da nicht etwas zwischen den Bäumen?

Ein ungutes Gefühl überkam mich. Ich war mir sicher, ein Licht gesehen zu haben. Nein, mehrere Lichter. Aber womöglich hatte ich mir all das bloß eingebildet. Ich blinzelte einige Male und rieb mir über die Augen. Als ich wieder aufsah, waren die eigenartigen Lichter verschwunden. Mit ihnen verschwand leider nicht auch dieses ungute Gefühl in meiner Magengegend. Ich duckte mich etwas hinter den Baum und starrte weiter in die Dunkelheit. Meine Hand lag auf dem Griff des Messers, das sich noch immer in meinem Stiefel befand. Hinter mir raschelte es. Keuchend drehte ich mich um und zog meine Waffe. *Nichts …*

Ich lehnte mit dem Rücken an dem Baum und blickte immer wieder von einem Ort zum anderen. Das Messer hielt ich dabei fest umklammert. Vielleicht ein Reh? Aber Rehe hatten keine leuchtenden Augen und konnten sich nicht von einem Ort zum anderen teleportieren, zumindest hoffte ich das nicht, sonst hatten wir ein Problem.

»Rabea!«, zischte ich in die Dunkelheit, mehr als ein Murmeln bekam ich nicht als Antwort.

Da! Da war es wieder! Zwischen den Stämmen tanzten kleine helle Lichter so groß wie ein Daumennagel. Zuerst sah man nur wenige Punkte, schon bald wurden es immer mehr. Sie tanzten über den Waldweg, huschten zwischen den Büschen hindurch und umkreisten die Bäume.

»Rabea …« Meine Stimme wurde immer lauter. Die Lichter tanzten immer wilder und verrückter, flogen nur so über die moosbewachsenen Steine.

Ich stieß mich von dem Stamm ab, duckte mich vor einem der Lichter und rüttelte dann energisch an der Schulter von Rabea. Im Dunkeln konnte ich leider nicht viel erkennen, darum merkte ich zu spät, dass ich nicht an ihrer Schulter, sondern an ihrem Gesicht herumgezerrt hatte.

»Aua!«, rief sie und schlug meine Hände weg. »Was ist in dich gefahren?«

»Die Lichter! Da sind überall Lichter.« Ich deutete nach vorn, aber sie waren wieder verschwunden. Enttäuscht ließ ich die Hände sinken.

»Was für Lichter?«

»Blaue, kleine Lichter, die immer schneller über den Waldboden angeflogen kamen. Es sah aus wie ein Tanz.« Irritiert blickte ich um mich. Diese fiesen Dinger waren irgendwo.

»Schlafmangel führt zu Halluzinationen«, knurrte sie nur und wandte sich dann wieder ab, um weiterzuschlafen.

Ich schloss die Augen und seufzte. Natürlich, jetzt war ich die Verrückte. Doch so langsam glaubte ich schon selbst, dass mein Verstand nicht ganz funktionierte. Als ich nämlich die Augen wieder öffnete, waren die Lichter wieder da. Wenn ich es nicht besser gewusst hätte, dann hätte ich behauptet, das hier wären Irrlichter. In vielen Märchen waren sie Vorboten für ein Unglück oder führten jemanden zu einem magischen Ort. Nur normalerweise hielten sich Irrlichter in Sumpfgebieten auf und nicht in einer Waldgegend.

Da waren sie also und schwirrten durch die Luft, verblassten wieder, um dann genauso rasch wieder kurz vor meiner Nase aufzutauchen.

Ich duckte mich unter den Lichtern hindurch und versteckte mich dann eilig hinter einem Baum. Keuchend presste ich mich an die raue Rinde. Ich traute mich gar nicht nachzusehen, ob sie noch da waren. So leicht ließen sie sich bestimmt nicht austricksen. Und tatsächlich, es dauerte nicht lange, da huschten sie wieder vor meiner Nase umher.

»Was wollt ihr von mir?«, flüsterte ich genervt.

Sie schwirrten abermals um mich herum und flogen dann tiefer in den Wald hinein. Einige Meter vor mir hielten sie an und flogen an Ort und Stelle umher.

»Ich soll euch folgen?« Noch immer kam keine Antwort, aber wie auch. Ich schüttelte den Kopf und drehte mich wieder um. Ich sollte wieder zurück zu Lev und Rabea und mich nicht von wandelnden Lichterketten verleiten lassen, irgendwo hinzugehen, wo ich mich nicht auskannte. Die Lichter verschwanden, hüpften immer weiter weg, bis ihr Leuchten verblasste. Nun war ich wieder der völligen Dunkelheit ausgeliefert. »Rabea?« … keine Antwort. »Lev?« … Auch von ihm kam keine Regung. Irgendetwas stimmte hier ganz und gar nicht. Ich tastete in der Dunkelheit nach Anhaltspunkten. Es wirkte beinahe so, als ob die Bäume enger beieinanderstünden. Das hier war nicht mehr der

Platz von vorhin. Verzweifelt fuhr ich mir durch die Haare. Das konnte nicht sein! Hatte ich mich in die falsche Richtung gedreht? Ich tastete mich wieder an den Bäumen entlang. Irgendwo hier musste doch das Lagerfeuer gewesen sein. Leider half mir der Mond nicht wirklich mit seinem Licht, da der vor wenigen Tagen noch runde Mond mittlerweile die Form einer Sichel angenommen hatte.

»Rabea!«, rief ich noch lauter. Es war vielleicht nicht die beste Idee, allein im Wald herumzubrüllen, es war jedoch die einzige, die mir einfiel.

»Lev?!« Immer noch keine Antwort. Das war zum Haareraufen. Ich tastete weiter. Wenigstens hatten sich meine Augen wieder etwas an die Dunkelheit gewöhnt und ich erkannte immer mehr.

»Rab…« Da … da war es wieder, dieses Rascheln von vorhin. Ich duckte mich, griff nach dem Messer und hielt es schützend vor mich. Es raschelte erneut, dieses Mal aus einer völlig anderen Richtung. Mein Puls raste, meine Hände zitterten.

Schritte kamen näher, Äste wurden auf die Seite geschoben. Man hörte das Geräusch von Schuhen auf dem unebenen Waldboden.

Auf einmal stand diese Frau vor mir. Um sie herum schwirrten zwei der Lichter. Sie war schlank, trug ein weißes langes Kleid und hohe dunkle Stiefel. Ihre Augen waren schwarz umrandet und auf ihren Wangen sowie auf den Armen und Beinen waren ineinander verschlungene Zeichen zu sehen. Ihre schwarzen Haare reichten ihr bis zu den Hüften. Darin verknotet befanden sich farbige Bänder, Federn und Perlen. Als sie den Kopf leicht neigte, hörte man, wie die Schmuckstücke aneinanderstießen. Nicht nur in ihren Haaren trug sie Schmuck, an ihrem Handgelenk und um den Hals baumelten lange goldene Ketten. Wenigstens schien sie nicht bewaffnet zu sein.

Noch immer hielt ich das Messer ausgestreckt in ihre Richtung. »Ich habe keine Angst!«, sprach ich mit fester Stimme und blickte ihr in die Augen. Sie schüttelte nur leicht den Kopf und deutete auf ihren Mund.

»Ich verstehe nicht.«

Wieder schüttelte sie den Kopf, sodass alle Ketten klimperten, und deutete erneut auf ihren Mund.

»Du sprichst nicht«, murmelte ich und ließ mein Messer etwas sinken. Sie nickte bestätigend. Dann streckte sie mir ihre Hand entgegen. Ein dunkler Pfeil war auf ihre Handinnenfläche gezeichnet und deutete genau in meine Richtung. An jedem Finger trug sie zwei Ringe. Manche waren feiner, andere etwas grober, doch sie alle schienen aus Gold zu bestehen. Warum würde jemand solch kostbare Dinge offen tragen?

Misstrauisch sah ich von ihrer Hand zu ihren Augen und wieder zurück. Es waren ähnlich dunkle Augen wie die von Lev. Tiefe Abgründe, die nur im Licht nicht ganz so schwarz wirkten.

»Meine Freunde sind hier irgendwo.« Ich hielt das Messer höher. Die Frau machte keine Anstalten, ihre Hand wegzuziehen, während die Lichter fröhlich um sie herumtanzten. Mit der anderen Hand deutete sie auf ihre ausgestreckte rechte Hand. Ich verneinte. »Ich suche nur meine Freunde«, versuchte ich es, doch sie schien nicht zu verstehen. Nach einiger Zeit gab sie es auf, zog die Hand zurück und drehte sich um. Sie lief einige Meter geradeaus, wandte dann plötzlich ihren Kopf wieder in meine Richtung und bedeutete mir, ihr zu folgen. Ich ließ das Messer sinken. Ich hatte zwei Möglichkeiten. Entweder ich folgte ihr quer durch diesen Wald und würde sehen, was sie mir zeigen wollte, oder ich blieb hier zurück in der Dunkelheit und würde weiterhin nach Lev und Rabea schreien. Natürlich könnte das auch eine Falle sein, aber es war auch eine Chance. Ich trat einen Schritt nach vorn und folgte den Lichtern und der Frau. Sie drehte sich wieder um und setzte den Weg fort. So ging das ganze Spiel eine Weile. Wir gingen immer tiefer in den Wald hinein, bis man irgendwann vor lauter Bäumen weder Sterne noch Mond sah. Immer wenn ich etwas zurückfiel, blieb sie stehen und wartete. Ihre Lippen blieben weiterhin verschlossen. Damit mich nicht wieder die Müdigkeit überkam, die bereits an meinen Augenlidern zerrte, zählte ich die Schritte. Das Messer hielt ich dabei immer noch fest umklammert.

Und dann, als ich schon die Hoffnung aufgegeben hatte, dass dieser Weg irgendwann ein Ende haben würde, waren da auf einmal Stimmen. Ich blickte auf und entdeckte vor uns eine große Lichtung. Ein Feuer brannte und Menschen saßen darum herum. Im ersten Moment kam mir das Lager von dem Dieb in den Sinn. War ich etwa wieder zurück? Die Zelte fehlten und die Leute waren auch ganz andere. Es waren zwei Frauen und eine Gestalt mit einer Kapuze, tief ins Gesicht gezogen. Unsicher lief ich näher. War das am Ende eine Falle?

»Maskenmädchen.«

Dieser Name und diese Stimme, wenn mir das nicht bekannt vorkam. »Dieb ohne Herz«, erwiderte ich und öffnete wieder die Augen. Die Gestalt entpuppte sich als der junge Mann mit den grünen Augen. Er hatte ein spöttisches Lächeln aufgesetzt, während er die Kapuze nach hinten fallen ließ. Auch wenn ich es niemals zugeben würde, ich war erleichtert, ihn hier zu sehen.

Er machte mir dann Platz, damit ich mich auf den Stamm setzen konnte. Das Messer verstaute ich wieder in meinem linken Stiefel und die Tasche zog ich eng an meinen Körper. Das prasselnde Feuer wärmte meine Knochen und erst jetzt wurde mir bewusst, wie sehr ich gefroren hatte. Meine Hände waren eiskalt.

»Was tust du hier?«, brachte ich nach einiger Zeit hervor und sah ihm in die Augen.

»Dich nach Malufra begleiten«, antwortete er und erwiderte meinen Blick.

»Ich habe Rabea und Lev verloren, da waren diese Irrlichter und dann diese Frau.« Ich drehte mich um und blickte zu der Frau mit den schwarzen langen Haaren. Sie saß bei den anderen beiden Frauen und blickte in das Feuer.

»Verzeihung«, sagte ich eilig und erhob mich wieder. Ich lief zu den drei Frauen. Sie alle hatten diese eigenartige Körperbemalung und die dunklen Augen. Außerdem trugen sie alle lange Kleider. Sie unterschieden sich nur in den Haarfarben. Die Frau ganz links außen hatte rötliche Haare mit schwarzen Federn und weißen Perlen. Die Frau in der Mitte hatte braune Haare mit bunten Bändern darin verknotet.

»Danke, dass ihr mir den Weg gezeigt habt. Mein Name ist Malina.« Ich blickte zu der Frau, die mich hergebracht hatte.

»Arta, Lema und Manisha, das Auge, die Seele und das Gehör.« Der Dieb stand nun auch auf und zeigte der Reihe nach auf die Frauen. »Arta kennst du bereits. Sie hat dich hergebracht. Sie sieht alles, dafür kann sie nicht sprechen. Man hat ihr die Zunge entfernt.« Arta blickte zu mir und deutete auf den Mund. Diesmal verstand ich.

»Lema ist so etwas wie die weise Seele. Sie sieht die Dinge, noch bevor sie passieren, dafür trägt sie diese unglaubliche Last auf ihren Schultern.« Lema war die Frau mit den braunen Haaren. Auch sie erwiderte meinen Blick und nickte langsam.

»Manisha sieht nichts, dafür hört sie alles. Du kannst noch so leise flüstern, sie würde all deine Worte klar und deutlich verstehen.« Ich blickte zu der Frau mit den feuerroten Haaren. Ihre dunklen Augen wirkten etwas trüber und ich hatte den Eindruck, als würde sie an mir vorbeisehen. Doch egal wie geheimnisvoll, beinahe unheimlich diese Frauen waren, ich verspürte keine Angst.

»Ach, und sie sind Hexen, aber die gute Sorte.« Er setzte sich wieder und streckte die Hände Richtung Feuer.

»Ein hübscher junger Mann, der leider zu viel spricht.« Lema drehte den Kopf in seine Richtung. »Womöglich wird bald noch jemand sein Herz verlieren«, fuhr sie fort und schüttelte sich dann. Die bunten Bänder flogen in alle Richtungen. »Eine Lüge, vielleicht auch zwei. Verborgen hinter Glas, Augen, die täuschen, der Verstand, der spricht. Tore, die sich schließen, aber nicht öffnen, ein Herz, das bricht. Zwei Schwestern, der gelbe Saal …«

»Nicht hier!«, rief er dazwischen.

Erschrocken zuckte ich zusammen. Ich war so gebannt von dem Farbenspiel der bunten Bänder und ihrer Stimme gewesen, dass ich ihn gar nicht mehr beachtet hatte.

»Keine Weissagungen! Sie versteht das nicht«, sprach er wütend.

»Kein Grund, so aufgebracht zu sein!«, fuhr ich ihn an. Erschrocken hielt ich die Hand vor den Mund. Warum war ich jetzt auch so wütend? »Tut mir leid, ich bin müde«, entschuldigte ich mich bei ihm.

»Es geht nicht nur darum, dass du es nicht verstehst. Es ist mehr, dass du nicht aufhören würdest, darüber nachzudenken.« Er fuhr sich über das Gesicht. »Das sind nur Vermutungen, es stimmt nicht immer, was sie sagen«, flüsterte er mir zu, ohne die Frauen dabei aus den Augen zu lassen. Manisha runzelte deutlich die Stirn.

»Ein Dieb ohne Herz, der sich Sorgen macht. Sorgen um das Mädchen oder um sich?«, kam es wieder von Lema.

Der Dieb seufzte. »Warum gehen wir nicht eine Runde spazieren, wenn wir schon so schönes Wetter haben?« Er lächelte mich an und zog mich dann am Arm eilig mit sich. Ich hatte gar keine Zeit, um zu protestieren. Erst als wir außer Sichtweite waren, blieb er aufgebracht stehen.

»Du scheinst nette Freunde zu haben«, begann ich, ehe er womöglich noch vor Wut irgendwelche unüberlegten Dinge getan hätte.

»Ich lebe schon lange hier, mit der Zeit kennt man all die Bewohner des Waldes.« Immer wieder fuhr er sich durch die Haare oder ballte die Hände zu Fäusten. So viele Emotionen hätte ich einem Mann ohne Herz gar nicht zugetraut.

»Warum bist du so wütend? Ich habe nicht verstanden, was sie gesagt hat. Im Rätsellösen war ich noch nie gut.«

»Die Zukunft kommt, egal ob dir eine Hexe sagt, was passiert oder nicht. Es ist nur eine Last, wenn man weiß, was geschehen wird. Man denkt zu viel nach, grübelt, versucht Dinge zu ändern und verbraucht so viel Kraft, dabei nimmt am Ende die Geschichte ihren Lauf.« Er fuhr sich ein letztes Mal aufgebracht durch die braunen Haare, bevor er die Arme sinken ließ.

»Das ist dir passiert, oder?«, hakte ich nach. Es hätte mich auch gewundert, wenn es ihm um mich gegangen wäre.

»Ich habe mein Herz nicht ohne Grund verloren.« Er lächelte schwach und blickte dann zu dem Feuer mit den drei Hexen, die uns die Rücken zugewandt hatten.

»Das tut mir leid«, waren die einzigen Worte, die mir auf die Schnelle eingefallen waren.

»Muss es nicht, wir sind am Ende selbst verantwortlich für unser Handeln oder unsere Taten.«

»Für einen Dieb bist du ganz schön weise.« Ich betrachtete ihn eine Weile, während diese kleinen Lichter von vorhin in unsere Nähe kamen.

»Für ein Maskenmädchen bist du ganz schön nett«, sagte er spöttisch und bückte sich dann plötzlich.

»Was?« Verwirrt sah ich hinunter. Bevor ich genau erkennen konnte, was er dort unten tat, tauchte er wieder auf. Mit meinem Messer in den Händen.

»Damit tötest du niemanden.« Er nahm die Klinge in die rechte Hand und stach mit der Spitze in seinen linken Daumen. Nichts geschah.

»Der Bogen von Tarek schneidet besser Brot als dieses Messer.«
Mit einer eleganten Bewegung wendete er das Messer und hielt es mir
mit dem Griff entgegen.

»Wenn wir gerade schon von dem Bogenschützen sprechen, wo ist
er?« Zögernd nahm ich das Messer entgegen.

»Inzwischen sollte er hoffentlich Rabea und Lev gefunden haben.
Wir wollten euch suchen, darum haben wir uns aufgeteilt. Es wurde
bald zu dunkel und die Hexe hat mir noch einen Gefallen geschuldet.«

»Wie fürsorglich, dass du deinen Gefallen für mich einlöst.« Ich
steckte das Messer zurück an seinen gewohnten Platz und richtete
mich dann wieder auf. Die hellen Lichter schwirrten neugierig um
uns herum.

»Irrlichter, nette Dinge.« Der Dieb streckte seine Hand aus und
wollte eines der Wesen fangen. Die Lichter stoben erschrocken auseinander.

»Wenn du mich fragst, dann sind die eine Plage.« Ich schnaubte
und dachte an meinen Moment mit diesen hellen Lichtkugeln. Dank
ihnen hatte ich mich überhaupt verirrt.

»Bald geht die Sonne auf, vielleicht legst du dich noch etwas ans
Feuer? Ich passe auf.«

Ich nickte und unterdrückte ein Gähnen. Die letzten Tage hatte
ich deutlich zu viel geschlafen und dennoch war ich immer noch
müde. Gemeinsam liefen wir zurück zu den drei Hexen, die alle ins
Feuer blickten und so taten, als ob sie keine Ahnung hatten, was wir
besprochen hatten. Dabei waren mir die Blicke von Manisha nicht
entgangen.

Und während ich mich nah ans Feuer setzte und nach der Maske
in meiner Tasche tastete, da kam mir noch ein anderer Gedanke. Ein
Gedanke, den ich gar nicht wagte auszusprechen. Wenn die Hexen so
viel wussten, kannten sie meine Geschichte?

Wo die Wahrheit sich hinter Lügen tarnte

»Aufwachen, Schlafmütze.«

Grummelnd legte ich den Arm über meine Augen, damit dieses grelle Licht verschwand.

»Maskenmädchen …«

Wenn nur nicht diese nervende Stimme immer wäre. Ich rollte mich auf den Bauch und vergrub mein Gesicht nun vollständig unter meinen Armen.

»Wie du willst.«

Ich hörte, wie sich die Schritte entfernten. Zufrieden seufzte ich auf und begab mich wieder in Richtung Land der Träume. Auf einmal klatschte ein Schwall Wasser auf mich herab. Erschrocken keuchte ich auf und rollte mich auf die Seite. Meine Haare klebten an meinen Wangen und mein Oberteil war nun auch klitschnass. Wütend strich ich mir die Haarsträhnen aus dem Gesicht.

»Wach?« Der Dieb hatte sich über mich gebeugt und in der rechten Hand hielt er einen Kübel, der vor wenigen Sekunden wohl noch voll mit Wasser gewesen sein musste.

»Mehr als wach«, seufzte ich und stand auf. Ich wrang meine Haare aus, während ich hoch in den Himmel blickte. Kaum eine Wolke war zu sehen und die Sonne zeigte sich in ihrer vollen Pracht. Wenigstens würde so meine Kleidung bald trocknen.

»Ich dachte, du magst kein Licht«, sprach ich und blickte zu dem Dieb. Er hatte sich die Kapuze tief in die Stirn gezogen und kontrollierte, ob die Glut in der Feuerstelle noch glimmte.

»Mag ich auch nicht.«

Ich hob meine Tasche vom Boden auf und zog sie mir über die Schulter. »Und nun? Wie sieht der Plan aus?«, fragte ich.

Von den drei Hexen war keine Spur mehr zu sehen. Bevor ich gestern eingeschlafen war, hatte ich mir überlegt, wie ich den dreien am besten Fragen über meine Vergangenheit stellen könnte. Wenn jemand etwas über mich wusste, dann am ehesten diese drei magischen Frauen.

»Wir folgen dem Weg und hoffen, dass wir noch vor Anbruch der Nacht den See erreichen. So lieb ich die Nacht auch habe, die Gegend dort ist unheimlich«, antwortete er.

»Unheimlich?« Seine Antwort machte mich neugierig. »Und wo sind überhaupt Arta, Lema und Manisha?«

Der Dieb lief Richtung Waldweg, ich folgte ihm. Wir ließen die Lichtung hinter uns und passierten einen schmalen Pfad. Hufabdrücke waren auf dem weichen Boden zu sehen. Hier musste also erst kürzlich jemand hindurch geritten sein.

»Man sagt, zwei verlorene Seelen treiben dort ihr Unwesen. Und die drei sind wieder gegangen. Sie kommen und gehen, wie sie wollen.«

»Haben sie auch ein Märchen?« Ich drehte mich immer wieder um und blickte hinter mich.

»Ich glaube nicht. Ich weiß nur, dass sie Schwestern sind und es in ihrer Familie liegt, besondere Gaben zu besitzen.«

»Ihre Augen …« Ich überlegte fieberhaft, wie ich das ausdrücken sollte. »Lev hat auch solche dunklen Augen.«

»Seine Mutter war auch eine Hexe. Rabea behauptet, Lev kann ebenfalls die Zukunft sehen, aber er streitet das alles ab.« Der Dieb lachte auf und lief dann etwas schneller. Er verließ den Waldweg und wählte einen Weg zwischen den Bäumen.

»Kann er das denn?«

»Was?« Er blieb abrupt stehen und deutete mir mit seiner Hand an, dasselbe zu tun.

»Was ist?«, flüsterte ich.

»Schhh!«, war seine Antwort. Er lauschte, bevor er das Laufen wieder fortsetzte.

»Was war los?«

»Geräusche, die anderen müssen hier irgendwo sein.« Er ging weiter. Seine Beine waren länger als meine und seine Schritte deutlich größer. Jedes Mal, wenn er sein Tempo beschleunigte, hatte ich Mühe, ihm zu folgen.

»Kann Lev die Zukunft sehen?«, versuchte ich es noch einmal. Die Neugierde war wieder mal größer als der Verstand.

»Lev kann so einiges, er ist ein ziemlich schlaues Bürschchen. So clever, dass er niemandem verraten würde, wenn er es könnte. Außer vielleicht Rabea.« Er blieb wieder stehen und blickte angestrengt nach rechts. »Hier lang.« Schon wieder hetzte er los und ich musste ihm nachrennen.

»Warum mag er mich eigentlich nicht?« Ich duckte mich unter einem tiefen Ast hindurch. Die Blätter der Bäume waren auch hier dunkelgrün, beinahe schwarz. So etwas hatte ich noch nie gesehen.

»Weil du mir hilfst, das Herz zu finden.« Wieder blieb er stehen, diesmal drehte er sich zu mir um.

»Sollte er mich nicht dafür lieben? Immerhin wäre der Pakt, an den sie gebunden sind, dann beendet.« Ich stand nun direkt vor ihm und blickte ihm in die Augen. Seine Kapuze war während des Laufens nach hinten gerutscht und einige braune Haarsträhnen hingen ihm nun unordentlich ins Gesicht. Hier im Tageslicht sah man seine Narbe am Hals noch deutlicher. Woher sie wohl stammte?

»Du hast Augen im Kopf, nur nutzt du sie nicht.« Er lächelte und beugte sich etwas zu mir. »Maskenmädchen«, fügte er hinzu.

»Der Dieb ohne Herz will mir also Lektionen über das Leben erteilen?«

»Du wirst bald verstehen, was ich meine. Im Übrigen …« Er fuhr mit seiner rechten Hand langsam durch meine hellen Haare. Die Spitzen waren immer noch nass von der kalten Dusche von vorhin. Sein Daumen berührte meine Wange und ich zuckte unbewusst zurück.

»Die Königin von Malufra hat beinahe so helles Haar wie du.«

»Viele Menschen haben so helle Haare.« Ich schob seine Hand beiseite und wartete auf seine Reaktion. Doch er ließ sich nichts anmerken.

»Man sagt, sie wäre eine bildschöne Frau, die ihre Maske trägt, damit die Menschen sich mit ihr unterhalten. Ohne Maske wären sie alle geblendet von ihrer Schönheit.« Er lächelte wieder, und diesmal erreichte das Lächeln auch seine Augen.

»Ich habe bisher nur gehört, dass sie verrückt sei.« Ich dachte an Tarek und wie er genau dasselbe unten am Meer gesagt hatte. Obwohl, den Dieb hatte er auch Ungeheuer genannt und das hatte er ja nur gesagt, damit ich ihn nicht mit dem Dieb in Verbindung brachte.

»Ich mache mir eher um etwas anderes Sorgen«, sprach er.

»Und um was?« Es war eigenartig, wie offen ich mit ihm sprechen konnte. Ich vertraute ihm, auch wenn so vieles dagegen sprach.

»Ich denke, die Königin wird nicht glücklich sein, wenn eine ebenso schöne Frau mit Maske und hellem Haar in ihrem Königreich auftaucht.« Bevor ich realisierte, was er gesagt hatte, hatte er sich bereits wieder umgedreht und setzte den Weg fort.

»Warte!«, rief ich, aber natürlich machte er keine Anstalten, zu warten. »Sie sind gleich da vorn.«

Erleichtert atmete ich auf. Es schien ihnen gut zu gehen.

»Was fällt dir ein?«, rief Rabea schon von Weitem, als sie mich erblickte. Sie ließ Tarek und Lev stehen und kam mit energischen Schritten auf mich zu.

»Warum verschwindest du mitten in der Nacht?«, fuhr sie fort und baute sich vor mir auf. Unter ihren Augen befanden sich dunkle Schatten und sie wirkte müde.

»Irrlichter«, presste ich hervor und blickte dann unsicher zu dem Dieb. »Ich bin den Irrlichtern gefolgt und dann bei ihm und den Hexen gelandet.«

»Wir haben dich gesucht«, war ihre einzige Antwort. Ich spürte ihren Ärger nicht nur, ich konnte ihn auch in ihren Augen sehen.

»Und jetzt sind wir alle wieder da und können die Reise fortsetzen«, warf der Dieb ein und hob beruhigend die Hände.

»Das nächste Mal suche ich dich nicht mehr die ganze Nacht.« Rabea drehte sich um und lief zurück zu Tarek und Lev. Tarek verzog keine Miene, während Lev ihr beruhigend den Arm um die Schulter legte.

»So drückt Rabea ihre Zuneigung aus. Glückwunsch, wenn sie dich anschreit, dann mag sie dich.« Der Dieb klopfte mir auf die Schulter und zeigte dann weiter in den Wald hinein. »Siehst du die Blätter der Bäume?«

Ich blickte in die angedeutete Richtung und schnappte überrascht nach Luft. Inzwischen hatte ich mich an die dunkelgrünen Blätter gewöhnt, aber die Bäume vor uns, die trugen schwarze Blätter. Pechschwarz wie die Bänder, die meine Maske hatte. Ungläubig lief ich näher. Ich stellte mich direkt unter einen dieser Bäume, stellte mich auf die Zehenspitzen und griff nach einem Blatt. Sobald ich das Blatt in meinen Händen hielt, zerfiel es zu Staub. »Was ist hier los?«, wandte ich mich an den Dieb. Er stand nun ebenfalls mit den anderen direkt hinter mir.

»Sie sind vergiftet«, erklärte Tarek und blickte hoch zu den Baumkronen. Er hielt seinen Bogen umklammert, als ob er sich an irgendetwas festhalten müsste.

»Vergiftet?« Ratlos blickte ich auf meine Hand, wo die letzten schwarzen Überreste vom Wind davongetragen wurden.

»Ich weiß, dass die Menschen immer wieder erzählen, dass der Wald mir gehört und ich keinen hinein- oder hinauslasse.« Der Dieb hielt inne und deutete dann auf die Blätter. »Aber am Ende des Waldes, kurz vor Malufra, dort lauert noch etwas anderes, was niemanden hinein- oder hinauslässt.«

Schweigen erfüllte die Luft. Ein ungutes Gefühl überkam mich. Ich war dem Dieb ohne Herz begegnet, hatte eine verwunschene Hecke überwunden und durfte drei Hexen kennenlernen, was würde mich noch alles erwarten?

»Sollte ich vielleicht zuvor wissen, was dieses Etwas ist?«, hakte ich nach.

»Im Grunde …«, begann der Dieb, wurde aber gleich darauf von Lev unterbrochen. »Wir sollten uns beeilen.« Er deutete zum Himmel. Dunkle Wolken zogen auf und bedeckten beinahe alles unter ihren schwarzen Mänteln. Nur ganz schwach drangen einzelne Sonnenstrahlen durch die Wolkendecke hindurch.

»Wenn ein Gewitter aufzieht, sollten wir einen Unterschlupf suchen«, schlug Rabea vor.

»Dafür haben wir keine Zeit«, erwiderte der Dieb. »Wir beeilen uns einfach und laufen vor dem Unwetter davon.«

Wir alle nickten, wenn auch zögerlich. In Rondama gab es viele Gewitter. Irena hatte immer gesagt, der Wind des Meeres würde uns das Unwetter bringen. Es war ein beängstigendes Gefühl, wenn die Blitze über das Himmelszelt fegten und die Bäume von den Stürmen beinahe samt ihren Wurzeln aus dem Erdboden gerissen wurden.

»Malina!« Rabea holte mich mit ihrer Stimme zurück aus meiner Gedankenwelt.

»Ich komme«, antwortete ich ihr rasch und lief hinter ihr her. Die anderen waren uns bereits voraus und kämpften sich zwischen den immer enger beieinanderstehenden Bäumen hindurch. Die schwarzen Blätter raschelten im Wind. Vielleicht war es Einbildung, aber dieses Rascheln klang in meinen Ohren wie ein unheimliches Lied.

»Haben dir die Hexen etwas gesagt?«, fragte Rabea nach einiger Zeit. Lev war weiter vor ihr und bedachte sie mit einem warnenden Blick, den sie gekonnt ignorierte.

»Nicht wirklich, sie haben etwas zu ihm gesagt. Irgendetwas von zwei Schwestern, einem Tor, Herzen und Lügen. Ich konnte mir nicht merken, was genau sie gesagt haben.« Ich blickte hinab und achtete darauf, dass ich nicht über eine Wurzel stolperte. Der Boden wurde immer unebener, und da wir nun quer durch den Wald liefen und nicht mehr auf dem Waldweg, konnte man sich hier leicht ein Bein brechen, wenn man nicht aufpasste. Überall lag etwas, worüber man stolpern konnte.

»Mach dir nicht so viele Gedanken über ihre Worte, am Ende verstehst du sie erst, wenn die Dinge eingetroffen sind, von denen sie gesprochen haben«, sagte Rabea und duckte sich unter einem Ast hindurch. Ich tat es ihr nach und blickte dann hinter mich. Das ungute Gefühl kam wieder angeschlichen und aus irgendeinem Grund fühlte es sich an, als ob jemand oder irgendetwas hinter mir war. Etwas, das mich beobachtete.

»Glaubst du daran?«, fragte ich sie, um mich abzulenken.

»An die Weissagungen der Hexen?«

»Ja.«

»Ich glaube daran, dass sie bestimmte Dinge sehen, manchmal erzählen sie auch nur einen Teil davon.«

»Könntet ihr bitte leiser sprechen?«, rief Lev und bedachte uns beide mit einem bösen Blick.

»Wenn du schneller läufst, dann musst du dir hier hinten nicht unsere Gespräche anhören«, gab ihm Rabea zu verstehen.

Wir schwiegen eine Weile und folgten dem Dieb quer durch den Wald. Dabei dachte ich immer wieder an die Hexen. »Rabea«, flüsterte ich also nach einiger Zeit. Sie antwortete nicht, aber lief langsamer und wartete, bis Lev aus unserem Blickfeld verschwunden war.

»Ja?«

»Glaubst du, die Hexen können auch die Vergangenheit sehen?« Mein Herz klopfte mir bis zum Hals.

»Warum?« Sie lief wieder etwas schneller, bis wir Lev erneut im Blickfeld hatten.

»Ich bin als kleines Mädchen mitten in der Nacht in dem Fischerdorf aufgetaucht. Irena, die Frau, bei der ich lebe, bei ihr habe ich an die Tür geklopft und nach einer Maske verlangt …« Ein lautes Donnern unterbrach mich. Ich blickte hoch. Das Gewitter war ganz in der Nähe. »Aber ich kann mich nur noch daran erinnern, an alles andere, was zuvor passiert ist, erinnere ich mich nicht.«

»Du weißt also gar nicht, ob Malina dein wirklicher Name ist?«

»Nein, und das ist auch ein weiterer Grund, warum ich gegangen bin, ich wollte endlich mehr darüber erfahren.«

»Manchmal verdrängt der Verstand bestimmte Dinge, wenn man Unschönes erlebt hat«, erwiderte sie. Sie blieb stehen und vergewisserte sich, dass die anderen ihren Weg fortsetzten. »Ich kann dir nicht sagen, ob die Hexen dir helfen können. Aber weißt du noch, was ich dir in der Nacht gesagt habe?«

Ich bejahte. Nur zu gut erinnerte ich mich an mein Versprechen, eines, das ich dieses Mal nicht brechen würde. Ich würde dem Dieb erst den Gegenstand geben, wenn er mit mir vor der Königin von Malufra stand.

»Gut, vergiss das einfach nicht. Das ist wichtig und wird dir helfen.« Schon wieder war dieser nachdenkliche Ausdruck in ihren Augen, als ob sie irgendetwas traurig machte.

»Rabea?«

»Ja?«, fragte sie und hob ihren Blick. Ihre grauen Augen hatten die Farbe der dunklen Gewitterwolken über uns. Wie diese Wolken, so schien auch sie etwas in ihrem Innersten zu verbergen. »Ist da noch mehr, was ich wissen sollte?«

»Es …« Sie hielt inne und schüttelte dann den Kopf.

»Rabea, Malina?«, drang die Stimme von Tarek an mein Ohr. Er kämpfte sich durch die Sträucher vor uns hindurch und blieb dann stehen. »Kommt ihr?«, fragte er zögerlich.

Wir beide nickten und setzten den Weg fort. Ich musste nicht das Gesicht von Rabea sehen, ich wusste auch so, dass sie fieberhaft darüber nachdachte, wie weit sie mir vertrauen konnte.

Wo Masken grün
wie die Hoffnung waren

*D*ie restliche Zeit sagte keiner etwas. Rabea und ich holten bald die anderen ein. Das Unwetter zog zum Glück an uns vorbei und so konnten wir ohne Probleme unseren Weg fortsetzen. Nach einer Weile beschloss der Dieb, dass wir eine Rast machen sollten, bei der wir etwas tranken und den restlichen Proviant aßen, den wir dabeihatten. Es war nicht viel, aber es reichte, um meinen knurrenden Magen zu besänftigen. Bevor sich aber meine Füße von dem Marsch erholen konnten, ging es wieder weiter. Diesmal quetschte sich Lev zwischen Rabea und mich, als ob er verhindern wollte, dass wir weiterhin Worte wechselten.

So liefen wir vorbei an den immer gleichen Bäumen mit den dunklen Blättern, die zu Staub zerfielen, sobald man sie berührte. Vorbei an den kahlen Hecken und Sträuchern und immer weiter in Richtung Malufra.

Ich war schon wieder in meinen Gedanken versunken, als der Dieb auf einmal laut »Halt!« rief.

»Was ist los?«, schrie Lev nach vorn.

»Es wird bald dunkel und ich denke, wir sind beinahe am Ziel«, erläuterte der Dieb. Lev und ich liefen zu den anderen. Er hatte recht, die Sonne schien zwar noch, aber es wurde immer dunkler um uns herum.

»Hier ist ein Lagerfeuer. Wir ruhen uns hier aus und halten abwechselnd Wache.« Er deutete auf einen kleinen Platz vor uns. Tatsächlich befand sich hier ein Steinkreis mit noch etwas Glut und halb abgebranntem Feuerholz. Das war nicht das Einzige, was die Leute zurückgelassen hatten.

»Hier liegt noch mehr«, sprach Tarek die Worte aus, die auf meiner Zunge lagen. Direkt neben dem Feuer befanden sich eine Wolldecke und ein Lederbeutel. Etwas weiter hinten entdeckte ich sogar eine halb volle Trinkflasche.

»Sollen wir wirklich hierbleiben?«, sprach Rabea aus, was wir wohl alle dachten. Wem auch immer das alles gehörte, er oder sie würde es bestimmt bald vermissen.

»Wovor habt ihr Angst?«, meinte der Dieb nur gelassen. »Es wird bald dunkel, und auch wenn dieser Jemand wiederkommt, wir sind zu fünft und er oder sie nur allein.« Er sammelte Holz vom Boden auf, während wir anderen immer noch dastanden.

»Niemandem wird etwas passieren, das verspreche ich«, sprach der Dieb, als er bemerkte, dass sich keiner rührte. Erst jetzt erwachte wieder Leben in Lev und Tarek und sie halfen ihm bei der Holzsuche, während Rabea auf den Lederbeutel zulief.

»Was machst du?«, raunte ich ihr zu und stellte mich gleich neben sie.

»Nachsehen, was dort drinnen ist, könnte ja auch nützlich für uns sein.« Sie öffnete den Beutel und griff hinein.

»Das gehört aber nicht uns«, bemerkte ich und blickte wieder hinter mich in den Wald. Noch immer wurde ich das Gefühl nicht los, dass wir beobachtet wurden.

»Nein, aber wer auch immer hier war und das alles dagelassen hat, dem schien es nicht so wichtig zu sein.« Sie zog ein schwarzes Tuch aus Samt hervor. Darin war etwas eingewickelt.

»Muss kostbar sein«, bemerkte sie, während sie vorsichtig das Tuch aufwickelte und es dann fallen ließ.

»Was …« Erschrocken hielt ich die Luft an. Eine Maske verbarg sich unter dem Stoff.

»Das ist nicht so außergewöhnlich, immerhin sind wir ganz nah an Malufra.« Sie fuhr behutsam über den Gegenstand.

»Darf ich?«, fragte ich leicht zögerlich. Rabea reichte sie mir und hob das Tuch von dem Waldboden auf.

Die Maske war grün. Sie bestand aus verschiedenen Nuancen. Ganz oben begann es mit einem dunklen Tannengrün und verlief weiter, bis es am unteren Rand der Maske bei einem Grasgrün aufhörte. Feine weiße Lilien zierten sie. Jede dieser Zeichnungen musste aufwendig von Hand gemacht worden sein. Rechts am Rand der Maske war eine ebenso helle Feder eingearbeitet worden. Ähnlich wie bei meiner Maske, gab es auch hier schwarze Samtbänder an den jeweiligen Seitenrändern.

»Das Maskenmädchen hat eine Maske gefunden.« Ohne dass ich es bemerkt hatte, war der Dieb hinter mich getreten.

»Rabea hat sie gefunden, aber sie ist atemberaubend.« Kopfschüttelnd fuhr ich über die Oberfläche. Sie bestand aus einer Art hauchdünnem Stoff, der über das feste Grundgerüst der Maske gespannt worden war.

»Sehen Masken nicht alle gleich aus?«, fragte der Dieb und wollte mir die grüne Kostbarkeit aus den Händen nehmen, aber ich drückte die Maske an mich und drehte mich zu ihm um.

»Sehen Menschen auch alle gleich aus?« Ich blickte ihm in die Augen, während die Worte meinen Mund verließen. Wie immer hatte er nur ein Lächeln für mich übrig.

»Nein, würde wohl ein Mensch antworten, aber ich besitze kein Herz, also würde ich mich nicht als Mensch bezeichnen.«

»Nur ein Mensch könnte so etwas Dummes sagen.«

Rabea keuchte auf. Ich hatte ganz vergessen, dass sie auch noch da war. »Tut mir leid«, entschuldigte ich mich und reichte ihm die Maske. »Aber nur weil man kein Herz hat, heißt das nicht, dass man nicht so tun kann, als würde man eines besitzen.« Ich strich mir eine meiner hellen Haarsträhnen hinters Ohr.

»Also, Maskenmädchen, wie viel ist dieses Ding wert?« Er betrachtete den Gegenstand in seinen Händen eingehend. »Siehst du die feinen Schattierungen bei den Farbübergängen?« Ich deutete auf die diversen Farbtöne, die, obwohl es immer dunkler um uns wurde, hell aufleuchteten. Er nickte und strich darüber.

»Und die Blumen, die wurden alle von Hand eingearbeitet, was aufwendig ist. Besonders wenn man bedenkt, wie fein sich der Stoff anfühlt und wie dünn er wohl sein musste.« Fasziniert betrachtete ich die Maske. »Sie ist überaus kostbar.«

»Willst du sie behalten?« Er streckte sie mir wieder entgegen.

»Das kann ich nicht. Sie gehört jemandem und wir sollten sie wieder dorthin zurückpacken, wo wir sie herhaben.« Ich nahm ihm die Maske aus der Hand. Unsere Finger berührten sich dabei und wieder durchfuhr mich dieses Kribbeln. Ich zuckte zurück, griff dann aber nach der Maske.

Er beugte sich etwas näher zu mir. »Weichst du meinen Berührungen aus?«, flüsterte er kaum merklich.

»Mir fällt gerade etwas anderes auf«, sagte ich, ohne auf seine Bemerkung einzugehen.

»Was denn?« Nun blickte er verwundert.

»Die Maske hat die gleiche Farbe wie deine Augen.«

Rabea reichte mir wortlos das Tuch. »Ich sehe einmal nach dem Feuer, das hier wird mir zu romantisch«, murmelte sie und lief dann zu Tarek, der inzwischen damit beschäftigt war, zwei Steine gegeneinanderzuschlagen.

»Feuersteine«, kommentierte der Dieb meinen Blick. »Man schlägt sie aneinander, bis ein Funken entsteht, um das Feuer zu entzünden.«

»Kenne ich, aber was ist mit euren Laternen? Die gingen von selbst an.« Ich erinnerte mich nur zu gut an den Moment, als er das erste Mal vor mir stand.

»Zurück zu meiner Augenfarbe«, wechselte er wieder das Thema und deutete auf die Maske, die sich noch immer auf meiner rechten Handfläche befand.

»Irgendwann wirst du mir deine Geheimnisse verraten. Aber es ist wirklich erstaunlich, wie sehr diese Grüntöne deinen Augen ähneln.« Ich zuckte mit den Schultern und wickelte die Maske wieder in das Tuch. »Und dennoch gehört sie uns nicht und darum sollten wir sie hierlassen.«

»Du hast wahrlich ein reines Herz«, sprach er mit einem spöttischen Unterton. »Sind die Masken von Irena auch so kostbar?«

»Ihre Masken sind ganz anders, aber ebenso aufwendig.« Ich steckte die Maske zurück in den Beutel und wollte gerade wieder meine Hand herausziehen, als ich auf etwas Hartes stieß. Erstaunt umfasste ich den Gegenstand und zog ihn heraus. Ein blauer Stein kam zum Vorschein. Er war beinahe so groß wie meine Handfläche, aber viel leichter als erwartet.

»Das Feuer brennt, Lev sucht noch nach mehr Holz und Rabea erkundet die Umgebung.« Tarek kam auf uns zu und deutete auf das Feuer.

»Gut, dann würde ich sagen, du und Malina, ihr übernehmt die erste Wache, ich werde mich auch noch genauer umsehen.«

Er nickte uns zu und zog sich dann wieder die Kapuze über den Kopf. Ich hatte nicht einmal die Gelegenheit, um zweimal zu blinzeln, da war er bereits zwischen den Bäumen verschwunden.

»Du scheinst Masken zu mögen«, stellte Tarek fest. Er setzte sich nahe an das Feuer und lehnte seinen Rücken gegen einen Stein.

»Ich bin damit aufgewachsen.« Noch immer betrachtete ich den gefundenen Gegenstand in meinen Händen. Warum würde jemand Decken, Wasserbeutel und eine Maske sowie einen Stein von unermesslichem Wert zurücklassen?

»Irgendetwas stimmt hier nicht«, sprach ich meine Gedanken laut aus. Ich ging zu Tarek und setzte mich neben ihn ans Feuer. Lev tauchte auch wieder auf und warf einen Stapel Holz wortlos neben meine Füße.

»Bei dir muss immer irgendetwas nicht stimmen«, brummte er und lief wieder zurück in den Wald.

»Nimm es ihm nicht übel.« Tarek hob eines der Holzstücke auf und legte es zu den anderen ins Feuer. Sofort züngelten die Flammen daran entlang.

»Ich würde es ihm nicht übel nehmen, wenn ich endlich den Grund für seinen Hass auf mich wissen würde.« Nachdenklich betrachtete ich das Spiel von Orange und Rot vor meinen Augen.

»Ich finde dich ganz bezaubernd, auch wenn ich eher Dunkelhaarige bevorzuge.« Er zwinkerte mir zu und erntete dafür von mir einen Schlag auf die Schultern.

»Aua«, keuchte er gespielt auf.

»Tarek, Malina!« Rabea kam wieder aus dem Wald. »Wo sind die anderen beiden?«

»Er erkundet die Umgebung und Lev schmollt im Wald«, antwortete Tarek und warf ein zweites Holzstück ins Feuer.

»Und wie sieht der Plan aus?« Sie setzte sich gegenüber von uns hin und streckte die Füße aus.

»Malina und ich übernehmen die erste Wache, dann womöglich du und Lev, und so wie ich ihn kenne, wird er den Rest der Nacht wach sein«, sprach Tarek.

»Gut, dann werde ich meine Augen ausruhen.« Sie gähnte herzhaft, schnappte sich dann die Decke, rollte sie zu einem Bündel zusammen und legte sie unter ihren Kopf.

Tarek und ich sprachen die restliche Zeit über belanglose Sachen. Irgendwann tauchte auch Lev wieder auf, legte sich wortlos außer Reichweite von uns hin und schloss ebenfalls die Augen. Eine Weile betrachtete ich den Mann mit den Augen so schwarz wie die Nacht. Ich wusste nichts über ihn, außer dass seine Mutter eine Hexe war.

»Tarek?«, flüsterte ich.

»Hmmm«, brummte er. Bei ihm würde es nicht mehr lange dauern und dann würde auch er sich ins Land der Träume verabschieden. Als Wache schien er nicht wirklich geeignet zu sein.

»Erzähl mir mehr über dich, ich kenne dich gar nicht.«

»Gut, dass du fragst.« Er räusperte sich und setzte sich dann gerader hin. »Sagt dir der Name Bolinski etwas?«

Ich dachte zurück an den Tag, als Irena mich geweckt hatte, bevor das Wasser übergekocht war. Der Tag, an dem ich Tarek das erste Mal begegnet war. Damals hatte Irena mir auch erzählt, dass eine reiche Dame aus Bolinski eine Maske bestellt hätte.

»Das ist diese große Handelsstadt irgendwo im Süden.«

»Genau, von dort komme ich. Mein Vater ist ein angesehener Händler. Er verkauft die besten Waren im ganzen Land. Unter anderem hatte er auch diesen Bogen in seinem Sortiment.« Behutsam, beinahe schon liebevoll strich Tarek über seinen Bogen. »Ein Prachtexemplar, der liebe Gregor.« Zufrieden lächelte er.

»Du hast deinem Bogen einen Namen gegeben?«

»Natürlich! Alle besonderen Dinge sollten einen Namen haben.«

Ich lachte auf. »Wenn du das sagst.«

»Ich habe bei meinem Vater gearbeitet, meine Mutter ist schon früh gestorben. Das Leben lief ganz gut, bis …« Erneut strich er liebevoll über seinen Bogen.

»Bis?«

»Bis mein Vater sich dazu entschied, mich einer reichen Adelstochter zu versprechen. Eigentlich eine ungewöhnliche Verbindung, wenn man bedenkt, dass wir nur einfache Händler waren. Aber das Mädchen war die siebte Tochter einer gut betuchten Dame und mein Vater verkaufte ihr nur die beste Ware.«

»Klingt doch wie in einem Märchen.« Ich blickte wieder zu dem Feuer, das inzwischen eine ansehnliche Höhe erreicht hatte.

81

»Ich war aber bereits verliebt.«

»Lass mich raten, in deinen Bogen?«

Doch er lachte nicht über den Witz, sondern legte die Waffe stattdessen neben sich.

»Sie war das schönste Mädchen, das ich jemals gesehen habe. Dunkelbraunes Haar und so rote Lippen, beinahe wie Schneewittchen. Ihre Augen waren ozeanblau und wenn sie erst lächelte …« Er schüttelte den Kopf und blickte verträumt.

»Das ist doch toll, oder nicht?«

»Wahrlich war das toll, denn sie liebte mich ebenso wie ich sie, aber mein Vater wollte nicht, dass wir zusammen waren. Er verbot es mir und aus Trotz bin ich davongerannt, wollte eine Nacht in dem Wald verbringen. Ich wollte, dass er sich Sorgen machte, und dann, zumindest war das mein Plan, wäre ich wieder aufgetaucht und hätte ihm gesagt, was Sache ist.«

»Und seitdem steckst du hier fest?«, riet ich.

»Genau, seitdem stecke ich hier fest und warte auf den Tag, an dem ich wieder zu ihr kann. Das Ganze ist jetzt schon zehn Jahre her.« Wütend ballte er die Fäuste.

»Warte …« In meinen Gedanken ging ich noch einmal die ganze Geschichte in meinem Kopf durch. »Rabea hat mir verraten, dass du die Möglichkeit hattest, für kurze Zeit den Wald zu verlassen. Warum bist du nach Rondama und nicht zu ihr?«

»Bolinski liegt hinter Rondama und so viel Zeit hatte ich nicht. Darum wollte ich zum Meer, denn das Wasser erinnert mich an ihre Augen. Außerdem hätte ich es nicht ertragen, sie zu sehen und dann wieder gehen zu müssen.«

»Wir finden das Herz und brechen den Pakt, mit wem auch immer der geschlossen wurde.« Zuversichtlich nickte ich.

»Du hilfst uns also immer noch?«, fragte er zögerlich.

»Warum nicht, ihr seid alle nett und immerhin helft ihr mir auch nach Malufra.«

Tarek schwieg. Er stand auf und beschäftigte sich wieder mit dem Feuer. So saßen wir eine Weile und lauschten der Stille, während die Flammen sich im Wind hin und her bewegten. Bald tauchte der Dieb wieder auf. Er sagte nicht viel, sondern setzte sich zu uns ans Feuer.

Erst als ich beinahe einschlief, rüttelte Rabea auf einmal an meinen Schultern.

»Malina«, flüsterte sie. »Komm, ich übernehme. Ruh dich etwas aus.«

Vor lauter Müdigkeit brachte ich kein Wort hervor. Ich stand auf und legte mich an ihren Platz von vorhin. Bevor ich die Augen schloss, warf ich noch einmal einen Blick zu dem Dieb. Er wirkte angespannt, fast schon unruhig. Und dann fielen mir die Augen zu und ich wachte erst wieder auf, als ich einen Schrei hörte.

Wo Schwestern sich
für lange Zeit trennten

Ich schreckte hoch und blickte um mich. Tarek, der unmittelbar in meiner Nähe lag, war ebenfalls hochgeschreckt. Er stand bereits auf beiden Beinen und hatte den Bogen gespannt. Lev lehnte an einem Baum und hielt sich schmerzverzerrt die rechte Seite. Rabea stand einige Meter neben ihm und hatte sich die Hände vor den Mund gehoben. Der Schrei war wohl von ihr gekommen. Der Dieb befand sich neben dem Feuer. Abwehrend hatte er die Hände von sich gestreckt. Was war hier los? Langsam stand ich auf. Erst jetzt sah ich sie. Eine Frau mit rötlichen langen Haaren, die zu einem Zopf gebunden waren. Sie trug ein grünes Kleid, das bis auf den Boden reichte und mit der Erde zu verschmelzen schien. Ihre Statur war klein und zierlich. Auf den ersten Blick wirkte sie ganz harmlos, aber wenn man ihren Gesichtszügen im Schein des Feuers mehr Aufmerksamkeit schenkte, dann erkannte man schnell, dass sie wütend war. Nicht nur ein bisschen wütend, sie schien innerlich zu explodieren. Ihre Augen waren nur noch schmale Schlitze und ihr Mund ein dünner Strich. Mit der rechten Hand hielt sie ein langes Schwert fest umschlossen und richtete die Waffe auf den Dieb ohne Herz.

»Waffe fallen lassen«, knurrte Tarek und spannte den Bogen noch mehr. Er hatte den Pfeil direkt auf das Herz der Frau gerichtet und ich zweifelte keine Sekunde lang daran, dass er loslassen würde, wenn es darauf ankam.

»Tarek …«, sprach der Dieb langsam. »Nimm den Bogen runter.«

Tarek hielt inne, senkte den Bogen aber keinen Millimeter.

»Tarek!« Die Stimme des Diebes wurde energischer. Dies war keine Bitte mehr, sondern ein Befehl. Erst jetzt senkte er seine Waffe, wenn auch zögerlich.

84

»Ich hätte nicht gedacht, dass du dich hierher traust«, sprach die Frau in Grün. Ihre Stimme war ganz leicht, klang wie eine sanfte Melodie in meinen Ohren. Abschätzig ließ sie das Schwert fallen. Sie schritt näher an den Dieb heran, ganz gemächlich wie eine Raubkatze, die mit ihrer Beute spielte. Erst als nicht einmal mehr eine Hand zwischen die beiden passte, hielt sie inne. Er hingegen hielt die Hände immer noch erhoben und machte keine Regung. Die Frau legte ihre linke Hand ganz sanft um seinen Hals und lächelte dabei.

»Du schuldest mir was«, zischte sie. Sie war einen Kopf kleiner als er und doch wirkte sie so überlegen. Warum zur Hölle tat er nichts?

»Vielleicht können wir einen Handel machen«, flüsterte er und betrachtete die helle Hand, die sich um seinen Hals befand, genau dort, wo die silberne Linie war.

»Wirklich?« Ungläubig lachte sie auf. Es war nur ein kurzes Lachen, denn schon bald verzog sich ihre Miene wieder zu derselben unheimlichen Fratze wie zuvor. Ohne diesen wütenden Ausdruck schien sie eine bildhübsche Frau zu sein.

»Du Monster!« Diesmal war es die Stimme von Rabea, die die Stille zerschnitt. Sie kniete neben Lev und drückte ihre Hand auf eine Stelle an seinem Körper, wo er zuvor selbst noch seine Hände schmerzverzerrt hingehalten hatte. Er war bleich und starrte geradeaus. Für einen Moment befürchtete ich sogar, er wäre tot, doch dann verzog er sein Gesicht wieder und schob die Hand von Rabea auf die Seite. Rotes Blut kam zum Vorschein. Es tropfte auf den Boden, breitete sich auf seiner Kleidung aus und lief über seine eigenen Hände.

Rabea keuchte auf. »Verfluchte Hexe!«, rief sie wieder. Zorn schwang in ihrer Stimme mit. Sie wischte sich erst gar nicht die blutverschmierten Hände ab, sondern stand auf und kam näher.

»Rabea.« Wieder versuchte der Dieb, jemanden aus seiner Gruppe zu beruhigen. Rabea dachte gar nicht erst daran.

»Ich würde genau dort stehen bleiben«, sprach die Frau gelassen. Ihre Blicke lagen noch immer auf dem Dieb, genauso wie ihre Hand um seinen Hals.

Rabea bückte sich, hob das Schwert auf. »Wer unfair kämpft, wird unfair fallen.« Sie umschloss es mit beiden Händen.

»Letzte Warnung.« Nun drehte die Frau ihren Kopf ganz langsam in die Richtung von Rabea.

»Bleib einfach stehen …«, kam es wieder vom Dieb.

»Und was, wenn nicht?« Rabea hob das Schwert.

Ehe sie es hinabsausen lassen konnte, schrie ich: »Halt!«

Meine Hände zitterten, mein Magen rumorte. Mir war nicht wohl dabei. Noch nie hatte ich jemanden gesehen, der von einem Schwert aufgespießt wurde, und heute würde auch nicht der Tag sein, wo dies zum ersten Mal passierte.

»Aufhören! Was ist hier los?«, keuchte ich entsetzt.

»Ihr seid in mein Lager eingedrungen, schon wieder.« Sie lächelte, bevor sie zudrückte. Ihre Hand verkrampfte sich, während sie genüsslich dabei zusah, wie der Dieb nach Luft schnappte. Rabea nutzte diesen Moment und ließ das Schwert auf den Kopf der Frau krachen. Im ersten Moment wirkte es zumindest so, doch so weit kam es nie. Die Frau duckte sich, trat einen Schritt nach rechts, ließ den Dieb für einen Moment los und schlug Rabea mit aller Kraft von unten auf die Nase. Es knackte, während mir wieder das Essen von heute langsam die Speiseröhre hochkam. Rabea rollte sich ab, musste das Schwert fallen lassen und griff dann entsetzt zu ihrer Nase. Das Blut von Lev an ihrer Hand vermischte sich mit ihrem eigenen.

Tarek brüllte auf und stürzte sich nun auch noch auf die Gruppe. Diesmal war es der Dieb, der sich ihm in den Weg stellte. Er verpasste ihm einen Schlag, der den Bogenschützen zu Boden beförderte. »Tut mir leid«, flüsterte er und ging dann selbst in die Knie und hielt sich den Hals, während er nach Luft schnappte.

»Halt, verflucht!«, rief ich wieder. »Halt, halt, halt!« Meine Stimme fegte durch den Wald und schreckte irgendwo in unserer Nähe ein wildes Tier auf. Es raschelte, dann war es wieder still.

»Und wer bist du, bevor ich dir deine Augen eigenhändig herausreiße?«, zischte die Frau.

»Malina, aber das tut nichts zur Sache. Wenn das Euer Lager ist, dann ist das sicherlich auch Eure Tasche.« Ich behielt die Frau im Blick, während ich nach hinten griff und die braune Ledertasche vom Boden aufhob. Ich zog das schwarze Tuch hervor. »Und das hier Eure

Maske.« Ich warf das Tuch auf den Boden und streckte die grüne Maske in ihre Richtung.

»Was soll ich damit?«, fragte sie sichtlich gelangweilt.

»Ich will wissen, was hier los ist, sonst zerstöre ich sie.« Mit meinen Fingern umklammerte ich die Maske wie die Frau vorhin den Hals des Diebes. So kostbar, wie sie aussah, musste sie einen hohen Wert haben.

»Mach, was du willst.« Sie spuckte verächtlich auf den Boden und lief wieder hinüber zum Dieb. Für einen winzigen Augenblick hatte ich eine Unsicherheit in ihrem Blick bemerkt und diese nutzte ich nun zu meinem Vorteil. Ich legte die Maske auf den Boden, hob meinen Fuß und machte mich bereit, mit voller Wucht auf dieses wunderschöne Ding zu treten.

»Wag es nicht!« Diesmal lag ihre volle Aufmerksamkeit auf mir.

»Gut, dann will ich wissen, was los ist.« Ich verschränkte die Arme vor der Brust. Rabea hatte sich wieder aufgerappelt. Sie lief zu Lev, hielt sich dabei immer noch die Nase. Es sah aus, als hätte sie sich dazu entschieden, dass es besser wäre, ihm zu helfen und ihn vor dem Tod zu bewahren, als all ihre Wut auf diese Frau loszulassen.

»Ich bin durch den Wald gelaufen, dann hörte ich auf einmal Stimmen. Eine der Stimmen kannte ich nur zu gut.« Sie ballte die Hände zu Fäusten und drehte sich wieder zu dem Dieb um.

»Und weiter?«, sprach ich eilig.

»Ich habe mich also auf den Weg gemacht, um zu sehen, wer es wagt, in meinen Teil des Waldes vorzudringen. Dabei habe ich festgestellt, dass es der herzlose Verräter ist, zusammen mit seinen treuen Kameraden, dem Hexenjungen, dem Rabenmädchen und dem Bogenschützen. Und da wären wir nun, Malina. Ich frage mich nur eines, wie dumm ihr wohl sein müsst, hierherzukommen.« Sie schritt auf mich zu. In ihrem Blick lag eine feste Entschlossenheit und ihre Hände krallten sich in den grünen Stoff ihres Kleides.

»Maske.« Ich deutete auf das Ding zu meinen Füßen und sie blieb stehen. »Wir sind in das Lager eingedrungen, aber das ist keine Entschuldigung dafür, dass man jemanden töten kann«, fuhr ich fort.

»Das ist nur eine Schnittwunde; wenn ihr mir euren kleinen Dieb ausliefert, dann rette ich euren Freund.«

»Gut«, antwortete ich und hob die Maske auf. Ganz behutsam fuhr ich über den Stoff. »Zuerst rettest du Lev, dann kannst du den Dieb haben.« Unbewusst war ich zum Du übergegangen.

Der Dieb keuchte auf. »Was?«, fragte er ungläubig.

»Willst du, dass Lev stirbt?«, wandte ich mich an ihn. Er schüttelte nur den Kopf.

Der wütende Gesichtsausdruck der Frau verschwand. »Das ging schnell.« Sie lief hinüber zu Lev, wartete, bis Rabea ihr widerwillig Platz machte, und kniete sich dann vor ihn hin. Mit ihren Händen fuhr sie über den Waldboden, hob etwas auf und drückte es dann auf die Wunde von Lev. Er schrie auf, schlug die Hand der Frau weg, doch sie blieb hart und ließ sich nicht unterkriegen.

»Maskenmädchen, du machst einen gewaltigen Fehler«, murmelte der Dieb. Auch er richtete sich wieder auf und blickte zu mir. Auf seinem Hals erkannte man ganz deutlich den Abdruck einer Hand.

»Das mache ich nicht«, widersprach ich ihm. Wir lieferten uns ein stilles Blickduell, während Lev erneut schmerzerfüllt aufschrie. Er mochte mich hassen, aber bei den Schreien zog sich selbst mein Herz zusammen.

Wieder beugte sich die Frau zur Erde, hob ein wenig davon auf, murmelte einige Worte und drückte sie dann in seine Wunde.

»Ich glaube nicht, dass man Erde …« Ich kam gar nicht dazu, meinen Satz zu beenden, da hob die merkwürdige Frau ihre Hand.

»Magie, ich wasche die Wunde aus, heile sie von innen und beschleunige den Heilungsprozess. Das Einzige, was zurückbleibt, sind Schmerzen und eine Narbe.« Sie fuhr mit ihrer Arbeit fort. »Habt ihr etwas zum Verbinden? Nur falls die Haut an der Stelle wieder aufreißt?«, fragte sie und warf einen Blick nach hinten.

Rabea stand benommen auf, lief zu ihrer Tasche und suchte nach einem Stück Stoff. In ihrem Blick lag Leere, ihre Hände zitterten. Sie gab der Frau den Stoff, setzte sich dann wieder neben Lev, um seine Hand zu halten. Er ließ es zu. Eine Träne wanderte ihre Wange hinab und jetzt erkannte ich es. Ich schloss meine Augen. *Du hast Augen im Kopf, nur nutzt du sie nicht.*

Das hatte der Dieb ohne Herz zu mir gesagt. Wie hatte ich das die ganze Zeit übersehen können?

Lev umklammerte Rabeas Hand fester. Sie lächelte und flüsterte ihm beruhigende Worte zu, während diese völlig fremde Frau versuchte, sein Leben zu retten. Ich schloss die Augen. Dieser Blick, diese blanke Angst. Die Angst, die man hatte, wenn man kurz davor war, jemanden zu verlieren, der einem wahnsinnig viel bedeutete.

Das, was sich in ihrem Blick spiegelte, war nicht mehr nur dieses Grau. Es war viel mehr. Ein wenig Hoffnung, etwas Mut und vergangene Träume, Gedanken und Wünsche und ganz tief darin, da entdeckte man Liebe. Lev und Rabea waren keine gewöhnlichen Freunde, die beiden hatten Gefühle füreinander. Ich öffnete meine Augen wieder. Nur jemand, der sich leicht ablenken ließ, der konnte das nicht bemerken. Sie war die Einzige, die ihm alles sagen konnte, ohne gleich eine ebenso mürrische Antwort zu erhalten.

»Es sollte nun aufhören zu bluten. Ich würde in den nächsten Tagen keine anstrengenden Bewegungen mehr machen.« Die Frau mit dem grünen Kleid erhob sich wieder. Ihre Bewegungen waren schnell und präzise. Mit der Leichtigkeit, mit der sie sprach, mit der bewegte sie sich auch.

Lev war immer noch kreidebleich und lehnte abwesend an dem Baumstamm. Rabea hörte nicht auf, ihm Dinge zu sagen, während sie behutsam über seine Wange strich. Dabei verschmierte sie das Blut an ihren Händen, aber es schien ihr egal zu sein. Ebenso egal schien ihr zu sein, dass ihre Nase noch immer blutete und nun anschwoll.

»Da wir das nun geklärt hätten, nehme ich den Dieb mit.« Die Frau mit den roten Haaren wischte sich die Reste von Blut und Erde an ihrem Kleid ab.

»Halt!«, rief ich wieder. Keine Ahnung, woher ich den Mut nahm. Ich schob es auf das Adrenalin in meinem Körper, anders konnte ich mir nicht erklären, warum ich so handelte.

»Du stellst meine Geduld auf die Probe, Malina.« Sie schüttelte traurig den Kopf.

»Du kannst den Dieb haben, aber ich komme mit.«

»Tatsächlich?«, fragte sie unsicher. »Und was will ich mit dir?«

»Ich habe noch immer die Maske. Wenn du sie möchtest, musst du mich mitnehmen.«

Der Dieb schüttelte energisch den Kopf. »Nein, ich gehe freiwillig mit. Das Mädchen bleibt hier«, sprach er.

»Wenn ich möchte, dann kann ich dir die Maske entreißen, mit deinen Händen dran oder ohne. Jedoch finde ich dein Angebot überaus reizend.« Sie nickte zustimmend. »Wenn ihr mir also folgend würdet. Versucht gar nicht erst zu flüchten, wenn doch, dann ramme ich jedem von euch einen Dolch in die Kehle.« Mit ihren dünnen Fingern fuhr sie sich über den Hals. »Verstanden?«

Ich schluckte. »Verstanden.«

»Tarek, Lev, Rabea, ihr bleibt hier, wir kommen bald wieder«, erläuterte der Dieb.

»Da wäre ich mir nicht so sicher«, wandte die Frau ein.

Tarek wollte widersprechen, aber ein Blick von seinem Anführer genügte und er schwieg.

Die Frau hob ihr Schwert auf, nickte Rabea und Lev beim Vorbeigehen zu, bevor sie dann in den Wald hineinlief. Der Dieb und ich folgten ihr. Ich traute mich nicht, noch einmal zurückzusehen. Rabea, Lev und auch Tarek kannte ich erst seit Kurzem, aber jeder von ihnen war mir ans Herz gewachsen. Mittlerweile konnte ich den Hass von Lev auch nachvollziehen.

»Wenn ich dein Herz finde, dann löst sich der Pakt auf und jeder kehrt wieder zurück an seinen Ort. Lev könnte Rabea verlieren«, sprach ich leise. Ich lief direkt hinter dem Dieb. In der Dunkelheit sah ich nichts, darum hielt ich mich an seinem Oberteil fest.

»Du hast endlich gelernt, deine Augen zu benutzen, Maskenmädchen. Nächstes Mal üben wir das mit deinem Verstand, falls es eines geben wird«, flüsterte er zurück.

»Was hast du ihr angetan? Ich verstehe immer noch nichts.«

»Er hat mich von meiner Schwester getrennt.«

Sie schnaubte auf und lief dann noch schneller. »Dank ihm habe ich sie seit Jahren nicht mehr gesehen.«

»Warum?« Ihre Worte halfen mir nicht weiter, sie verwirrten mich nur noch mehr.

»Wir werden später noch Gelegenheit zum Reden haben.« Nachdem sie das gesagt hatte, war es wieder still. Wir liefen eine Weile hintereinanderher, bis die Frau anhielt. Etwas blitzte auf und dann wurde es heller um uns. Von dem grellen Licht geblendet, kniff ich die Augen zusammen.

»Hier ist es perfekt, hier wirst du sterben.«

Ich öffnete die Augen wieder und war deutlich überrascht. Wir waren mitten im Wald. Vor uns stand eine besonders dicke Eiche.

Rund um den Baum war viel Platz, aber ich konnte nicht sagen, in welcher Richtung Tarek, Lev oder Rabea sich befanden. Alles sah so gleich aus. Überall Bäume und Äste, so weit das Auge reichte. Nur das Licht, das konnte ich nicht genau identifizieren. Es war einfach da, lag wie ein Mantel um uns und erhellte alles in einem Umkreis von zwei Schritten.

»Hast du die Maske?«, fragte die Frau und rieb sich entzückt die Hände.

»Die Maske ja, aber die Tasche nicht.« Erst jetzt fiel mir auf, dass ich in der Eile vergessen hatte, ihre Tasche mit dem blauen Stein mitzunehmen.

»Das macht nichts. Er wird sie für uns holen.« Die Frau deutete in eine Richtung. »Einfach dort entlang, Verräter.«

Der Dieb und ich sahen uns verwundert an.

»Ich soll die Tasche holen?«, stammelte er.

»Genau.«

»Und wenn ich abhaue?«

»Das wird nicht passieren, da ich sie hierbehalte.« Sie zog mich näher zu sich, als ob ich eine Ware wäre und sie nur noch über meinen Preis verhandeln müssten.

»Du kennst mich, ich würde nicht wiederkommen«, beharrte er.

»Wie nett«, wandte ich ein.

»Du kommst wieder, da habe ich keine Angst«, sprach sie gelassen.

»Ich habe es dir gesagt, Maskenmädchen, benutze deinen Verstand.« Mit diesen Worten drehte er sich um. Schon bald verschluckte ihn die Dunkelheit.

»Hast du Angst?« Die Frau drehte mich an den Schultern zu sich und bohrte ihre langen Finger in mein Fleisch.

»Ich würde ehrlich gesagt lieber erfahren, was hier los ist.« Ich wand mich unter ihrem eisernen Griff und sie ließ los.

»Wer bist du überhaupt? Das Rabenmädchen, den Hexenjungen und den lächerlichen Schönling mit dem Bogen kenne ich. Zumindest habe ich sie schon aus weiter Ferne gesehen und Geschichten über sie gehört. Aber du passt hier nicht dazu, Malina.« Eingehend betrachtete sie mein Gesicht, fuhr mir durch die Haare und tippte gegen meine Nase. Ich schreckte zurück.

»Dein hübscher Freund war einst auch mein Freund.« Sie deutete in die Richtung, in der der Dieb verschwunden war.

»Kennst du das Märchen der zwei Schwestern?« Aus ihrer Stimme hörte man den Schmerz heraus.

»Die Schwester des Waldes und die Schwester des Wassers.« Ich nickte, während ich an das Märchen dachte. Es war eine kurze Geschichte und handelte im Grunde von zwei Mädchen, die ihre Eltern bei einem Brand verloren hatten. Keine gewöhnlichen Schwestern, oh nein. Denn sobald sie ihre Eltern hatten sterben sehen, entwickelten die beiden unglaubliche Kräfte. Die eine fühlte sich magisch angezogen vom Wald und die andere vom Wasser. Mit ihrer kindlichen Fantasie erschufen sie in ihren Gedanken ihr eigenes Reich und lebten von nun an den Orten, wo sie sich wohlfühlten. Zumindest war das die Kurzfassung davon.

»Ich bin die Schwester des Waldes, mir gehört der Teil, den der Dieb sich noch nicht gekrallt hat. Ich bin eins mit all dem hier, die Seele des Waldes. Meine Kräfte ziehe ich aus dem Boden, aus der Rinde der Bäume oder aus den Blättern.«

»Und deine Schwester, wo ist sie?« Ich behielt die Frau im Blick, während ich mich unbemerkt umsah. Wenn der Dieb nicht mehr kam, was würde sie mit mir anstellen?

»Meine Schwester? Oh, die wurde zu einem Fisch.« Sie lachte kurz auf und zeigte dabei eine Reihe von strahlend weißen Zähnen.

»Ein Fisch?«

»Du hast schon richtig gehört, Mädchen.« Ihre Stimme glich dem Donner. Sie erhob sich, reckte das Kinn und lief wieder näher zu mir heran. »Und dein Freund trägt Schuld daran.«

»Ich bin sicher, das ist ein Missverständnis. Abgesehen davon sind wir keine Freunde.« Abwehrend hob ich die Hände und wich zurück, als sie mich an meinem Handgelenk packte. Ihre hellen Finger umschlossen meine Hände genauso fest wie zuvor den Hals des Diebes. Mit einem Ruck zog sie mich zu sich. »Er ist ein Dieb und Diebe mag keiner«, zischte sie mir direkt ins Gesicht. Ihr Griff wurde immer stärker.

Ich keuchte auf. »Was ist denn passiert?«

»Er hat ihr etwas genommen und darum musste sie für immer diese Fischgestalt annehmen.« Sie schüttelte traurig den Kopf und ließ mich dann los, nicht ohne dabei nach der Maske zu greifen. Ich verlor das Gleichgewicht, knallte auf den harten Waldboden. Ein Schmerz zuckte durch meinen Rücken, genau dort, wo ich auf einer Wurzel gelandet war. Sie lief unruhig im Kreis, verschränkte die Hände nachdenklich ineinander. Mit ihren Informationen kam ich nicht weit. Aber sie schien so aufgebracht zu sein, dass sie nicht mehr klar denken konnte.

»Wenn er noch sein Herz hätte, dann würde ich es ihm herausreißen. Ich sollte mich bei demjenigen bedanken, der es ihm genommen hat.« Ruckartig blieb sie stehen. »Oder ich …«

»Moment«, unterbrach ich sie und richtete mich wieder auf. »Wer hat ihm das Herz genommen? Hat er es nicht selbst herausgeschnitten?« Ablenkung war immer eine gute Taktik.

»Natürlich, nur weil er es musste.« Irritiert sah sie mich an. »Kennst du das Märchen denn gar nicht?«

»Doch, nur nicht alles, wie mir scheint.«

Schritte kamen näher. Aus der Dunkelheit tauchte der Dieb auf. In seiner rechten Hand hielt er den Beutel. Prüfend hob er ihn hoch und ließ ihn dann fallen. Die Frau eilte nach vorn und griff danach.

»Ich hätte nicht gedacht, dass du wiederkommst«, sprach sie und öffnete den Beutel, um zu sehen, ob noch alles da war.

»Während ich wieder zurücklief, hatte ich Zeit zum Nachdenken. Du willst zu deiner Schwester und ich weiß, wo sie ist.« Er verschränkte die Arme vor der Brust.

Die Frau schloss den Beutel wieder. »Ich weiß auch, wo sie ist, aber sie ist ein Fisch!« Entsetzen lag in ihrer Stimme.

»Ach, richtig.« Er verzog das Gesicht. »Ich wusste, da war irgendetwas.« Er hob den Zeigefinger. »Zufälligerweise kann dieses reizende Ding hier uns helfen.« Er machte einen Schritt zur Seite und trat hinter mich. Von dort aus legte er mir die Hände auf die Schulter und zog mich näher an sich. Das alles geschah so rasch, dass ich nicht einmal protestieren konnte.

»Sie ist ein Maskenmädchen«, fuhr er fort. Sanft strich er durch mein Haar und berührte dabei ganz leicht meinen Nacken. Das löste meine Starre.

»Bevor hier über mich verhandelt wird, will ich wissen, was los ist.« Er ließ mich los, während ich mich von den beiden einige Schritte entfernte.

»Das sagte ich bereits, er hat etwas gestohlen und meine Schwester ist nun ein Fisch.« Forschend sah mich die Frau an.

»Damit kann ich aber nicht viel anfangen.« Ich hob die Hand, bevor sie wieder einen Einwand hervorbrachte. »Was hat er getan und warum hat er es getan?«

Der Dieb deutete auf die Frau. »Vor einigen Jahren bin ich ihr und ihrer Schwester begegnet. Namina gehörte dieser Teil des Waldes und Laqua der See bei der Passage.«

»Ich erzähle die Geschichte, ich will nicht, dass du ihr Lügen erzählst. Sie soll ruhig sehen, was für ein Mensch du bist«, unterbrach die Frau, die wohl Namina hieß, den Dieb.

Sie stellte sich direkt vor mich und verdeckte dabei die Sicht auf ihn. »Laqua und ich waren glücklich. Nach dem tragischen Tod unserer Eltern sind wir hierhergeflüchtet. Durch den Wald und das Wasser konnten wir diese schrecklichen Dinge vergessen. Dann tauchte er auf. Ein hübscher junger Mann, und es kam, wie es kommen musste.« Ihr Blick verhärtete sich wieder. »Meine Schwester verlor ihr Herz an diesen Lügner. Er versprach ihr Dinge, die viel zu schön waren, um wahr zu sein. Aber sie glaubte ihm.«

»Ich mag oft lügen, aber ich habe ihr nie welche erzählt.« Der Dieb räusperte sich merklich. »Damals hatte ich nämlich mein Herz noch.«

»Du hattest dein Herz, aber ihres hast du gebrochen.« Traurig schüttelte sie den Kopf. »Meine Schwester traf sich oft mit ihm, sie schwärmte regelrecht von diesem Mann. Ich warnte sie, denn von solchen Kerlen hatte ich schon oft gehört. Aber sie hörte nicht auf mich. Die Tage vergingen und sie raffte all ihren Mut zusammen, um ihm ihre Liebe zu gestehen, doch er fühlte nicht wie sie und verstieß das arme Ding.«

»Ich habe sie nicht verstoßen, ich habe nur gesagt …«

Namina funkelte ihn wütend an. »Dein Herz kann ich dir nicht nehmen, aber deine hübschen Augen.« Sie wandte sich wieder an mich. »Meine Schwester lief zum See. Nur das Wasser konnte ihren Schmerz nehmen. Sie besuchte mich nicht mehr im Wald, verbrachte ihre Stunden im Wasser. Nur war sie ein Mensch und Menschen konnten sich nicht lange in dem kühlen Nass aufhalten.« Für einen Moment schloss sie ihre Augen. »Du kennst Malufra, oder?«, fragte sie leise.

»Ja, dort will ich hin.« Jetzt wurde ich neugierig.

»Nicht alle Masken, die die Menschen tragen, sind gewöhnlich. Es gibt auch spezielle Masken. Die Königin erfuhr von unserem Unglück, von der Trauer meiner Schwester, und sie schickte uns zwei Masken.« Sie fuhr liebevoll über die grüne Maske. »Diese Masken haben einen ganz eigenen Zauber. Wenn meine Schwester sie anzog, dann wuchs ihr ein Fischschwanz. Dadurch konnte sie so lange schwimmen, wie sie wollte. Meine Maske habe ich nie benutzt. Denn mit den Masken kam auch ein Brief und darin stand, dass, wenn man die Masken einmal benutzte, man an sie gebunden war. Das wollte ich nicht. Wir durften die Masken nicht verlieren oder zerstörten. Würde diesen Dingern etwas passieren, dann wäre meine Schwester für immer in der Gestalt eines Fisches und ich … Ich wäre dann was auch immer.« Sie zuckte mit den Schultern.

»Warum hast du deine Maske so achtlos liegen gelassen, wenn sie dich hätte verzaubern können?«, hakte ich nach.

»Weil ich wusste, dass ihr kommen würdet. Ich wusste, wenn ich meine Maske dalasse, würde er die Chance ergreifen, um auch diese zu zerstören.« Wütend ballte sie die Fäuste. »Aber ich war schneller!«

»Ich habe deine Maske nicht angefasst«, verteidigte sich der Dieb.

»Meine nicht, aber sie hat mir dennoch geholfen, dich zu finden. Lass mich die Geschichte beenden. Ich will den Blick des Mädchens sehen, wenn es erfährt, wie grausam du bist.« Zufrieden strich sie sich ihr Kleid glatt.

Meine Gedanken wirbelten umher. Was hatte er so Schlimmes getan?

»Er tauchte wieder auf, besuchte meine Schwester beim See und wunderte sich über ihr Aussehen. Voller Freude über seine Rückkehr erklärte sie ihm alles. Sie zeigte ihm, wie sie sich verwandeln konnte.

Er war fasziniert, wollte die Maske für sich. Als meine Schwester schlief, da stahl er sie.« Sie drehte sich zu ihm um, zeigte mit dem ausgestreckten Zeigefinger auf seine Brust. »Und er hier …« Ihre Stimme wurde immer lauter. Ihr Mund war zusammengekniffen, ihre Augen verengt. »Er zerstörte die Maske, als er bemerkte, dass sie nicht bei ihm funktionierte. Er zerbrach sie, warf den Rest auf den Boden und machte sich aus dem Staub. Dank ihm musste Laqua ihre Gestalt beibehalten und kann nur für kurze Zeit an die Oberfläche.« Traurig schüttelte sie den Kopf. »Sie hat geweint, als du gegangen bist. Hat geweint, bis die Wellen ihre Tränen trockneten. Inzwischen ist sie ein Ungeheuer geworden und nicht einmal ich kann mit ihr sprechen.« Sie schluckte. »Er ist ein schrecklicher Mensch.« Diese Worte galten wieder mir. Doch ich konnte es immer noch nicht fassen.

»Das alles muss ein Missverständnis sein.«

»Das ist es nicht. Siehst du diesen blauen Klumpen?« Sie griff in den Beutel. Als sie ihre Hand wieder herauszog, hielt sie den blauen Stein in ihren Händen. »Ich wollte die Maske flicken, aber sie brach in viele kleine Stücke. Den Rest schmolz ich ein.«

»Warum?« Ich wandte meinen Blick von ihr ab und sah in die grünen Augen des Diebes. Grün wie die Hoffnung, oder nicht? Doch nichts regte sich, er behielt denselben Ausdruck wie immer bei.

»Er hat die Maske zerbrochen, weil sie für ihn keinen Nutzen hatte, oder?« Wieder deutete sie mit dem Finger auf den Dieb. »Sag es ihr!«, zischte sie.

»Ich glaube das nicht«, sprach ich. Ich suchte verzweifelt nach irgendeiner Regung, nach einem Hinweis darauf, dass er diesem unschuldigen Ding nicht das angetan hatte.

»Ich …« Er schloss den Mund wieder. Dabei blickte er nur mich an.

»Du hilfst mir nach Malufra, in dir steckt nicht so ein Mensch.« Ich ließ meine Schultern hängen, als immer noch keine Regung von ihm kam. »Oder?«

»Namina hat recht. Ich habe die Maske zerstört.« Sein Mundwinkel zuckte ganz leicht. Er wandte den Blick ab, als könnte er es nicht ertragen, nach seinen Worten jemanden anzusehen.

»Du hast ihr das Herz gebrochen, die Maske gestohlen wie ein Dieb und sie zerstört?!« Ich seufzte und fasste mir an die Stirn. Mein Kopf pochte vor lauter Informationen.

»Das habe ich.« Er nickte langsam.

»Ich glaube das nicht, tut mir leid.« In jedem Mensch steckte das Gute und bisher hatte ich nicht daran gezweifelt, dass auch in ihm Gutes steckte.

»Oh, was hast du ihr erzählt? Lass dich nicht von seinen hübschen Augen täuschen. Siehst du die Narbe an seinem Hals? Ich habe ihn wiedergesehen, als er kein Herz mehr hatte, und meine Chance ergriffen. Die Kehle wollte ich ihm durchschneiden für das, was er getan hatte, aber er hat wie durch ein Wunder überlebt.«

Der Dieb griff sich an den Hals, genau dorthin, wo die helle Narbe war. Langsam fuhr er darüber, über diesen hellen Strich, der ein Teil seiner Geschichte war und den er niemals wieder ungesehen machen konnte.

»Denn der junge Mann, oder wie er sich damals nannte, Caleb, besaß auch schon zu der Zeit kein Herz.«

Wo Namen
keine Bedeutung mehr hatten

Caleb?« Sein Name hatte einen seltsamen Klang. Es war eigenartig, wenn die Person, die die letzten Tage einfach nur Dieb genannt wurde, auf einmal einen Namen hatte. *Caleb* ... Ich betrachtete sein Gesicht, seine Augen, die ihren Glanz verloren hatten, seinen Mund, der keine Regung zeigte. Ich konnte es drehen und wenden, wie ich wollte, er blieb für mich der Dieb ohne Herz.

»Nenn mich nicht so, ich habe keinen Namen.« Er wandte sich ab, während Namina schadenfroh auflachte.

»Siehst du, wie sie dich ansieht? Wie einen Verräter.«

»Das spielt keine Rolle mehr.« Er deutete auf den Beutel in ihrer Hand. »Ich weiß, dass du auf Rache aus bist. Aber ich kann dir helfen, deine Schwester zu retten.«

Namina umklammerte den Beutel mit beiden Händen. »Das hast du schon vorhin gesagt.« Ihrem abschätzigen Tonfall nach zu urteilen, hatte sie ihre Meinung noch nicht geändert. Sie wollte ihn töten.

»Dieses Mädchen hier.« Er deutete auf mich, während seine Stimme immer energischer wurde. »Sie kann Masken herstellen. Sie kann deiner Schwester ihre frühere Gestalt zurückgeben.«

Das war der Moment, in dem ich kein Wort herausbrachte. Ich starrte ihn bloß fassungslos an. Ich wusste durchaus, wie man Masken herstellte. Das hatte ich die letzten Jahre tagein, tagaus getan. Nur war normalerweise Irena da, wenn ich Hilfe brauchte, außerdem fehlte mir das Werkzeug, um aus diesem Klumpen etwas zu formen.

»Ist das so?«, fragte sie. Die pechschwarzen Blätter über uns raschelten im Wind.

Caleb nickte einige Male, so oft, dass ich befürchtete, ihm würde bald der Kopf vom Hals fallen.

»Es stimmt, ich stelle Masken her. Aber ich habe nichts dabei. Du hast auch erwähnt, dass die Masken magisch sind, aber ich hatte noch nie mit Magie zu tun.« Ich nahm meine Tasche von der Schulter und suchte darin nach meiner Maske. Das kühle Glas schmiegte sich an meine Finger. Behutsam zog ich sie aus der Tasche und zeigte sie Namina. Neugierig trat sie näher. Ich ließ das Glas nicht los, während sie mit einer raschen Bewegung über die Oberfläche fuhr. Sie duckte sich etwas, betrachtete die Maske von allen Seiten.

»Eine wirklich schöne Maske.«

»So etwas kann ich herstellen.« Ich verstaute die Maske wieder in der Tasche. »Zumindest wenn ich das richtige Werkzeug habe.«

»Dann würdest du mir daraus …«, sie streckte mir den blauen Stein auffordernd entgegen, »… eine Maske machen?«

Ich nahm das runde Ding in meine Hände. Wie schon vorhin fiel mir auf, dass es sich hierbei um ein ganz spezielles Material handelte. Auf den ersten Blick sah es wirklich aus wie ein gewöhnlicher Stein. Bei näherer Betrachtung fiel mir jedoch auf, dass sich dieser deutlich leichter anfühlte und auch die Oberfläche um einiges glatter war. Gewöhnlicher Stein konnte es nicht sein, denn daraus konnte man keine Masken herstellen. Metall wäre schwerer, Glas war es auch nicht. »Um ehrlich zu sein, habe ich keine Ahnung, was das für ein Material ist.« Ich zuckte entschuldigend mit der Schulter.

»Solltest du das nicht wissen?« Ihre Stimme wurde wieder lauter. Mit meiner Antwort hatte ich sie wohl verärgert. Irena hatte oft Kunden mit sehr ausgefallenen Wünschen gehabt, die sie nicht erfüllen konnte. Mit ihrer ruhigen Art hatte sie ihnen dann erklärt, warum eben nicht jedes Material in eine Maske umgewandelt werden konnte. Die meisten Menschen verstanden das nicht und gaben erst Ruhe, als Irena ihnen andere Vorschläge brachte. Namina wirkte auf mich wie eine dieser Kunden.

»Ich kann aber aus einem anderen Material eine Maske herstellen«, versuchte ich es also und sah mich um.

Sie schnaubte. »Aus Baumrinde? Aus den schwarzen Blättern, die zu Staub zerfallen, sobald man sie berührt?« Wütend schüttelte sie den Kopf. »Dann hätten wir das ja geklärt.«

»Dürfte ich kurz mit ihr allein sprechen?«, wandte sich der Dieb an Namina. Ich hatte ganz vergessen, dass er auch noch da war. Er war ja eigentlich auch der Grund, warum ich hier stand.

»Wir haben genug gesprochen.« Ihre Antwort war knapp, duldete aber keinen Widerspruch. Sie war eine zierliche Frau, gerade einmal so groß wie ich, doch in ihren Augen loderte ein Feuer, das ihr viel mehr Macht zuschrieb, als man ihr im ersten Moment zugetraut hätte. Sie streckte ihre Hand nach dem Dieb aus. »Wie möchtest du sterben?«

»Warum soll er sterben? Nur weil er das getan hat?«, rief ich dazwischen. »Ich bin mir sicher, es war keine Absicht.« Mein Blick wechselte zwischen den beiden hin und her.

»Wenn er nur ein Stück von deinem Herz hätte, Mädchen. Er wäre ein guter Mensch.« Sie lächelte, während sie noch immer dem Dieb in die grünen Augen blickte. Er schluckte kaum merklich. »Aber leider …«, ihr Gesicht wandelte sich wieder in diese traurige Maske, »… besitzt er keines.« Der Wind blies um unsere Köpfe, meine Gedanken rasten beinahe so schnell wie mein Herz. Aus diesem blauen Ding würde ich keine Maske machen können. Nicht einmal Irena hätte das vermocht.

»Lasst es mich versuchen.« Ich deutete auf das Blau in meinen Händen. »Ich brauche dazu gewisse Dinge.« Mein Blick glitt zu Caleb. Er wusste wahrscheinlich genauso gut wie ich, dass aus diesem Ding niemals etwas entstehen würde.

»Was brauchst du?« Ihre Frage war an mich gerichtet, auch wenn sie immer noch zu dem Dieb blickte und ihr linker Arm nach wie vor ausgestreckt war.

»Feuer, eine Schüssel, Handschuhe und einen Kessel mit Wasser.« In meinem Kopf dachte ich an die Materialien, die Irena zu Hause hatte. Leider musste ich mich hier mit einfachen Dingen zufriedengeben.

»Handschuhe habe ich nicht, aber euer Bogenjunge hat welche. Ich bringe euch zu meinem Hauptlager, dort wirst du alles finden, was du brauchst.« Das Licht um Namina wurde immer weniger, bis es vollständig erlosch. Dunkelheit umhüllte mich und mit einem Mal wurde es still. Ich erkannte nicht einmal Umrisse, da sich meine Augen an das grelle Licht gewöhnt hatten. Jemand legte mir eine Hand auf die Schulter. »Maskenmädchen, gib mir deine Hand.« Calebs Stimme war ganz nah an meinem Ohr. Sein Atem strich über meinen Nacken, während er meine linke Hand mit seiner umschloss. Ich wartete auf das Kribbeln, doch es blieb aus. »Mach große Schritte und halt dich fest«, flüsterte er mir zu und lief dann voraus. Ich folgte ihm, umklammerte seine Hand mit meiner, als würde mein Leben davon abhängen. Seine Hand war rau. In meinen Gedanken versuchte ich zu erahnen, ob er auch Narben an seinen Händen hatte, Spuren aus der Vergangenheit.

»Du denkst schon wieder nach«, kam es von ihm. Er sprach ganz leise, auch wenn Namina wohl jedes Wort verstand.

»Kannst du Gedanken lesen?«, murmelte ich zurück. Mit dem Fuß blieb ich kurz an einer Wurzel hängen. Bevor mein Gesicht den Boden berührte, zog mich der Dieb wieder näher zu sich.

»Was wäre, wenn ich dir sage, dass ich es kann?«

»Dann wärst du nicht nur ein Dieb, sondern auch ein Lügner«, antwortete ich ihm.

»Du scheinst ein kluges Mädchen zu sein.« Er drückte meine Hand für einen kurzen Moment. »Ich sollte mich vor dir fürchten.«

Ich lächelte, während vor uns helle Lichter auftauchten. Ich befürchtete, die Irrlichter wären wieder da, aber als wir näher kamen, erkannte ich, dass es sich um andere Lichter handelte. Wie Namina versprochen hatte, befanden wir uns hier in ihrem Zuhause. Es war ein Ort, an dem die Bäume nicht mehr so eng beieinanderstanden. Die äußersten von ihnen waren verbunden mit Seilen, an denen Behälter hingen. In diesen Gefäßen waren Kerzen aufgestellt, die allesamt brannten. In der Mitte des Lagers befand sich eine Feuerstelle mit einem schwarzen Kessel. Decken lagen auf dem Boden. Auf dem höchsten Baum, dem direkt vor meiner Nase, befand sich eine kleine Holzhütte. Eine Leiter führte hinauf. Von hier aus wirkte die Hütte sehr klein, aber ich konnte mir durchaus vorstellen, dass diese Behausung für eine Person allein völlig ausreichte.

»Hier sind wir.« Namina breitete ihre Arme aus. »Ich hole dir deine Handschuhe. Wartet hier und fasst nichts an.« Sie verschwand zwischen den Büschen. Wie angewurzelt stand ich da und blickte noch immer hoch zu der kleinen Hütte.

»Dieses raffinierte Ding.« Der Dieb ließ meine Hand los und trat näher an das Lager heran. Das Licht der Kerzen ließ Schatten über seine Gesichtszüge gleiten.

»Warum raffiniert?« Neugierig betrachtete ich den schwarzen Kessel. Darin befand sich klares Wasser. Wie aus Protest kämpfte sich ein Husten meinen Hals hinauf. Es waren inzwischen wieder einige Stunden vergangen, in denen ich nichts getrunken hatte. Vor Aufregung war mir das nicht bewusst geworden.

»Das war ein Trick von ihr. Dieses falsche Lager im Wald mit ihrer Maske. Warum sonst sollte sie so etwas machen, wenn ihr richtiges Lager gleich hier liegt.« Wütend schlug er mit der rechten Faust in den Baum direkt neben seinem Kopf.

»Solange sie noch nicht hier ist, solltest du dir deine Kräfte sparen, wir müssen nämlich über etwas anderes sprechen«, murmelte ich und blickte mich um. »Du bist dir hoffentlich bewusst, dass ich aus diesem Material wohl kaum eine richtige Maske herstellen kann.« Mit meiner rechten Hand hielt ich noch immer den blauen Stein umschlossen. »Aber was mich am meisten wundert, warum hast du Tarek gesagt, er soll den Bogen senken? Wir waren fünf Leute und sie allein.«

Caleb hatte mir den Rücken zugewandt, wie es sonst nur Lev bei mir tat. »Unterschätze deine Feinde niemals«, war seine einzige Antwort.

»Weißt du, was ich denke?« Ich umrundete ihn und stellte mich dann direkt vor ihn hin. Unsere Nasenspitzen berührten sich beinahe. Noch immer zeigte er keine Regung. Seine Augen erwiderten jedoch meinen Blick. »Dass nicht nur sie sehr raffiniert ist.« Ich verschränkte die Arme vor der Brust.

»Wie meinst du das?«, fragte er verwirrt.

»Bevor du mir das Versprechen gegeben hast, dass du mich nach Malufra begleitest, hast du gesagt, du musst zum See, um dir einen Gegenstand zu holen, der dir gehört.« Ich beugte mich noch näher zu ihm. »Du hast Tarek verboten, sie anzugreifen, und das, obwohl du dir sehr wohl bewusst bist, dass sie dich liebend gern mit ihren bloßen Händen erwürgen würde.« Ich wartete, doch er antwortete mir auf keinen meiner Sätze, also fuhr ich fort: »Du warst dir außerdem bewusst, dass wir ihr hier begegnen würden. Du wusstest auch, dass sie dich nur nicht tötet, wenn du ihr eine Maske lieferst. Eine

Maske, mit der wir wohl alle dann fröhlich zum See spazieren werden. Wo du sie deiner treuen Angebeteten überreichen kannst.«

»Hat dir schon einmal jemand gesagt, wie hübsch du im Kerzenschein bist?« Sein linker Mundwinkel wanderte spöttisch nach oben.

»Gute Taktik, nur leider bin ich nicht Laqua.«

Der Spott auf seinem Gesicht verschwand wieder. Nachdenklich fuhr er sich durch die braunen Haare. »Ich habe dir schon einmal erklärt, dass ich mich nicht von Gefühlen leiten lasse. Ich plane alles haargenau. Natürlich wusste ich, dass sie hier lauern würde, aber ich dachte eigentlich, dass wir Namina erst am See begegnen. Auch meine Pläne gehen nicht immer auf.« Sanft legte er mir die Hände auf die Schulten. »Darum bin ich dir auch dankbar, dass du mir hilfst.«

»Oh, ich habe mich noch nicht entschieden, ob ich dir helfe.« Ich machte einen Schritt zurück, sodass er seine Hände von meinen Schultern nehmen musste. »Ich will, dass du mir eine Frage beantwortest, und erst dann helfe ich dir.«

Der Dieb kratzte sich unschlüssig am Kinn. Er blickte hoch in den Himmel, dann wieder zu mir. »Klingt gerecht.«

»Du hast gesagt, in dem See befindet sich ein Gegenstand, der dir gehört. Um was handelt es sich dabei?«

Er verschränkte die Hände hinter dem Rücken. Ihm blieb nichts anderes übrig, als mir die Wahrheit zu sagen. »Ein Schlüssel, aber kein schöner. Er ist rostig und uralt, aber nur er kann mir weiterhelfen. Laqua hat ihn.« Er lief zu der Baumhütte, rüttelte an der Leiter. Dann lehnte er sich dagegen und schenkte mir wieder seine volle Aufmerksamkeit.

»Lass mich raten, es ist der Schlüssel zu deinem Herzen?« Ich verzog das Gesicht. Das klang für mich wieder nach einem ziemlich gut durchdachten Märchen.

»Nicht ganz.« Ein Lächeln glitt über seine Gesichtszüge, während er es sichtlich genoss, mich auf die Folter zu spannen. »Mein Herz ist in einem Baum, und damit ich diesen öffnen kann, brauche ich den rostigen Schlüssel.«

»Also, lass mich das Ganze zusammenfassen. Ich soll eine Maske aus diesem Ding herstellen.« Misstrauisch deutete ich auf den blauen Stein. »Damit Namina dich nicht tötet. Wir bringen die falsche

Maske, oder was auch immer daraus wird, zu Laqua. Sie wird so glücklich darüber sein, dass sie dir den Schlüssel gibt?«

»Das ist mein Plan.« Er nickte zustimmend.

»Dein Plan klingt zu einfach, das wird nicht funktionieren.«

»Manchmal sind es die einfachen Dinge, die funktionieren.« Er zwinkerte mir zu.

Bevor ich noch weitere Fragen stellen konnte, tauchte Namina wieder auf. »Deine Leute haben dich im Stich gelassen, Dieb«, sprach sie und streckte ihm ihre leeren Hände entgegen. »Weit und breit keine Spur mehr von ihnen.«

Verwundert sah ich zu Caleb. Bisher waren mir Lev, Rabea und Tarek immer loyal erschienen. Ich bezweifelte stark, dass sie ihn einfach sterben ließen.

Der Dieb stieß sich von der Leiter ab. »Wie schade«, meinte er nur, ohne dabei mit der Wimper zu zucken.

»Ich hoffe für dich, dass du keinen Hinterhalt planst, das würde nicht gut ausgehen«, zischte Namina.

Darauf erwiderte er nichts. Namina drängte sich an ihm vorbei und erklomm die Leiter. »Wenn du Glück hast, Malina, dann habe ich hier noch ein altes Paar Handschuhe von meiner Schwester.« Sie krabbelte durch die Öffnung und verschwand im Inneren der Hütte. Jedes Mal, wenn sie meinen Namen aussprach, hatte er einen eigenartigen Klang. Es war ein sanfter Ton, eine Art Gesang, ganz weich.

Ein kurzes Fluchen erklang, dann erschien sie wieder. »Hier!« Sie war zwei Stücke Stoff herunter. Als ich näher lief, erkannte ich, um was es sich dabei handelte. Ich hob die beiden Stücke auf. Es waren Handschuhe, wenn auch etwas älter. Der linke war blau, der rechte schwarz. Beide waren übersät mit Löchern, aber den größten Teil der Hände deckten sie ab. Es war kein Leder, nur einfacher dicker Stoff. Es würde meine Hände vor gröberen Verbrennungen schützen, aber für mehr konnte man sie nicht gebrauchen.

»Ich zünde dir das Feuer an. Die Handschuhe hast du ja jetzt und eine Schüssel sollte auch hier irgendwo sein.« Sie kletterte wieder die Leiter hinab, während der Dieb etwas vom Boden aufhob.

»Geht das auch als Schüssel?« Er lief zu mir und streckte mir eine unförmige Schale entgegen.

»Nein, es muss höher sein.« Ich lief um die Feuerstelle herum, suchte auf dem Boden nach nützlichen Dingen. Namina machte sich derweil an die Arbeit, das Feuer anzuzünden. Ihre Hände waren flink, ihr Blick konzentriert. Auch sie besaß zwei Feuersteine, die ihr die Arbeit erleichterten. Wie lange war sie schon von Laqua getrennt? Ich schob einige der Decken auf die Seite. Sie hatte ihre Eltern verloren und dank dem Dieb ihre Schwester. Mit meinem rechten Daumen fuhr ich behutsam über den Stein, der sich noch immer in meiner Hand befand. Nie wieder würde ich ihren Blick vergessen, als sie dem Dieb in die Augen sah. So viel Hass, so viel Wut, ich hatte noch nie solch eine brodelnde Gefühlswelt gesehen. Und dann überkam mich Trauer. Sie hatte hier gewartet, bis er wiederkam, hatte womöglich immer nur den Gedanken an Rache im Kopf gehabt. All die anderen schönen Dinge im Leben waren vor ihr verschlossen geblieben. Der Stein in meiner Hand begann zu pulsieren. Wie ein leiser Herzschlag, so klopfte er an die Innenfläche meiner Hand.

»Maskenmädchen?« Er stand wieder vor mir, als ich meinen Blick hob. Erst jetzt hörte ich das Knistern von Feuer, das Raunen des Windes und das sanfte Flüstern des Diebes. »Geht das?« In seiner Hand befand sich eine robuste Tonschale. Sie war zwar etwas klein, dafür hoch genug.

»Danke«, sprach ich und ging zu Namina. Diese sah kurz auf und nickte mir dann zu. »Ich gebe dir Zeit, bis die Sonne aufgeht. Ich hoffe, du weißt, was du tust.« Sie deutete auf die Hütte hoch oben in den Bäumen. »Dort oben werde ich sitzen, also komm nicht auf dumme Gedanken.«

Es hätte keinen Sinn gehabt zu antworten, also tat ich es auch nicht. Ich versuchte mich zu konzentrieren und dachte an Irena und wie sie mir beigebracht hatte, wie man eine Maske herstellte. Masken waren wie Menschen, jede hatte ihre ganz speziellen Eigenschaften. Sie waren oft stur und es brachte nichts, wenn man sie in eine Form zwingen wollte. So kurios das Ganze auch klang. Man musste es erfühlen, wie eine Maske geformt werden wollte.

Vorsichtig stellte ich die Schale ins warme Wasser. Doch im Kessel befand sich zu viel Wasser und es schwappte über den Rand der Schale, direkt auf meine Hände. Ich unterdrückte einen Schmerzenslaut, als ich im selben Moment eilig meine Hand wegriss. Die Schale trieb im Wasser hin und her. *Konzentrier dich, Malina.*

Ich konnte es regelrecht spüren, wie sie mich beide anstarrten. Namina saß auf der obersten Sprosse der Leiter, der Dieb direkt neben mir. Auch sein Blick lag auf mir. »Ich kann das nicht, wenn ihr beide in meine Richtung seht.«

»Verstanden, Maskenmädchen.« Der Dieb salutierte vor mir und drehte mir dann den Rücken zu.

Namina wartete einen Moment, bevor auch sie sich wegdrehte. »Versuch keine Dummheiten zu machen«, erinnerte sie mich.

Ich widmete mich wieder meiner Arbeit. Mit einer raschen Bewegung schnappte ich die Schale und zog sie aus dem Wasser. Nun nutzte ich sie, um das überschüssige Wasser aus dem Kessel zu schöpfen. Erst als die Schale darin schwamm, ohne unterzugehen, war ich zufrieden. Als Nächstes legte ich den Stein in die Schale, dann zog ich mir die löchrigen Handschuhe über. Manchmal verfluchte ich diesen Prozess innerlich. Mit meinen Händen konnte ich viel mehr fühlen, ich spürte das leichte Pulsieren, die Oberfläche des Materials und wie es langsam dank der Hitze schmolz. Mit den Handschuhen fühlte ich rein gar nichts mehr. Leider konnte ich nicht auf sie verzichten. Mein Körper war nicht feuerresistent. Das Wasser blubberte bereits. In meinem Kopf zählte ich leise bis zwanzig, dann hob ich den Kessel vom Feuer und stellte ihn daneben. Das Wasser war noch immer heiß, kochte vor sich hin. Die Schüssel drehte ihre Bahnen im Kessel, stieß immer wieder gegen die Wände. Den Kessel ließ ich so stehen, während ich nach einem geeigneten Stock suchte. Zum Glück fand ich direkt einen neben meinen Füßen, was nicht an ein Wunder grenzte, da ich mich hier im Wald befand. Den Stock wusch ich etwas in dem kochenden Wasser und drückte dann ganz sanft damit auf den blauen Stein. *Immer noch hart.*

Seufzend legte ich den Stock zur Seite und stellte den Kessel wieder auf die Feuerstelle. Innerhalb von Sekunden brodelte das Wasser. Ich beobachtete, wie kleine Bläschen an die Oberfläche stiegen. Schweiß rann mir über die Stirn. Es war anstrengend, wenn man sich die ganze Zeit über das kochende Wasser beugte und der Dampf einem in die Augen stieg. Ich zählte wieder bis zwanzig, nahm den Kessel vom

Feuer und überprüfte abermals mit dem Stock den Stein. Er war immer noch hart. Zu sagen, dass ich ein gewaltiges Problem hatte, wäre untertrieben. Mein Blick huschte zu dem Dieb, vielmehr zu seinem Rücken. Er würde mir nicht helfen können. *Nicht aufgeben ...*

Vielleicht brauchte der Stein einfach mehr Zeit. Ich stellte den Kessel zum dritten Mal über das Feuer und wartete. Das Wasser kochte, die Schale schabte hin und her. Ich zählte die Sekunden, erst bei zweihundertdreißig hörte ich auf. Den Kessel nahm ich dieses Mal nicht vom Feuer, sondern tippte den Stein gleich an. Erleichtert stellte ich fest, dass der äußere Rand des Materials nachgab.

»Ha!«, rief ich erfreut. Ich hatte also noch einmal Glück gehabt. Das hier war definitiv kein Stein. Stein würde nicht so schmelzen und abgesehen davon konnte man aus Stein keine Masken herstellen. Das Material wäre zu widerspenstig, zu spröde. Das hier musste ein ganz eigener Stoff mit einer speziellen Eigenschaft sein.

Ich wartete, bis in der Schüssel nur noch blaue Flüssigkeit zu sehen war, dann hob ich den Kessel wieder herunter. Mit den Handschuhen zog ich die Schale aus dem Wasser und stellte sie auf den Waldboden. Eilig schnappte ich mir wieder den Stock und kniete mich neben die Schüssel, während ich sie mit der Flüssigkeit hin und her schwenkte. Anfangs schwappte die blaue Flüssigkeit ganz leicht hin und her, doch mit der Zeit wurden die Bewegungen immer zaghafter. Das Material wandelte sich langsam wieder zurück in seine harte Form. Jetzt lag alles bei mir. Ich musste den richtigen Moment erwischen. Als die Flüssigkeit immer zäher wurde, wusste ich, es war so weit. Ich holte tief Luft, füllte meine Lunge mit Sauerstoff. Dann wartete ich auf die absolute Stille in meinen Gedanken, blies die Luft wieder aus und leerte den Inhalt der Schale in meine Hände. Hitze breitete sich aus und ich konnte spüren, wo das warme Material durch die Löcher in meinen Handschuhen drang. Es brannte, drang tief in meine Hautschicht ein und ließ mich spüren, dass die Hitze noch da war. Am liebsten hätte ich diese klebrige Masse in meinen Händen weit weg geworfen, aber leider ging das nicht. Also blendete ich den pochenden Schmerz aus und schloss die Augen. Der Stoff der Handschuhe war dick und dennoch fühlte ich das Material in meinen Händen. In meinen Gedanken dachte ich an die unzähligen Masken, die ich hergestellt hatte. An die runde Form, an die leicht gebogene Seite und die beiden Löcher für die Augen. Ich dachte an das kühle Blau in meinen Händen, an Wasser und an Laqua. Meine Gedanken streiften weiter zu Caleb, zu seinen Augen mit dem wunderschönen grünen Ton. Ich dachte an die helle Linie an seinem Hals, an die Wut von Namina. Sah ihre Augen vor mir, ihren Hass und ihre Trauer. Ich spürte die Hingabe im Blick von Rabea, als sie neben Lev gesessen hatte. An die Hände von Tarek, die sich um den Bogen schlossen. Märchen tauchten auf, verblassten wieder.

Auf einmal sah ich Irena, spürte ihre Liebe, die Liebe einer Mutter zu ihrer Tochter, auch wenn ich nicht ihr leibliches Kind war. Ich dachte an den Fischer, an die verwunschene Hecke, an die beiden Schwestern, an die Sterne und die Wünsche, an den Dieb ohne Herz, an Malufra und an Masken. Eine Gefühlswelt prasselte auf mich nieder, erschlug mich beinahe mit ihrem Gewicht, doch ich blieb standhaft. Dachte an all das Schöne und an das Unschöne, dachte an eine Waage, an ein Gleichgewicht.

Schmerz pochte durch meine Handflächen, doch die Wärme in meinem Herzen vertrieb ihn gleich wieder. Da waren die Hexen, da waren ihre Worte, ganz klar erschienen sie vor meinen Augen. Weiße Buchstaben in der Dunkelheit, wie sie sprachen von gebrochenen Herzen und Lügen. Es kribbelte ganz leicht, erinnerte mich an die Berührungen von Caleb, dann wandelte sich das Kribbeln in ein leichtes Kitzeln. Das Material in meinen Händen wurde fest, wurde stark wie Glas, die Oberfläche ganz glatt. Meine Gedanken verblassten, die Farben verschwanden, ich tauchte ein in die Dunkelheit. Doch bevor ich mich in die schwarzen Schatten stürzte, holte ich tief Luft und öffnete meine Augen.

Wo Tränen
für Erinnerungen standen

Malina!«

Es dauerte einen Augenblick, dann gewöhnte ich mich an das Licht. Besser gesagt, an die Lichter, die vor mir herumtanzten. *Irrlichter?* Wie aus Protest rüttelte jemand an meiner Schulter. Keine Irrlichter, sondern Behälter mit Kerzen, die im Wind tanzten.

»Maskenmädchen!« Das Rütteln hörte nicht auf.

Der Dieb hatte sich über mich gebeugt. Entdeckte ich da etwa Sorge in seinen Augen? Der Ausdruck in ihnen verschwand wieder, als er bemerkte, dass es mir gut ging.

Ich hatte gar nicht bemerkt, dass ich weggetreten war.

»Mir geht es gut«, versicherte ich ihm. Ich zog die Handschuhe aus und legte sie behutsam neben den Gegenstand, den ich geformt hatte. Noch immer tanzten kleine Punkte vor meinen Augen. Sie schienen mich auszulachen. Ich strich mir übers Gesicht, stellte überrascht fest, dass meine Wangen ganz nass waren.

»Du hast geweint.« Er fuhr mir mit seiner rechten Hand über die Wange.

»Könnte auch Schweiß sein«, versuchte ich zu scherzen und schob seine Hand weg. »Mir geht es wirklich gut, das ist ganz normal.« Ich legte meinen Kopf in den Nacken, um den tanzenden Punkten zu entfliehen. Die Nacht über mir glich einem Gemälde. Ganz in Dunkelblau, der Mond oben rechts im Eck und über die ganze Fläche leuchtende Punkte.

»Normal? Das war alles andere als normal.« Das letzte Wort flüsterte er.

»Wenn wir schon bei nicht normalen Dingen sind, hast du mich vorhin Malina genannt?« Ich hob überrascht eine Augenbraue hoch. Mit Genugtuung beobachtete ich, wie er unsicher wurde.

»Du hast dich verhört.« Er stand auf und stemmte beide Hände in die Hüfte. »Ich habe noch nie in meinem Leben gesehen, wie jemand eine Maske herstellt.« Fasziniert schüttelte er den Kopf. »Du warst völlig weg. Dein Gesicht war so verkrampft, mit deinen Händen hast du dieses Zeug umklammert, als ob dein Leben davon abhinge. Von dem seltsamen Murmeln mal abgesehen.«

Wie gern hätte ich ihm erklärt, dass ich noch nie solch einen intensiven Zustand erlebt hatte. Normalerweise dachte ich immer an etwas Bestimmtes, an schöne Dinge. Nur heute hatte ich meine Gefühlswelt nicht unter Kontrolle gehabt. Ich traute mich gar nicht, diese Maske anzusehen, wenn es überhaupt eine geworden war. Das hier war erst der Anfang.

»Hast du die Maske?«, sprach eine Stimme von dem Baum. Ich blickte in die Richtung und entdeckte Namina. Sie saß wie vorhin auf der obersten Sprosse und blickte mich erwartungsvoll an.

»Noch nicht.« Hustend richtete ich mich auch auf. »Gibt es hier irgendwo etwas zu trinken?« Noch bevor sie mir antworten konnte, reichte der Dieb mir einen Beutel mit Wasser. Gierig trank ich. Mir war heiß, erst jetzt bemerkte ich das Brennen an meinen Händen. Nach weiteren gierigen Schlucken reichte ich ihm den Beutel wieder zurück. Dann sah ich auf meine Hände. Sie waren ganz schmutzig, schwarze Striemen zogen sich über meine Handrücken. Die Haut war gerötet, ab und an sah man kleine Brandblasen.

»Maskenmädchen.« Die sanfte Stimme des Diebes drang zu mir.

»Ich mache mal weiter.« Ich wich seinen Blicken aus und kniete mich wieder auf den Waldboden. Ich zog die Handschuhe auf die Seite und hob die Maske auf. Dieses Ding in meinen Händen hatte tatsächlich die Form einer Maske. Natürlich war sie nicht perfekt, aber das war üblich. Nach diesem Schritt wurde sie in Form geschliffen. Die Ränder waren uneben, die linke Seite etwas länger als die rechte. Außerdem war sie viel zu dick für eine Maske. Und trotzdem war ich zufrieden. Mit meinen Gedanken, meinen Gefühlen und dem inneren Sturm, der in mir getobt hatte, hatte ich es hinbekommen, aus einem völlig unbekannten Material das hier zu formen. Magie, hatte Irena es immer genannt, und jetzt verstand ich es. Normalerweise benutzten wir Formen, nahmen die Maße von den Leuten, damit die Masken später perfekt passten. Dieses Stück war anders. Es war überhaupt nicht perfekt, aber schön. Das Blau wirkte viel intensiver als zuvor. Es war nun nicht mehr einfach blau, weiße Linien, die wie Wellen wirkten, zogen sich über die Maske. Es wirkte beinahe, als ob darin Geschichten herumschwimmen würden. Zufrieden fuhr ich über die Oberfläche. Inzwischen war die Hitze verschwunden und das Material war ganz hart.

Wenn ich jetzt bei Irena wäre, dann würde ich das überschüssige Material wegschleifen. Ich würde die Ränder eben machen, an den Seiten die Bänder einfügen und noch einmal kontrollieren, ob die Maske mit den Maßen übereinstimmte. Wenn nicht, dann konnte man sie einfach noch einmal etwas erwärmen und in die richtige Position drücken.

Aber hier hatte ich nichts. Ich konnte nicht weitermachen. Beinahe schon trostlos lag die blaue Maske in meinen Händen.

Namina hatte vorhin erklärt, dass diese Maske Magie in sich gehabt hatte. Ihre Schwester konnte sich dank diesem Objekt in eine Art Fischfrau oder Meerjungfrau verwandeln. Das Ding in meinen Händen war nur unförmig und ohne einen Funken Magie.

»Gibt es ein Problem?«, fragte Namina, die wohl mein Zögern bemerkt hatte.

Ja, diese Maske würde niemals fertig werden, aber das konnte ich ihr nicht sagen. »Ich muss zuerst sehen, ob sie passt, erst dann kann ich weitermachen.« Ich legte die Maske auf die Handschuhe und sah zu ihr hoch. Gelangweilt hatte sie den Kopf auf ihre Hände gestützt. Von hier unten wirkte sie nicht mehr so zerbrechlich und zart wie vor wenigen Minuten. Eher wie eine Königin auf ihrem Thron.

»Dann gib sie mir. Ich habe eine ähnliche Kopfform wie meine Schwester.« Sie hob den Kopf und streckte mir dann ihre Hand hin.

»Die Magie würde dich verwandeln«, rief der Dieb eilig dazwischen. Mit einem stummen Nicken dankte ich ihm.

»Ich glaube dir nicht, aber du hast aus den Bruchstücken wieder eine Maske geformt, also will ich dir danken.« Sie streckte die linke Hand aus, griff nach einem schwarzen Blatt über ihrem Kopf und zupfte es vorsichtig von dem Baum. Entgegen all meiner Erwartungen zerfiel es nicht zu Staub. Wie einen kostbaren Schatz hielt sie es

111

in ihren Händen. Dann pustete sie ganz sanft darüber. Mehr sah ich nicht, denn sie umschloss das Blatt mit ihrer Hand. Namina kletterte wieder von ihrer Behausung herunter.

Ich wartete erst gar nicht ab, bis sie bei mir angekommen war, sondern setzte mich erschöpft auf eine der Decken. Für diese Maske hatte ich mehr Energie aufgebraucht als gedacht.

Namina blieb neben mir stehen und ging in die Hocke. »Die Blätter sind schwarz, weil ich traurig bin. Seit meine Schwester zu diesem Monster wurde, ist mein Herz gebrochen. Jede noch so kleine Berührung zerstört sie, lässt sie zu Staub zerfallen. Aber du hast mir wieder etwas Hoffnung gegeben, darum will ich dir das hier schenken.« Sie öffnete ihre linke Hand und offenbarte das Blatt von vorhin. Es war nicht mehr pechschwarz, sondern dunkelgrün. Im Gegensatz zu einem gewöhnlichen Blatt war es viel dicker, schimmerte im Licht. Es wirkte so unecht und trotzdem so wunderschön.

»Es soll dich daran erinnern, dass es in der Dunkelheit noch Hoffnung gibt.« Zufrieden legte sie das kleine Ding in meine mit Brandblasen übersäten Hände. Es war ganz kühl, erinnerte mich an Eis.

Meine Hände freuten sich über die Abkühlung. »Danke.« Ich legte das kleine Blatt in das Kästchen in meiner Tasche genau neben den Brief der Königin.

»Ich bringe dir gleich mehr Wasser für deine Hände.« Ihr Gesicht verzog sich, als sie auf die gerötete Haut sah. Bevor sie zum Wasser griff, berührte sie die blaue Maske auf den Handschuhen. Liebevoll fuhr sie über den Rand. »Ich hoffe, dass es funktioniert«, murmelte sie.

Innerlich hoffte ich, dass es das würde, aber im Grunde wusste ich es besser. In all den Jahren war keine meiner Masken magisch gewesen. Kein Kunde konnte sich dank meiner Arbeit jemals in einen Fisch, ein Kamel oder ein Pferd verwandeln. Niemand bekam übersinnliche Kräfte oder bessere Augen.

Der Dieb räusperte sich. »Dann wären wir hier fertig?«, fragte er. Am liebsten hätte ich ihm den Kessel mit heißem Wasser übers Gesicht gezogen. Das war nicht die richtige Frage im Moment.

Wortlos reichte mir Namina eine weitere Schüssel mit kaltem Wasser. Ich stellte sie vor mich hin und fasste mit meinen Händen hinein. Erleichtert seufzte ich auf.

»Wir sind erst fertig, wenn meine Schwester wieder ein Mensch ist«, zischte sie ihn an. »Darum werdet ihr mich auch zum See begleiten.«

»Was für ein Pech.« Caleb setzte sich neben mich. Ein zufriedenes Lächeln lag auf seinen Lippen, das erst wieder verschwand, als ich ihm kaum merklich meinen Ellbogen in die Rippen rammte.

Zum Glück schenkte Namina uns keine Beachtung. Sie blickte starr geradeaus zu ihren Lichterketten. »Ich werde einige Sachen packen. Dann machen wir uns auf den Weg.« Namina wollte gerade wieder zurück in die Hütte, die Maske hatte sie noch immer in ihrer Hand, als sie innehielt. Sie drehte sich wieder zu mir und streckte dann ihre freie Hand nach meiner Tasche aus. Ich war zu langsam. Als ich auf ihre Bewegung reagierte, hatte sie bereits meine Tasche in ihrem Besitz. »Damit ihr nicht wegrennt.«

»Nicht meine Tasche!«, rief ich. Ich war drauf und dran, ihr nachzurennen, als der Dieb meine Hand umschloss und mich zurück auf die kratzige Decke zog.

»Maskenmädchen, das ist nicht der richtige Moment für einen Streit«, versuchte er mir zu erklären.

Ich kniff die Augen zusammen und tippte ihm mit meinem ausgestreckten Zeigefinger gegen die Brust. »Dort ist die Einladung der Königin, ohne die gelange ich nicht nach Malufra. Und meine Maske ist die einzige Erinnerung an Irena«, bemerkte ich grimmig.

»Das alles bekommst du wieder.« Sein Blick blieb an meinem Zeigefinger hängen.

»Wir gehen also mit ihr zusammen zu dem See, in dem Laqua auf uns wartet. Wie sehen deine weiteren Pläne aus? Wo sind die anderen, wie finden wir den Schlüssel und …« Bevor ich weitersprechen konnte, hielt er mir mit seiner Handfläche den Mund zu. Die Worte blieben mir im Hals stecken und mehr als ein unverständliches Murmeln drang nicht an die Oberfläche.

Er beugte sich näher zu mir. »Bisher verläuft alles nach Plan, also mach dir nicht immer so viele Gedanken.« Er nahm die Hand wieder von meinem Mund. Bei seinem schwarzen Umhang hatte sich der oberste Knopf gelöst, der Stoff war heruntergerutscht und ich erhaschte einen Blick auf seinen Hals. Aus der Nähe wirkte seine Narbe viel größer. Es war ein sauberer Schnitt, als ob Namina mit einer raschen Bewegung die Klinge hindurchgezogen hätte. Ich hatte immer gedacht, die Narbe auf meiner Handfläche wäre groß und auffällig, aber diese hier war kaum zu übersehen.

Das Nächste, was ich tat, schob ich auf meine Erschöpfung. Mit meinem Zeigefinger, den ich bis vor Kurzem noch auf seine Brust gehalten hatte, fuhr ich hoch zu seinem Hals. Ganz sanft strich ich über die Narbe. Caleb folgte meiner Bewegung. Ich fuhr weiter hoch, dorthin, wo seine Halsschlagader war. Ich drückte meine Finger dagegen, doch ich fühlte nichts. Keinen Puls, kein Kribbeln mehr.

»Wonach suchst du genau?«, fragte er leicht verwirrt und legte seine Hand über meine.

Rasch zog ich meine Hand weg. »Ich war mir nicht sicher, ob dein Herz oder dein Hirn fehlt. Deine Pläne klingen meist sehr, nun ja, unüberlegt.«

»Mein Plan war es, Namina zu finden, um zu Laqua zu gelangen. Bisher scheint alles zu klappen.« Während er sprach, ertönte ein Geräusch aus der Holzhütte.

Namina tauchte wieder auf. Nun hielt sie zwei Taschen in den Händen. Die eine gehörte mir, die andere wohl ihr.

»Ich hoffe, ihr seid beide wieder bei Kräften, wir laufen direkt los«, brummte sie. »Wir müssen noch vor Sonnenaufgang beim See sein.«

Ich kühlte noch ein letztes Mal meine Hände in dem inzwischen lauwarmen Wasser, ehe auch ich aufstand. Der Dieb stand bereits und folgte Namina mit raschen Schritten.

»Hier.« Sie nahm einen der Behälter von dem Seil und streckte mir das Gefäß mit der Kerze entgegen. »Damit du siehst, wohin du trittst.«

»Warte!« Der Dieb nahm Namina das Gefäß aus der Hand. Auffordernd streckte er mir seine leere Hand entgegen.

Unsicher sah ich ihn an. »Ja?«

»Dein Messer.«

Ich griff zu meinem Stiefel und zog das Messer hervor. Caleb stellte das Licht auf den Boden, nahm das Messer und schnitt damit aus seinem Umhang zwei Stoffstreifen heraus.

»Wickel dir die über deine Hände, es lindert etwas die Schmerzen.«

Ich nickte, tat, was er sagte. Die beiden Stoffstücke wickelte ich so gut es ging um meine Handflächen. Danach nahm ich ihm das Messer wieder ab und verstaute es an seinem gewohnten Platz.

»Kriege ich meine Tasche wieder?«, fragte ich an Namina gewandt. Wortlos reichte sie mir mein Hab und Gut, ehe sie mit festen Schritten in den Wald verschwand. Ich folgte ihr und auch der Dieb zögerte keine Sekunde lang.

Für mich war es immer noch erstaunlich, wie gut sich die beiden im Wald auskannten. Selbst in der Dunkelheit wussten sie, wohin sie gehen mussten. Ich hätte mich spätestens nach zwei Minuten verirrt. Alles sah gleich aus, überall gab es Bäume, Sträucher und Wurzeln. Namina und Caleb achteten auf Dinge, die mir nicht auffielen, sie sahen mehr in diesem Wald als ich.

Ich warf einen Blick zurück zu dem Dieb. Er hatte seinen Blick nach vorn gerichtet. Keine Regung war in seinen Gesichtszügen zu erkennen. Eine gewisse Traurigkeit überkam mich. Caleb suchte sein Herz und Namina ihre Schwester. Wegen des Paktes war der Dieb an den Wald gebunden. Er war gezwungen, hier zu leben. Wie schrecklich das sein musste, wenn man keine Wahl hatte, wenn das Leben einem vorgegeben wurde.

»Wenn du weiter so starrst, fällst du über eine Wurzel.« Der Dieb deutete mit seiner linken Hand nach vorn.

Ich ignorierte seine Bemerkung, konzentrierte mich aber wieder auf die Umgebung vor mir. Wir liefen immer tiefer in den Wald hinein. Den eigentlichen Weg hatten wir schon längst verlassen. So langsam kamen bei mir Zweifel auf. Was, wenn Namina uns an einen völlig abgelegenen Ort brachte?

Die nächsten Minuten malte ich mir aus, was alles passieren könnte. Caleb sowie auch Namina schwiegen. Wortlos führte die Tochter des Waldes uns voran.

Ich dachte gerade über ein Szenario nach, in dem Namina uns einfach stehen ließ und wir keinen Rückweg mehr fanden, als sich die Stimmung schlagartig änderte.

Um mich herum wurde es immer kälter. Der Wind blies kräftiger und dicke Wolken schoben sich vor den Mond. Ich fühlte mich wieder beobachtet. Ein leichter Schauer glitt meinen Rücken hinauf. Unsichtbare Hände schienen nach mir zu greifen, wie eine Liebkosung schmiegte sich etwas an meinen Hals. Ich duckte mich, bemerkte, dass es nur der Wind war. Die Kerzenflamme in dem Gefäß zuckte hin und her, führte einen wilden Tanz auf und ehe ich mich's versah, erlosch sie.

Es wurde wieder dunkel um mich herum. Meine Angst blendete ich aus und versuchte weiterhin, mit Namina Schritt zu halten. Es war nicht einfach, denn die Kälte zerrte weiterhin an mir und ließ mich einfach nicht los. Meine Schritte wurden immer unkontrollierter und der Weg vor mir wirkte noch unebener als zuvor.

«Was ist das?«, fragte ich an den Dieb gewandt. Seine Schritte hinter mir beruhigten mich.

»Der See, er hat diese Aura.« Seine Schritte wurden schneller. Ich hielt inne. Fröstelnd rieb ich mir mit der freien Hand über die Arme.

»Was ist los?« Naminas Schritte verstummten.

»Die Kerze ist ausgegangen«, beantwortete ich ihre Frage. Wirklich viel Verständnis hatte sie nicht dafür. »Es ist nicht mehr weit. Die paar Schritte wirst du wohl ohne Licht bewältigen können.« Sie setzte den Weg fort.

»Dann habe ich wohl wieder das Vergnügen, deine Hand zu halten«, raunte der Dieb mir zu. Ich brauchte kein Licht, um zu erahnen, wie sein Mundwinkel belustigend nach oben zuckte.

Ich tastete nach seiner Hand und umschloss sie mit meiner. »Wahrlich ein Vergnügen.«

Trotz der Wärme, die er ausstrahlte, blieb die Kälte. Ich lief hinter ihm her. Nun wurde mir noch unbehaglicher zumute, da Caleb nun nicht mehr hinter mir lief. Ich konnte den Drang nicht bekämpfen, mich andauernd umzudrehen und mich zu vergewissern, dass dort in der Dunkelheit nichts lauerte.

Mit jedem meiner Schritte wurde es schlimmer. Alles in mir wehrte sich, weiterzulaufen. Ich biss die Zähne zusammen.

»Ich weiß nicht, was dir meine Hand angetan hat, aber wenn du sie weiterhin so zusammendrückst, dann bin ich bald nicht mehr nur der herzlose, sondern auch der handlose Dieb.«

Ich seufzte auf und lockerte meinen Griff etwas. Ich war das Mädchen, das meist nachts seine Runden drehte, das Mädchen, das sich nicht einmal vor den Schauergeschichten des Waldes gefürchtet hatte. Warum hatte ich also Angst vor ein bisschen Kälte und Wind?

Bevor ich genauer darüber nachdenken konnte, war der Wald zu Ende. Ich blieb stehen. Vor Schreck ließ ich die Kerze fallen.

Der Wald endete hier, ganz plötzlich. Vor uns lag ein See mit einer spiegelglatten Oberfläche. Das Wasser schimmerte im Licht des Mondes pechschwarz, beinahe schon unheimlich. Das wirklich Beängstigende daran war die Atmosphäre um den See. Alles war ruhig, Nebelschwaden krochen über das Wasser, während kahle Sträucher mit ihren dünnen braunen Ästen um den See herumwuchsen wie eine Art Wächter. Der Boden zu meinen Füßen war kahl, ganz matschig. In den Bäumen hingen die gleichen Lichter wie bei dem Lager von Namina. Nur wirkte das Licht hier eher schauerhaft anstatt beruhigend. Nichts blühte, was mit dem Wasser oder seiner näheren Umgebung in Berührung kam. Dazu war es noch fürchterlich kalt. Wenn ich so darüber nachdachte, waren die schwarzen Blätter an den Bäumen im Vergleich zu dem hier gar nicht mehr so beängstigend.

Die letzten Stunden war ich umgeben von Bäumen gewesen, gefangen in einem Wald. Hätte ich gewusst, was mich hier erwarten würde, ich wäre für immer beim Dieb und seiner Bande geblieben.

»Wenn ihr Glück habt, hat sie schon gegessen.« Namina schien unbeeindruckt zu sein. Sie hatte sich daran gewöhnt. Ich schielte nach rechts, wo der Dieb stand. Auch er hatte eine regungslose Miene aufgesetzt, aber mir war nicht entgangen, wie verkrampft er dastand. Den Rücken gerade gebogen, die Hände zu Fäusten geballt.

»Hier.« Namina reichte mir teilnahmslos die blaue Maske. »Mal sehen, ob sie passt.«

Geistesabwesend nahm ich sie ihr ab. Der See hatte mich so in seinen Bann gezogen, dass ich ihre Worte erst viel später realisierte. »Was?«

»Die Maske, sieh nach, ob sie passt.« In ihren Worten schwang ein Hauch Ärger mit.

»Ich soll zu ihr und nachsehen, ob die Maske passt?«, wiederholte ich ihre Worte. Das wäre ein reines Selbstmordkommando. »Lebt sie nicht im See?«, hakte ich nach, um mich zu vergewissern, was Namina von mir verlangte.

»Du musst nicht einmal schwimmen können, bleib einfach dort, wo das Wasser nicht tief ist, dann kommt sie.«

Schon wieder rauschte der Wind um mein Haar. Schwimmen konnte ich tatsächlich nicht. Zwar war ich nahe beim Meer aufgewachsen, aber dort tummelten sich so viele Segelboote und Menschen, da hatte es für mich seinen Reiz verloren.

Ich drehte meinen Kopf zu dem Dieb, aber eine große Hilfe war er nicht. Er starrte immer noch zu dem See, sagte kein Wort.

»Und wenn du sie rufst und ich dann die Maske bringe?«, fragte ich Namina zögerlich.

Sie schüttelte den Kopf, während sie auf den Dieb deutete. »Meine Schwester ist so wütend in letzter Zeit, so unglücklich. Du hast deinem Freund hier den Hals gerettet, indem du eine Maske geformt hast, aber ich bin erst zufrieden, wenn ich Laqua wiederhabe.«

Unsicherheit überkam mich.

»Ich könnte auch um den See herumlaufen.«

»Der See ist mit der ganzen Fläche hier verbunden. Wenn du auf die andere Seite nach Malufra willst, dann nur, wenn meine Schwester dir die Erlaubnis erteilt.« Namina lächelte. »Falls du das nicht glaubst, kannst du die anderen fragen.«

»Welche anderen?«

»Die Menschen, die unten am Grund des Sees liegen.«

Ich schluckte, während ich auf das dunkle Wasser blickte. Wenn ich hier weiterkommen wollte, dann blieb mir wohl nichts anderes übrig.

Ganz langsam befreite mich von dem Umhang um meine Schultern und legte die Tasche mit der Maske behutsam auf den Boden. Dann zog ich die Stiefel zusammen mit den Socken aus und warf sie mit all meinen unsicheren Gedanken hinter mich. Die Hose, die mir ohnehin etwas zu weit war, krempelte ich hoch bis zu meinen Knien. Als Letztes strich ich mir die hellen Haare aus dem Gesicht. »Dann werde ich es versuchen«, sagte ich mehr zu mir selbst als zu den beiden, schnappte mir dann die blaue Maske und lief Richtung See.

Wie gern hätte ich meine Stiefel noch angehabt. Der braune Boden wirkte nicht nur matschig, er war es auch. Meine Füße sanken in dem nassen Boden ein. Einen Schritt nach dem anderen, ganz vorsichtig tastete ich mich nach vorn. Je näher ich dem Wasser kam, umso mehr sank ich ein. Meine Füße waren bereits braun von der Flüssigkeit, die aus dem Erdboden drang. Es war kalt und ich zitterte. Meine Gedanken kreisten um die vielen toten Fischer in Rondama. Wie sie verzweifelt versucht hatten, gegen das Wasser anzukämpfen. Ich lief weiter, bis ich kurz vor dem See stehen blieb. Neben mir erstreckten sich die knorrigen Reste der Gebüsche. Womöglich lag es an meiner blühenden Fantasie, aber es wirkte, als ob sie ihre Äste hilflos von sich streckten, aus Angst oder vor Schreck.

Das Wasser berührte ganz leicht meine Zehen. Auf einmal erschien mir die kühle Luft, die mich einhüllte, ganz schön warm im Vergleich zum Wasser.

»Laqua«, flüsterte ich. Nichts regte sich. Ich ging vorsichtig in die Hocke und berührte mit der Maske die Oberfläche. Kleine Ringe breiteten sich dort aus, wo sie eintauchte. »Laqua …«

»Du musst ins Wasser!«, rief Namina.

Ärgerlich stand ich auf. Das hier war mehr als nur reiner Selbstmord. Das schwarze Wasser wirkte, als ob es mich verschlucken wollte. Und wenn Laqua wirklich zu einem fischähnlichen Ungeheuer geworden war, dann konnte ich mich hier und jetzt von Irena und Malufra verabschieden.

Meine Lippen zitterten vor Kälte, bestimmt hörte man das Klappern meiner Zähne bis hin zu dem Dieb und Namina. Vorsichtig hob ich den linken Fuß. Ein schmatzendes Geräusch drang von dem Boden, dem ich meinen Körperteil entzog. Angewidert ließ ich den Fuß ins Wasser gleiten. Diesmal landete ich auf einem rutschigen Untergrund. Mein Fuß fand keinen Halt, irgendetwas Glitschiges lag dort. Bevor ich mich's versah, rutschte ich aus und flog unsanft auf den Boden. Die Maske landete neben mir. Nun befand ich mich bis zur Hälfte meines Körpers im Wasser. Kälte umgab mich. Es fühlte sich an, als ob Abertausende kleine Nadeln sich in meinen Körper bohrten. Ich wollte mich wieder aufrichten, als etwas anderes meine Aufmerksamkeit auf sich lenkte. Ich wollte schreien, aber meine Stimme versagte. Das Blut in meinen Adern gefror.

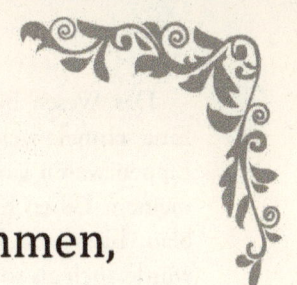

Wo Ungeheuer sich nahmen, was sie wollten

Eine Krone ragte aus dem Wasser. Im ersten Moment erinnerte sie mich an eines dieser knorrigen Geäste neben mir. Es war eine grüne Krone mit verdorrten Blüten. Lange Äste ragten daraus hervor. Algen hatten sich darum gewunden, und obwohl ich nicht mal in der Nähe dieser Krone war, roch ich ihren fauligen Gestank. Zu der Krone gehörte ein Kopf, von dem man nur die Augen sah. Die Lichter der Kerzen um den See herum schienen ihr Licht genau auf diese Gestalt zu lenken.

Wässrige blaue Augen, beinahe schon milchig weiß, starrten mich an. Schwarze Haare legten sich um den Kopf dieses Wesens. Was auch immer es war, es blickte mich ununterbrochen an, blinzelte kein einziges Mal.

Ich konnte mich nicht bewegen. Der faulige Gestank und diese stechenden, unnatürlichen Augen, alles daran hielt mich zurück, aufzuspringen und wegzurennen.

Um die Aufmerksamkeit des Wesens von mir abzulenken, griff ich nach der Maske. Ich streckte sie dem starrenden Ding entgegen. Das Wesen blickte auf die Maske, dann zu mir.

»Laqua?«, fragte ich erneut. Aber mehr als ein Blubbern in der Nähe der Mundgegend bekam ich von ihr nicht, falls es wirklich die Schwester von Namina war.

Ich streckte meinen Arm noch weiter vor, doch das Wesen reagierte nicht. Das durfte nicht wahr sein. Noch tiefer würde ich nicht ins Wasser hineinsteigen. Es war eisig kalt und alles um mich herum war dunkel und glitschig.

»Siehst du die Maske? Die gehört dir, aber du musst sie zuerst anprobieren.«

Das Wesen blubberte wieder, dann tauchte es etwas weiter auf. Eine schmale weiße Nase und ein Mund kamen zum Vorschein. Die Lippen waren ganz blau, Algen hingen ihr um den Hals. Einmal in meinem Leben hatte ich eine Wasserleiche gesehen. Die Haut ganz blau, blass und aufgequollen. Bei Laqua fehlte nicht viel und sie würde auch als solch eine durchgehen. Selbst der Gestank nach alten, verrotteten Dingen passte zum Gesamtbild.

Der Wind drehte die Flammen der Kerzen in eine andere Richtung, das Licht verschwand vom Gesicht des Meerwesens und beleuchtete nun die Krone. Eine traurige Krone, ohne Glanz und ohne Schimmer. Wenn man genau hinsah, dann entdeckte man zwischen zwei verdorrten Rosenblüten einen länglichen Gegenstand. Konnte das wirklich der Schlüssel sein?

Da mein Arm schmerzte, zog ich ihn wieder zu mir. »Ich habe gehört, dass du wütend bist«, raunte ich in ihre Richtung. So leise, dass es die anderen nicht hören konnten. »Ein junger Mann hat dir das Herz gebrochen und deine Maske gestohlen«, fuhr ich fort. »Ich bin gerade auch wütend auf ihn, also haben wir schon etwas gemeinsam.« Ich lächelte, doch das Monster mir gegenüber regte sich noch immer nicht. Gespannt beobachtete es all meine Gesichtsregungen, meinen Mund, aus dem Worte kamen.

»Er hat deine Maske zerstört, deine Schwester hat sie gefunden und mich gebeten, sie zu flicken. Ich hatte leider kein geeignetes Werkzeug dabei, sonst hätte ich sie noch schöner gemacht. Aber wenn ich irgendwann die Gelegenheit habe, an Werkzeug zu gelangen, dann werde ich sie verbessern.«

Bei dem Wort *Schwester* zuckte ihr linkes Auge ganz kurz. Laqua legte ihren Kopf leicht schräg.

»Ich habe auch eine Maske. Nur meine hat keine Magie und stammt nicht aus Malufra. Im Übrigen möchte ich dorthin. Eine Freundin von mir ist in Not und …« Ich kam nicht mehr dazu weiterzusprechen, auf einmal öffnete Laqua ihren Mund. Eine Reihe von spitzen Zähnen blitzte mir entgegen. Sie fauchte, das Wasser um uns herum schwappte immer unruhiger hin und her. Eine Flosse, ganz in Schwarz, ragte neben ihr aus dem Wasser. Sie war groß, hatte spitze Zacken an den gebogenen Enden. Irena hatte mir oft von Meerjungfrauen erzählt. Reizende, liebliche Wesen, die mit ihrem Gesang Männer in den Tod lockten. Sie hatten Fischschwänze, ganz in Grün, mit schimmernden Schuppen. Aber bei Laqua, da schimmerte gar nichts, und als ihre mächtige Flosse auf die Wasseroberfläche schlug, da vergaß ich all die Beschreibungen zu diesen lieblichen Wesen. Wasser kam angerauscht. Ein Schwall davon fand seinen Weg in meinen Mund und meine Augen. Hustend versuchte ich mich aufzurichten, aber nirgends fand ich Halt.

»Vielleicht machen wir einfach einen Tausch. Deine Krone gegen die Maske?«, schlug ich prustend vor. Doch das entlockte der Kreatur nur noch ein weiteres Fauchen. Die Flosse verschwand wieder im Wasser, während Laqua in das dunkle Gewässer eintauchte, bis man wieder nur ihre Augen sah. Lange würde ich es nicht mehr aushalten. Mein ganzer Körper zitterte vor Kälte und meine Lippen waren bestimmt schon so blau wie ihre. Ich nahm meinen letzten Mut zusammen, stieß mich vom Untergrund ab, direkt in ihre Richtung. Diese Reaktion schien sie zu überraschen. Ich holte mit der rechten Hand aus und warf die Maske über ihren Kopf. Ihr Blick blieb daran haften. Das Nächste spielte sich wie in Zeitlupe ab. Meine andere Hand ließ ich nach vorn schnellen, griff an die Krone und zog daran. Ich erwischte das Stück mit dem länglichen Gegenstand. Ein Knacken erklang wie das Brechen von Knochen. In meinen Ohren rauschte es, Wasser schwappte über mich. Mit den Füßen fand ich keinen Halt, mit den Händen hielt ich die Krone umklammert. Laqua jagte der Maske nach, doch ihre Flosse erwischte mich mit voller Wucht an der rechten Wange. Die spitzen Zacken kratzten haarscharf an meinem Auge vorbei.

Wie benommen sackte mein Körper nach hinten, ich wurde hinabgezogen in die Tiefe. Wasser, überall Wasser. Die Algen um mich klammerten sich an meinen Körper, sie griffen nach mir. Obwohl ich die Augen öffnete, sah ich nichts außer Schwärze.

Mir blieb nicht viel Zeit; wenn sie erst einmal die Maske hatte, würde sie nach mir suchen. Doch in meiner Lunge war keine Luft mehr. Ich wusste nicht, ob mir schwarz vor Augen wurde oder ob es nur das Wasser war. Auf einmal zog etwas an mir. Nein, an meiner Hand, mit der ich immer noch die Krone umklammert hielt. Ich befürchtete schon, es wäre Laqua.

Als mein Kopf wieder an der Oberfläche auftauchte und ich in grüne Augen blickte, da wusste ich, ich irrte mich.

Ich keuchte, schluckte wieder Wasser, versuchte Luft zu holen, aber mehr als ein Husten bekam ich nicht hin. Caleb hatte seinen rechten Arm um meinen Oberkörper geschlungen und zog mich Richtung Ufer. Die Anstrengung stand ihm ins Gesicht geschrieben.

Gern hätte ich ihm geholfen, aber mein Körper war schlapp. Ich zitterte unterbrochen.

Auf einmal erklang wieder dieses schreckliche Fauchen hinter uns. Gerade noch rechtzeitig hievte er mich auf den matschigen Boden, bevor Laqua mit weit aufgerissenem Maul auf uns zu rauschte.

Der Dieb rappelte sich eilig hoch, zog mich mit sich. Ich sah schon den rettenden Wald vor uns, doch er hatte anscheinend andere Gedanken. Er rannte in die entgegengesetzte Richtung. Der Boden unter unseren Füßen bebte. Das Wasser kroch über das Ufer hinaus. Und mittendrin blickte ich in die wässrigen Augen des Ungeheuers. Mit seinen langen Fingern hielt es die blaue Maske umklammert. Ich wandte meinen Blick ab. Was hatte ich erwartet? Dass ihr die Maske passen würde, dass sie wieder zum Mensch wurde? Und dann hielten wir an. Er stoppte, ging in die Knie und ich folgte ihm. So lagen wir da, beide keuchend nach Luft schnappend, die Arme ineinander verschlungen, triefend nass bis auf das letzte Hemd.

»Maskenmädchen«, keuchte er nach einer Weile. Er hatte die Augen geschlossen. »Wo zum Teufel hast du Schwimmen gelernt?«

»Das gerade eben war meine erste Schwimmstunde.« Ich stützte mich auf den Ellbogen ab und blickte zum See. Die Sonne ging langsam auf, das Wasser zog sich zurück. Das Einzige, was blieb, war das klägliche Kreischen von Laqua. Immer wieder sah ich, wie sie mit ihren dünnen Ärmchen an die Krone griff, mit den Händen verzweifelt nach dem fehlenden Stück suchte. Das Stück, das immer noch in meiner Hand lag. Ich wandte mich von dem Dieb ab und nahm es in beide Hände. Es war leicht. Erst jetzt sah ich, woraus das Stück Krone bestand. Es waren Äste, die ähnlich wie bei der verwunschenen Hecke um sich herumgewickelt waren. Stinkende Algen hielten das Ganze zusammen.

Ich wurde das Gefühl nicht los, dass diese Äste wie Knochen aussahen. Dort, wo ich das Kronenstück abgebrochen hatte, sah man noch einzelne Holzsplitter. Vorsichtig zog ich an dem langen Gegenstand. Es war tatsächlich ein Schlüssel. Er war lang und rostig. Er erinnerte mich an den Schlüssel zu meinem Zimmer in dem Haus von Irena.

Ich wischte mir die nassen Strähnen aus dem Gesicht. Den Schlüssel verstaute ich im Ärmel meines Oberteiles. Ganz weit schob ich ihn hoch, damit er nicht wieder herauspurzelte.

»Du musst dich nicht bedanken«, kam es von dem Dieb. Die Augen hatte er noch immer geschlossen. Mit seiner linken Hand tätschelte er mein nasses Bein. »Ich rette gern hübschen Mädchen das Leben.«

Ich schnaufte und wandte meinen Kopf in seine Richtung. »Dank dir war ich überhaupt in dieser Lage, also ist es wohl das Mindeste, dass du mich herausgezogen hast.« Ich wischte eine grüne Alge von seinen Schultern. Durch die Rettungsaktion hatte sich sein Hemd noch mehr geöffnet. Bis zum Bauchnabel lag seine Haut nun frei. Ein nackter Männeroberkörper war nichts Außergewöhnliches für mich. Die Fischer am Meer trugen meist nur einfache Leinenhosen, besonders in den Zeiten, in denen die Sonne kein Erbarmen kannte. Was meine Aufmerksamkeit auf sich zog, war aber etwas anderes. Die Haut spannte sich über seine Muskeln, sein Brustkorb hob und senkte sich mit jedem Atemzug. Die Narbe an seinem Hals war nicht die einzige, musste ich feststellen. Überall auf seinem Körper waren kleine weiße Linien vorhanden, wie eine Art Muster, das sich um seinen Körper wand.

»Die gehen noch weiter hinunter«, meinte er nur gelassen.

Seufzend schloss ich meine Augen. »So genau wollte ich das nicht wissen.« Ich öffnete sie wieder und blickte hoch in den Himmel. Wir befanden uns außer Reichweite von Laqua, lagen auf einer grünen Wiese, genau dort, wo dem Boden wieder Leben eingehaucht worden war. Der Himmel verfärbte sich, alles wurde heller um uns herum.

»Wo sind Lev, Rabea und Tarek?«, fragte ich nach einer Weile.

»Ich habe ihnen einen neuen Auftrag erteilt, als ich den Beutel geholt habe. Habe ihnen gesagt, sie sollen verschwinden und sich ausruhen. Ich wusste, dass Namina wieder zurückkommen würde. Warum also meine Leute unnötig in Gefahr bringen. Lev sollte sich etwas schonen.«

Bei dem Namen von Laquas Schwester stieg wieder Panik in mir hoch. »Wo ist Namina? Und meine Sachen?«

Caleb richtete sich auch auf, fuhr sich durchs nasse Haar und entfernte einige Überreste des Sees von seinem Körper.

»Ich nehme an, sie ist wieder im Wald verschwunden. Sie sah nur, wie du ins Wasser gefallen bist, und ab da ist sie wie ein kleines Mädchen blitzschnell abgehauen. Das schien zumindest ihr Plan zu sein, dass du ins Wasser steigst und Laqua dich findet.«

»Ich habe ihr nichts getan!«, verteidigte ich mich.

»Du nicht, aber ich. Sie wollte ja, dass ich dich da raushole und bei dem Versuch ertrinke.«

Ich schüttelte den Kopf. »Und ihre Schwester? Die Maske? Namina wollte doch so sehr, dass Laqua wieder die Alte wird.« Er lächelte und für einen winzigen Moment erreichte das Lächeln auch seine Augen. »Das ist nun einige Jahre her, seitdem das alles passiert ist. Namina hat schon alles versucht. Auch deine Maske konnte Laqua nicht helfen. Namina hat ihre Schwester schon lange aufgegeben, das Einzige, was sie wollte, war Rache.«

Ich schluckte. Mein Körper begann wieder zu zittern, aber nicht vor Angst, mehr vor Kälte. Der Wind half mir da auch nicht wirklich. Am liebsten wäre ich aus diesen nassen Kleidern geschlüpft und zurück in meinem warmen Bett.

Caleb legte den Arm um meine Schulter und zog mich näher zu sich. Bevor ich wieder protestieren konnte, erwiderte er: »Du zitterst. Und glaub mir, wenn du dir jetzt eine Erkältung einfängst, dann wird deine Reise noch länger dauern.«

»Meine Tasche?«, presste ich zwischen Zähneklappern hervor. Er zog mich noch näher an sich, legte seinen Kopf auf meinen Haaransatz. Dieses Gefühl war eigenartig. So viel Nähe war ich nicht gewohnt und er wohl auch nicht. Ich spürte, wie er sich dagegen sträubte.

»Dank deines Ablenkungsmanövers hatte ich Zeit, deine Stiefel und deine Tasche hierherzubringen.« Er deutete mit der rechten Hand etwas weiter neben uns ins hohe Gras. »Den Rest musste ich leider dort lassen, aber Malufra ist nicht mehr weit. Du musst nur noch diesen Hügel hoch und dann geradeaus.«

Ich drückte ihn weg von mir, um ihm in die Augen zu sehen. »Ich muss nur noch diesen Hügel hoch?« Misstrauisch kniff ich die Augen zusammen. »Solltest du mich nicht nach Malufra bringen?«

Abwehrend hob er die Arme. »Maskenmädchen, wir sind kurz vor Malufra. Du findest den Weg allein. Wenn du wieder zurückkommst, dann wirst du mich im Wald finden. Von dort aus bringe ich dich zurück nach Rondama.«

Behutsam fuhr er mir durch die hellen Haare. »Ich nütze dir hier nicht mehr viel. Der Wald ist meine Gegend.«

Am liebsten hätte ich ihm gesagt, dass er mir bisher auch nicht viel genützt hatte. Dank ihm war ich Namina und Laqua begegnet. Wie als Protest erklang noch einmal ein Kreischen.

»Wenn ich also zurück nach Rondama will, dann kann ich nur hier durch?«, vergewisserte ich mich.

»Es ist der einfachste und schnellste Weg.«

»Und was ist mit dir und den anderen?«

Er fuhr sich übers Kinn. »Solange der Schlüssel im See lag, konnte ich den Wald nicht verlassen. Aber da er nun nicht mehr in Laquas Händen ist, stellt das kein Problem mehr dar. Und trotzdem brauche ich mein Herz, um mich und die anderen endgültig von dem Pakt zu befreien.«

Ich nickte erneut. So langsam fügten sich die einzelnen Teile zu einem Gesamtbild zusammen. Diese Welt hier erschien mir noch grausamer als in ihren Erzählungen.

»Wie ich vorhin gesehen habe, hast du den Schlüssel.« Er ließ seine Hand von meinen Haaren zu meinem Arm wandern. Ich wich ihm aus.

»Gibt es keine Möglichkeit, Laqua zu helfen?«

Er schien einen Moment zu überlegen. »Wenn du ihr wieder so eine Maske besorgst, vielleicht. Aber du hast ja gesehen, wie viel es bringt. Sie ist mehr Monster als Mensch, und ohne Magie kommst du hier nicht weiter.«

»Macht dich das nicht traurig?«

Die Sonne hatte nun den Mond vertrieben und zeigte sich in ihrer Pracht. Es würde dauern, bis sie vollständig am Himmelszelt hing und meine nassen Kleider erwärmte, aber nur schon das Sonnenlicht allein brachte mir Hoffnung. Die letzten Tage hatte ich zu viel

Dunkelheit gesehen. Der Dieb hingegen wirkte etwas bleich um seine Nase. Er kniff die Augen wieder zusammen.

»Wenn ich eine Liste führen würde, was mich alles traurig machen sollte und es nicht tut, dann könnte ich damit schon längst den Wald tapezieren. Was passiert ist, kann ich nicht ändern.«

»Wie du meinst.« Ich stand auf, nahm den Schlüssel aus dem Oberteil und schlang dann meine noch immer zitternden und nassen Arme um mich.

»Irgendwann wirst du es verstehen«, sprach er so leise, dass ich es kaum verstand.

»Das werde ich nicht, so leid es mir tut. Wenn ich dafür verantwortlich wäre, würde ich Kopf und Kragen riskieren, um es zu ändern. Sie hat dich geliebt.«

Sein Mundwinkel zuckte leicht nach oben. Noch immer hielt er die Augen geschlossen. Würde nicht so ein schmerzvoller Zug auf seinem Gesicht liegen, hätte es schon beinahe so ausgesehen, als würde er zufrieden die Sonnenstrahlen genießen.

»Viele verlieben sich in mich, aber ich habe kein Herz, um das zu erkennen.«

»Das hattest du damals aber, als du sie getroffen hast.« Langsam hatte ich die Ausreden statt. »Du bist einfach nur feige.« Ich lief zu meiner Tasche, hob sie auf und zog meine trockenen Stiefel an. Zu meinem Leidwesen vermisste ich das Küchenmesser. Irgendwie hatte es mir ein Gefühl von Sicherheit gegeben.

»Maskenmädchen, du willst ständig die Welt retten, aber das geht nicht, so leid es mir tut.« Er stand ebenfalls auf. Hob eine Hand, um nicht von der Sonne geblendet zu werden. Am ersten Tag hatte er mir bereits gesagt, dass er die Dunkelheit bevorzugte, aber jetzt erkannte ich es umso mehr. Die Sonne wirkte auf ihn wie eine Verbrennung. Er fühlte sich nicht wohl.

»Dann sehen wir uns, wenn du wieder hier bist«, sprach er. Er streckte die Hand aus. Ich wollte ihm gerade den Schlüssel geben, als mir ein anderer Gedanke kam.

»Nein!«, sagte ich. »Nein ...«

»Nein?«, fragte er unsicher.

Die Worte, die mir Rabea vor Kurzem gesagt hatte, waren noch immer präsent in meinen Gedanken. Wie oft hatte ich in den letzten Stunden darüber nachgedacht. Das Versprechen, das ich Irena gegeben hatte, hatte ich gebrochen, aber das von Rabea würde ich einhalten.

»Ich gebe ihn dir erst, wenn du mich nach Malufra begleitest.« Aus irgendeinem Grund hatte Rabea das von mir verlangt. Sie kannte ihn besser als ich. Also würde ich ihr glauben.

»Malina«, sprach er sanft und ein Kribbeln wanderte meine Arme entlang. »Malufra liegt gleich da vorn, du musst nur über den Hügel und …«

»Nein!«, unterbrach ich ihn abermals. »Das war unser Pakt, und wenn du mir nicht hilfst, dann gehe ich allein nach Malufra.«

Er hob fragend die Augenbraue.

»Natürlich mit dem Schlüssel. Und versuch erst gar nicht, ihn mir abzunehmen, denn dann werfe ich ihn zurück in den See.«

Er schwieg und ich wusste nur zu gut, wie er im Inneren mit sich rang. Sein Plan hatte anders ausgesehen. In Gedanken war er schon auf der Suche nach dem weiteren Hinweis zu seinem Herz. Und nun verlangte ich von ihm, dass er noch mehr Zeit verschwendete und mit mir nach Malufra kam.

»Und wann bekomme ich ihn?«, fragte er zögerlich.

»Sobald ich vor der Königin stehe.« Ich umschloss den kleinen Schlüssel mit meiner linken Hand so fest es ging.

»Ich begleite dich bis zur Königin, aber dann ist meine Arbeit getan«, sagte er und hielt mir seine Hand entgegen. Verwundert blickte ich darauf. »Zur Besiegelung unseres Paktes.«

Ich nickte und ergriff seine Hand. So standen wir eine Weile und blickten uns an. Auch wenn ich es nicht zugeben wollte, ich war froh, dass ich nicht allein diesen Hügel hochmusste. Er strahlte eine Wärme aus, die mich umhüllte und mir Sicherheit gab. Und seine Augen, wenn ich nicht aufpasste, würde ich mich darin verlieren.

»Gut.« Ich nickte und ließ eilig seine Hand los.

»Also, Maskenmädchen, einfach den Hügel hoch und dann sollten schon bald die Stadttore erscheinen.« Er lächelte aufmunternd und lief dann los. Aber der nachdenkliche Ausdruck in seinen Augen war mir nicht entgangen. Das schlechte Gewissen kämpfte sich an die Oberfläche. Ich hielt ihn davon ab, sein glückliches Ende zu finden. Und das nur, weil ich meines finden wollte. Was hatte die

Hexe damals gemeint? Ein gebrochenes Herz würde es geben? Seines konnte sie damit kaum gemeint haben.

»Was überlegst du?«, fragte er, während wir gemeinsam den Hügel hochliefen. Der See lag mittlerweile schon weit hinter uns und ich erinnerte mich vage an die spiegelglatte Oberfläche, die schimmerte wie Glas.

»Nichts Bestimmtes«, erwiderte ich.

»Immer wenn du das sagst, dann denkst du sehr wohl an etwas Bestimmtes.« Er blieb stehen und musterte mich. Ich hielt nicht an, sondern lief weiter den Hügel hinauf.

»Malina.«

Zögernd blieb ich stehen.

»Ja?« Ich drehte mich nicht um, sondern stand einfach da, mitten auf dem mit Gras überwucherten Hügel. Ich hörte, wie seine Schritte näher kamen und er direkt neben mir stehen blieb.

»Woran denkst du?«

»An alles und doch irgendwie nichts Vernünftiges. Ich denke daran, wie ich Irena im Stich gelassen habe, wie ich den beiden Schwestern eine falsche Hoffnung gegeben habe und wie ich dich jetzt benutze, um nach Malufra zu gelangen. Und das Allerschlimmste an der Sache ist, dass ich zwar tief in meinem Herzen Irena helfen möchte und sicherlich auch darum hier bin, aber am meisten geht es mir um mich selbst.« Ich holte tief Luft, bevor ich weitersprach: »Ich will meine Vergangenheit kennenlernen, ich will wissen, wer meine Eltern sind, wer ich bin, wie ich wirklich heiße und warum ich keine Erinnerungen mehr daran habe.«

Er schwieg. Ich hielt inne und wartete auf eine Antwort. Und je mehr Zeit verstrich, umso schlechter fühlte ich mich. Keine Antwort war bekanntlich auch eine Antwort.

»Es tut mir wirklich leid, und sobald ich in Malufra bin, dann werde ich dir helfen, versprochen.« Ich drehte meinen Kopf in seine Richtung. Er starrte jedoch nur auf den Boden, fuhr sich mit seinen Händen durch das braune Haar, das inzwischen wieder trocken war, und schien nachzudenken.

»Warum glaubst du, du findest deine Geschichte hier?«, fragte er nach einer Weile.

»Es ist nur ein Gefühl. Und wenn ich hier nichts erfahre und der Königin die Masken gezeigt habe, dann will ich die Hexen fragen. Natürlich erst, wenn wir dein Herz gefunden haben«, fügte ich hinzu.

»Weißt du, was der Unterschied zwischen dir und mir ist?«, fragte er und drehte sich auch in meine Richtung. Ich verneinte.

»Du besitzt ein Herz. Ich bin kein guter Mensch, meine Liebe.« Er lächelte. »Ich habe vor langer Zeit jemandem etwas gestohlen, habe Dinge verloren, die mir viel wert waren, und einen Pakt erschaffen, der anderen Menschen die Freiheit nahm. Ich habe kein Herz und diesen Vorteil nutze ich aus. Betrug ist mein zweiter Name und ich habe auf unserer Reise in etwa genauso viel gelogen wie du, nur bin ich besser darin. Aber mir tut das alles nicht leid, während es dich beinahe von innen auffrisst, weil du womöglich das erste Mal in deinem Leben auf dich selbst achtest.« Er zog mich etwas näher an sich, vergrub seine Hände in meinen Haaren und legte seine Stirn an meine. »Wenn ich dir nur einen Rat geben kann, Maskenmädchen, nicht alle Menschen wollen immer nur das Beste.«

Er ließ mich wieder los und setzte den Weg fort. »Und jetzt komm, bevor es wieder dunkel wird.«

Ich schüttelte den Kopf und lief ebenfalls weiter. Ich wurde nicht schlau aus ihm.

Während wir den Hügel hinaufliefen, dachte ich an Malufra. Irena hatte mir oft von der Stadt der Masken erzählt. Es war eine prächtige Stadt, in der alle Bewohner reich waren. Die Königin feierte oft prunkvolle Feste in ihrem großen Schloss. Die Leute tanzten und feierten nächtelang. Hier vergaß man seine Zweifel, seine Trauer und all die negativen Gedanken. Das Schönste an Malufra war Malufra selbst. Es soll eine bunte Stadt sein, mit vielen Blumen und wunderschönen Gebäuden.

»He, Dieb!«, rief ich. Mit seinen langen Beinen war er mir wieder einige Meter voraus.

»Maskenmädchen?«

»Das Märchen von der Königin«, antwortete ich keuchend. Der Hügel wurde immer steiler und langsam ging mir die Puste aus. Wenigstens war mir dank der Anstrengung wieder wärmer.

»Was ist damit?«

»Erzähl es mir.« Ich hatte ihn endlich eingeholt und versuchte ab nun mit ihm Schritt zu halten.

»Kennst du es denn noch nicht?«, fragte er verwundert. »Ich dachte, du bist die Märchenexpertin.«

»Ich kenne nur die Kurzfassung davon. Und wenn ich ehrlich bin, dann habe ich schon lange kein Märchen mehr gehört.« Das war natürlich gelogen, aber das konnte er nicht wissen. Er war nicht dabei gewesen, als Lev, Rabea und ich die verwunschene Hecke überwunden hatten.

»Also, das Märchen der Königin von Malufra.« Er seufzte auf. »Es war einmal vor langer Zeit eine Königin. Sie hatte langes hellblondes Haar und wunderschöne Augen. Hab ich dir schon gesagt, dass du mich an sie erinnerst?« Er drehte sich zu mir um.

Ich rollte mit den Augen und gab ihm einen kleinen Stoß, sodass er kurz stolperte. »Ich dachte, du hast den Wald niemals verlassen?«

»Das stimmt, aber es gab einmal eine Zeit, da war ich noch nicht an den Wald gebunden.« Er räusperte sich. »Die Königin war schön und sie liebte es, sich mit anderen zu unterhalten. Sie las nicht gern, Spiele langweilten sie und allein zu sein war ihr eine Qual. Da gab es ein Problem. Jedes Mal, wenn sie mit jemandem sprach, egal ob ein Adliger oder einer ihrer Bediensteten, blickten die Menschen sie an, als ob sie eine Kostbarkeit wäre. Sie waren gefangen von ihrer Schönheit, brachten kein Wort über die Lippen. Anfangs fühlte sich die Königin noch geschmeichelt, aber die Tage vergingen und bald nervte es sie. Mit niemandem konnte sie ein anständiges Gespräch führen. Nicht einmal die leichtesten Fragen wurden ihr beantwortet. Innerlich verfluchte sie ihre Schönheit. Keiner verstand sie, niemand nahm sie ernst. Alle sahen nur ihr Äußeres und beurteilten sie danach. Frauen verachteten sie, weil ihre Männer der Königin nachsahen. Männer stritten sich um sie. Jeder wollte so schön sein wie sie, keiner sah die Trauer und den Kummer in ihrem Herzen.«

Während er weitersprach, betrachtete ich die Umgebung um uns herum. Wir hatten den höchsten Teil des Hügels erreicht und liefen nun geradeaus. Von hier oben sah man einiges. Ich fühlte mich wie ein Vogel, hoch in den Lüften. Das hohe Gras kitzelte an meinen Beinen. Hinter uns sah man nur noch die grünen Köpfe der Bäume. An einem

Ort wirkten sie aber ganz schwarz, dort musste der See sein. Links von uns sah man in der weiten Ferne Berge, Wiesen und Landschaften. Manchmal entdeckte ich kleine Häuser. Ich stellte mir vor, wie es wäre, dort zu leben. Ganz allein, umgeben von der Schönheit der Natur. Mein Traum zerplatzte, als mich die raue Stimme des Diebes wieder erreichte.

»Irgendwann wusste die Königin nicht mehr weiter. Die einzige Möglichkeit, die sie hatte, war die, dass sie ihr Aussehen verändern müsste. Nur wie? Die passende Idee kam der jungen Frau erst einige Monate später, als sie ihr Ankleidezimmer durchwühlte. Zwischen Kleidern und Röcken verborgen fand sie eine Maske. Sie war ganz schlicht, nichts Besonderes. Womöglich stammte sie von einem Maskenball zu der Zeit, in der ihre Eltern noch gelebt hatten. Die Königin zog die Maske an. Diese verdeckte ihr ganzes Gesicht, nur die Augen sah man durch die beiden Schlitze. Anfänglich war sie noch nervös, was, wenn es nicht klappte? Ihre Zweifel waren nur von kurzer Dauer, als sie merkte, dass es funktionierte. Wenn sie jetzt mit jemandem sprach, dann sahen die Leute nur diese Maske und ihre Augen. Noch immer galt sie als schön, aber es reichte nicht aus, um anderen die Fassung zu rauben. Von nun an konnte sie also wieder mit anderen sprechen, endlich wurde sie ernst genommen. Damit sich aber niemand wunderte, warum nur sie eine Maske trug, befahl sie allen, die in Malufra lebten, auch eine Maske zu tragen. Anfangs war es ungewohnt, nur noch in diese regungslosen Mienen zu blicken. Doch schon bald gewöhnten sich die Menschen an die Masken. Sie machten sich einen Spaß daraus. Bald wurden rauschende Feste gefeiert, Freude kam auf, denn hinter Masken konnte man so viel verbergen. Noch bis heute ist Malufra bekannt als die Stadt der Masken.« Er blieb stehen und holte kurz Luft. »War das anstrengend«, murmelte er. Er schien sich inzwischen an die Helligkeit gewöhnt zu haben. Zumindest war der gequälte Gesichtsausdruck verschwunden.

»Scheint toll zu sein, in solch einer Welt zu leben.« Ich blieb ebenfalls kurz stehen. Vor uns ging es wieder hinab. Die grüne Wiese endete nach ein paar Schritten und wurde ersetzt durch einen Pflastersteinweg. Dieser führte zu einem riesigen braunen Tor, das Teil einer hohen Steinmauer war. Leider sah man nicht darüber, sosehr ich mich auch auf

Zehenspitzen stellte. Solche hohen Mauern hatte ich noch nie gesehen, obwohl, an vielen verschiedenen Orten war ich bisher nicht gewesen.

»Was erwartest du eigentlich von Malufra?«, fragte er.

»Ich habe schon so viel von dem Ort gehört. Die Königin soll in einem prächtigen Schloss leben. Jeden Tag feiern sie Feste, die ganze Stadt ist geschmückt mit Blumen. Die Menschen haben genug zu essen, genug Geld und alle sind fröhlich.« In meiner Erinnerung tauchten Bilder auf. Bilder, die sich schon, seit ich bei Irena lebte, eingebrannt hatten. Vor meinem inneren Auge tauchten bunte Farben auf, Sonnenschein und das Lächeln von Leuten.

Der Dieb riss achtlos an einem langen Grashalm. »Jedes Märchen hat zwei Seiten, das weißt du, oder?«

»Ach komm, kaum bist du aus dem dunklen Wald heraus und schon ziehen Gewitterwolken auf?« Ich lachte, lief zu ihm zurück und zog ihn an der Hand mit mir mit. Er versteifte sich merklich, doch ich ignorierte seine abwehrende Haltung. »Gleich sind wir da.« Jubelnd lief ich den Hang hinunter. Nun hatte er Mühe, mit mir Schritt zu halten.

»Die Königin ist eitel! Als sie ihre Maske trug und auf einmal gleich wie alle anderen war, wurde sie zornig. Man sagt auch, dass die Masken, die die Bewohner tragen, verwunschen sind. Sie zeigen ihnen andere Dinge. Die Königin trägt selbst verzauberte Masken. Darum denken viele, sie wäre verrückt.« Er ließ meine Hand los.

Ich drehte mich nicht um, sondern lief auf das braune Tor zu. Zwei Männer in einer schwarzen Wächteruniform standen davor. Ein schwarzer Umhang, ein längeres Hemd mit aufgerollten Ärmeln und dunkle Hosen, die in blank polierten Stiefeln steckten. Um ihren Oberkörper hatten sie ein Band geschlungen. Es hatte dieselbe Farbe wie das Blau von Laquas Maske. Um ihre Hüften hingen lange Schwerter. Die Hände hielten sie am Rücken verschränkt. Viel sah man von ihren Gesichtern nicht, denn diese waren verborgen hinter schlichten Halbmasken, ähnlich meiner eigenen.

»Maskenmädchen«, ertönte wieder die warnende Stimme des Diebes.

Mich trennten nur noch wenige Meter von dem Tor. »Ich habe den ganzen Weg auf mich genommen, warum sollte ich umkehren?«, fragte ich an ihn gewandt.

»Weil das hier hinter den Mauern eine völlig andere Welt ist, als du dir vorstellst.«

»Das mag sein, aber wenn darin etwas ist, was mir hilft, Irena zurückzugeben, was sie verdient, dann werde ich nicht hier stehen bleiben.«

Er deutete mit dem Kinn auf die Wachen. »Und wie willst du an denen vorbei?«

Ich öffnete den Verschluss meiner Tasche und holte den Brief aus dem kleinen Kästchen. »Schon vergessen, ich habe eine Einladung.« Lächelnd streckte ich den Brief in die Höhe. Auf seinem Gesicht zeigte sich keine Regung.

»Ich nehme mal an, das ist nur eine Einladung?«

Tatsächlich, so weit hatte ich gar nicht überlegt. Ich ließ die Hand wieder sinken. »Wir können es ja versuchen.«

»Wenn du dir sicher bist«, murmelte er nur und klang ganz und gar nicht sicher.

Gemeinsam gingen wir zu den beiden Wachposten. Noch bevor Caleb oder ich den Mund aufmachen konnten, versperrten sie den Durchgang mit ihren Schwertern.

»Name, Grund?«, sprach der linke, etwas größere Mann mit dunklem Haar. Seine Augen schienen durch mich hindurchzublicken, dabei sah er mich nicht einmal an. Ähnlich wie bei Manisha, nur dass ich mir bei ihm hier sicher war, dass er sehen konnte.

»Malina und …« Ich zögerte. Dass er Caleb hieß, wusste ich ja inzwischen, aber wie gern er diesen Namen hörte, wusste ich auch.

»… und der Dieb ohne Herz«, rettete er die Situation und hob seine Hand zum Gruß.

»Grund?«, kam es von dem rechten Mann mit blonden, längeren Haaren. Auch er blickte an uns vorbei.

»Ich habe eine Einladung der Königin von Malufra.« Ich überreichte ihm die Einladung. Er blickte immer noch starr geradeaus. Zuerst befürchtete ich, er würde mich ignorieren, aber dann hob er seine Hand und nahm den Brief entgegen. Das Schwert steckte er mit einer raschen Bewegung wieder in die Scheide an seinem Gürtel. Eilig überflog er die Zeilen.

»Grund?«, fragte er erneut.

»Das sagte ich bereits, wir haben eine Einladung der Königin.«

»Es tut mir leid, Euch das mitteilen zu müssen.« Er streckte seinen Arm aus, um mir den Brief wieder zurückzugeben. »Dieser Brief«, der Mann links von ihm schüttelte den Kopf, »ist nicht echt.«

Wo Märchen schöner klangen, als sie waren

*W*as?« Was, sollte das heißen, der Brief war nicht echt.

»Der Brief in Eurer Hand stammt nicht von unserer Königin.« Er deutete wieder auf das Blatt Papier zwischen meinen Händen. Meine Knie zitterten, schienen nachzugeben.

»Das kann nicht sein, hier ist das Siegel.« Ich deutete auf die roten Initialen. Keiner der Männer schien darauf eine Antwort geben zu wollen.

»Maskenmädchen.« Caleb trat neben mich. »Vielleicht sollten wir umkehren.« Seine Stimme war sanft, beruhigend, ähnlich wie die Klänge eines Windspieles. Nur meine Fassungslosigkeit konnte er damit nicht vertreiben.

»Ich muss hier irgendwie rein«, sagte ich zu dem Dieb.

»Kommt jetzt wieder deine vorwurfsvolle Art? Das ich dir versprochen habe, dich zur Königin zu bringen?«

Er schnaubte. »Tut mir leid, aber ich bin kein Magier oder irgendein Stern am Himmel, der dir Wünsche erfüllt.«

Ich hielt inne. »Nein, aber du bist der Dieb ohne Herz. Irgendeinen Nutzen muss das haben.«

»Ja, ich habe kein Herz.«

Ich schluckte. »Du hast recht, es tut mir leid.« Ich öffnete meine Tasche wieder, verstaute den Brief achtlos zwischen Maske und Schal. Dann holte ich den kleinen Schlüssel hervor. »Hier, danke.« Mit hängenden Schultern legte ich das kleine Ding in seine Hände. Vielleicht stimmte es und Wünsche gingen nicht in Erfüllung.

»Danke.« Erleichtert umschloss er den Gegenstand mit seiner Hand. Seine Zufriedenheit verblasste aber wieder, als er meinen Blick bemerkte. »So was ist mir noch nie passiert.« Er schüttelte den Kopf, raufte sich dann lachend die Haare. Es glich aber mehr einem verzweifelten als einem glücklichen Lachen.

»Was?«

»Ich kann nicht verstehen, warum ich das jetzt tue. Vielleicht kann ich dich gut leiden, obwohl, das kann es nicht sein. Du bist anstrengend und denkst zu viel nach.«

Bevor ich etwas sagen konnte, lief er wieder zu dem Mann mit den blonden Haaren. »Sir, vor einiger Zeit war ich Gast hier. Die Königin hat mir damals verraten, dass jeder hier Zutritt hat, der einen guten Grund mitbringt. Und das tun wir. Das Mädchen hier möchte der Königin ein Angebot machen und ich, ich passe auf, dass sie nicht über ihre eigenen Füße fliegt.«

Der Kopf des Wachmanns drehte sich ganz langsam zu Caleb.

»Also, lügt Eure Königin, oder hält sie ihr Wort?« Ich bewunderte ihn für seine Gelassenheit. Völlig ruhig stand er da, hatte die Arme verschränkt und stellte Forderungen.

»Unsere Königin ist keine Lügnerin«, knurrte der Mann unter der Maske hervor.

»Sie hat gern Gäste in ihrem Reich, aber viele wollen nach Malufra, und unsere Königin empfängt nur eine Handvoll am Tag. Ihre Zeit ist begrenzt. Darum sind Einladungen wichtig.«

»Dann lasst uns hinein, wir brauchen nicht viel Zeit mit ihr. Außerdem bin ich der Dieb ohne Herz und Eure Königin schuldet mir noch einen Gefallen.«

Unsicher spielte ich mit meinen Händen. Selbst hier, wo es nicht so still wie im Wald war, hörte ich meinen Herzschlag ganz deutlich.

Die beiden Wachen sahen sich kurz an, bevor sie wieder starr ins Leere blickten.

»Willkommen in Malufra.« Der Blonde trat zur Seite und öffnete das Tor.

Zufrieden klatschte ich in die Hände. Die Begeisterung überkam mich, aber als der Dieb mir einen Blick zuwarf, der mich daran erinnerte, dass wir noch nicht in der Stadt waren, zügelte ich meine Freude.

»Danke!«, sprach ich und wollte gerade durch das Tor, als er mich noch einmal am Arm zurückhielt.

»Alle Märchen haben zwei Seiten. Was du hier siehst, ist womöglich nicht das, was du erwartest.« Der Druck um meinen Arm verstärkte sich. »Außerdem warne ich dich jetzt schon. Wenn wir zu lange hierbleiben, kommen wir nicht mehr weg.« Er ließ mich los.

Schon bald sah ich selbst, dass nicht alles in Märchen stimmte. Ich betrat Malufra, dicht hinter mir folgte Caleb. Und auf einmal war mir ganz anders. Ein bedrückendes Gefühl haftete an mir, alle Stimmen und Farben schienen zu verblassen. Ich befand mich in einer Blase.

Das Tor schloss sich hinter uns mit einem ohrenbetäubenden Krach und dann, dann war es still, als ob die Welt um uns herum aufgehört hätte zu existieren. Ich atmete einige Male tief durch, ehe ich einen Schritt nach vorn machte. Dieser Ort, alles hier, schien nicht zu leben.

Malufra war groß, aber auch trostlos. Vor uns lag ein Marktplatz mit vielen Ständen und Händlern. Dazwischen ragten Häuser empor. Ihre Fassaden waren alt und brüchig. Etwas erhöht sah man die Türme eines Schlosses aufblitzen. Ganz in Weiß, selbst die Ziegel des Daches waren hell.

Die Wege, die hinauf zum Schloss führten, waren zerstört. Wahllos lagen Dreck, Steine und Schutt herum. Es wuchs nichts, kein Gras, keine Blumen, selbst die Bäume hatten all ihre Blätter verloren. Aber das Schlimmste an alldem, das war die Luft um uns herum. Sie schnürte mir die Kehle zu und hatte einen bitteren Beigeschmack, der mir Hoffnung und Verstand raubte.

»Malina.« Seine Stimme drang an mein Ohr und ich spürte, wie er mit einer Hand meinen Ellbogen packte und mich zu sich umdrehte. »Malina«, zischte er und sah mich beinahe schon verzweifelt an. »Bitte hör mir zu.«

Ich schloss die Augen, blendete alles um mich herum aus. Das hier war Malufra, die Stadt der Masken. Ich hatte in meinem ganzen Leben schon so viel davon gehört. Die Geschichten erzählten von bunten Maskenbällen, von einer Königin mit langem Haar und wie jeder Bewohner ein Lächeln auf den Lippen hatte. Hier besaß jeder Geld und niemand war arm. Bunte Blumen sollten die Wege schmücken und immer wieder traf man auf Musiker, die fröhliche Lieder spielten. Ich hatte Irena belogen, war durch einen dunklen Wald gerannt, hatte die Träume anderer zerstört, und das alles für das hier. Für eine Stadt, die ärmer wirkte als das kleine Fischerdorf, in dem ich bis vor wenigen Tagen noch Masken hergestellt hatte.

»Malina!« Seine Stimme wurde immer energischer und der Druck seiner Hand um meinen Arm fester.

Und selbst als ich meine Augen wieder öffnete, wurde es nicht besser. Farben sah man in Malufra kaum. Alles wirkte grau und trostlos. Nur die Menschen, die trugen verblasste bunte Masken.

»Du darfst nicht so wirken, als ob du nicht von hier wärst. Setz deine Maske auf und zaubere dir irgendwie ein Lächeln ins Gesicht«, sprach er und nahm mir wie selbstverständlich die Tasche von der Schulter. Es dauerte nicht lange, da beförderte er die schwarze Maske mit den Sternen hervor. Bei ihrem Anblick hätte ich beinahe aufgeheult. Man sah die feinen farbigen Risse in dem Glas gar nicht mehr. Die Maske war nur noch schwarz mit vereinzelten, trostlos wirkenden Punkten.

»Setz sie auf.«

Seine Stimme schien mich nicht zu erreichen. Ich hörte, wie er aufseufzte, hinter mich trat und mir die Maske ans Gesicht hielt. Völlig abwesend hielt ich sie fest, während er die Bänder an meinem Hinterkopf zusammenband.

»Und was ist mit dir?«, brachte ich endlich hervor. Soweit ich wusste, besaß er keine Maske.

»Ich bin der Dieb ohne Herz und nicht der Dieb mit der Maske.«

Da war es wieder, dieses kleine, aber bedeutende Lächeln, das er mir schenkte, ehe er wieder diese starre Haltung annahm.

»Klingt nett.« Ich lächelte und richtete meine Maske. »Trotzdem solltest du dir wohl auch eine besorgen, wenn du hier nicht auffallen möchtest.« Ich deutete auf die Menschenmenge vor uns. Sie alle verhüllten ihr Gesicht. Selbst den kleinen Kindern hatte man welche aufgesetzt. Die Kleidung der Menschen wirkte grau und schmutzig. Monoton schlichen sie durch die Gassen, ihre Blicke ganz starr wie die der Wachleute.

»Versprochen, aber bevor wir aufbrechen in dieses neue Abenteuer, solltest du einige Dinge wissen.« Er zog mich näher an sich, sodass wir eng beieinanderstanden. Ich blickte hoch in die grünen Augen, die mich irgendwie an ungeschliffene Smaragde erinnerten.

Das einzige bisschen Farbe, das ich hier in Malufra entdeckte, und ich wusste, dass ich mich daran festhalten musste, ehe ich komplett den Verstand verlor.

»Durch ihre Masken sehen die Menschen andere Dinge, Dinge, die sie sehen wollen. Versuche also erst gar nicht, ihnen die Wahrheit zu erklären. Die Wahrheit wirst du hier nämlich nicht finden.«

»Die Wahrheit werde ich hier nicht finden«, wiederholte ich stockend seine Worte.

»Gut, und nun werde ich mir eine Maske holen.« Er vergrößerte den Abstand zwischen uns wieder und drängte sich an den Menschen vorbei Richtung Marktplatz. Ich zögerte einen Moment lang. Hinter mir lag das schwere Eisentor und vor mir diese trostlose Stadt.

»Macht dir das nichts aus, diese Masken zu tragen?« Ich hatte nicht vergessen, was er darüber gesagt hatte.

»Ich habe kein Herz, also sollte der Zauber bei mir nicht wirken. Und falls doch, habe ich ja noch dich.« Zuversichtlich lächelte er mich an.

Ich folgte ihm und versuchte, niemandem ins Gesicht zu sehen. Diese starren Augen würden mich wohl noch einige Tage lang verfolgen.

»Was ist hier passiert?«, sprach ich so leise wie möglich.

»Was soll passiert sein?« Auch er senkte seine Stimme und blickte unruhig hin und her.

Wir kamen an einem Stand mit Tüchern vorbei. Der Händler war ein älterer Herr mit grauem Haar. Seine Maske bestand aus Holz, kleine Zweige schossen am Rand empor. An einem Zweig hing ein kleines grünes Blatt. Trostlos flatterte es im Wind, bevor der Mann es mit einer genervten Bewegung wegstrich. Die Tücher vor ihm waren alle blass, keine kräftigen Farben. Alles wirkte, als ob es eine Staubschicht auf sich hätte.

»Die Stadt, war sie nicht einst wunderschön?«

Der Dieb zog mich von dem Stand weg. »Warum sollte man sich um eine Stadt kümmern, wenn die Masken den Leuten auch so ein schönes Bild vermitteln?« Er führte mich durch schmale Gassen, weg von dem ganzen Trubel.

»Sie starren dich an.« Ich schluckte und deutete beiläufig auf die Menschen, die unseren Weg kreuzten. Ihre Blicke, so ausdruckslos sie auch waren, blieben immer etwas länger auf dem Gesicht des Diebes haften.

»Ich sehe unwiderstehlich aus.« Seine Antwort sollte witzig gemeint sein, nur war mir nicht zu Lachen zumute.

»Dort vorn!« Ich deutete auf einen einsamen Laden direkt vor uns. Er befand sich inmitten von kahlen Steinhäusern. Das Schaufenster war leer. Die hölzerne Fassade war ganz in Schwarz angestrichen. Ein Schild mit der Aufschrift *Maskenwelt geöffnet* zierte den Eingang.

»Wir gehen hinein und holen dir eine Maske. Vielleicht finden wir irgendwo in der Nähe auch neue Kleidung.« Mitleidig betrachtete ich die Stoffstücke an meinem Körper, die immer noch etwas nass waren.

Caleb kratzte sich an der Stirn. »Ich hab hier noch nie etwas gekauft und ehrlich gesagt bin ich mir auch nicht sicher, wie viel diese Dinge wert sind.«

Ich wollte ihm zustimmen, aber die Leute um uns herum sahen ihn immer noch an, als ob er eine Bedrohung wäre. Ein junges Mädchen mit einer roten Maske flitzte an uns vorbei. Die Maske bedeckte die Hälfte seines Gesichtes und hatte überall schwarze Rosen aufgemalt. Ihr Haar war schwarz, schimmerte aber in dem Licht wie Seide. Auch sie betrachtete den Dieb eingehend, bevor sie in der nächsten Gasse verschwunden war.

»Bevor wir dieses verrückte Geschäft betreten, solltest du den hier wieder haben.« Caleb drückte sich an mir vorbei, streifte dabei meine linke Hand ganz kurz. Ich sah hinab und entdeckte den Schlüssel in meinen Händen. Aufmunternd winkte er mich zu dem Geschäft. »Kommst du?«, fragte er.

Verwirrt blickte ich noch einmal zu dem Schlüssel in meinen Händen. »Warum?«

»Damit ich nicht einfach abhaue, und glaub mir, dass würde ich.« Er zwinkerte mir zu. Im gleichen Moment zog er die schmale Tür zu dem Laden auf. Eine Glocke erklang und ein leicht muffiger Geruch stieg mir in die Nase. Eine Treppe mit vier Stufen befand sich gleich hinter der Tür und führte hinab ins Innere des Ladens. Wäre ich nicht direkt hinter dem Dieb gelaufen, hätte ich sie wohl übersehen. Zu fasziniert war ich von alldem hier. Der Boden bestand aus dem gleichen Stein wie die Wege in den Gassen. Die Wände waren schwarz und überall standen Kerzen. An der Decke hing ein monströser Kronleuchter, der bedrohlich hin und her schwankte. Ja, der Laden mochte zwar klein sein, aber er hatte eine ansehnliche Höhe. Ich legte den Kopf in den Nacken und blickte zu dem Kronleuchter. Die schwarze Decke war mit Zeichnungen übersät. Ein Sternenhimmel, ein Mond, eine Sichel, ein Herz und eine Blume. Ein Lächeln huschte über mein Gesicht. An den Wänden von Irenas Haus existierten auch solche bunten Bilder. Nur waren ihre schon etwas verblasst. Diese hier leuchteten, passten gar nicht in das Malufra, das ich heute kennengelernt hatte.

»Dein Hals wird noch steif«, raunte Caleb neben mir. Ich sah zu ihm hinüber. Er stand genau gleich da wie ich. Den Kopf in den Nacken gelegt, die Augen fasziniert auf die Gemälde gerichtet.

»Du musst es ja wissen.« Ich ließ ihn stehen und sah mir noch den Rest des Ladens an. Schwarze Tücher waren über die großen Fenster gespannt. Überall standen Regale und Tische aus Holz. In jedem freien Eck waren Masken platziert. Wunderschöne Masken, alle ganz verschieden. Es gab Masken, die komplett das Gesicht verdeckten. Halbmasken mit Bändern in jeglichen Farben und solche, die an einem Stab befestigt waren.

Die Farben waren auch ganz unterschiedlich. Schlichte, eintönige Werke. Dann existierten noch ganz bunte mit Federn, Spiegeln oder Muscheln an den Rändern. Ich bückte mich, um auf gleicher Höhe wie die Masken zu sein. Die direkt vor meiner Nasenspitze war gelb, rechts oben war eine Sonne gemalt und um die Löcher der Augen klebten kleine gelbe Steine.

»Das wär doch etwas für dich!«, rief ich aufgeregt.

Es dauerte nicht lange, da stand er neben mir. »Dieses grelle Ding?«, brummte er gelangweilt. Die Welt hier in diesem Laden schien ihn nicht so sehr zu beeindrucken wie mich.

»Vielleicht finden wir eine mit Bäumen?« Neugierig lief ich weiter.

»Maskenmädchen, nur weil ich im Wald lebe, heißt das nicht, dass Bäume zu meinen Lieblingsdingen gehören.« Nun fing er auch an, sich die anderen Stücke anzusehen.

»Was magst du dann?« Der Raum war zu Ende, aber es sah so aus, als ob es noch einen zweiten gäbe. Dieser war durch einen schwarzen Vorhang abgetrennt.

»Gute Frage, ich habe mich nie damit auseinandergesetzt, was ich mag.«

Während ich mich fragte, was hinter dem Vorhang war, beobachtete ich den Dieb. Ganz in Gedanken schien er zu sein. Er hob eine Maske nach der anderen an, hielt sie gegen das wenige Licht, das halbherzig durch einen Spalt beim Fenster hereinschien, bevor er sie wieder zurückstellte.

»Ich mag Erdbeeren, Herbst, Wind, das Lachen von anderen, Märchen, das Rauschen des Wassers, hohes Gras.«

»Und Sterne«, fügte er hinzu. Seine Hände griffen nach einer Maske mit einer Art Schnabel. Sie war braun und wirkte viel zu groß für Calebs Gesicht. Allgemein war die Maske viel zu groß für irgendein Gesicht. Vielleicht diente sie einfach zur Dekoration?

»Und Sterne«, wiederholte ich seine Worte. Ich drehte mich wieder zu dem Vorhang.

»Ich glaube, ich mag die Dunkelheit, die Ruhe, Wolken, das Grün der Blätter, aber so ganz sicher bin ich mir nicht.«

»Wie meinst du das?«, rief ich nach hinten und schob den Stoff zur Seite.

»Mag ich das wirklich, oder mag ich das nur, weil ich die Rolle des Diebes ohne Herz spiele?«

Vor mir befand sich ein kleinerer Raum. Er war rund und ebenso schwarz wie der erste. Es gab gerade einmal Platz für einen Tisch und zwei Stühle. Eine Schüssel mit getrockneten Teeblättern stand darauf. Daneben lag eine Maske. Sie war dunkelgrün, Blätter klebten darauf, aber nur auf einer Seite. Die andere war schwarz, sanfte silberne Linien zogen sich darüber entlang. Je nachdem, aus welchem Winkel man die Maske betrachtete, sah man andere Dinge. Die Linien wirkten manchmal wie Wellen, ineinander verschlungene Blumen oder Wolken. Wie meine Maske, so verdeckte diese auch nur die Hälfte des Gesichtes.

»Du wirst es mir nicht glauben, aber ich habe genau deine Maske gefunden.« Ich wollte mich gerade umdrehen und zu Caleb stürmen, jedoch stand mir jemand im Weg. Ein Mann mittleren Alters versperrte mir die Sicht. Er hatte sich genau vor den Vorhang platziert und musterte mich neugierig. Er trug einen Schnurrbart, dessen Enden nach oben gebogen waren. Seine buschigen Augenbrauen waren überrascht hochgezogen. Ganz in Schwarz gekleidet stand er da, keine einzige Falte fand man auf seinen Anziehsachen. Das dichte braune Haar wurde unter einem Zylinder gebändigt. Er war einen Kopf größer als ich, und da es nicht so viel Platz in dem engen Raum gab, berührten sich unsere Hände beinahe. Ich wich zurück, stieß dabei gegen den Tisch. Die Schale darauf wackelte bedrohlich.

»Masken können faszinierend sein«, sprach der Herr. Er umrundete den Tisch. Seine Haltung passte zu seinem äußeren Erscheinungsbild. Wie ein König schritt er durch den Raum, den Rücken gerade, die Hände dahinter verschränkt.

»Verzeiht, ich war so gefangen von dem Anblick«, murmelte ich und deutete auf die Maske auf dem Tisch.

»Alles in Ordnung bei dir?«, rief Caleb vom anderen Raum. Hatte er den Mann nicht gesehen? Der Herr blieb stehen. Ein Lachen erschien in seinem Mundwinkel, kleine Fältchen umrundeten dabei seine braunen Augen.

»Gefällt sie dir?«, fragte er.

»Ich habe bereits eine, aber ich denke, sie könnte jemand anderem gefallen.« Mit meiner Hand wanderte ich hoch zu meiner schwarzen Maske. Inzwischen hatte ich mich an das Gefühl gewöhnt, eine zu tragen. Meine war zum Glück ganz leicht und bequem. Ich hatte auch schon andere anprobiert, die zwar wunderschön waren, aber sehr unangenehm zu tragen.

»Eine schöne Maske.« Er nickte. »Aus einem sehr seltenen Glas.« Auf einmal fühlte ich mich unbehaglich. Der Raum wirkte nach und nach immer kleiner und ich hielt mich hier mit einem mir völlig fremden Mann auf.

»Du könntest mir auch antworten …« Caleb schob den Vorhang mit einem Ruck zur Seite und wollte gerade weitersprechen, als er den Mann neben mir entdeckte.

»Ich bin Guido Razetti, der Besitzer des Ladens.« Erneut erschien ein freundliches Lächeln auf den Zügen des älteren Herrn. Der Dieb schien die Lage abzuschätzen. Sein Blick glitt von mir zu Guido und wieder zurück.

»Warum tragt Ihr keine Maske?«, fragte er zögerlich. Mir war das gar nicht aufgefallen, erst als ich Guido erneut ansah, fiel mir auf, dass er tatsächlich keine Maske trug.

»In einem Laden voller Masken wäre es überflüssig, sich eine auszusuchen und anzuziehen«, antwortete er gelassen. »Und warum tragt Ihr keine Maske?«

»Ich besitze keine.« Sein Blick haftete immer noch an dem Ladenbesitzer, als sei er sich nicht sicher, wie weit er ihm trauen konnte.

»Ich habe gerade eine für dich entdeckt«, versuchte ich die Lage zu entschärfen.

Der Dieb wandte sich an mich. »Vielleicht kommen wir einfach ein anderes Mal wieder, was meinst du?«

»Oder du siehst dir die Maske an und entscheidest dann, ob du wiederkommen willst.« Ich ging zu der Maske mit den Blättern, hob sie behutsam auf und drehte sie in die Richtung des Diebes. Die Blätter waren ganz weich, die Ränder der Maske sauber abgeschliffen. Sie war leicht, fühlte sich fast schwerelos an. Wenn ich sie so hielt, wirkten die verschlungenen Linien wie Wellen eines tosenden Sturmes.

»Malina …« Schon wieder sprach er meinen Namen aus. Was er in letzter Zeit ziemlich häufig tat. »Wir sollten jetzt gehen.« Er betonte das Wort *gehen* besonders stark.

»Gefällt sie dir nicht?« Etwas enttäuscht legte ich das kostbare Objekt wieder an seinen alten Platz. Die Wellen wurden zu sanften Wolken.

»Probiert die Maske an«, mischte sich Guido ein. Noch immer stand er ganz gelassen da, beobachtete den Dieb und mich.

»Sie gefällt mir«, sprach der Dieb an mich gewandt. »Was ist der Preis?«, fragte er den Ladenbesitzer.

»Sie ist ganz neu, darum ist sie etwas teurer. Aber ich spüre, dass sie perfekt für Euch ist.« Wieder wanderte ein Lächeln über die Gesichtszüge von Guido. Womöglich dachte er schon an einen abgeschlossenen Handel.

»Wie viel Geld wollt Ihr dafür?« Caleb wirkte genervt.

»Oh, ich verlange kein Geld für meine Masken. Hier bezahlt man mit anderen Dingen.« Guido klatschte in die Hände. »Ihr braucht mir nur ein Geheimnis zu erzählen oder etwas dazulassen, was Euch wichtig ist, dann dürft Ihr die Maske haben.«

»Kann ich einfach irgendetwas dalassen? Dann würde ich mein Maskenmädchen hierlassen.« Caleb lehnte sich an die Mauer.

Mein Maskenmädchen … Ich lachte auf. So langsam fing ich an, Gefallen an unseren Sticheleien zu finden. »Wir finden bestimmt eine andere Maske irgendwo«, sprach ich. Ich hatte mich bereits abgewandt und war wieder in den anderen Raum hinübergegangen, als mir auffiel, dass Caleb mir gar nicht nachkam.

»Wenn ich Euch also ein Geheimnis erzähle, dann darf ich die Maske behalten?«, drang es aus dem kleinen Raum. Der Vorhang war wieder zugefallen.

»Genau, aber es muss etwas sein, was Euch wichtig ist.« Von hier aus klang die Stimme von Guido noch tiefer.

»Dieb?«, fragte ich. Doch es kam keine Antwort.

Ich wollte gerade nachsehen, als er den Vorhang zur Seite schob und den Kopf hindurchstreckte. Einige seiner braunen Haarsträhnen fielen ihm dabei vor die grünen Augen. »Maskenmädchen, könntest du kurz vor dem Laden warten?«, fragte er bestimmt.

»Hältst du das für eine gute Idee?« Ich blickte um mich. Auf einmal wirkte der Laden für mich nicht mehr besonders, eher beängstigend. Alles war schwarz, kaum Licht erhellte den Raum, die Luft war stickig und die Masken wirkten alle wie aufeinandergestapelt. Der Zauber war verflogen.

»Du wolltest, dass ich eine Maske kaufe, und so günstig bekomme ich nie wieder eine.« Gelassen zuckte er mit den Schultern.

»Wenn du meinst …« Ich zögerte einen Moment. Caleb verschwand wieder hinter dem Vorhang. Meine Hand lag bereits auf der Türklinke und doch wollte ich am liebsten hierbleiben. Nicht wegen der Masken oder Guido, sondern wegen Caleb. Ich hatte Angst, dass er einen Fehler begehen würde.

»Also, dann erzählt mir Euer Geheimnis.«

Bevor ich die Worte des Diebes mit anhörte, drückte ich die Klinke hinunter und rauschte aus dem Laden. Die Glocke bimmelte bei meinem raschen Abgang protestierend auf. Die Tür schloss sich und ich lehnte mich dagegen. Die Luft um mich herum war noch immer eigenartig, aber wenigstens nicht mehr stickig.

Bis Caleb wiederkam, zählte ich die Passanten, die sich an dem Laden vorbeidrängten. Dabei fielen mir drei besonders auf. Eine Frau mit kurzen hellen Haaren und einer blauen Maske, die auf der rechten Seite einen Fisch aufgemalt hatte. Die Schuppen des Fisches leuchteten in der Sonne regenbogenfarben. Ein Mädchen mit rötlichen Haaren und einer weißen Maske mit Blütenblättern. Ein Junge mit einer grünen Maske, die mich irgendwie an Moos erinnerte. Er schenkte mir ein Lächeln, bevor er seinen Weg fortsetzte. Sie wirkten alle so zufrieden. Sahen sie nicht, dass die Straßen zu ihren Füßen kaputt waren? Dass die Gebäude einzustürzen drohten, dass alles grau und blass war? Ihre Welt schien eine andere zu sein. Ehe ich weiter Leute beobachten konnte, klopfte es hinter mir an die Tür. Ich trat auf die Seite, damit Caleb den Laden verlassen konnte. In seiner linken Hand hielt er die Maske mit den Blättern und den Linien.

»Du siehst wieder so nachdenklich aus«, stellte er fest. Ich versuchte irgendeine Gefühlsregung auf seinem Gesicht zu erkennen. Irgendetwas, was mir einen Hinweis auf sein Geheimnis offenbarte. So ungern ich es zugab, aber ich war neugierig. Was für ein Geheimnis musste man einem älteren Herrn erzählen, damit man so etwas Kostbares erhielt?

»Es tut mir leid«, brachte ich nur hervor.

»He …« Der Dieb schloss die Tür und zog mich dann näher an sich, damit er mir besser in die Augen sehen konnte. »Maskenmädchen, entschuldige dich nicht immer für irgendwas. Du hattest ja recht, ich brauchte eine Maske und jetzt habe ich eine.« Stolz hob er seine linke Hand. »Auch wenn ich mir nicht sicher bin, was diese Linien bedeuten.«

»Sie ändern sich, je nach Blickwinkel.« Ich entzog mich seiner Nähe. Dieses eigenartige Kribbeln war wieder da und wenn wir weiterhin so nah beieinanderstanden, dachten die Leute um uns herum wohl noch, dass wir mehr als nur Freunde waren.

»Wie sehen die weiteren Pläne aus?«, fragte ich. Er lief wieder zurück zu den kleinen Wegen und den schmalen Gassen. Ich folgte ihm, warf aber noch einen letzten Blick zurück zu dem Laden. Das Schild am Eingang stand nun auf *geschlossen*.

Wo manche Welten grau wirkten

*I*ch muss unbedingt raus aus diesen nassen Sachen und mein Magen knurrt schon seit einer Ewigkeit«, sprach er. Wir liefen weiter durch die Straßen. Die Maske hielt der Dieb noch immer mit seiner linken Hand umschlossen. Wir verließen die enge Gasse und kamen zu einem eher überschaubaren Ort. Hier befand sich ein großer Platz. Ein Springbrunnen stand in der Mitte und dahinter waren kleine Häuser aneinandergereiht. Vor manchen Häusern standen Tische und Stühle. Efeu wanderte an den kahlen Hausmauern entlang.

Ich zupfte an meinem Oberteil. »Dagegen habe ich nichts einzuwenden.« Nachdenklich betrachtete ich den Springbrunnen. Er war weiß, genau wie die Mauern des Schlosses der Königin. Von hier aus sah man die Türme immer noch, sie wirkten jetzt viel mächtiger als zuvor. Das lag wahrscheinlich daran, dass wir uns dem Gebäude immer weiter näherten. Im Brunnen floss kein Wasser, staubtrocken stand er da.

»Wenn du irgendwo ein Gasthaus oder etwas in der Art entdeckst, dann sag Bescheid. Hoffentlich nehmen die auch Münzen.« Er fuhr sich über das Kinn. Dichte Wolken hatten sich vor die Sonne geschoben. Bestimmt würde es später noch regnen.

Caleb schien das Gleiche zu denken. Auch er sah zu den Wolken hoch und brummte dann: »Besser wir beeilen uns.«

Wir liefen also weiter, immer näher zu dem Schloss der Königin. Der Dieb hatte sich nach einigen Minuten dazu entschieden, dass es vielleicht nicht so unvernünftig war, in Malufra eine Maske zu tragen. So setzten wir unseren Weg fort, vorbei an alten Gemäuern und Leuten, die uns, jetzt, wo er auch seine Maske trug, freundlich anlächelten. Manche hoben die Hand zum Gruß.

Ein Blitz zuckte über den Himmel, in weiter Ferne vernahm ich das Grollen eines Donners. Erst als bereits die ersten kleinen Regentropfen auf meiner Haut gelandet waren, entdeckten wir ein Gasthaus. Es war größer als die anderen Häuser, aber nicht weniger heruntergekommen. Die Fassade war ganz grau und die Fensterläden in einem blassen Rotton, genau wie das Dach aus Ziegelsteinen. Die Tür stand sperrangelweit offen, Tische standen davor, Leute kamen heraus oder gingen hinein. Musik drang aus dem Inneren. Auf den ersten Blick wirkte es wie eines dieser alten gemütlichen Gasthäuser, die man in Rondama fand. Orte, an denen man seine Gäste kannte, mit ihnen zu später Stunde ein starkes Getränk nach hinten kippte und laut zur Musik mitsang.

»Besser als nichts«, meinte Caleb. Die Maske saß wie angegossen auf seinem Gesicht. Durch die Blätter wirkte der Ton seiner Augen noch grüner als zuvor. Auch die sanft geschwungenen Silberlinien passten zu ihm. Sie erinnerten mich an die Narben an seinem Körper. Als er meinen Blick bemerkte, räusperte er sich. »Gehen wir hinein?«

»Das klingt nach einem Plan.« Ich wandte den Blick wieder ab. Gemeinsam betraten wir das Gasthaus. Die Musik wurde lauter und Hitze schlug mir entgegen. Nach meinem unfreiwilligen Bad in dem See und dem kühlen Wind, der uns auf unserer Reise begleitet hatte, war ich sogar froh darum. Die ganze Inneneinrichtung bestand aus hellen Bänken, Tischen und Stühlen aus Holz, alten Lampen, die von der Decke baumelten, roten Vorhängen und roten Teppichen. Direkt vor uns befand sich ein Bartresen, dahinter standen zwei Frauen, die gehetzt hin und her rannten, um Bestellungen aufzunehmen. Zwischen ihnen stand ein dünner Mann. Er trug einen langen Bart, sprach ganz gelassen mit einem Gast, während die beiden Frauen ihm immer wieder ärgerliche Blicke zuwarfen. In einer Ecke standen vier Musiker, sie sangen und klopften auf Gegenständen herum, zupften an Saiten, während die Menschen um sie herum klatschten. Manche sangen sogar mit, wenn auch etwas schief.

»Es ist eine nette Abwechslung, wenn ich daran denke, dass ich die letzten Jahre immer nur die gleichen Leute um mich herum hatte.« Calebs Blick blieb an einer blonden jungen Frau mit einer Pfauenmaske hängen. Sie trug ein ziemlich kurzes Kleid und pfiff vergnügt im Takt der Musik. Genervt verpasste ich ihm einen Schlag in den Bauch. Ihm entwich ein Stöhnen. »Was?«

»Wag es nicht, mich allein zu lassen.« Ich sah der blonden Frau nach, die sich nun wie wild im Kreis drehte. Ihre Füße schienen kaum den Boden zu berühren. Das Lächeln auf ihren Lippen war ansteckend und irgendwie juckte es mich in den Füßen. Der Rhythmus pulsierte durch meine Blutbahnen.

»Eifersüchtig?«, fragte er. Er musste wegen der Musik beinahe schreien und ich hoffte inständig, dass niemand seine Worte mitbekommen hatte.

»Du hast kein Herz, schon vergessen? Auf was soll ich eifersüchtig sein?«, sprach ich, bereute es aber im gleichen Moment wieder, als der zufriedene Ausdruck auf seinem Gesicht verschwand.

»Das war nicht so gemeint. Ich wollte nur sagen, dass ...« Ich brach ab. Die Musik stoppte. Die Leute klatschten begeistert und stampften mit den Füßen auf. Manche hoben ihre Krüge und schwenkten sie umher, sodass Flüssigkeit auf den Boden tropfte.

»Ich erkundige mich mal nach Essen und Kleidung.« Der Dieb nickte mir zu und schlängelte sich dann zwischen Masken und Menschen hindurch, bis er an dem Bartresen angelangt war.

Ich sah ihm noch kurz nach, ging aber dann zu einer freien Ecke. Die Musiker tranken einen Schluck aus ihren Krügen, dann stimmten sie wieder eine neue Melodie an.

Das nächste Lied klang noch fröhlicher. Der Takt war schnell, die Stimmen der Sänger heiter. Auch ich wippte mit dem Fuß, beobachtete die Leute um mich herum. Diesmal tanzten noch mehr, drehten sich vergnügt im Kreis oder versuchten zumindest in etwa die Tonhöhe der Sänger zu treffen.

Es war ein Lied über einen einsamen Wanderer, der hier in Malufra eine hübsche Frau fand. Als die Tänze immer ausgelassener wurden, drängte ich mich mehr in meine Ecke hinein. Es schien den Besuchern dieses Gasthauses nichts auszumachen, dass sie immer wieder gegen andere stießen und dabei ihre Getränke verschütteten. Die Fröhlichkeit war ansteckend. Mein Kopf bewegte sich schon bald im Takt der Musik, während ich lachen musste, als ein kleiner Junge eine ältere Frau zum Tanz aufforderte. Hier vergaß man all seine Sorgen, schien für den Augenblick zu leben.

»Du siehst glücklich aus«, fiel dem Dieb auf. Vor lauter Musik hatte ich gar nicht bemerkt, dass er wieder neben mich getreten war. In seiner Hand hielt er zwei Krüge mit einer dunkelroten zähen Flüssigkeit.

»Es ist so ansteckend.« Mein Blick wanderte durch den Raum. Die Frau mit der Pfauenmaske hatte sich einen Platz auf dem Tresen ergattert und prostete nun mit ihrem Krug einer Runde junger Männer zu.

»Es braucht also nur schlechte Tänzer, ein bisschen Musik und viele Leute, um dich glücklich zu machen?« Überrascht hob er die Augenbraue. »Wie langweilig.« Er reichte mir einen der Krüge.

Misstrauisch roch ich daran. »Was ist das?«

»Irgendein Kräutertrank, der aufwärmen soll.« Er nahm einen kräftigen Schluck, verzog aber gleich darauf das Gesicht. »Und ausgesprochen bitter ist.«

»Danke.« Ich lächelte und nahm einen kleinen Schluck. Der Geschmack war ganz eigenartig. Zuerst süßlich wie die Beeren, die es bei Irena im Sommer gab. Sobald die Flüssigkeit aber den Hals hinabrann, brannte es auf meiner Zunge und zurück blieb dieser bittere Geschmack, als ob man in eine Zitrone beißen würde.

»Widerlich.« Ich schüttelte mich. »Aber es wärmt.«

Caleb nickte vielsagend und prostete mir zu, bevor er noch einmal einen Schluck nahm. »Wir können hier auch essen, es gibt noch einen anderen Raum gleich hier obendrüber. Mit den Kleidern wird es etwas schwieriger werden. Der Wirt sieht sich auf dem Dachboden um. Oft lassen Gäste Dinge liegen.« Er deutete mit dem Krug Richtung Tresen, wo der Mann, den ich vorhin entdeckt hatte, gemächlich eine Treppe hochging, die sich am Ende des Raumes befand. Die beiden Frauen kamen jetzt noch mehr ins Schwitzen. Eine der beiden fluchte, während die andere sich erschöpft über die Stirn strich.

»Gut, dann lass uns was essen gehen.« Ich leerte den Krug und stellte ihn beim Ausschank ab, als wir daran vorbeiliefen, Caleb nahm seinen mit. Er führte mich quer durch die Menschenmenge, die Treppe hoch. Und tatsächlich, als wir die Stufen bewältigt hatten, lag da ein kleiner Raum mit Tischen und Stühlen. Eine weitere Treppe, die noch höher hinaufführte, befand sich direkt links von mir.

Hier war es ruhiger. Man hörte noch immer die Musik von unten, aber im Gegensatz zu vorhin musste man hier nicht gleich schreien, um sich zu verstehen. Fünf weitere Leute befanden sich hier oben, aber sie schenkten uns keine Aufmerksamkeit. Hier war auch alles in Rot dekoriert, die Fenster standen offen. Verwundert sah ich hinaus. Der Himmel war grau, ein Meer aus Wolken zog über meinem Kopf hinweg. Von der Sonne sah man nichts mehr. Die Pflastersteinwege waren bereits dunkel von dem Regen, der unaufhörlich hinab prasselte.

»Endlich ist die Sonne verschwunden.« Der Dieb schien wieder zufrieden zu sein. Er setzte sich an einen der Tische gleich in der Ecke. Ich machte es ihm nach. Eine Kerze hing über unseren Köpfen in einem Glas, das bereits schwarz von dem ganzen Ruß war. Die frische Luft von draußen wehte um meinen Kopf, während ich die anderen Leute in dem Raum betrachtete. Es waren vier Männer und eine Frau. Die Frau hatte auffallend rote Haare, die sie mit einem Kopftuch gebändigt hatte. Ihre Maske war schwarz, mit kleinen Perlen auf der rechten Seite. Die Männer um sie herum trugen auch schwarze Masken, aber ohne Perlen. Die Frau lachte gerade hysterisch über irgendeinen Witz, den der Mann zu ihrer Linken erzählt hatte. Um ihren Hals baumelte eine schwere Kette mit funkelnden Steinen. Auch an ihrer Hand trug sie Ringe aus Silber. Ihre Lippen waren in einem starken Rotton geschminkt und an ihren Ohren hingen funkelnde Ohrringe.

»Ihre Masken sind schlicht, wohl kaum wertvoll. Dafür wirkt der Schmuck der Dame, als ob sie viel Geld besitzt.« Ich deutete mit dem Kinn auf die Gruppe vor uns.

Caleb hatte ihnen den Rücken zugewandt. Er drehte sich kurz um, zuckte dann aber nur gelangweilt mit der Schulter. »Räuber, Diebe, Plünderer, was auch immer.« Er trank seinen Krug leer und stellte ihn geräuschvoll auf dem Holztisch ab. »Aber wir werden sie nicht interessieren, wir haben nichts Wertvolles dabei.«

Unruhig griff ich an meine Maske. Das Glas der Maske konnte man für viel Geld verkaufen.

»Ich denke nicht, dass sie interessiert an Masken sind.« Er schenkte mir ein spöttisches Lächeln. »Für Masken kriegt man hier anscheinend nur Geheimnisse.«

»Wenn wir schon dabei sind, was hast du diesem Guido erzählt?« Ich beugte mich näher zu ihm. Die Flamme der Kerze flackerte in seinen Augen. Er wollte gerade etwas sagen, als ein Schatten über unseren Köpfen erschien.

»Sir, ich habe noch ein paar Kleider gefunden, die Euch und Eurer Dame passen sollten.« Der spindeldürre Mann von vorhin stand neben unserem Tisch. Er fuhr sich über seine Halbglatze und wartete auf Calebs Reaktion. Ein großer Schnurrbart, nicht ganz so gepflegt wie der von Guido, prangte unter seiner Nase. Auf seinen Armen befanden sich schwarze Zeichnungen. Ein Schiff und eine Meerjungfrau erkannte ich, der Rest war verblasst. Unweigerlich dachte ich an Laqua.

»Perfekt, dann werden wir uns umziehen und danach hier etwas essen.« Er nickte dem Wirt zu.

Der Mann schien zufrieden. »Wenn Ihr die Treppe hochgeht, findet Ihr ein kleines Zimmer, dort liegen Eure Sachen.« Er verbeugte sich leicht und ging dann weiter zu der Gruppe mit der rothaarigen Frau. Noch immer lachte sie, schien beinahe keine Luft mehr zu bekommen.

»Wie viel zahlen wir hierfür?« Ich stand auf und ging zu der schmalen Treppe. Die Decke war niedriger und ich musste mich ducken, damit ich mir nicht irgendwo den Kopf anschlug.

Der Dieb folgte mir.

»So ungern ich das sage, aber ich habe gerade alle meine Münzen ausgegeben, die ich bei mir hatte.«

Ich schluckte. Bei meinem Reiseanbruch hatte ich gar nicht an Geld gedacht. Es wäre mir aber auch nie in den Sinn gekommen, Münzen von Irena mitzunehmen.

»Ich habe leider nichts bei mir, aber wenn ich wieder in Rondama bin, bringe ich dir Geld.«

Ein heiseres Lachen erklang hinter mir. »Wenn du dann überhaupt noch mit mir sprichst.«

»Warum sollte ich nicht?« Doch von ihm kam keine Antwort mehr. Die Treppe endete kurz vor einer morschen Tür. Ich stieß sie auf und fand mich in einem gemütlichen kleinen Zimmer wieder. Die Decke war auch hier recht niedrig, aber ich konnte ohne Probleme aufrecht stehen. Caleb hingegen zog automatisch den Kopf etwas ein. In dem Raum befand sich ein Bett, ein Tisch direkt vor einem runden Fenster und eine Lampe darauf. Eine kleine Kommode stand neben dem

153

Bett mit den grünlichen Balken. Der Regen prasselte gegen das Fenster, als ob er hineingelassen werden wollte. Auf dem Bett lagen die Sachen zum Anziehen. Ich verzog das Gesicht, als ich ein rotes Kleid entdeckte. Kleider waren schön und ich besaß selbst auch zwei in meinem Kleiderschrank. Aber ich zog sie nur zu besonderen Anlässen an, wenn jemand Geburtstag hatte oder sonst etwas gefeiert wurde. Kleider waren schrecklich unpraktisch.

»Ich zieh mich schnell um, dann warte ich vor der Tür«, sprach der Dieb.

Ich nickte und wandte mich dem Fenster zu. Regen beruhigte mich. Ich liebte es, wenn ich abends in meinem Bett lag und Tropfen auf das Hausdach klopften.

Von hier aus sah man die anderen Häuser und das Schloss der Königin. Es stand auf einem kleinen Hügel, überragte all die anderen Gebäude. Leider verschleierte der Regen die Sicht und mehr als Türme und weiße Fassaden konnte ich nicht entdecken. Vielleicht würde der Regen all diese trostlosen Farben, die wie Staub wirkten, wegwaschen. Und womöglich würde darunter das Malufra erscheinen, das ich in meinen Gedanken erschaffen hatte.

»Passt wie angegossen.«

Ich blickte zu Caleb. Er trug ein weißes längeres Hemd und eine eng anliegende dunkle Hose. Die Knöpfe an seinem Hemd waren schwarz, glänzten im Licht der Lampe. Es waren saubere Kleider, der Stoff wirkte edel. Das Einzige, was an einen Dieb ohne Herz aus dem Wald erinnerte, waren die dreckigen Stiefel und das ungebändigte Haar auf seinem Kopf.

»Dann ziehe ich mir einmal dieses rote Ding über den Kopf.« Mein Blick blieb an dem hellen Stoff hängen.

»Ich bin gleich vor der Tür, wenn was ist.« Er nickte und fuhr sich über sein Hemd.

»Was soll passieren? Wir sind hier allein in einem kleinen Raum.«

»Vielleicht versteckt sich einer der Räuber unter dem Bett?« Nachdenklich verließ er das Zimmer, sein diebisches Lächeln war mir dabei nicht entgangen. Sicherheitshalber warf ich trotzdem einen Blick unter das Bett. Mehr als eine alte Socke entdeckte ich nicht.

Ich schälte mich aus der nassen Kleidung, war dankbar dafür, endlich einen anderen Stoff auf meiner Haut zu fühlen. Das rote Kleid ging mir bis zu den Knien. An den Hüften war es etwas enger, die Ärmel hatten bauschige Enden. Es saß nicht perfekt, aber zu groß war es auch nicht. Es würde mir also nicht von den Schultern rutschen. Caleb hatte seine Kleider auf der Kommode platziert. Ich tat es ihm nach. In meiner Tasche hatte ich leider keinen Platz dafür, außerdem waren die Sachen noch immer nass.

Als ich die Tür öffnete, stand er direkt davor.

»Räuber entdeckt?«, fragte er.

»Nur eine alte Socke unter dem Bett.« Ich drängte mich an ihm vorbei, die Treppe hinab. Die fünf Leute von vorhin waren verschwunden, dafür saßen wieder neue Gäste an ihrem Platz. Auf dem Tisch an der Ecke, an dem wir vor Kurzem noch gesessen hatten, standen zwei Schüsseln und ein Korb mit Brot.

Wie aus Prostest knurrte mein Magen auf. Schon viel zu lange war es her, seitdem ich etwas gegessen hatte. Caleb schien es ebenso zu ergehen. Wir setzten uns, aßen schweigend die warme Suppe, die sich in den Schüsseln befand. So genau konnte ich nicht identifizieren, was darin schwamm. Zumindest schmeckte sie und stillte den Hunger. Zufrieden lehnte ich mich mit dem Stuhl an die Wand in meinem Rücken.

»Jetzt wäre ich für ein Bett«, schnurrte ich. Ich schloss die Augen und seufzte zufrieden.

»Falls es dir nicht aufgefallen ist, in dem Gasthaus gibt es genau ein einziges Bett und das ist ziemlich klein, also, wenn du nicht das Vergnügen meines Körpers neben dir haben möchtest, sollten wir uns bald wieder auf den Weg machen.«

Ich seufzte, diesmal nicht vor lauter Zufriedenheit. »So weit geht unsere Freundschaft noch nicht.« Ich schob die Schüssel von mir.

»Freundschaft?« Wieder schenkte er mir das diebische Lächeln. »Ich glaube, so was wie Freunde hatte ich noch gar nicht.«

»Was sind dann Lev, Rabea, Tarek und die anderen aus deiner Gruppe für dich?« Ich dachte an meine erste Begegnung mit den Leuten im Wald.

Er überlegte einen Moment lang. »Kameraden? Wir alle sind unfreiwillig aufeinandergetroffen. Sollte man sich seine Freunde nicht aussuchen können?«

»Trotzdem lebt ihr schon lange zusammen in diesem Wald. Würdest du dein Leben für ihres geben?«

Wieder blickte er hoch an die Decke, dachte über meine Worte nach. »Vielleicht.« Zufrieden lehnte er sich auf seinem Stuhl zurück. »Ich fühle nicht so wie du«, fügte er hinzu, als er meine Blicke bemerkte. »Wenn bei dir jemand in Not ist, würdest du wahrscheinlich deinen Kopf eigenhändig vom Körper schrauben, um denjenigen zu retten. Wenn ich jemanden sehe, der in Gefahr ist, würde ich ihn nur retten, wenn es mir etwas nützen würde.«

»Das glaube ich nicht.« Ich verschränkte die Hände ineinander. »So ein Mensch kannst du nicht sein.«

»So ein Mensch bin ich aber.«

»Du hast mich nach Malufra gebracht.«

Er nickte langsam. »Weil ich den Schlüssel gebraucht habe und du mich damit erpresst hast, Maskenmädchen.«

»Du hast mich aus dem See gezogen«, versuchte ich es.

Aber wieder bekam ich nur dasselbe schwache Nicken. »Weil du den Schlüssel in deiner Hand hattest.«

»Du hast mich eine Maske für Laqua herstellen lassen.« Die Antwort darauf kannte ich bereits, aber mir gingen die Ideen aus.

»Weil Namina mich dank dir nicht umgebracht hat.«

»Und was ist mit deinem Herz? Du suchst es, damit Tarek und die anderen aus dem Wald kommen, oder?«

Er runzelte die Stirn. »So ungern ich dich enttäuschen muss, aber auch hier geht es nur um mich. Ich habe es statt, so herumzulaufen.« Er tippte sich gegen die Brust.

»Weil du wieder fühlen willst?«, flüsterte ich.

Er lachte auf. »Du bist ganz schön süß, wenn du nach guten Dingen in den Menschen suchst, weißt du das?« Er beugte sich zu mir. »Ich will mein eigenes Leben wiederhaben und nicht an einen Wald mit Leuten gebunden sein. Ständig wird von mir erwartet, dass ich Entscheidungen treffe, Befehle gebe, aber im Grunde tue ich nichts lieber, als in der Dunkelheit zu sitzen und die Stille zu genießen.«

»Kennst du dein altes Leben noch? Und kannst du überhaupt …
na ja, sterben?«

Von unten erklang ein Johlen. Wahrscheinlich wechselten die
Musiker wieder das Lied.

»Mein altes Leben spielt keine Rolle. Das ist die Vergangenheit,
nicht meine Zukunft. Und ja, ich kann sterben. Ich muss sogar atmen,
damit ich weiterlebe. Nur weil ich kein Herz habe, heißt das nicht,
dass ich unsterblich bin. Ich altere genau wie du, vielleicht etwas langsamer. Was für dich zwei Jahre sind, ist für mich eines. Darum bin ich
auch erst fünfundzwanzig Jahre alt und nicht schon dreißig.«

Ich nickte. So ganz begriff ich all das noch nicht, doch zumindest
verstand ich einen Teil davon.

Er winkte dem Wirt zu, der gerade die Treppe hinab wollte, und
bestellte noch einmal zwei dieser eigenartigen Getränke.

Die Musik drang wieder an meine Ohren. Das Lied war langsamer, bestand aus sanften Tönen, die mir ein wohliges Gefühl gaben.

»Frag ruhig.« Der Wirt hatte uns die Getränke hingestellt und
Caleb nahm gleich wieder einen Schluck davon. Ich zögerte.

»Was?« Verwirrt sah ich den Dieb an.

»Du hast noch mehr Fragen, also frag ruhig.«

»Warum seid genau ihr in dem Wald gefangen und nicht ich?«
Mit dem linken Zeigefinger fuhr ich eine Rille in dem Tisch entlang.
Meinen Blick heftete ich auf das Holz vor mir.

»Der Pakt bestimmt, dass wir vier Leute sein müssen. Die anderen drei wurden unfreiwillig Teil der Geschichte. Darum kann jeder,
der den Wald betritt, diesen auch wieder verlassen.« Er trank weiter.
»Sofern er über die Hecken kommt, Laqua täuschen kann, Naminas
Wut ausweicht, den Drachen tötet.« Er hielt inne.

Überrascht sah ich auf. »Einen Drachen?« Na ja, mal abgesehen
davon, was hier alles vor meiner Nase herumlief, war ein Drache gar
nicht so abwegig.

»Drachen gibt es nicht, keine Sorge.« Er bestellte einen weiteren
Krug, während meiner noch völlig unberührt vor meiner Nase stand.

»Man weiß nie«, sprach ich. »Hast du vorhin nicht gesagt, du hast
dein ganzes Geld ausgegeben? Warum bestellst du noch mehr?«

»Ich habe dem Wirt gegeben, was ich habe, dafür können wir bis um Mitternacht hierbleiben und so viel bestellen, wie wir wollen.« Er schob meinen Krug näher an mich heran. »Also trink, denn glaub mir, wenn du wirklich in das Schloss zur Königin willst, dann solltest du dir etwas Mut antrinken.«

Die Königin von Malufra war auch jetzt noch ein Rätsel für mich. Ich konnte mir nicht vorstellen, wie sie aussah oder wie sie sich verhielt. Man hörte so viele Dinge über sie. Dass sie mit sich selbst sprach, Spiegel zerschlug und von Dingen sang, die keiner verstand. Aber was ich bisher auf meiner Reise gelernt hatte, war der Punkt, dass nicht immer alle Märchen genau so abgelaufen waren, wie sie erzählt wurden.

»Tarek.« Der Name des Bogenschützen kam über meine Lippen. »Er hat mir erzählt, dass er eine Freundin in seinem alten Dorf hat und dass er es kaum erwarten kann, sie wiederzusehen.«

Der Dieb holte tief Luft. »Ich bezweifle, dass sie auf ihn gewartet hat.«

»Wenn sie ihn wirklich liebt, hat sie es.« Zumindest hoffte ich das innerlich. Ich dachte an Tareks braune Augen und wie ich ihm zum ersten Mal in Rondama begegnet war. Damals hatte er mich gefragt, wie meine Geschichte ging. Bis heute könnte ich ihm keine Antwort darauf geben, ich wusste es nicht.

»Ich würde es ihm wünschen, aber wer weiß schon, ob wir jemals aus dem Wald herauskommen.«

Der nächste leere Krug landete neben meinem.

»Ist es nicht merkwürdig?« Er wartete einen Moment, bevor er weitersprach. »Dass du nicht mehr weißt, von wo du kommst oder wo du aufgewachsen bist?«

»Merkwürdig, ja, aber ich kann es nicht ändern.«

»Vielleicht willst du es auch nicht ändern.«

Seine Worte versetzten mir einen Stich in meiner Herzgegend. Ich trank nun auch von der Kräutermischung. Wartete, bis die Flüssigkeit sich von Süß zu Bitter wandelte.

»Wie meinst du das?« Ich stellte den leeren Krug neben seine zwei. Es dauerte nicht lange, da kam der Wirt mit zwei neuen. So langsam spürte ich die Wirkung. Mir war ganz warm, obwohl die Fenster offen waren, und meine Füße bewegten sich unkontrolliert im Rhythmus der Musik, die von unten heraufdrang.

»Es gibt Leute, die vergessen wegen eines Schlages auf den Kopf oder wegen eines schrecklichen Erlebnisses ihre Vergangenheit. Manche von ihnen erinnern sich dann ein Leben lang nicht mehr daran. Nicht weil sie es nicht können, sondern weil sie sich selbst so blockieren.«

Ich schnaubte. »Glaub mir, ich frage mich seit Jahren, wer ich wirklich bin.«

»Und warum willst du das wissen? Hast du nicht das Gefühl, das könnte dann etwas ändern?«

Mein Mund verzog sich beim nächsten Schluck. Man könnte meinen, ich hatte mich an das Getränk gewöhnt, aber je mehr ich davon trank, umso widerlicher wurde es.

»Was sollte es ändern?«, fragte ich zögerlich.

»Stell dir vor, du erfährst, dass du die Tochter der Königin von Malufra bist.«

Ich hob meine linke Hand warnend in die Höhe. »Fängt das wieder an? Ich sehe ihr nicht ähnlich.«

»Das tust du. Also stell dir das einmal vor. Du erfährst deinen wirklichen Namen, lernst deine Eltern kennen, deine richtigen Eltern. Was, wenn du dann auf einmal hierbleiben möchtest?«

Ich stellte den leeren Krug zu den anderen. Langsam drehte sich meine Welt um meinen Kopf. Das Lachen der anderen Gäste wurde immer lauter, die Musik immer schneller. Unruhig tippte ich mit meinen Fingern auf das raue Holz unter meinen Händen.

»Ich würde Irena nicht allein lassen. Sie wird immer wie eine Mutter für mich sein.«

»Und warum suchst du dann nach Antworten?«

Wo Musik einen Herzschlag ersetzte

Während ich auf dem Stuhl saß und aus dem Fenster blickte, dachte ich an vieles. Ich dachte an all die Momente, an die ich mich erinnern konnte. Als ich zusammen mit Irena zum Meer lief und sie mir die verschiedenen Vögel in der Luft zeigte. Als ich zum ersten Mal bemerkte, dass ich im Wasser mein Spiegelbild sehen konnte. Ich erinnerte mich an Momente, in denen ich weinend vor dem Haus saß, weil ich mich an einer spitzen Scherbe geschnitten und wie Irena beruhigend auf mich eingeredet hatte. Ich liebte das Gefühl von Freiheit, wenn ich mich im Sommer, wenn das Gras besonders hoch war, dort hineinlegen konnte und mich keiner sah. Wie enttäuscht ich war, als ich bemerkte, dass die Blumen aus dem Garten nach einigen Tagen kaputt gingen, wenn man sie ausriss. Wie Irena mir die Sterne erklärte und auf den Mond zeigte. Ich dachte an die anderen Kinder aus Rondama, mit denen ich Verstecken spielte, oder still nahe beim Meer stand und dem Rauschen der Wellen zuhörte. Es gab auch Augenblicke, in denen Irena und ich uns stritten. Dann schwiegen wir uns an, bis es einer von uns nicht mehr aushielt. Es waren tolle Momente. Schöne und nicht so schöne Augenblicke, aber sie alle hatten mich geformt und zu dem Menschen gemacht, der ich heute war. Caleb hatte gar nicht so unrecht. Warum wollte ich Antworten?

»Keine Ahnung.« Ich schüttelte traurig den Kopf. Noch immer wippte ich mit meinen Füßen im Takt der Melodie.

Er schwieg. In meinem Kopf dachte ich nach, gab es noch irgendetwas, was ich ihn fragen wollte?

»Verrätst du mir jetzt dein Geheimnis?« Ich blickte auf die Blätter an seiner Maske. Wenn ich meine Hand ausstrecken würde, dann könnte ich sie berühren.

Er öffnete den Mund ein wenig, presste dann aber wieder die Lippen aufeinander. »Bevor ich dir das erzähle, trinken wir noch eine Runde.«

Ohne meine Antwort abzuwarten, stand er auf und lief die Treppe hinunter. Nun war ich ganz allein hier oben. Wie spät es wohl sein mochte? Ich warf einen Blick aus dem Fenster. Der Regen hatte aufgehört, aber der Himmel blieb dunkel. Die Nacht musste also angebrochen sein. Dabei waren wir noch gar nicht so lange hier, oder? Müdigkeit kam auf. Meine Füße taten weh von dem vielen Laufen, und trotz des neuen Kleides hätte ich nichts einzuwenden gegen ein Bad. Das Lied war zu Ende, doch schon bald begann ein neues. Es wurde immer wärmer, selbst mit dem Kleid war mir noch zu heiß. Ich rutschte näher ans offene Fenster. Unten hörte man zwei Personen streiten. Ich blickte hinab, erkannte aber nur Umrisse. Irgendwo erklang das Geräusch von Scherben. Dann war es wieder still. Der Mond warf sein Licht genau auf die hellen Türme des Schlosses. Eine einsame Fahne wehte im Wind. Gedankenversunken blickte ich hinter mich. Der Dieb war immer noch nicht aufgetaucht. Auf einmal hatte ich das Gefühl, die Zeit um mich herum würde viel schneller vergehen. Ich stand auf und lief die Treppe hinunter. Dabei musste ich mich konzentrieren, dass ich nicht einen Tritt verfehlte. Alles schwankte, die Wärme umhüllte mich wie ein Mantel und ein seltsames Kratzen hing in meinem Hals.

Unten wurde getanzt, gelacht und getrunken. An dem Tisch rechts neben mir spielten sie Karten, links befand sich der Tresen. Nun half der Wirt den beiden Frauen fleißig dabei, Bestellungen aufzunehmen. Trotz der offenen Tür und der Fenster war es hier unten noch wärmer als oben. Caleb entdeckte ich direkt beim Eingang. Er war gerade in ein Gespräch mit der Frau, die eine Pfauenmaske trug, und einem anderen Gast vertieft. Seufzend drängte ich mich zu ihm durch.

»Ich gehe kurz raus, hier drinnen ist es unglaublich heiß«, sprach ich nur. Verwundert sah er mich an. Die silbernen Linien auf der rechten Seite seiner Maske wirkten im Licht wie Blitze.

»Warte …«, sagte er nur und wandte sich dann wieder an die Frau. Doch ich wartete nicht. Ich trat hinaus ins Freie und schloss meine Augen. Es tat so gut, den Wind im Nacken zu spüren und die Kälte, die um meine Beine strich.

Ich drängte alle Warnungen in den hintersten Winkel meiner Gedanken und lief los. Die Stadt wirkte um diese Zeit wie ausgestorben. Alle Fensterläden waren zugezogen, keine Menschenseele kam mir entgegen. Das Gasthaus schien der einzige Ort zu sein, an dem sich die Bewohner um diese Zeit trafen.

»Malina!«

Ich hielt an und drehte mich um. Er hatte die Maske abgezogen und hielt sie in der Hand.

»In dem Licht siehst du aus wie ein Geist. Ein Geist in einem roten Kleid.« Caleb lief mir entgegen. Es konnte an dem starken Kräutergetränk liegen, aber als er direkt vor mir stehen blieb und mich ansah, wirkte es beinahe, als ob er sich Sorgen um mich machen würde.

»Ich nehme das als Kompliment«, erwiderte ich.

Er lachte kurz auf und zupfte dann an dem linken Ärmel meines Kleides. »Du solltest wieder reingehen.«

»Ich komme gleich wieder, ich will nur etwas frische Luft. In dem Gasthaus ist es viel zu warm.« Ich schlug seine Hand weg.

»Bist du betrunken?«, fragte er zögerlich und schnappte sich den anderen Ärmel.

»Mir ist warm, schwindlig und wenn ich noch einmal einen Krug von der Mischung trinke, dann übergebe ich mich.«

Ich wollte seine Hand erneut wegschlagen, aber diesmal griff er danach. »Du bist betrunken.« Seine andere Hand legte er auf meine Hüfte, wanderte langsam hoch bis zu meinem Nacken.

»Ich denke, wir sollten uns auf den Weg Richtung Schloss machen.«

Ich nickte, obwohl meine Gedanken bei seinen Händen waren. »Und das Pfauenmädchen?« Ich dachte an die Frau aus dem Gasthaus, neben der er noch vor wenigen Sekunden gestanden hatte.

»Was ist mit ihr?« Er zog mich näher an sich, beugte sich hinab, sodass sich unsere Nasenspitzen beinahe berührten.

»Ich weiß nicht …«, flüsterte ich. »Ich weiß nur, dass wir gehen sollten.« Unbewusst wanderte mein Blick zu seinem Mund. Er hatte wieder dieses spöttische Lächeln aufgesetzt. Und da war eine weitere Narbe, eine kleine direkt auf seiner Oberlippe. Warum mir die noch nie aufgefallen war? Dafür kam mir etwas anderes in den Sinn.

»Du bist nicht so ein Mensch, und weißt du warum?« Mein Blick glitt wieder zu seinen grünen Augen und der Maske.

Verwirrt hob er eine Augenbraue. »Was?«

»Du hast mir geholfen, nach Malufra zu kommen. Ich hab dir dort vor dem Tor bereits den Schlüssel wiedergegeben, du hattest also keinen Grund zu bleiben.«

»Vielleicht habe ich das nur gemacht …« Er beugte sich weiter zu mir. Unsere Lippen waren nur noch wenige Zentimeter voneinander entfernt. »Um meine Schuldgefühle loszuwerden.« Sein Atem strich über meine Lippen. »Weil ich etwas getan habe, wofür du mich hassen wirst.« Der Griff um meinen Nacken wurde fester. Er schloss seine Augen und legte seine Stirn gegen meine. »Darum solltest du mir glauben, wenn ich dir sage, dass ich alles immer nur aus einem Grund mache.«

»He, ihr!«

Wie betäubt schreckte ich hoch. Caleb ließ mich los und machte einen Schritt zurück. Hitze stieg mir ins Gesicht, als ich darüber nachdachte, wie nah wir uns gewesen waren.

»Wir brauchen Tänzer!«

Ich blickte an dem Dieb vorbei zurück zu dem Gasthaus. Die Frau mit der Pfauenmaske stand im Licht und winkte uns zu. »Kommt!«

»Maskenmädchen …« Er griff nach meiner Hand, aber ich war schneller und zog sie weg.

»Was auch immer du getan hast, sag es mir nicht.« Ich deutete mit dem Kinn Richtung Gasthaus. »Und ich würde jetzt schrecklich gern tanzen.«

Er nickte, aber so richtig anwesend schien er immer noch nicht zu sein.

Drinnen schlug mir wieder die warme Luft entgegen. Lachend schloss ich mich den Tänzern an. Es war, als ob die fröhliche Musik in meine Ohren drang, dort weiter pulsierte, direkt in meine Blutbahnen hinein. Ich drehte mich im Kreis, wirbelte durch den Raum. Immer wieder tauchten Gesichter mit Masken vor mir auf. Leute mit langen oder kurzen Haaren, solche mit Bärten und solche ohne Bärte, jung und alt, die verschiedensten Menschen begegneten mir hier, mitten in Malufra. Sie alle hatten eines gemeinsam. Sie lachten, wirkten fröhlich. Manchmal entdeckte ich Caleb zwischen all den Gestalten. Nur für einen kurzen Bruchteil einer Sekunde, dann tauchte er wieder irgendwo unter. Ein Sturm der Gefühle raste durch meinen Körper, wirbelte umher und stimmte mich nachdenklich. Während ich an bunten Masken vorbeirauschte, dachte ich an so vieles. An grüne Augen, zerbrochene Spiegel, Farben, verwunschene Hecken, Schwestern, die sich verloren hatten, und an die kleine Narbe, direkt über den Lippen des Diebes.

Es wurde bereits hell draußen, als Caleb und ich durch die Gassen in Richtung Schloss liefen. Mein berauschter Zustand hatte nachgelassen und ich konnte wieder klar denken. Dafür fielen mir beinahe die Augen zu. Wir hatten die halbe Nacht lang getanzt. Es war lange her, seitdem ich so ausgelassen gefeiert hatte. In Rondama wurden kaum Feste veranstaltet, doch hier im Gasthaus schien sich gestern die halbe Stadt versammelt zu haben. Menschen gingen und kamen, einer glücklicher als der andere.

»Ich bin am Ende«, seufzte der Dieb. Er hatte die Maske abgenommen und fuhr sich benommen über das Gesicht.

»Ich auch.« Die Gasse vor uns wurde wieder enger, sodass wir hintereinander laufen mussten. Einen Plan hatten wir nicht. Unser Ziel war das Schloss, und mit viel Glück würde die Königin uns hereinbitten.

Die Straßen waren auch jetzt wie ausgestorben. Die meisten Bewohner schienen zu schlafen. Ich gähnte, kniff mir in den Arm, bevor mir meine Augen wieder zufielen.

»Wie weit ist es noch?«, fragte ich den Dieb. Er brummte etwas Unverständliches und ich nickte einfach. Wir liefen weiter, vorbei an grauen Häusern und schmutzigen Schaufenstern. Mit meinem roten Kleid wirkte ich dabei wie der einzige Farbfleck in der Landschaft. Vertrocknete Blumen hingen bei den Balkonen über die Topfränder. Und das, obwohl es gestern so geregnet hatte. Das Schloss befand sich direkt vor unseren Augen, so konnten wir uns eine Karte sparen und mussten auch nicht nach dem Weg fragen. Einfach immer in die Richtung der weißen Türme.

»Weißt du schon, was du der Königin sagen wirst?« Caleb bog in eine breite Nebenstraße ein und wartete, bis ich wieder neben ihm herlief.

Ich gähnte. »Ich erzähle ihr von Irena und unserem Problem, dann zeige ich ihr die Maske.«

»Und wenn sie nicht interessiert ist?«

»Dann versuche ich es bei den anderen Bewohnern.« Ich zuckte mit den Schultern. Einen genauen Plan hatte ich mir während der gesamten Reise nie zurechtgelegt. Dafür war alles viel zu schnell gegangen.

Er lachte kurz auf. »Kennst du das Märchen vom kopflosen Mädchen?«

Ich dachte nach. »Natürlich.« Jeder kannte die Geschichte vom kopflosen Mädchen. Das war eines der Märchen, das Eltern ihren Kindern so früh wie möglich erzählten. Es ging um ein Kind, das ständig mit seinen Gedanken irgendwo anders war. Das Mädchen vergaß Dinge, verlief sich an bekannten Orten oder konnte sich kaum etwas merken.

Die Menschen in ihrer Nähe nannten sie meist kopflos, da es den Anschein hatte, als würde sie wirklich ohne nachzudenken durch die Welt laufen. Eines Tages passierte es diesem Kind tatsächlich, dass es seinen Kopf irgendwo vergaß. Es suchte und suchte, fand ihn aber nie wieder. Eltern warnten ihre Kinder meist mit dem Märchen davor, selbst ohne nachzudenken zu handeln.

»Du erinnerst mich ein bisschen an sie.« Seine Stimme klang, als ob er ganz weit weg von mir stehen würde.

»Manchmal nützt es nicht wirklich, wenn man sich einen Plan zurechtlegt. Am Ende entscheidet das Leben.«

Er nickte nur nachdenklich bei meinen Worten, ging gar nicht mehr richtig darauf ein. Wir waren beide müde und erschöpft. Die letzten Stunden waren anstrengend gewesen.

Ab hier wurden die Häuser immer weniger und bald liefen wir an kargen Mauern entlang. So etwas wie Bäume, Sträucher oder Felder entdeckte ich hier nicht mehr. Auch Menschen waren wir keinen mehr begegnet. Die Wege waren leer, während die Sonne immer weiter den Himmel hinaufkletterte.

»Siehst du die Mauern?«, fragte der Dieb. Ich blickte geradeaus. Vor uns, auf einem kleinen Hügel, befand sich das weiße Schloss. Der Weg dorthin wurde von einer hohen Steinmauer versperrt, die rund um das Schloss herum verlief.

»Das wäre jetzt der richtige Moment, um mir zu sagen, dass Drachen existieren und du mit einem befreundet bist«, seufzte ich.

»Leider nein, aber lass uns um die Mauer herumgehen, dort ist ein Eingang.«

Ich nickte nur, darauf konnte ich nichts erwidern. Ich war viel zu müde.

Wir versuchten es also mit der Mauer, liefen rundherum, bis irgendwann ein Tor auftauchte. Es stand offen, aber weit und breit war niemand zu sehen.

»Das ist höchst eigenartig«, sprach der Dieb aus, was mir durch den Kopf ging. Ich war selbst noch nie in einem Schloss gewesen. Die meisten Adligen wohnten weit weg und ich hatte nur einmal die Möglichkeit gehabt, in die Nähe eines Palastes zu kommen. Viel hatte ich nicht gesehen. Wachen versperrten mir damals die Sicht und schickten jeden weg, der keine Einladung hatte. Und hier, hier war niemand. Für was hatte man dann diese Mauer errichtet?

»Sollen wir?«, fragte ich.

»Ja, aber sei wachsam.«

Ganz vorsichtig lief ich durch das Tor. Caleb folgte mir, blickte aber auch unsicher hin und her. Vor uns war ein großer Garten. Gleich daneben lag ein kleiner See, über den eine Brücke direkt zum Eingang des weißen Schlosses führte.

»Das sieht schon eher nach Malufra aus«, sprach ich. Es wirkte, als ob wir eine völlig andere Welt betreten hätten, seitdem wir durch das Tor gegangen waren. Das Gras zu meinen Füßen erstrahlte in saftigem Grün. Es bewegte sich im Wind hin und her, strich mir über die Beine. Im Garten ragten hohe Bäume hervor, sie alle waren zu runden Kugeln zurechtgestutzt. In den Beeten daneben blühten Blumen. Blaue mit weißen Punkten, knallrote Rosen, deren Duft bis hierher reichte. Blumen mit lila-orangenen Köpfen und solche, die ich noch nie in meinem Leben gesehen hatte.

Zwischen den Blumenbeeten und Bäumen führten kleine Wege aus Stein hindurch. Schmetterlinge flatterten durch die Luft, Vögel sangen, und je näher wir zum See liefen, umso lauter erklang das Geräusch des Wassers. Es war ein sanftes Plätschern, ganz leicht, beinahe wie ein Flüstern. Schwarze Schwäne mit blutroten Schnäbeln zogen darin ihre Kreise. Es waren anmutige Tiere, eines wirkte stolzer als das andere. Staunend drehte ich mich im Kreis. Hier blühte Lavendel, dort schossen Stiefmütterchen aus der Erde, Himbeer- und Erdbeersträucher säumten unseren Weg. Sonnenblumen reckten ihre Köpfe in meine Richtung, Wasserrosen schwammen auf dem See. Die Stadt von Malufra war so heruntergekommen und blass. Dafür herrschte hier ein reines Farbenchaos. Vor lauter Farben wusste ich gar nicht mehr, ob das alles real war oder ich mir das nur einbildete.

»Da hätten wir schon einmal das erste Anzeichen dafür, dass die Königin schöne Dinge liebt, solange sie die schönen Dinge besitzen kann«, flüsterte Caleb. Er stand direkt neben mir, aber in seinem Blick lag mehr Abscheu als Staunen. »Dafür hat sie wenigstens Wachpersonal vor dem Eingang des Schlosses«, fügte er leise hinzu.

Ich wandte mich von der paradiesischen Landschaft ab und sah zu dem Schloss. Das Gebäude war riesig. Selbst wenn ich meinen Kopf in den Nacken legte, sah ich nicht bis ans Ende des höchsten Turmes. Insgesamt waren es drei Türme, der linke war der kleinste und an seiner Spitze wehte die schwarze Fahne, die ich schon gestern vom Gasthaus aus gesehen hatte. Das Weiß war ganz grell, stach mir in den Augen. Von außerhalb dieser Mauer hatte das Schloss auch heruntergekommen gewirkt, aber nun, da ich davorstand, machte es einen ganz anderen Eindruck. Kein Schmutz klebte an der Fassade, der Stein bröckelte auch nicht und nirgends sah man Dreck oder dunkle Flecken. Die Brücke führte über den See direkt zum Schlosstor. Davor standen zwei Männer, genauso gekleidet wie die beiden Wachen vor dem Stadttor.

Caleb lief bereits über die Holzbrücke, doch ich war stehen geblieben und suchte in meiner Tasche nach der Einladung. »Warte!«, rief ich, aber er drehte sich nicht um. Ich zog den Brief hervor und folgte ihm dann eilig. Er war schon mitten in ein Gespräch mit den beiden Männern vertieft, als ich neben ihm anhielt.

»Das ist leider nicht möglich«, sprach der linke Wachmann völlig teilnahmslos. Er ließ seinen Blick kurz über meine Kleidung wandern, rümpfte die Nase und sah dann wieder zum Dieb. »Die Königin empfängt noch keine Besucher«, fügte er hinzu. Der andere Wachmann starrte einfach nur geradeaus.

»Dann warten wir, bis sie welche empfängt«, kam es von Caleb.

»Kein Zutritt«, sprach der Wachmann wieder.

Der Dieb schloss kurz die Augen, womöglich versuchte er sich selbst damit zu beruhigen, bevor er ganz langsam sagte: »Hört, meine Begleitung und ich, wir sind schon seit einem Tag unterwegs und haben ein dringendes Anliegen an die Königin.«

Ich musterte den Wachmann, der mit uns sprach. Blondes Haar, dichter Bart und kräftig blaue Augen. Er zuckte kein einziges Mal mit der Wimper, sah einfach nur zu dem Dieb. »Tut mir leid, das ist leider nicht möglich. Könnt Ihr überhaupt eine Einladung vorweisen?« Zögerlich sah ich auf den Brief in meiner Hand. Die Einladung war nicht echt, aber vielleicht …

Bevor ich weiter überlegen konnte, ging Caleb dazwischen: »Wir haben keine Einladung, aber ich kenne die Königin von früher und würde sie ganz gern sehen.« Nun spielte er seine Bekanntheitskarte aus. »Ich bin der Dieb ohne Herz.«

Schon wieder kein Blinzeln von dem Wachsoldat.

»Es ist leider nicht möglich.«

»Hört …«, wollte ich sagen, als Caleb meine Hand nahm und mich wegzog. Etwas weiter entfernt, wieder beim See, blieb er stehen.

»Wir machen was anderes«, sprach er.

»Und was?«

»Gleich hinter dem Schloss befindet sich ein zweiter Eingang für die Bediensteten, wir schleichen uns einfach dort hinein.« Ich kniff misstrauisch die Augen zusammen. »Du weißt ganz schön viel über dieses Schloss, dafür, dass du gesagt hast, du habest die Königin nur einmal kurz gesehen.«

»Sie feiert gern berauschende Feste.« Er verschränkte die Arme vor der Brust. »Aber ich kann dir gern später mehr darüber erzählen. Zuerst müssen wir dich irgendwie hier hineinbringen.«

»Und wie sollen wir durch diesen Eingang, wenn uns die Wachen beobachten?« Mein Blick glitt wieder zu den beiden Männern.

»Maskenmädchen, ich habe den perfekten Plan.« Er lächelte und irgendwie gefiel mir sein Lächeln ganz und gar nicht.

»Spuck es aus, bevor sie merken, dass wir etwas aushecken.«

»Wir spielen ihnen ein kleines Stück vor und dafür brauchen wir nur die Brücke und den See.« Er deutete mit seiner Stiefelspitze auf den Boden der Holzbrücke, auf der wir standen.

»Ich bin nicht gut im Schauspielern.« Vage erinnerte ich mich an die wenigen Momente in meinem Leben, in denen ich mit den anderen Kindern aus Rondama versucht hatte, ein Märchen aufzuführen. Dabei hatte ich sehr oft meinen Text vergessen oder war über meine eigenen Füße gestolpert.

»Wir spielen ihnen einen Streit vor, das sollten wir hinbekommen. Dann wirst du so wütend, dass du mich von der Brücke stößt.« Zufrieden nickte er, als ob er sich bereits ausmalte, wie er von der Brücke flog.

»Und dann?«

»Dann kommen die Wachen, um mir zu helfen, da ich nicht schwimmen kann.« Als er meinen Blick bemerkte, fügte er hinzu: »Natürlich kann ich schwimmen, aber das wissen sie nicht. In der Zeit rennst du rund um das Schloss und schlüpfst durch die kleine braune Tür.«

»Und du?« Der Plan könnte gelingen, und ich hatte auch nichts dagegen einzuwenden, dass er nun derjenige war, der sich in den kalten See stürzen musste.

»Ich warte, bis sie bemerken, dass du weg bist, und sobald sie dich suchen, schleiche ich mich hinein.«

Während unserer Unterhaltung ließ ich die Männer nicht aus den Augen. Sie beobachteten uns. »Gut, dann streiten wir.« Nur worüber sollten wir streiten? Im Improvisieren war ich leider auch nicht gut. »Ich bin immer noch wütend wegen der Sache mit Laqua«, sprach ich ruhig.

»Versuch, etwas wütender zu sein«, raunte er mir zu.

»Ich bin immer noch außerordentlich wütend wegen der Sache mit dem See!« Meine Stimme wurde immer lauter.

»Wie meinst du das?«, fragte er und setzte einen ziemlich übertriebenen und gleichzeitig schockierten Gesichtsausdruck auf.

»Du wolltest, dass ich dir diesen Schlüssel hole, obwohl du das selbst hättest tun können!« Ich verschränkte die Arme vor der Brust. Aus dem Augenwinkel sah ich, wie der eine der Wachen näher kommen wollte, der andere ihn aber zurückhielt.

»Hätte ich nicht. Wäre ich in den See gestiegen, hätte mich Laqua in Stücke gerissen.« Er platzierte sich bei dem Geländer der Holzbrücke. Hinter ihm ging es einige Meter hinab und ich konnte nur für ihn hoffen, dass das Wasser tief genug war und er sich nicht den Kopf an einem Stein aufschlug.

»Und wo wäre das Problem dabei?«, fragte ich mit einem Lächeln.

»Autsch.« Er schüttelte den Kopf. »Wer hätte dich denn nach Malufra gebracht, wenn ich nicht mehr leben würde?«

»Ich weiß es nicht, aber ich denke, ich hätte das allein auch geschafft.« Ich machte einen Schritt auf ihn zu, platzierte meine Handflächen dort, wo seine Brust war. Es war eigenartig, dass ich seinen Herzschlag nicht fühlen konnte, aber so eigenartig es auch war, es war ein Teil von ihm. »Vielleicht solltest du deinen Kopf etwas durchlüften.« Mit diesen Worten drückte ich ihn von mir weg. Caleb ruderte dramatisch mit den Armen und rief laut aus, dass er nicht schwimmen könne, bevor er mit einem lauten *Platsch* im See landete. Natürlich war alles nur gespielt, aber er spielte seine Rolle wirklich gut. Er tauchte an der Oberfläche auf, rief um Hilfe und ruderte wieder mit den Armen. Dann tauchte er wieder unter. Selbst von hier aus sah ich, dass er problemlos auf dem Grund stehen konnte. Hoffentlich waren die Wachen nicht so schlau.

»Verzeihung?«

Ich drehte mich überrascht um. Dort, wo bis vor Kurzem die beiden Wachen gestanden hatten, erschien jetzt ein dritter Mann, der mit energischen Schritten auf mich zukam. Das Tor stand offen.

»Verzeihung!«, rief er erneut. Keuchend blieb er kurz vor mir stehen. Er hatte schwarzes lockiges Haar und trug auch solch eine Uniform wie die anderen Wachen, nur fehlte bei ihm das farbige Band. »Ich habe vernommen, dass der Dieb ohne Herz uns beehrt.«

Caleb hörte augenblicklich auf, den Ertrinkenden zu spielen. Er fuhr sich durch das nasse Haar, strich es aus dem Gesicht und blickte hoch zu uns.

»Ja, sehr gern. Wir wollen mit der Königin sprechen.«

»Gut, dann folgt mir.« Mit einer raschen Bewegung hatte er sich umgedreht und lief wieder zurück zu dem Tor.

»Das nächste Mal warten wir einfach ab«, sprach ich und zwinkerte dem Dieb zu. Er stiefelte aus dem Wasser und blickte an sich herab, sah, wie das Wasser aus seinen Kleidern tropfte. Unbewusst musste ich lächeln. Das Mädchen ohne Geschichte und der Dieb ohne Herz auf ihrem Weg hinein in das Schloss der Königin der Masken.

Wo Mädchen mit Raben sprachen

*D*as Schloss entpuppte sich als durch und durch weißes Gebilde. Auch innen war alles so hell, selbst die Dekoration war schneeweiß. Nachdem wir durch das Tor gegangen waren, mussten wir zuerst durch einen hellen Gang mit einem roten Teppich, danach kamen wir in eine große Halle. An den Wänden hingen Gemälde von Menschen mit bunten Masken im Gesicht. Geradeaus führte eine breite Treppe hinauf, die sich ab der Hälfte teilte. Eine Treppenseite führte nach links, die andere nach rechts. Dort, wo sie sich teilte, hing ein großes Gemälde von einer Frau mit langen blonden Haaren. Ihre Haare nahmen fast das ganze Bild ein. Sie trug ein grünes Kleid und eine ebenso grüne Maske mit bunten Federn an jeder Seite. Ihre Augen leuchteten blau und sie schien mich anzulächeln.

»Die Königin«, flüsterte der Dieb mir zu. Von seinen Kleidern tropfte immer noch Wasser. Man musste nur den Pfützen auf dem Boden folgen, um ihn zu finden.

Der Boden bestand aus hellem Marmor, schimmerte im Licht, das durch die hohen Fenster schien. Auch hier drinnen gab es viele verschiedene Blumen. Sie standen in den Ecken, auf dem Treppenabsatz und direkt neben dem Eingang. Als ich nach oben blickte, erkannte ich wieder diese bunten Bilder, die auch Guido in seinem Laden gehabt hatte. Ein Sternenhimmel, ein Mond, eine Sichel, ein Herz und eine Blume. Dort, wo das Bild des hellen Mondes war, hing ein Kronleuchter von der Decke.

»Die Königin wird sich zuerst ankleiden, dann essen und später wird sie Zeit für Euch haben. Bis dahin stellt Ihre Majestät Euch zwei Zimmer zur Verfügung, dort werdet Ihr ebenfalls Speisen, Getränke und ein Badezimmer vorfinden.« Der Mann mit den dunklen Locken verneigte sich leicht. Erstaunt sah ich zu Caleb. Warum war die Frau so gastfreundlich?

»Das klingt nach einer guten Idee«, sprach der Dieb. Er schien sichtlich zufrieden zu sein und dachte wohl keine Sekunde darüber nach, dass es eigentlich nicht üblich war, dass Königinnen einfache Leute zu sich einluden und ihnen ein Zimmer zur Verfügung stellten.

»Wenn Ihr mir bitte folgen würdet.« Der Mann streckte seine Hand aus und deutete damit auf die Treppe, die sich nach links wandte. Mit geradem Rücken lief er elegant die Stufen hinauf und führte uns in einen ähnlich hellen Saal wie unten. Auch hier wimmelte es von Gemälden mit goldenen Rahmen, Pflanzen, Kronleuchtern und einen langen roten Teppich, der ins Unendliche zu führen schien. Ein Sofa ganz in Gelb stand in einer Ecke. Gleich daneben zweigte ein langer Gang ab. Diesen durchquerten wir und bogen dann nach rechts ab. Hier wurde der Durchgang wieder etwas breiter. Links und rechts befanden sich weiße Türen mit goldenen Klinken. Insgesamt zählte ich zwölf Stück. Der Wachmann, der wohl eher ein Diener war, blieb vor einer der Türen stehen.

»Hier hätten wir das Zimmer der Dame. Wir werden Euch holen, sobald die Königin Zeit hat.« Er deutete eine Verbeugung an, bevor er Caleb sein Zimmer zeigte. Es war gleich neben meinem. Unsicher drückte ich die Klinke nach unten und betrat den Raum. Erstaunlicherweise war das Zimmer in zarten Blautönen eingerichtet. Es gab ein Bett mit hellblauen Vorhängen, die von der Decke hingen. Einen Tisch mit einer blauen Blumenvase, in der ein Büschel Lavendel stand. Einen hohen Schrank aus Holz und einen Spiegel. Die Kissen und die Decke des Bettes waren in einem dunklen Saphirblau gefärbt. Auf dem Tisch mit der Vase stand eine Schale mit Früchten. Einige davon kannte ich, andere wirkten neu und exotisch auf mich.

Ich zog meine Stiefel aus, legte die Tasche unter den Berg Kissen und setzte mich dann auf das weiche Bett. Ich sank etwas ein, so weich war der Stoff, der über das Bett gespannt war. Es war ein unglaubliches Gefühl, wenn man so lange wach war und endlich schlafen konnte. In mir tobte zwar diese Ungewissheit und Hunderte Fragen kämpften sich an die Oberfläche, aber meine Augen schlossen sich und ehe ich mich's versah, landete ich an einem ganz anderen Ort, nämlich im Land der Träume.

Als ich das wieder aufwachte, ging gerade die Sonne auf. Überrascht schreckte ich hoch. Hatte ich so lange geschlafen? Ich streckte mich, gähnte noch einmal und setzte mich dann aufrecht aufs Bett.

»Guten Morgen, Maskenmädchen.«

Ich zuckte zusammen und drehte mich in die Richtung der Stimme. Der Dieb hatte sich direkt neben dem Spiegel gegen die weiße Wand gelehnt.

»Wie lange stehst du schon hier?«, fragte ich zögerlich und strich mir die hellen Strähnen aus dem Gesicht.

»Lange genug, um zu wissen, dass du ihm Schlaf sprichst.«

Ich seufzte und stand auf, nicht ohne mich noch einmal zu strecken. »Das hat Rabea auch schon gesagt.« Wehmütig dachte ich an das Mädchen mit den schwarzen Haaren. Wie es ihr wohl ging? Auf einmal fiel mir wieder der Grund ein, wieso ich überhaupt hier war. »Was ist mit der Königin?«

Ich schlenderte zu dem Tisch mit den Früchten und schnappte mir eine rosafarbene runde Frucht. Als ich hineinbiss, breitete sich ein süßlicher Geschmack auf meiner Zunge aus.

»Du hast so tief geschlafen, sie wollten dich nicht wecken. Aber später ist sie unten im großen Saal und empfängt Gäste, bestimmt kannst du dann mit ihr sprechen.« Abwesend fuhr er mit dem linken Zeigefinger den goldenen Rahmen des Spiegels entlang.

Ich nickte und nahm einen weiteren Bissen von der Frucht, die ich zuvor noch nie gesehen hatte. »Hast du sie gefunden?« Die dunklen Ringe unter seinen Augen waren verschwunden, sein Haar wirkte frisch gewaschen und auch der Schmutz, der vor wenigen Stunden noch an seinen Wangen klebte, war weg. Die Stiefel waren frisch poliert und das helle Hemd bis auf den letzten Knopf zugeknöpft, sodass man die weiße lange Narbe an seinem Hals nicht sah.

»Nein, ich muss nicht mit ihr sprechen. Ich habe nur mit dem Diener gesprochen, dann habe ich mich gewaschen, angezogen und bin in dein Zimmer gegangen. Übrigens, tolle Einrichtung, bei mir ist alles grün.« Er drehte sich zu dem Fenster mit den blauen Vorhängen und blickte hinaus. »Wir haben beinahe einen ganzen Tag verloren.«

Ich nahm mir eine zweite Frucht aus der Schale, sie war so groß wie meine Hand und gelb. Ich rollte sie zwischen meinen beiden Händen hin und her. »Und was machen wir, bis die Königin Zeit hat?« Die Frucht fiel mir aus der Hand und kullerte über den Boden. Vor den Füßen des Diebes blieb sie liegen. Er hob sie auf und betrachtete das gelbe Ding zwischen seinen Fingern.

»Viel können wir nicht machen. Wir scheinen zwar im Schloss willkommen zu sein, aber ich bezweifle, dass irgendwer hier Freude hätte, wenn wir durch das Gebäude schleichen. Bis uns jemand holen kommt, müssen wir also hier warten.« Mit einer gezielten Bewegung warf er mir die Frucht zu. Ich fing sie auf.

»Findest du es nicht seltsam, dass wir hier Gäste sind? Und das alles ohne Einladung?«

Er zuckte jedoch nur mit den Schultern und ging durch den Raum. »Die Königin feiert oft Feste in ihrem Schloss und jeder ist willkommen. Warum sollte das also so abwegig sein, dass sie zwei übermüdeten Gästen ihrer Stadt ein Zimmer anbietet? Außerdem schuldet sie mir noch einen Gefallen.«

»Gut, dann steht es also fest. Ich spreche mit ihr, und sobald ich eine Antwort erhalten habe, verlassen wir das Schloss?«

Caleb blieb vor der Obstschale stehen. »Genau, wenn alles nach Plan verläuft, dann sind wir in ein bis zwei Tagen wieder im Wald.« Er entschied sich für eine runde violette Frucht mit schwarzen Punkten.

»Treffen wir dann wieder Lev, Rabea und Tarek?« Ich legte die gelbe Frucht wieder zurück und setzte mich dann aufs Bett. Am liebsten hätte ich mich wieder hingelegt und weitergeschlafen.

»Ja, du scheinst sie zu vermissen.« Er lächelte.

»Das tue ich erstaunlicherweise. Sie haben mir geholfen, darum will ich dir helfen, dein Herz zu finden.« Ich streckte meine Hand nach der Tasche aus und zog sie unter den Kissen hervor. Meine Maske lag neben dem Bett auf einem Kästchen. Der Dieb trug seine auch nicht. Stattdessen hielt er sie achtlos in der Hand. Bestimmt hatte er sie abgezogen, sobald er mein Zimmer betreten hatte.

Ich fischte den Schlüssel aus der Tasche und umschloss ihn mit der linken Hand.

»Mach dir um mich keine Sorgen. Ich habe ja den Schlüssel, oder du hast ihn. Was mir jetzt nur noch fehlt, ist der Hinweis, wo der Baum steht.« Er rieb sich übers Kinn. Ein leichter Bartschatten lag auf seinem Gesicht. Was ihn nicht weniger attraktiv machte.

»Und wo findet man diesen Hinweis?« Der Schlüssel in meinen Händen war nicht besonders hübsch. Er war rostig, außerdem hatte die Zeit ihre Spuren hinterlassen. Was auch immer er für eine Farbe davor gehabt haben muss, sie war inzwischen verblasst.

»Wenn ich das nur wüsste, aber ich mache mir da keine Sorgen, bisher ging alles immer irgendwie auf.«

Manchmal hätte ich gern seinen Optimismus. Vielleicht wäre ich dann nicht so nervös, wenn ich daran dachte, dass ich bald die Königin treffen würde.

Ich legte den Schlüssel wieder zurück in die Tasche.

»Da wir ja jetzt etwas Zeit haben, kannst du mir ja einmal was erzählen«, sprach ich. Ich lehnte mich mit dem Rücken gegen die Wand und vergrub die Füße unter der warmen Decke.

»Was möchtest du denn wissen?«

»Ich weiß nicht, vielleicht erzählst du mir dein Geheimnis oder um was es bei dem Pakt mit deinem Herz ging.«

Caleb lachte auf. »Tut mir leid, Maskenmädchen, aber so weit sind wir noch nicht.« Er legte sich mit dem Rücken auf das Bett, auf den Teil, den ich noch nicht mit meinen Füßen eingenommen hatte. Er legte die Maske neben sich und verschränkte die Hände hinter dem Kopf, während er die Augen schloss.

»Wann sind wir denn so weit?«, fragte ich und blickte ebenfalls hoch zur Decke. Doch von ihm kam keine Antwort mehr. »Dann erzähl mir etwas über deine Kameraden. Ich weiß, dass Tarek aus Versehen im Wald gelandet ist und dass er zuvor in Bolinski gelebt hat. Lev ist der Sohn einer Hexe und Rabea, die ist Rabea. Mehr weiß ich nicht.«

»Du bist ziemlich neugierig, weißt du das?«, fragte er, die Augen noch immer geschlossen. »Über Tarek gibt es eigentlich gar nicht mehr viel zu erzählen. Er ist ein netter Kerl, hilft, wo er kann und bringt gern lustige Sprüche ein. Er ist immer noch ganz verliebt in dieses Mädchen und ich glaube, er würde auch noch verliebt in es sein, wenn er die nächsten hundert Jahre im Wald leben müsste.« Caleb lächelte, während sich seine Brust langsam hob und senkte. »Und Lev? Über ihn gibt es auch nicht viel zu erzählen. Er war schon immer ein Teil des Waldes. Seine Mutter war eine Hexe und sein Vater …« Er überlegte einen Moment, ehe er fortfuhr: »Von seinem

Vater weiß ich nichts. Seine Mutter auf alle Fälle, die war eine Hexe. Sie konnte die Zukunft anderer Leute mithilfe von Teeblättern oder Knochen von toten Tieren lesen. Sie verdiente damit ihr Geld, denn wie du weißt, sind manche Menschen sehr neugierig.« Er öffnete sein rechtes Auge, um mich kurz anzusehen, bevor er es wieder schloss. Ich verdrehte die Augen, natürlich war ich wieder damit gemeint.

»Aber dann brach eine Zeit an, in der Hexen gejagt und verfolgt wurden. Manche Leute haben Angst vor den Dingen, die sie sich nicht erklären können. Die Hexen, die man fand, richtete man hin. Ein kleiner Teil konnte flüchten, aber auch die fand man früher oder später. Levs Mutter brachte ihn in den Wald, sie selbst ging noch einmal zurück wegen ihrer Schwester. Seitdem ist sie nie wieder aufgetaucht.«

»Lema, Manisha und Arta, was ist mit ihnen? Sie sind ja auch Hexen.« In meinen Gedanken dachte ich an die drei Frauen mit den farbigen Bändern, den Perlen und dem Goldschmuck. Wie ruhig sie dagesessen hatten. Und auch wenn sie nicht sprachen, ihre Augen schienen so viel zu erzählen.

»Sie sind die einzigen drei Hexen, die ich kenne, die noch leben. Aber in den Wald traut sich ja niemand.« Er richtete sich wieder etwas auf.

»Und die beiden Schwestern? Namina und Laqua?«

Er schüttelte eilig den Kopf. »Sie haben ihre Kräfte dank der Masken, zumindest Laqua. Namina war schon immer Teil des Waldes, ich denke, sie ist so mächtig und Furcht einflößend wegen ihrer unstillbaren Wut. Aber Hexen sind sie nicht. Hexen erkennst du an den dunklen Augen.«

Ich nickte. Levs Augen waren wirklich ganz schwarz gewesen, erst im Licht erkannte man dann die vielen verschiedenen Schattierungen.

»Er ist ein schlecht gelaunter Kerl, aber wenn man bedenkt, was er alles durchstehen musste, dann kann man es verstehen. Früher, als ich ihn noch nicht so gut kannte, ist er jeden Abend bis zum Rand des Waldes gelaufen. Er hat uns nie verraten, warum er das getan hat, aber ich hatte immer eine Vermutung.«

Ich ballte die Hände zu Fäusten, schluckte meine Wut hinunter. Ich konnte mir auch allzu gut vorstellen, warum er das getan hatte. »Er hat immer noch auf seine Mutter gewartet«, sprach ich.

»Genau. Darum ist Rabea auch so wichtig für ihn, weil sie ihn in ihr Leben lässt und ihn so behandelt, als ob er ein fester Bestandteil ihrer Welt wäre.«

Ich schwieg. Irena hatte mir von den Hexenverfolgungen erzählt, aber Rondama war davon nie betroffen gewesen. Andere Dörfer, weiter weg, die hatten solche grausamen Dinge getan. Schlimm war ja, dass sie nicht einmal einen richtigen Grund dafür brauchten, um jemanden als Hexe anzuklagen.

»Und Rabea?«, fragte ich nach einer Weile. Inzwischen war es wieder stockdunkel draußen. So langsam mochte ich die Nacht auch lieber als den Tag. Wenn es dunkel wurde, wurden die Gedanken viel freier. Man sprach über Dinge, die einen beschäftigten, dachte über das Leben nach, über Vergangenes, über die Zukunft und wie unglaublich das alles um uns herum war.

»Namina hat sie Rabenmädchen genannt. Lev war der Hexenjunge, Tarek der Bogenschütze und du …«

»Der herzlose Dieb.« Wieder lachte er auf und ließ sich dann zurück auf das Bett fallen. »Rabea ist auch ein Teil eines Märchens.«

»Wirklich?« Neugierig lehnte ich mich näher zu ihm. »Das hätte ich nicht gedacht, wer ist sie denn?«

»Kennst du das Märchen vom Rabenmädchen?«

Ich verneinte.

»Irgendwann schuldest du mir etwas für all die Märchen, die ich dir erzähle.« Er räusperte sich.

»Ich glaube, das ist erst das zweite, das du mir erzählst.« Ich warf ein blaues Kissen nach ihm, das er, trotz geschlossener Augen, mit seiner linken Hand auffing.

»Trotzdem.« Er warf das Kissen zurück. Ich konnte mich gerade noch ducken, bevor es mich mitten im Gesicht erwischt hätte.

»Also, das Märchen von Rabea beginnt folgendermaßen: Es war einmal eine arme Bauernfamilie, mitten in dem kleinen Dörfchen Sesmond. Die Eltern hatten kaum Geld, um ihre beiden Töchter zu ernähren. Sie verdienten ihr tägliches Brot mit dem Verkauf von Stoffen. Es waren schöne Stoffe, einer bunter als der andere, aber oft bekamen sie nicht viel Geld dafür. Aber ihnen blieb nichts anderes übrig, als diese Stoffstücke unter ihrem Wert zu verkaufen. Ihre beiden Töchter sahen ganz unterschiedlich aus. Die eine hatte schwarzes langes Haar wie das Gefieder eines Raben. Die andere hatte blonde kurze Haare, ähnlich wie die Locken eines Engels. Die Eltern gaben ihren Töchtern, was sie hatten. Das führte dazu, dass die Mutter bald sehr schwer krank wurde, da sie kaum etwas zu essen hatte. Einen richtig guten Arzt konnte sich die Familie nicht leisten und schon bald starb die Mutter. Der Vater musste nun jeden Morgen noch früher aufstehen, um die ganzen Stoffe ins Dorf zu bringen. Seine beiden Töchter halfen ihm wo es ging, aber bald wurde auch er zu schwach. Das ständige Tragen der schweren Stücke hatte seinen Rücken gebrochen. Die Familie wusste nicht mehr weiter. Das jüngste Mädchen, das mit den schwarzen Haaren, litt besonders unter dem Tod der Mutter. Jeden Abend hockte sie vor dem runden Fenster in ihrem Zimmer und erzählte der verstorbenen Mutter von ihrem Tag. Ihre Schwester hatte oft kein Verständnis dafür. Das schwarzhaarige Mädchen ließ sich nicht beirren. Es sprach weiterhin abends zur toten Mutter, während es am Tag dem armen Vater half. Irgendwann musste dann auch der Vater das Bett hüten. Die Tage wurden immer kürzer, es wurde kälter. Die meisten Menschen mieden den Markt wegen der Temperaturen. Die Einnahmen durch die Stoffstücke wurden immer weniger. Eines Nachts, da saß das jüngste Mädchen verzweifelt am Fenster. Es weinte bittere Tränen und bat die Mutter darum, ihr irgendwie zu helfen. Und auf einmal …« Caleb hielt Inne.

»Was?«, rief ich aufgeregt. Ich war schon so in der Geschichte gefangen gewesen, dass ich nun unbedingt wissen wollte, wie es weiterging.

»Ich habe es vergessen.« Nachdenklich starrte er an die Decke.

»Zwing mich nicht, dir noch ein Kissen zuzuschmeißen.«

Er lachte und hob abwehrend die Hände hoch. »Also, auf einmal, da klopfte etwas ans Fenster. Es war dunkel draußen und das Mädchen erkannte nichts. *Wer würde denn um die Zeit an mein Fenster klopfen?*, dachte sie sich. Sie öffnete das Fenster und herein hopste ein Rabe. Es war ein besonders großes Tier mit majestätischen dunklen Federn, die im Licht schimmerten. Doch das Tier hinkte mit einem Bein. Die Jüngste hatte schon immer ein gutes Herz und so bat sie das Tier ganz herein, damit sie das Fenster schließen konnte. Sie brachte dem Raben das wenige Korn, das noch in der Küche lag, und wickelte ihm einen Kräuterverband um den Fuß. Abends ließ sie ihn auf ihrer Decke schlafen. Dies tat sie einige Tage, bis das Tier wieder gesund zu sein schien. Ihre andere Schwester hatte das mitbekommen und wurde zornig. Sie packte den Raben an seinen Flügeln und warf ihn in hohem Bogen aus dem Fenster. Die Schwarzhaarige schrie auf, rannte die Treppen hinunter und hinaus auf den Hof. Da saß der Rabe auf einer Stange und krächzte fröhlich vor sich hin. Erleichtert strich die Jüngste ihm über das dunkle Federkleid. Sie konnte den Zorn ihrer Schwester nicht nachvollziehen. Warum sollte man jemandem nicht helfen, wenn man dazu in der Lage war? Der Rabe krächzte noch einmal, ehe er sich erhob und weiterflog. Die Tage vergingen, die Jüngste pflegte ihren Vater, trug die schweren Stoffe jeden Morgen zum Marktplatz und sprach abends mit der Mutter. Ihre Schwester krümmte keinen Finger mehr. Sie verkroch sich in ihrem Zimmer und jammerte, wie schrecklich das Leben wäre. Eines Nachts aber, da klopfte es wieder ans Fenster. Die Jüngste sprang auf, öffnete es und ließ den Raben herein, der wiedergekommen war. Glücklich fuhr sie ihm über den Schnabel und brachte ihm eine Handvoll Rosinen. Erst jetzt fiel ihr auf, dass der Rabe etwas in seinem Schnabel hatte. Er ließ es fallen, um zu fressen. Dieses Ding vor den Füßen der Schwarzhaarigen entpuppte sich als eine dünne Kette aus Gold. Sie schrie vergnügt auf, streichelte den Raben noch einmal und rannte dann zu ihrem Vater. Er freute sich über den Fund und mit dem Geld, da konnten sie endlich wieder mehr Essen kaufen und warme Wolldecken besorgen. Das Spiel wiederholte sich jeden Abend aufs Neue. Der Rabe klopfte ans Fenster, verlangte nach Essen und ließ der jüngsten Tochter etwas Kostbares da. Erst als sie genug Geld hatten, um bis ans Ende ihrer Tage damit auszukommen, da verschwand der Rabe und tauchte nie wieder auf.« Müde streckte der Dieb sich.

Ich schüttelte den Kopf. Ich kannte so viele Geschichten, die ich über alles liebte, aber diese hier, diese würde wohl mein neues Lieblingsmärchen werden. »Und das Mädchen mit den schwarzen Haaren war Rabea?«

»Genau, sie hatte den Raben gefüttert. Darum nannte sie Namina auch Rabenmädchen.«

»Und wie ist sie in den Wald gekommen?«

Caleb stand auf, streckte sich noch einmal. »Das musst du sie selbst fragen, das weiß ich nicht so genau.«

Ein Klopfen an der Tür unterbrach uns.

»Die Königin würde sich nun Zeit nehmen. Wenn Ihr bitte hinab in den großen Saal kommen würdet«, kam es von der Tür. Der Diener von heute Morgen musste davorstehen. Erschrocken sprang ich auf. »Ich wollte eigentlich noch ein Bad nehmen.« Ich fuhr mir durchs helle Haar, das nun zu allen Seiten abstand.

»Dann würde ich mich beeilen, ich warte vor der Tür.« Caleb lächelte mir noch einmal zu, ehe er das Zimmer verließ.

Ich warf einen Blick nach draußen, bevor ich mich auf die Suche nach dem Badezimmer machte. Vor meinem Fenster hockte kein Rabe, da waren nur dunkle Wolken, die langsam über die Stadt zogen.

Wo Schmetterlinge sterben mussten

*B*isher hatte ich in meinem Leben nur ein einziges Mal jemanden von sehr hohem Rang gesehen. Einmal, als das neue Jahr in Rondama begrüßt wurde, kam ein Fürst vorbei. Ich hatte ihn nur von Weitem gesehen. Er war ein Mann mit einem schlanken Gesicht und einem rötlichen, langen Bart. Neben ihm liefen Leibwachen und ehe ich mich's versah, war er wieder in seine Kutsche gestiegen. Es war schon so lange her, dass ich nicht einmal mehr genau sagen konnte, wie er aussah. Irena mochte ihn nicht. Sie hatte im Allgemeinen viel gegen all die adligen Menschen. Oft ließ sie sich nichts anmerken, sie verkaufte ihnen auch Masken, aber manchmal, da hatte ich bemerkt, wie wütend sie nach dem Besuch solcher gut betuchten Menschen war. Irgendwann hatte sie mir dann erklärt, dass es sie einfach so wütend machte, wenn sie sah, wie manche Menschen Hunger litten und diese Leute sich jeden Tag mit Essen den Bauch vollschlugen, ihr Geld für unnütze Dinge ausgaben. Ich hatte immer nur genickt, viel sagen konnte ich dazu nicht. Und jetzt würde ich in Kürze vor einer Königin stehen.

Ich trug weiterhin das rote Kleid und hatte mir eine schnelle Katzenwäsche gegönnt. So sah ich wenigstens nicht ganz so mitleiderregend aus oder wie jemand, der die letzten Tage durch den Wald geirrt war.

Caleb und ich liefen die Treppe wieder hinunter, unten wartete bereits ein weiterer Diener auf uns. Er verneigte sich kurz und führte uns dann durch das Schloss. Unruhig versuchte ich meine Maske zu richten.

»Du wirkst nervös«, flüsterte der Dieb. Er selbst sah tiefenentspannt aus. Was vielleicht auch daran lag, dass er nicht mit Ihrer Majestät sprechen musste.

»Vielleicht bin ich das auch«, erwiderte ich. Ich ließ die Maske in Ruhe, schlang aber meine Hände ineinander, um mich irgendwie zu beschäftigen.

Bevor ich noch etwas sagen konnte, machte der Diener vor zwei großen weißen Türen halt.

»Wenn Ihr bitte eintreten würdet. Zuerst die Dame.« Er verneigte sich, öffnete eine der Türen.

Ich holte tief Luft, bevor ich dann mit selbstsicherer Miene den Raum betrat. Hinter mir schloss sich die Tür. Es war ein lautes Geräusch, das mir klarmachte, dass ich jetzt nicht mehr umdrehen konnte. Selbst Caleb war nicht hier. Er war zwar nur wenige Meter von mir entfernt, aber uns trennten diese Türen. Ich selbst befand mich in einem runden Saal, die Vorhänge waren zugezogen. Nur ganz schwach drang das Licht hindurch, sorgte dafür, dass ich hier nicht in völliger Finsternis stand. Der Raum war mehrheitlich in der Farbe Gelb eingerichtet. Der Boden war aus Holz, was eine nette Abwechslung in Anbetracht der Tatsache war, dass sonst alle Räume und Gänge hier diesen hellen Marmorboden hatten. Direkt geradeaus stand eine längliche gelbe Sitzbank, daneben zwei schwarze Vasen mit Sonnenblumen. Die Vorhänge waren gelb, die Kommode rechts von mir war gelb, ja sogar ein kleiner Teppich in der Farbe lag zu meiner Rechten. Er führte eine kleine Treppe mit nur drei Stufen hinauf. Und dort, ganz an die helle Wand gerückt, da stand ein breiter Sessel, in dem eine Frau saß.

Ihr Haar war lang, es wickelte sich um ihre auf die Sessellehne gestützte rechte Hand und fiel dann wie eine Art Wasserfall hinab bis zu ihren blassrosa Schuhen. Ihr Kleid erinnerte mich an die Farbe von dunklem Lavendel. Es reichte von ihrem Hals bis zu ihren Knöcheln. An ihren Händen trug sie dicke Ringe, die ihre schmalen Hände noch dünner wirken ließen. Auch um ihren Hals und um ihre Handgelenke schlangen sich bunte Ketten. Von ihrem Gesicht sah man nicht viel, es wurde von einer Maske abgedeckt. Die Maske war ganz schwarz, nur auf der rechten Hälfte wanderten kleine bunte Schmetterlinge entlang. Unten an ihrem Kinn war nur ein einzelner, aber die Schmetterlinge wurden immer mehr, umso höher die Maske ging. Kurz vor ihrem Haaransatz saßen vier Stück. Es sah wunderschön aus, wirkte sogar beinahe so, als ob die kleinen Tierchen bald losfliegen würden. Meine Bewunderung verstrich aber gleich wieder, als ich daran dachte, wie diese Maske wohl entstanden war.

»Malina«, sagte die Frau. Ihre Stimme war sonderbar hell, hallte durch den ganzen Raum. Sie strömte so viel Macht aus, es verschlug mir beinahe den Atem. So sehr war ich fasziniert von ihrem Erscheinungsbild. Erst einige Sekunden später fiel mir ein, dass ich mich vielleicht verbeugen sollte. Aber wie tief? Irena hatte mir einmal erzählt, dass, je höher der Rang war, umso tiefer die Verbeugung ausfiel. Aber wie hoch war der Rang der Königin von Malufra?

Ich machte einen großzügigen Knicks, senkte meinen Blick zu Boden und sah erst wieder auf, als sie erneut meinen Namen sagte: »Malina, steh wieder auf und komm etwas näher.«

Ich tat, was sie sagte, trat zwei Schritte auf sie zu und blieb vor der Treppe stehen.

»Es freut mich, dass du mein Gast bist.« Die einzige Regung, die ich an ihr wahrnahm, war, wenn sie kurz blinzelte. Ansonsten saß sie still da, selbst ihre Hände verharrten in der immer gleichen Position. Es war seltsam, mit jemandem zu sprechen, bei dem man die Gesichtsmimik nicht erkennen konnte. Ihre Stimme klang immer gleich hell, aber ob sie lächelte oder ihre Zähne vor Wut fletschte, ich wusste es nicht.

»Ich danke Euch, dass wir uns hier ausruhen durften und dass Ihr uns erlaubt habt, das Schloss zu betreten«, sprach ich. Meine Hände hatte ich immer noch ineinander verschlungen und auch die Nervosität war nicht vergangen.

»Weißt du, Malina, Freunde helfen sich, und manchmal, da erweisen sie sich gegenseitig einen Gefallen.«

Ich blickte in ihre blauen Augen, versuchte zu verstehen, was sie meinte. Die Schmetterlinge an ihrer Maske halfen mir nicht weiter. Regungslos saßen sie da, zeigten ihre Farbenpracht, obwohl ihre kleinen Herzen wohl schon lange nicht mehr schlugen.

»Ich verstehe nicht.« Diese Worte kamen nur zögerlich über meine Lippen.

»Wir sind Freunde, oder?«, fragte sie. Täuschte ich mich, oder hatte ihre Stimme etwas von dem hellen Klang verloren?

185

Ich war mir nicht sicher, was ich darauf antworten sollte. Vage erinnerte ich mich an das Gespräch mit dem Dieb. *Freunde soll man sich selbst aussuchen können*, hatte er gesagt. Wäre er hier an meiner Stelle, er würde lachen und Nein sagen.

»Natürlich«, antwortete ich zögerlich. Die Königin von Malufra war nicht meine Freundin, ich kannte nicht einmal ihren Namen, aber ich wollte nicht, dass sie zornig werden würde.

»Siehst du. Und ich habe dir einen Gefallen getan, ich habe dir ein Zimmer angeboten. Nun bist du an der Reihe, mir einen Gefallen zu machen.« Ihre Blicke wanderten unruhig hin und her.

»Ich wollte Euch eigentlich um etwas anderes bitten«, sprach ich. Mit jedem Wort kam neuer Mut in mir auf.

»Dann sprich«, sagte sie in ihrem immer noch angenehmen Tonfall.

»Meine Ziehmutter ist eine begabte Frau. Sie kümmert sich um mich, hat mich großgezogen. Ich schulde ihr mehr als nur einen Dank. Irena heißt sie und sie stellt wunderschöne Masken her. Doch seit einiger Zeit verdient sie kaum noch Geld damit. Darum dachte ich …«

Die Königin hob ihre linke Hand ganz kurz hoch und brachte mich so zum Schweigen. Langsam ließ sie die Hand wieder sinken. »Du dachtest, warum nicht die Königin von Malufra fragen, ob sie nicht noch mehr Masken braucht?«

Ich schluckte. Wenn sie das so sagte, klang es ziemlich unüberlegt.

»Das habe ich mir gedacht, auch wenn ich weiß, es ist viel verlangt. Aber es würde ihr nur schon etwas helfen, wenn sie ein bis zwei Kunden mehr hätte.«

»Ich habe Masken, sehr viele. Ich habe so viele Masken, wenn ich jeden Tag drei davon tragen würde, müsste ich trotzdem zweihundertfünfzig Jahre leben, um sie alle tragen zu können«, antwortete sie mir.

Ich hätte es eigentlich wissen sollen. In einer Stadt wie Malufra existierten schon genug Menschen, die Masken herstellten oder sie der Königin brachten.

»Weißt du, was ich mit den Masken mache, wenn ich sie getragen habe?«, fragte sie und legte ihren Kopf leicht schräg. Sie wartete meine Antwort erst gar nicht ab. »Ich verbrenne sie.«

Ich schluckte wieder. Meine Gedanken wanderten zu den Schmetterlingen an ihrer Maske, mit den hauchzarten Flügeln. Sie hatten ihr

Leben gelassen für diesen einen Moment, in einem Raum mit wenig Licht, wo man nicht einmal ansatzweise erahnten konnte, wie ihre bunten Flügel bei Tageslicht aussahen.

»Damit ich keine Maske noch einmal anziehe.«

»Ich danke Euch trotzdem für Eure Hilfe«, sprach ich so gelassen wie möglich. Ich verbeugte mich vor ihr und war drauf und dran, den Raum zu verlassen, Caleb Bescheid zu sagen und zurück nach Rondama zu laufen, als mich ihre Stimme daran hinderte.

»Aber ich kann dir helfen. Ich habe viele Gäste, die meine Feiern besuchen. Gäste aus vielen verschiedenen Städten. Wenn diese Irena so gut ist, wie du sagst, dann werde ich mich mit ihr in Verbindung setzen. Sie kann meinen Gästen Masken machen.«

Erleichterung überkam mich. »Wirklich?«, fragte ich fassungslos. Das war zu gut, um wahr zu sein. So viel Glück konnte ich gar nicht haben.

»Wirklich, aber ich hoffe, du weißt, dass du mir dann zwei Gefallen schuldest.«

Ich nickte. Was auch immer sie wollte. Hauptsache, Irena bekam wieder mehr Geld.

»Deine Maske, hat Irena die gemacht?«

Ich schüttelte den Kopf. »Nein, sie hat mir gezeigt, wie man Masken herstellt, und zusammen mit ihrer Hilfe habe ich sie erschaffen. Aber die Masken von Irena sind noch viel schöner.«

Die Königin richtete sich etwas auf in ihrem Sessel. »Eine schöne Maske, besonders diese Farben.«

Ich schwieg. Diese Risse mit den Farben sah man nur bei bestimmtem Licht und ich bezweifelte, dass man in diesem Raum etwas davon sah.

»Aus Rondama kommt sie, oder? Das hast du doch gesagt?«

Schon wieder wusste sie etwas, was sie gar nicht wissen konnte. Mir wurde unbehaglich zumute. Ich hatte ihr nie gesagt, dass ich oder Irena aus Rondama stammten.

»Genau«, sprach ich.

»Ich werde einen Boten schicken. Er soll ihr eine Bestellung von mir bringen. Ich würde jetzt aber ganz gern einen Gefallen bei dir einlösen.« Sie stützte ihren Kopf auf den Handflächen ab. Ihre blauen Augen erinnerten mich an das warme Blau des Meeres. Es war ein schönes Blau, kräftig und ausdrucksstark. Meine Augen wirkten neben ihren blass.

»Und was für ein Gefallen wäre das?«, fragte ich zögerlich.

»Ich möchte, dass du und dein Freund heute meine Feier besucht. Es wird dir gefallen, es ist ein Maskenball.«

Ich dachte über ihre Worte nach. Irgendetwas was hier faul, aber ich kam nicht darauf, was es war. Diese Frau half Irena, genau so, wie ich es wollte. Und im Gegenzug verlangte sie nur von mir, dass ich ihre Feier besuchte? Ich öffnete meinen Mund, um etwas zu sagen, schloss ihn aber gleich wieder. Ich hatte es mir damals gewünscht. Ich hatte mir gewünscht, dass ich eine Einladung erhalten werde. Womöglich war das der Grund, warum bis jetzt alles so gut geklappt hatte und warum sie mir half. Das musste es sein. Doch was für einen Preis zahlte ich dafür?

»Ich würde mich freuen, wenn mein Freund und ich die Feier heute besuchen dürfen.« Ich verneigte mich leicht.

»Er ist der Dieb ohne Herz, oder?«

Ich nickte. »Genau, er hat mir seine Hilfe angeboten und dank ihm bin ich hier.«

»Dann hat er dir einen Gefallen getan, was für einen tust du ihm?« Neugierig lehnte sie sich nach vorn.

»Ich helfe ihm, sein Herz zu finden.«

Die Königin lachte auf. Ihr Lachen war schrill, klang hysterisch. Es tat in meinen Ohren weh. Doch ich ließ mir nichts anmerken, versuchte auch ein starres Lächeln aufzusetzen.

»Hat er das nicht irgendwo versteckt? In einer Truhe?« Sie lachte wieder auf.

»Nein …« Ich dachte nach. Wie kam sie auf eine Truhe? »In einem hohlen Baum, soweit ich weiß. Zumindest sagt das Märchen das.«

»Sein Märchen, natürlich. Das Mädchen aus Rondama hilft dem Dieb ohne Herz, dass ich das noch erlebe.«

Meine Finger verkrampften sich immer mehr. »Das spielt keine Rolle. Er hat nichts damit zu tun. Er hilft mir nur.«

Die Königin schloss für einen Moment ihre Augen. »Ich habe ihn auch schon gesehen. Ein hübscher junger Mann. Aber ich hoffe, du kennst das Märchen gut genug, um zu wissen, dass er nur sich selbst hilft.«

Genau das hatte Caleb auch gesagt. Er würde nur dann jemandem helfen, wenn es einen Nutzen für ihn hatte.

»Aber er durfte sich hier ausruhen, also schuldet auch er mir einen Gefallen.« Sie erhob sich. Augenblicklich wich ich einen Schritt zurück. Die Königin war größer, als ich dachte. Das Kleid bedeckte nun ihre Schuhe, mit einer Hand hielt sie sich an der Lehne fest. »Ruh dich noch etwas aus. Ich werde jetzt mit ihm sprechen.«

Mehr als ein Nicken brachte ich nicht zustande. Kein Wort kam über meine Lippen.

Ich verneigte mich, verließ den Raum und trat hinaus auf den Gang, wo bereits der Dieb auf mich wartete. Ich dachte an Irena und wie glücklich sie sein würde, wenn sie die Bestellung bekam. Und während ich dastand und mit ansah, wie sich die Tür ein weiteres Mal schloss, da dachte ich an die bunten Schmetterlinge. Und irgendwie fühlte ich mich auch wie einer von ihnen. Als ob ich auch an ihrer Maske kleben würde, bis sie genug von mir hatte und mich beseitigte.

Wo drei Menschen
beim Ankleiden halfen

Als ich zurück im Zimmer war, setzte ich mich auf das weiche Bett, legte meine Hände in den Schoß und starrte hinüber zu dem blank polierten Spiegel.

Vor einigen Stunden hatte ich die gesamte Einrichtung hier mit großen Augen bewundert. Das Bett mit den weichen Kissen, die hellblauen schönen Vorhänge, ja sogar die Schale mit den Früchten aus aller Welt.

Wenn ich jetzt meinen Blick über die Gegenstände schweifen ließ, fiel mir auf, wie fehl am Platz das alles doch war.

In diesem Schloss gab es so viele Zimmer, bestimmt waren sie alle so prunkvoll eingerichtet. Betten, die sich wie Wolken anfühlten, in denen die meiste Zeit niemand schlief. Früchte, die aus fernen Träumen entsprungen zu sein schienen, die aber eher verfaulten, als dass sie jemand aß. Selbst der Geruch von Lavendel beruhigte mich nicht mehr, er biss in meiner Nase und brachte mich zum Niesen.

Ärgerlich fuhr ich mir über das Gesicht. Das Gefühl der Machtlosigkeit überkam mich. Noch immer schlich der Gedanke in meinem Kopf herum, dass hier irgendetwas nicht stimmte. So einfach konnte es doch nicht gewesen sein, oder?

Ich stand auf und lief hinüber zu dem Spiegel. Irena hatte mir damals nicht nur beigebracht, aus welchen Materialien Masken bestehen konnten. Sie hatte mir auch andere Dinge erklärt. Bedeutungen der Objekte, die man an einer Maske befestigte, oder auch, warum genau diese Farbe ausgesucht wurde.

Blau stand für Zufriedenheit, Ruhe und Harmonie. Die Farbe Grün verband man mit der Natur, mit Geheimnissen und unergründlichen Dingen. Während die Farbe Gelb entweder für Heiterkeit, Optimismus oder auch für Verrat stand.

»Maskenmädchen?«

»Komm herein«, rief ich und wandte mich von dem Spiegel ab.

Es dauerte nicht lange, da stand der Dieb wieder vor mir. Er hielt die Maske in seiner Hand und fuhr sich müde übers Gesicht. Der Glanz in seinen grünen Augen war verschwunden. Auf einmal wirkte er nicht mehr so optimistisch wie vor wenigen Stunden.

»Wir haben ein Problem«, sprach er und lief unruhig durch das Zimmer, die Hände hinter dem Rücken verschränkt.

Ich nickte. »Die Königin?«

Er antwortete mir nicht, aber das brauchte er auch nicht. Auch so sah ich, wie er bei meinen Worten die Brauen nachdenklich zusammenzog.

»Was ist los?« Ich lief hinüber zu dem Fenster, strich die Vorhänge zur Seite und blickte hinaus. Die grauen Wolken waren verschwunden, aber die Stimmung am Himmel wirkte dadurch nicht weniger trostlos. Die schwachen Strahlen der Sonne erreichten die Schlossmauern kaum.

Caleb seufzte auf, setzte sich auf das Bett und vergrub sein Gesicht zwischen den Händen.

Langsam machte ich mir Sorgen. Seit ich den Dieb ohne Herz vor wenigen Tagen kennengelernt hatte, hatte er niemals so verzweifelt gewirkt wie jetzt.

»Sie hat mir gesagt, dass ich ihr einen Gefallen schulde«, brachte er hervor.

»Das hat sie mir auch gesagt.« Ich zog die Vorhänge wieder zu und lehnte mich an die Wand. »Besser gesagt, schulde ich ihr sogar zwei Gefallen.«

Jetzt sah er überrascht auf. »Was hast du getan?«

In wenigen Worten erzählte ich dem Dieb von dem Gespräch mit der Königin. Von ihrer klangvollen Stimme, der Maske aus Schmetterlingen und natürlich davon, warum ich ihr zwei Gefallen schuldig war.

»Sie will, dass wir einen ihrer Maskenbälle besuchen. Das ist der erste Gefallen.« Mit diesem Satz beendete ich meine Erzählung.

»Genau das ist unser Problem.« Wütend ballte er die Hände zu Fäusten.

191

Ratlos sah ich ihn an. »Warum ist das ein Problem?«

Caleb stand auf, kam zu mir herüber und blieb kurz vor mir stehen. Er warf einen Blick hinter sich und beugte sich dann hinunter zu meinem Ohr. »Erinnerst du dich noch daran, was Namina über die Masken erzählt hat?«, flüsterte er. Sein warmer Atem strich über meine Haut. Ganz kurz tauchte ein Bild vor meinen Augen auf, wie wir vor dem Gasthaus standen, unsere Gesichter genauso nahe beieinander wie jetzt.

»Sie sind magisch …«, beeilte ich mich zu sagen.

»Genau, sie sind magisch. Die Königin hat viele von diesen Masken. Jede für einen anderen Zweck. Doch Magie hat ihren Preis und manche der Träger vergessen durch diese Masken, wer sie sind, wie sie heißen und warum sie sich überhaupt in dem Schloss aufhalten.«

Die letzten Worte kamen gerade über seine Lippen, als ein lautes Geräusch hinter uns erklang. Wie zwei aufgeschreckte Vögel stoben wir auseinander, jeder in eine andere Ecke. Mit klopfendem Herzen sah ich hinüber zu der Tür, die sperrangelweit offen stand.

Ein schlanker Herr mit gräulichen Haaren stand daneben. Er hatte eine weiße Maske mit aufgemalten bunten Blumen auf dem Gesicht. Da er dieselbe Kleidung wie die Diener aus dem Schloss trug, nahm ich an, er wäre auch einer.

»Verzeihung.« Er sah von Caleb zu mir und dann wieder zu dem Dieb zurück. »Ich hoffe, ich störe die Herrschaften nicht.«

»Nein, nein …«, murmelte ich eilig.

Da der Diener nur eine Halbmaske trug, sah ich deutlich, wie sich ein spöttisches Lächeln auf seine Lippen stahl. Er schien sich über uns lustig zu machen.

Caleb räusperte sich und machte einen Schritt auf den Herrn zu. »Wie können wir helfen?« Seine vor wenigen Sekunden noch besorgte Miene hatte er wieder durch den teilnahmslosen Blick ausgetauscht.

»Die Königin empfängt in wenigen Stunden ihre Gäste. Sie bittet die Herrschaften hinunter ins Ankleidezimmer.«

Er deutete an, dass wir ihm folgen sollten. Caleb zögerte keine Sekunde lang, setzte sich die Maske wieder auf und lief dem Mann hinterher.

Ich schnappte mir auch wieder meine Maske, drückte das kühle Glas an mein Gesicht und wandte mich dann noch einmal zu den himmelblauen Vorhängen um.

Das Ankleidezimmer der Königin entpuppte sich als ein riesiger begehbarer Kleiderschrank. Überall hingen bunte Stoffe, glänzende Schmuckstücke oder standen atemberaubende Schuhe. Der Raum war in einem strahlenden Weiß eingerichtet worden, während von der Decke ein Kronleuchter baumelte, der in etwa die Größe des Esstisches von Irenas Zuhause hatte.

Es gab zwei dieser Ankleideräume. Einer war für Männer und der andere für Frauen. Der ältere Herr mit der farbigen Blumenmaske hatte mich mit einem kurzen Nicken und einem kleinen Stoß in diesen Raum befördert.

Nun stand ich also da im Eingang, während drei Frauen mit Tiermasken um mich herumirrten und immer wieder ratlos den Kopf schüttelten.

»Wie wäre es mit Grasgrün?«, fragte eine Frau mit einer Froschmaske in die Runde.

»Das macht das arme Kind nur bleicher. Nehmen wir ein warmes Sonnengelb!«, meinte die Frau mit einer Maske, die wohl eine Katze darstellen sollte.

Die dritte der Frauen, die mit der Pfauenmaske, schien skeptisch gegenüber diesem Vorschlag zu sein. Die Federn an ihrer Maske schimmerten im Licht und betonten dabei ihre grünen Augen. Pfauenfedern waren sehr selten. Irena kaufte sie oft bei einem Händler, der zweimal im Jahr in Rondama haltmachte. Vage erinnerte ich mich an die blonde Frau aus dem Gasthaus, mit der Caleb gesprochen hatte. Ihre Maske war im Gegensatz zu dieser weniger pompös. Außerdem hatte diese Frau hier schwarze Haare und einen dunkelbraunen Hautton, der ebenfalls perfekt mit der wunderschönen blaugrünen Maske harmonierte.

»Wenn sie Sonnengelb trägt, dann werden sie alle anstarren«, sprach sie ruhig. »Nehmen wir etwas Schlichtes«, schlug sie vor.

Doch die anderen beiden hörten gar nicht auf sie. Wie wild gewordene Gänse eilten sie im Raum umher, zogen an den Stoffstücken und schlugen dabei die merkwürdigsten Farbkombinationen vor.

»Spinatgrün!«

»Libellengelb!«

»Oder lieber Pfirsichrosa mit einem Hauch von Schokobraun?«

Unsicher stellte ich mich in eine Ecke und ließ den Blick durch den Raum schweifen.

»Tomatenrot!«

»Kranichbraun!«

»Jetzt habe ich es! Wir nehmen Möwenweiß mit einem Hauch von Zitrone.«

Die Königin besaß viele kostbare Stoffe. Farben, die ich selbst an einer Maske noch nie entdeckt hatte. Behutsam fuhr ich über eines der Stücke.

»Was ist deine Lieblingsfarbe?«

Ohne dass ich es bemerkt hatte, war die Dame mit der Pfauenmaske neben mich getreten. Neugierig beäugte sie das Kleid in meiner Hand.

»Ich mag viele Farben«, antwortete ich, ohne den Kopf zu heben. »Aber da ich einen sehr hellen Hautton habe und meine Haare beinahe weiß sind, passen leider nicht alle Farben zu mir.«

»Verstehe …« Nachdenklich griff sie nach einem lavendelfarbenen Kleid mit bauschigen Ärmeln. »Wie wäre es mit etwas Verspieltem?« Sie hielt das Kleid vor mich hin, schüttelte dann aber gleich wieder den Kopf. »Versuchen wir was anderes.« Im Gegensatz zu den anderen beiden Frauen lief sie langsam durch den Raum, hob die Kleider behutsam von der Stange und machte sich dann erst Gedanken, ob sie zu mir passten. Sie griff zu warmen Tönen, zu unauffälligen Mustern.

Inzwischen hatten die anderen zwei bereits die Hände voller Kleider, sodass die Mehrheit der Stoffe während des Laufens auf den blanken Marmorboden purzelte.

Obwohl sich alle Gedanken über meine Kleiderfarbe machten, dachte ich darüber nach, wer dieses ganze Chaos am Ende aufräumen würde und wie es Caleb erging.

»Mintgrün!«

194

»Altrosa mit einem Hauch von Orange!«

Ich blendete die Stimmen aus, ging weiter und steuerte auf ein Kleid ganz in einer Ecke zu. Man sah nicht viel davon, nur schwarze, beinahe durchsichtige Ärmel, die von einem großen ballonartigen blauen Kleid verdeckt wurden.

Ich schob das blaue Kleid auf die Seite und holte das schwarze hervor.

Es war ein schlichtes Stück mit einem langen Rock und durchsichtigen Ärmeln, deren Enden mit Blumenmustern bestickt waren. An der Hüfte war es etwas enger, verlief dann aber wieder wasserfallartig bis hinab auf den Boden.

»Es passt zu deiner Maske.« Wieder war die Frau mit der Pfauenmaske neben mich getreten. »Und im Grunde brauchst du auch gar nichts Farbiges. Durch das Schwarz stechen deine außergewöhnlich hellen Haare hervor. Warum nicht zeigen, was zu einem gehört?« Sie lächelte und strich sich dabei einer ihrer Federn am Rand der Halbmaske glatt.

»Und ich darf das einfach so anziehen?« Verwundert betrachtete ich das Kleid in meinen Händen. So etwas Kostbares hatte ich noch nie in meinem Leben getragen. Gesehen schon oft, da viele unserer Kunden gut betuchte Leute waren. Aber wer hätte gedacht, dass ich irgendwann auch so etwas tragen würde.

»Die Königin hat sehr viele Kleider. Mehr, als sie Masken besitzt, und alle kann sie gar nicht tragen. Sie erinnert sich an die meisten auch gar nicht mehr. Ihr ist wichtiger, dass ihre Gäste toll auf ihren Bällen aussehen.«

»Unglaublich.« Zufrieden drückte ich den dunklen Stoff an meinen Körper.

»Willst du es anprobieren?«, fragte sie.

»Gern.«

»Falls wir noch etwas daran ändern müssen, dann holen wir die Schneiderinnen der Königin. Immerhin hat der Ball noch nicht angefangen.« Sie deutete auf eine andere helle Tür am Ende des Raumes. »Lass uns in das Zimmer gehen. Dort kannst du dich umziehen und es gibt einen großen Spiegel.«

Ich folgte ihr, das Kleid fest umklammert, damit es mir niemand mehr wegnehmen konnte.

Das Zimmer, das wir betraten, war deutlich kleiner. Es bot genau Platz für eine Handvoll Leute. Es gab einen Wandschirm, hinter den man sich umziehen konnte. Gleich daneben stand der große Spiegel. Und obwohl das Zimmer klein war, so war es nicht weniger berauschend als andere Räume im Schloss. Ein Gemälde der Königin hing neben dem Spiegel in einem reich verzierten Rahmen. Vor den Fenstern hingen goldene dichte Vorhänge und auf dem Boden lag ein rubinroter Teppich.

»Wie unhöflich von mir.« Sie schloss die Tür und fasste sich dann an die Maske. »Ich bin Odria, die Zweite Dienerin der Königin.« Sie reichte mir ihre Hand, an deren Fingern feine goldene Ringe steckten.

»Malina.« Lächelnd nahm ich ihre Hand. Es war schön, jemanden kennenzulernen, der hier arbeitete.

»Ein schöner Name und so besondere Haare.« Sie nahm mir das Kleid aus der Hand und hängte es über den Wandschirm. »Ich hab dich noch nie hier gesehen. Was suchst du im Schloss der Königin?«

Ich trat hinter die Abtrennung, zog das rote Kleid aus und das schwarze mit den durchsichtigen Ärmeln an. Der Stoff war ganz leicht, lag wie eine Feder auf meiner Haut und umspielte meine Beine. Es hatte sogar eine eingenähte Tasche, die meiner Meinung nach sehr praktisch war. Dort konnte man Kleinigkeiten verstauen.

»Ich bat die Königin um einen Gefallen.« Noch während ich behutsam über das Schwarz und die fein bestickten Ärmel strich, hatte ich darüber nachgedacht, nicht die Wahrheit zu sagen. Aber am Ende hatte ich mich dagegen entschieden.

»Verzeih, wenn ich so neugierig bin, aber von wo kommst du?«, drang die Stimme von Odria zu mir.

Ich kam hinter dem Wandschirm hervor und stellte mich vor den Spiegel. »Rondama, das kleine Fischerdorf hinter dem Wald.« Bei dem Namen meines Dorfes breitete sich ein warmes Gefühl in meiner Bauchgegend aus. Noch nie war ich so lange weg gewesen. Ich vermisste mein Zuhause, Irena und die Arbeit mit den Masken. Ich vermisste den Wind, der unten am Wasser ging, die Geräusche der Segelboote und die Stille, wenn ich abends vor dem Haus saß und hoch in die Sterne blickte.

»Dann bist du durch den dunklen Wald und extra nach Malufra gereist, um die Königin um einen Gefallen zu bitten?« Verwundert schüttelte sie den Kopf.

»Genau.«

»Erstaunlich.« Wieder schüttelte sie den Kopf, trat dann näher an den Spiegel heran. »Das Kleid passt perfekt zu dir. Wir müssen da nur noch ein, zwei kleine Dinge ändern.« Mit flinken Fingern umfasste sie den Stoff an meiner Hüfte, der etwas locker saß. »Da ein bisschen enger.« Dann hob sie den Rock ganz leicht an, sodass man meine Füße sah. »Und den nehmen wir auch hoch.«

Zufrieden blickte sie in das Spiegelbild. »Gefällt es dir?«

Eilig nickte ich. Es war wirklich atemberaubend schön, passte gut zur Maske, und trotzdem fiel ich darin nicht auf.

»Ich stecke es kurz fest, damit die Schneiderinnen später wissen, was sie machen müssen.« Odria ging zu einer bronzefarbenen Kommode neben dem Spiegel hin, öffnete die oberste Schublade und griff hinein. Mit einem kleinen silbernen Kästchen in ihren Händen kam sie zurück. Beim näheren Betrachten sah ich, dass feine Nadeln darin lagen.

»Stimmt es eigentlich, dass der Dieb ohne Herz dein Begleiter ist?« Sie kniete sich neben mein Kleid und fing an, den Stoff zurechtzustecken.

»Ja, aber er und ich werden bald wieder abreisen. Er geht zurück in den Wald und ich nach Rondama.«

»Ein hübscher junger Mann, nicht wahr?« Odria richtete sich wieder auf, das silberne Kästchen noch immer in den Händen. »Aber diese Narbe an seinem Hals, schrecklich.« Sie schüttelte den Kopf. »Und seine Geschichte erst. Wie grausam es sein muss, wenn man seinen eigenen Herzschlag nicht mehr hört.«

Unbewusst hielt ich meine Hand dorthin, wo mein Herz lag.

»Da können wir froh sein, dass wir es so schön haben.« Sie stellte das Kästchen ab und legte mir die Hände auf die Schultern. »Ich sehe schon, du bist eine Frau mit einem reinen Herzen.«

»Danke«, sagte ich, da mir nichts anderes dazu einfiel. Darum wollte Caleb wohl nicht, dass man ihn bei seinem Namen nannte. Die Menschen kannten ihn nur als Dieb ohne Herz und in ihren Augen war er auch nur das und nichts anderes. Sie reduzierten ihn auf sein Märchen, auf die Worte, die andere über ihn sprachen. Sie erkannten nicht, was hinter den leuchtend grünen Augen verborgen lag. Dass er am Ende auch nur ein Mensch mit Namen war, mit oder ohne Herz.

»Ich hole die Schneiderin. Dann machen wir dir noch die Haare und führen dich dann auf den Ball.«

»Danke für die Hilfe.«

Doch Odria war schon aus dem Raum verschwunden. Nur ganz gedämpft drangen die Stimmen der anderen zwei Frauen an mein Ohr.

»Meerwasserblau mit Froschaugengelb.«

»Kleeblattgrün!«

»Wolfsgrau!«

Und auf einmal fühlte ich mich völlig fremd. Fröstelnd rieb ich mir über die Arme. Das Mädchen im Spiegelbild sah aus wie ich. Diese hellen Haare, die blauen Augen und die Narbe an der linken Hand. Doch all das wurde verdeckt von der schwarzen Maske aus kaltem Glas auf meiner Haut. Und ich trug ein wunderschönes dunkles Kleid, das eigentlich einer bildhübschen Königin gehörte, die ihr Gesicht hinter einer Maske verbarg.

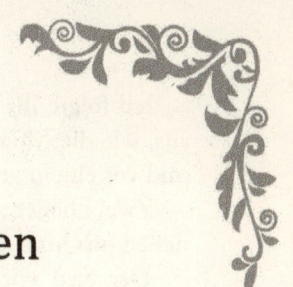

Wo fremde Menschen aufeinandertrafen

Es vergingen weitere zwei Stunden, bis ich endlich zum Maskenball durfte. In der Zeit hatte sich die Schneiderin um mein Kleid gekümmert, eine Frau mit Tigermaske um meine Haare und eine weitere Frau mit einer Maske, die aus bunten Stoffstücken bestand, um den passenden Schmuck.

Ständig waren Diener der Königin herumgerannt. Manche von ihnen mit herrlichen Speisen oder kostspieliger Dekoration in den Händen. Und je mehr Zeit verging, desto lauter wurde es im ganzen Schloss. Stimmengewirr gemischt mit den sanften Klängen von Musik drang an mein Ohr, als ich Odria unsicher in Richtung Ballsaal folgte.

Auf dem Weg dorthin begegnete ich vielen unterschiedlichen Menschen. Sie alle trugen bunte Gewänder, wunderschön verarbeitete Masken und Schmuck, über dessen Wert ich mir lieber keine Gedanken machen wollte. Die Eingangshalle des Schlosses mit den vielen Blumen wirkte auf einmal nicht mehr so leer. Ständig ging das große Tor auf und neue Gäste strömten herein. Doch die Besucher der Königin schienen mich nicht zu beachten. Wie Gespenster schlichen sie herum, die Augen starr geradeaus gerichtet. Masken verbargen ihre Gesichter, sodass es unmöglich war zu erahnen, was in ihren Köpfen vor sich ging.

»Ich muss gestehen, ich mag solche dichten Menschenmassen nicht.« Odria hatte sich während des Laufens umgedreht.

Ich warf ihr einen verständnisvollen Blick zu, während ich einer Gruppe von kichernden Frauen auswich.

»Kann ich nachvollziehen«, sprach ich, aber meine Worte gingen unter zwischen all den lauten und schrillen Stimmen.

Ich folgte ihr immer weiter den langen Gang entlang, malte mir aus, wie die Menschen wohl ohne Maske aussahen, bis wir abbogen und vor einem großen goldenen Tor standen.

Zwei Diener in weißer Kleidung öffneten die Türen des Tores und ließen uns hinein in die festliche Halle.

Der Saal vor meinen Augen war größer als erwartet. An den Wänden standen Tische mit herrlichen Speisen und Getränken. Die Vorhänge sowie auch die Kronleuchter waren mit bunten Blumen dekoriert worden. Auch am Eingang und in jeder Ecke standen Töpfe mit exotischen Pflanzen. In einer Ecke lag ein roter Teppich und rundherum standen bequeme Sitzmöglichkeiten. In der Mitte des Saals hatten die Gäste Platz zum Tanzen. Die Musiker selbst spielten ein Stockwerk weiter oben auf einem Balkon. Sie trugen weiß-gelbe Gewänder, die im Licht schimmerten wie flüssiges Gold. Ihre Masken waren aufwendige Kunstwerke mit teuren Schmuckelementen.

Wenigstens verteilten sich hier die Menschenmassen. Ich fühlte mich nicht so bedrängt wie auf den Gängen.

»Dann wünsche ich dir noch viel Vergnügen auf dem Maskenball. Wenn du etwas brauchst, findest du mich in der Nähe der Speisen.« Odria deutete auf einen der Tische, auf dem man kleine Kuchen in Form des Schlosses gestapelt hatte.

Und dann verschwand sie in der Menschenmenge. Man sah nur noch ab und an den tannennadelgrünen Saum ihres Kleides aufblitzen.

Ich stellte mich etwas abseits neben einen der Tische. Dort bestand keine Gefahr, dass ich irgendwelchen Leuten auf die Füße trat. Odria hatte mir ein paar hohe Schuhe herausgesucht, die gänzlich aus Glas bestanden. Meine Füße schmerzten davon, aber ich versuchte mir nichts anmerken zu lassen.

Die Gäste der Königin schienen über das Tanzparkett zu schweben. Jede ihrer Bewegungen war präzise, passte zu dem schnellen Takt der Musik. Ihre Masken waren ganz unterschiedlich. Manche trugen schlichte farbige Halbmasken, andere aufwendigere Modelle mit eingearbeiteten Materialien wie Holz, Papier oder Scherben.

»Kann es sein, dass du dich hier nicht wohlfühlst, Maskenmädchen?«

Ich hatte gar nicht bemerkt, dass Caleb neben mich getreten war. Er trug dunkelgrüne Hosen und ein schwarzes Hemd mit silbernen Stickereien. Wie schon zuvor, hatte er alle Knöpfe bis hoch zum Kragen geschlossen, sodass man seine Narbe nicht sehen konnte. Seine schwarzen Schuhe waren poliert, die Hände hatte er hinter dem Rücken verschränkt. Das Einzige, was an den Dieb ohne Herz erinnerte, war die Maske mit den Blättern und seine stechend grünen Augen.

»Es ist eigenartig, sich hinter Masken zu verstecken.« Mein Blick schweifte über die Menge. »Und dennoch wirkt der ganze Saal magisch, genau wegen dieser wunderhübschen Masken. Hast du die Königin schon gesehen?« Bisher hatte ich sie noch nicht entdeckt. Vielleicht kam sie auch erst später.

»Nein, aber der Ball hat auch erst kürzlich angefangen.«

»Und was macht man auf solch einem Ball?« Ich verlagerte mein Gewicht auf das andere Bein, doch die Schmerzen in meinen Füßen gingen dadurch nicht weg. Warum trug jemand freiwillig solche Schuhe, damit konnte man weder laufen noch rennen.

»Man tanzt, unterhält sich über die neuesten Gerüchte, zeigt anderen, wie viel Macht man hat.« Caleb zuckte mit den Schultern. Das alles schien ihn nicht zu begeistern. Er stand dicht bei mir, sodass sich unsere Arme berührten. Von hier aus wirkten die silbernen Linien auf seiner Maske wie Bäume im Wind, deren Blätter durch die Luft wirbelten.

»Erzähl mir etwas über dich«, sagte ich und zog an seinem Ärmel, damit er in meine Richtung sah.

»Was willst du wissen?« Mit den Händen griff er hoch zu seiner Maske. Ihm ging es wohl ähnlich wie mir. Durch diese Maske auf meinem Gesicht fühlte ich mich wie eingesperrt. Wie ein Vogel, der in seinem wunderschönen goldenen Käfig saß, aber seine Flügel nicht ausbreiten konnte.

»Komm mit.« Ich zog erneut an seinem Ärmel und lief dann an der Wand entlang bis zu der schmalen Tür am Ende des Raumes. Die Gäste der Königin schenkten uns keine Beachtung. Viel zu sehr waren sie mit sich selbst beschäftigt, tranken und lachten lauter als die Töne der Melodie, die im Hintergrund erklang.

Rasch öffnete ich die Tür und schlüpfte hindurch. Der Dieb folgte mir, wenn auch mit einigen Schritten Abstand.

»Wohin gehst du?«, raunte er.

Vor uns lag ein langer Gang mit vielen weiteren Türen. Einzelne Fackeln beleuchteten den hellen Boden zu unseren Füßen und wie auch im Rest des Schlosses hingen hier Gemälde von Menschen mit Masken. Ich dachte nicht lange darüber nach, sondern entschied mich für die erste der Türen.

»Maskenmädchen?«

»Keine Sorge, ich suche nur nach einem ruhigen Ort«, erklärte ich ihm. Und so wie es aussah, hatte ich diesen gefunden. Der Raum, den ich betreten hatte, entpuppte sich als Küche. Es roch nach frischen Kräutern, Teller und Suppenschüsseln standen auf einem breiten Holztisch. Im Ofen in der Ecke brannte noch die Glut, während auch hier Fackeln an den Steinwänden für Licht sorgten.

Der Dieb schloss die Tür und lehnte sich dagegen, die Arme vor der Brust verschränkt. »Und was nun?«, fragte er.

Ich stützte mich an dem Holztisch ab, bückte mich und zog die viel zu engen Glasschuhe von meinen Füßen. Sobald ich das getan hatte, löste ich das Band meiner Maske am Hinterkopf und zog auch diese aus. Erleichtert atmete ich aus. »Schon viel besser.«

»Darum sollte ich mitkommen?« Er lachte. Aber mir war nicht entgangen, dass ein kleiner Funke in seinen smaragdgrünen Augen aufgeblitzt war. Es dauerte auch nicht lange, da zog er seine Maske aus.

»Du hast recht, das ist wirklich viel besser.« Zufrieden fuhr er sich durchs dunkelbraune Haar.

»Und da wir schon einmal hier sind …« Ich schnappte mir einen Holzstuhl, der neben dem Tisch stand, und setzte mich hin. »Kannst du mir endlich etwas von dir erzählen.«

»Was möchtest du wissen?« Er stieß sich von der Tür ab, nahm sich ebenfalls einen der Stühle und setzte sich genau vor mir hin. Die Maske legte er dabei neben meine auf den Tisch.

»Warum warst du früher oft hier?«

Er schien zu überlegen, sah sich in dem Raum um, als müsste er abschätzen, ob ich schon bereit für die Wahrheit wäre. »Ich habe vor einer Weile in Malufra gelebt«, brachte er hervor, ohne mir dabei in die Augen zu sehen.

»Hier im Schloss?«

Caleb schüttelte eilig den Kopf. »Nein, etwas abseits der Stadt und dem Schloss, in einem Haus am Rande der Mauern. Ich war aber oft anwesend, wenn die Königin eines ihrer rauschenden Feste gefeiert hatte.«

So langsam verstand ich, warum er sich in Malufra auskannte. Er war selbst einmal Teil von allem hier gewesen.

Caleb griff nach meiner Maske. Unbewusst zuckte ich zusammen, ließ ihn aber gewähren.

Behutsam fuhr er über die glatte Oberfläche.

»Du liebst diese Dinger, aber trägst sie nicht gern, oder?«

»Es fühlt sich falsch an, eine zu tragen. Als ob man etwas verbergen möchte.« Ich nahm ihm die Maske aus der Hand und legte sie wieder neben seine.

»Bevor du fragst, ich war oft außerhalb von Malufra. Tagsüber trieb ich mich im Wald herum und abends kam ich zurück. Ich mochte diese Masken nicht, also habe ich selten eine getragen.«

»Du hast also hier gewohnt, bis der Tag kam, an dem du dein Herz in einem Baum versteckt hast?« Nach und nach fügten sich die einzelnen Zeilen zusammen. Es fehlte nicht mehr viel und bald kannte ich seine Geschichte.

»Genau …« Er stand auf, schob den Stuhl zurück. »Durch den Pakt wurde ich zum herzlosen Dieb.«

»Und wer ist schuld daran?« Die Frage kam ganz leise über meine Lippen. So langsam wusste ich nämlich, dass er, sobald es ihm zu viel wurde, das Thema wechselte.

»Ich selbst trage Schuld daran.« Wieder wandte er sich ab. »Es ist etwas passiert …« Seine Stimme brach ab. »Etwas, was ich bis heute bereue. Und da ich diese Schuldgefühle nicht mehr wollte, bin ich zu den Hexen und habe sie um Rat gefragt.«

Ich stand nun auch auf, lief zu ihm hinüber und legte ihm meine rechte Hand auf die Schulter.

»Lass uns wieder zurückgehen.« Er drehte sich zu mir um und deutete auffordernd zur Tür. »Bevor der Königin unser Verschwinden auffällt.«

»Gut, dann los.« Ich hatte gerade die Maske wieder aufgehoben, als er seine Hand auf meine legte.

»Du siehst übrigens hübsch aus in diesem Kleid.«

Bei seinen Worten konnte ich nicht anders, als lächelnd den Kopf zu schütteln. »Ist das etwa ein Kompliment gewesen?«

»Bilde dir darauf nichts ein.« Er zwinkerte mir zu und nahm seine Hand wieder weg.

»Du siehst im Übrigen auch hübsch aus, aber etwas passt nicht.« Erstaunt sah er auf. »Was?«

Ich streckte meine Hände nach seinem Hemd aus und öffnete die obersten zwei Knöpfe. »So sieht man deine Narbe und sie gehört zu dem Dieb ohne Herz.«

Bevor ich meine Hände wegziehen konnte, hielt er sie mit seinen fest. Er drückte meine Handflächen auf den weichen Stoff, senkte den Kopf und küsste mich.

Mit einem Mal schien die Welt um mich herum zu verstummen. Ich hörte die leisen Klänge der Musik nicht mehr, nahm nur noch den warmen Druck von Calebs Lippen wahr. Spürte seine Hände auf meinen und vergaß, was um mich herum geschah. Vergaß, warum ich überhaupt hier war, wo ich mich befand und dass Irena auf mich wartete.

Auch wenn er kein Herz besaß, strahlte er so viel Lebenslust aus. Er war nicht einfach nur dieser herzlose Mensch, als den ihn alle sahen. Er war viel mehr.

Und obwohl ich seinen Herzschlag nicht spürte, so hörte ich deutlich das Pochen meines eigenen Herzens. Die Wärme, die sich langsam in meinem Körper ausbreitete und all die negativen Sachen vertrieb. Wie Angst, Zweifel und Unsicherheiten einfach weggespült wurden.

Nach einer Weile trat er einen Schritt zurück und räusperte sich. »Das wollte ich schon lange.«

»Ich wusste nicht, dass du mich auf diese Art magst«, brachte ich hervor. Unsere Hände lagen nicht mehr aufeinander, aber ich spürte noch deutlich, wo er mich berührt hatte.

»Das war mir auch eine Weile nicht bewusst.« Unsicher kratzte er sich am Hinterkopf. »Aber du siehst in mir viel mehr, glaubst an das Gute in den Menschen.«

Ich hatte gar keine Gelegenheit, etwas darauf zu erwidern, da mit einem Mal die Tür aufgestoßen wurde. Eine Dienerin der Königin kam herein. In ihren Händen hielt sie ein Tablett mit leeren Kristall-gläsern. Überrascht sah sie uns an.

»Ihr dürft hier nicht sein«, erklärte sie.

Wir schnappten uns eilig die Masken und ich schlüpfte wieder in die unbequemen Schuhe.

»Verzeihung.« Caleb nahm mich an der Hand und führte mich aus dem Raum hinaus.

»Lass uns zurückgehen. Wenn die Königin unser Fehlen bemerkt, wird sie nicht erfreut darüber sein«, raunte er mir zu. Er setzte seine Maske auf und half mir dann, meine am Hinterkopf zu befestigen.

Bevor wir den Saal wieder betraten, zog er mich noch einmal zu sich. »Morgen gehen wir nach Hause.«

»Morgen …«, flüsterte ich glücklich.

Doch wie er bereits gesagt hatte, hatte jedes Märchen zwei Seiten. Und für dieses hier würde jemand bald einen hohen Preis zahlen.

Wo Masken
ihre Besitzer wechselten

Als Caleb und ich wieder den Saal betraten, musste ich feststellen, dass sich mittlerweile noch mehr Menschen auf den Weg ins Schloss der Königin gemacht hatten. Die Musik war deutlich lauter, noch mehr von den außergewöhnlichen Speisen türmten sich auf den Tischen und vor lauter Röcken und Anzügen sah man beinahe das Ende des Saales nicht mehr.

»Ich hole mir etwas zu trinken«, sagte ich zu ihm. Er nickte, bevor auch er in eine andere Richtung verschwand.

Ich steuerte auf einen Tisch zu, auf dem dieselben Kristallgläser standen wie die, welche die Dienerin von vorhin auf ihrem Tablett gehabt hatte. Eine rosafarbene Flüssigkeit mit bunten Blütenblättern schwamm in ihnen.

Vorsichtig nahm ich eines der Gläser in die Hand und nippte daran. Ein süßlicher Geschmack, der mich an Honig erinnerte, breitete sich auf meiner Zunge aus.

Wie viel Geld die Königin wohl besitzen musste, um ständig solch kostspielige Feste feiern zu können?

Als ich mich wieder zu den Gästen umdrehte, stand sie auf einmal vor mir. Sie trug einen dunkelvioletten Rock, das Oberteil war ganz in Weiß. Beim genaueren Betrachten sah ich, dass ihr Kleid nicht aus Stoff, sondern aus Blüten bestand. Weiße Rosen für das Oberteil und Lavendel, Stiefmütterchen und Lilien für das Unterteil. Ein angenehmer Duft umhüllte sie, schien die Aufmerksamkeit aller Gäste auf sie zu lenken. Immer wieder drehten sich die Menschen um, verneigten sich ehrfürchtig vor der Königin.

Ihre Maske bestand aus rosafarbenen Kamelien. Diese Blumen waren das Symbol der Schönheit. Wie widersprüchlich das Ganze doch war. Die Königin zog Masken an, damit die Menschen nichts mehr von ihrer Schönheit mitbekamen. Aber sie ließ es sich nicht nehmen, sie daran zu erinnern, warum sie eine Maske trug.

»Malina«, sprach sie mit ihrer klangvollen Stimme, die sich tief in meine Gedanken grub. Nicht einmal die Klänge der Musik waren dazu in der Lage.

»Gefällt es dir hier?« Das Rosa der Blüten ließ ihre meeresblauen Augen nur noch kräftiger wirken. Fast schon unmenschlich.

»Eure Majestät, es ist wirklich schön hier, danke.« Ich nahm einen weiteren Schluck von dem süßlichen Getränk.

»Ich habe noch eine andere Überraschung für dich.«

»Eine Überraschung?«

»Komm mit.« Sie nahm mir das Glas aus der Hand und stellte es an den Rand des Tisches. Dann deutete sie mir an, dass ich ihr folgen sollte. Sie führte mich durch den Saal und hinaus aus der goldenen Tür. Immer wieder hielt sie kurz an, um einige ihrer Gäste zu begrüßen. Die Menschen verneigten sich vor ihr, küssten beinahe den Boden, wenn sie mit ihnen sprach. Manche klatschten begeistert in die Hände und eine Frau fiel sogar in Ohnmacht.

»Ihr scheint sehr beliebt zu sein«, stellte ich fest, während ich ihr die Treppe hoch in den ersten Stock hinterherlief.

Die Blumen ihres Kleides strichen über die Treppenstufen. Manche der Köpfe hingen schon schlapp hinab. Ich widerstand dem Drang, darüberzufahren. Wie sich das wohl anfühlte, solch ein Blumenmeer an seinem Körper zu tragen?

»Die Menschen sehen gern zu jemandem auf. Sie sehnen sich nach einer Vorbildfunktion. Nach Leuten, die ihnen sagen, was richtig oder falsch ist.«

Vor einer Tür aus Holz blieb sie stehen. Zwei Wachen hatten sich davor postiert. Beim Anblick der Königin traten sie schnell einen Schritt zur Seite, verneigten sich und öffneten die Tür.

»Komm mit, Malina.« Auch wenn ich nur ihre Augen sah, stellte ich mir vor, wie sie unter der Maske lächelte.

Das Zimmer, das wir betraten, war nicht sonderlich groß. Es bestand aus Möbeln aus Holz. Ein Tisch, zwei Schränke und drei große Spiegel direkt vor dem Fenster mit den dunkelbraunen Vorhängen.

Sie deutete auf einen Sessel gleich neben den Spiegeln. »Setz dich, meine Freundin.«

Ich tat, was sie sagte, setzte mich hin und verschränkte die Hände in meinem Schoß.

»Deine Maske ist wahrlich schön.« Sie deutete mit ihren schlanken Händen auf mein Gesicht. »Diese vielen Farben.« Die Königin stieß ein Lachen aus. »Ich hoffe, deine liebe Freundin kann mir auch so eine machen.«

»Oh, Irena macht noch viel schönere Masken.«

»Dann werden wir uns prächtig verstehen.« Sie ging zu dem Holztisch, öffnete die Schublade, die sich direkt unter der Tischplatte befand, und holte eine Maske hervor. »Ich würde gern meinen zweiten Gefallen bei dir einlösen.« Liebevoll strich sie über die Oberfläche der Maske, fast schon zärtlich.

»Was für ein Gefallen?« Unbehaglich rutschte ich im Sessel hin und her. Das Glas drückte gegen meine Füße, außerdem war es in dem Raum unerträglich warm.

»Ich möchte, dass du diese Maske trägst. Es ist die einzige, die ich aufgehoben habe, und sie würde dir hervorragend passen. Meine Gäste sollen sehen, wie schön du mit der Maske aussiehst.«

Sie drehte sich ruckartig um, kam langsam ein, zwei Schritte näher. »Deine Maske kannst du hierlassen.«

Ich schluckte. »Ich würde sie ehrlich gesagt lieber anbehalten.«

»Malina …« Der Klang ihrer Stimme veränderte sich. »Ich möchte, dass du sie trägst. Nur für diese eine Nacht. Morgen verlässt du uns ja schon wieder.«

Ich blickte in das Blau ihrer Augen und es war, als würde ich darin mein eigenes Spiegelbild sehen. Ein verzweifeltes Mädchen, das sich an eine Maske klammerte.

»Wir sind Freunde, oder?«

Sie streckte ihre Hand aus und reichte mir die Maske. Sie war schwarz, genau wie mein Kleid. Nur im Gegensatz zu meinem Kleid bestand sie aus Glas. Es war zum Glück nur eine Halbmaske. Mit silberner Farbe hatte jemand rechts oben einen Mond und Sterne gezeichnet. Etwas weiter unten stiegen zwei Musiknoten hinauf in den Himmel. Ganz kühl lag sie in meiner Hand.

»Nur für diese eine Nacht«, drang die Stimme der Königin an mein Ohr, während ich das Ding in meinen Händen betrachtete.

»Gut.« Ich nickte, zog meine aus und legte sie behutsam in meinen Schoß. Es war, als hätte ich etwas Vertrautes verstoßen. Bevor ich weiter darüber nachdachte, zog ich die schwarze Maske an.

»Warte, ich helfe dir.« Sie trat hinter mich und band die mitternachtsblauen Bänder fest.

Ein wohliger Schauer durchzog mein Gesicht dort, wo die Maske auflag. Eine seltsame Kälte breitete sich aus, verschwand dann aber wieder. Ich berührte die Maske mit meinen Händen. Es war fast schon unheimlich, wie perfekt sie auf mein Gesicht passte. Als ob sie für mich gemacht worden wäre.

»Wirklich wunderschön.« Die Königin deutete auf die drei Spiegel. »Willst du es dir ansehen?«

Ich stand auf, steckte meine Maske in die Tasche des Kleides und lief näher heran. Ich sah verändert aus. Aber was es genau war, konnte ich nicht sagen. Ich fühlte mich so fremd, aber dennoch voller Kraft.

»Lass uns zurückgehen und den Leuten zeigen, wie hübsch du aussiehst.«

Ich nickte. Das fremde Mädchen im Spiegel machte es mir nach. Dann drehte es sich um und verließ den Raum.

Die Königin brachte mich wieder hinunter in den Saal. Immer wieder fragte sie mich, ob ich ihr meine alte Maske nicht geben wolle. Aber dabei tauchte bloß das Bild mit den Schmetterlingen vor meinem inneren Auge auf und ich verneinte.

Als wir bei den anderen Gästen angekommen waren, verließ sie mich. Der blumige Duft verflog und das Rascheln ihres Kleides erstarb mit einem Mal. Ich fühlte mich, als wäre ich aus einem Traum erwacht. Plötzlich waren da abermals die lauten Stimmen an meinem Ohr, das Gedränge der Menschen und der beißende Geruch von Schweiß.

Ich verstand, warum sich die anderen vor ihr verneigt hatten. Es war ein berauschendes Gefühl, wenn man in ihrer Nähe war. Diese Kraft, die sie ausstrahlte, der Klang ihrer Stimme. Man fühlte sich wie eine Motte im Licht. Wollte kosten von dieser Macht, wollte Teil ihres Lebens sein.

Mit der neuen Maske auf dem Gesicht machte ich mich auf die Suche nach Caleb. Zu meinem Glück stand er wieder etwas abseits neben einem der Tische. Er hielt gerade eine kleine stachlige Frucht in seinen Händen und beäugte sie misstrauisch.

»Malina?« Als er mich sah, lächelte er. »Weißt du, wie man so etwas isst?«

»Hat es eine Schale?« Ich nahm ihm das Obst aus den Händen. Pickelhart fühlte es sich in meinen Händen an. Wenn man da hineinbiss, brach man sich womöglich noch die Zähne ab.

»Das ist eine Traumbeere. Die isst man nicht, man benutzt sie zur Dekoration.«

Erst jetzt sah ich, wer neben ihm stand.

»Odria!« Es war schön, ein weiteres bekanntes Gesicht unter all den Leuten zu sehen. Sie nahm mir die Frucht weg und legte sie wieder an ihren Platz.

»Hat dir deine Maske nicht gefallen?«

Dem Dieb schien es nun auch aufzufallen. »Wo ist deine?«

»In meiner Tasche. Diese ist von der Königin.«

»Oh, sie hat so viele Masken. Wie schön, dass sie dir eine davon gibt«, sprach Odria. »Und schön, dich zu sehen.« Sie drehte sich zu Caleb.

»Ihr beide kennt euch?«, versuchte ich das Thema zu wechseln.

»Er war früher oft Gast auf den Bällen«, erklärte sie. »Ein ausgezeichneter Tänzer.«

»Tatsächlich?« Belustigt verzog ich meinen Mund. »Der Dieb ohne Herz tanzt?«

»Maskenmädchen.« Er seufzte auf. Musste dabei aber auch grinsen. »Wenn du mir die Ehre erweist, beweise ich dir gern meine Tanzkünste.«

»Nichts lieber als das.« Auffordernd streckte ich ihm die Hand hin.

»Viel Vergnügen, ihr beide.« Odria verneigte sich leicht und sah uns dann zu, wie wir uns unter die anderen Tänzer mischten.

Ich ließ mich von ihm führen, versuchte dabei auf seine Füße zu achten und keine falschen Schritte zu machen. Musik gefiel mir und ab und an hatte ich auch getanzt auf kleinen Feiern in Rondama.

Aber so wirklich beherrschte ich es nicht. Und das bemerkte Caleb auch bald.

»Zählst du laut mit?«, fragte er, als wir uns einmal im Kreis drehten.

»Vielleicht …«

»Du darfst dich nicht zu sehr auf deine Schritte konzentrieren. Mach einfach mit.«

»Das ist so einfach gesagt.« Wir rauschten vorbei an anderen Tänzern. Immer wieder erhaschte ich einen Blick auf ihre Augen. Leblos und starr, kein Funke strahlte in ihnen.

»Warum ist Odria eigentlich so anders angezogen als die anderen Diener?« Sie hatte sich mir als Dienerin vorgestellt, verhielt sich aber ganz anders.

»Sie ist die Schwester der Königin«, antwortete Caleb. »Die Halbschwester«, verbesserte er sich.

»Die Halbschwester der Königin?« Vor lauter Überraschung hatte ich vergessen zu zählen und trat ihm auf den Fuß.

»Aua, Maskenmädchen.« Er fluchte leise. »Ja, aber die beiden pflegen keine sonderlich innige Beziehung. Odria darf im Schloss leben und das ist auch das Einzige, was die Königin duldet. Darum nennt Odria sich selbst oft ihre Zweite Dienerin. Sie hilft gern mit, erledigt Arbeiten für ihre Schwester.«

»Das hätte ich nicht gedacht.« Ich stellte mir vor, wie die hübsche Odria mit ihrer Pfauenmaske neben der Königin stand. Die beiden wirkten so unterschiedlich. Konnten sie wirklich Schwestern sein?

Caleb und ich tanzten noch eine Weile. Tauschten uns dabei über belanglose Dinge aus. Meine Schuhe hatte ich bereits nach einer Weile unter einen der Tische verbannt. Das befreiende Gefühl ließ mich dazu verleiten, mich vollkommen auf die Klänge der Musik zu konzentrieren.

Als die Gäste nach und nach verschwanden und es bereits wieder hell vor dem Fenster wurde, brachte mich der Dieb zurück zu meinem Zimmer. Vor der Tür zog er mich noch einmal an sich, küsste mich und fuhr mir sanft durchs helle Haar.

»Maskenmädchen«, flüsterte er noch einmal, ehe er mir einen letzten Kuss gab und dann endgültig in die Dunkelheit verschwand.

Vor lauter Glück und anbahnender Müdigkeit zog ich einfach die Vorhänge zu, legte mich in das weiche Bett und schloss die Augen. Das Kleid und die Maske vergaß ich abzuziehen.

Morgen, ja, morgen würde ich wieder auf den Weg zurück nach Rondama sein.

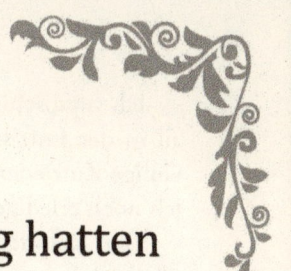

Wo Narben eine Bedeutung hatten

Als ich aufwachte, fühlte ich mich sonderbar ausgeruht. Ich streckte mich ausgiebig, ehe ich aufstand, um die Fenster zu öffnen, damit frische Luft hereinkam. Helle Sonnenstrahlen tanzten über den wolkenlosen Himmel. Mir war zuvor gar nicht aufgefallen, wie wunderschön die Aussicht von hier oben war. Man sah die strahlend weißen Palastmauern, die grünen Wiesen und die Häuser der Stadt in weiter Ferne. Vogelschwärme zogen dort oben ihre Kreise, während ein frühlingshafter Geruch in der Luft lag.

Ich trug noch immer das Kleid und die Maske. Noch völlig fasziniert von den Gerüchen und Farben, lief ich ins Bad, um mich zu waschen. Das schwarze elegante Kleid tauschte ich durch mein rotes aus. Die Maske hingegen zog ich wieder an. Sie passte wie angegossen, drückte auch nicht auf meiner Haut. Meine alte Maske steckte ich in meine Tasche unter dem Kopfkissen.

Nachdem ich mich gewaschen und angezogen hatte, verließ ich mein grünes Zimmer. Auf den Gängen traf ich auf Odria. Fröhlich strahlend kam sie mir entgegen.

»Malina, guten Tag. Hast du gut geschlafen?«

»Sehr gut, danke. Weißt du, wo Caleb ist?« Der gestrige Abend kam mir wie ein Traum vor. Nicht wegen des Kusses, sondern eher aus dem Grund, dass ich mich nicht mehr an alle Gespräche erinnern konnte. Schemenhafte Bilder des Balles waren in meinem Kopf. Vielleicht war in dem Getränk irgendetwas drin gewesen, was für den nebligen Zustand verantwortlich war.

»Er ist bei der Königin. Wenn du willst, sage ich ihm, dass du nach ihm gefragt hast.«

»Gern.«

Ich verabschiedete mich von ihr und lief den Gang entlang. Überall in der Luft hing dieser blumenartige Duft. Er löste in mir eine völlige Zufriedenheit aus. Lächelnd lief ich weiter. Irgendetwas hatte ich noch erledigen wollen, nur was?

Den Rest des Tages verbrachte ich damit, mich im Schloss umzusehen. Ich betrachtete die kunstvollen Gemälde an den Wänden, bestaunte die komplizierten Verzierungen an den Decken und erfreute mich an den bunten Blumen im untersten Stock.

Eine Dienerin brachte mir Essen und Trinken, während ich auf meinem Bett saß und im Spiegel die schwarze Maske betrachtete. So saß ich auch noch da, als es ein weiteres Mal an der Tür klopfte. Inzwischen war es bereits dunkel. Der runde Mond hing am Himmel, funkelnde Sterne tanzten um ihn herum.

»Maskenmädchen.« Caleb kam herein. Auch er hatte seine edlen Kleider wieder durch einfachere ersetzt. Seine Maske hingegen trug er noch.

»Warum trägst du nicht deine eigene Maske?«, fragte er, als er näher kam und sich zu mir aufs Bett setzte.

»Sie gefällt mir.«

»Pass auf bei den Dingen, die der Königin gehören«, ermahnte er mich und nahm meine Hand in seine.

»Weil andere sagen, sie sei verrückt?« Ich schnaubte. »Sie sagen auch über dich, dass du kein Herz besitzt.«

Darauf erwiderte er nichts, sondern zog seine Hand wieder weg. »Ich bin eigentlich aus einem anderen Grund hier.«

»Und der wäre?«

Sein Blick wanderte durch das Zimmer und blieb bei dem großen Spiegel hängen. »Willst die Geschichte vom Dieb ohne Herz hören, die wahre Geschichte?«

Verwundert sah ich ihn an. Ich hätte nicht damit gerechnet, dass er mir davon erzählen würde.

»Nichts lieber als das«, erwiderte ich also so schnell wie möglich, bevor er es sich anders überlegte.

»Wie ich dir ja bereits erzählt habe, bin ich in Malufra aufgewachsen. Ich habe dort mit meinem Vater und meinem Bruder gelebt. Meine Mutter starb bei meiner Geburt, darum kann ich mich nicht wirklich an sie erinnern.« Während er sprach, sah er mich nicht an. Sein Blick lag noch immer auf dem Spiegel, die Hände hatte er krampfhaft ineinander verschränkt.

»Mein Bruder war älter als ich. Er war ein besonderer Junge, der immer auf der Suche nach Abenteuern war. Er hatte strohblondes Haar und dieselben grünen Augen.« Caleb stockte.

»Wie war sein Name?«

»Remy.« Er schluckte. »Remy war tapfer, mutig und immer für einen Spaß zu haben. Wenn er gewollt hätte, hätte er jeden Sturm bezwingen können. Ich hingegen versteckte mich lieber unter der Bettdecke.« Diesmal lächelte er leicht.

»Vor einigen Jahren wurde Malufra angegriffen. Es war eine andere Stadt, die diese erobern wollte. Wir wurden einberufen und sollten unsere Heimat im Kampf verteidigen. Ich hatte schreckliche Angst. Aber es blieb uns nichts anderes übrig. Also gingen wir. Remy und ich waren in derselben Gruppe eingeteilt. Unsere Aufgabe war es, uns im Wald zu positionieren und Alarm zu schlagen, sobald die Feinde zu sehen waren. Da meine Angst größer war, dachte ich mir, ich könnte mich einfach zurückschleichen. Wem sollte auch schon auffallen, dass ich fehlen würde?«

»Der Plan ging schief, oder?« Im Grunde konnte ich bereits ahnen, wie die Geschichte ausging, aber ganz tief innen hoffte ich, dass alles ein gutes Ende nehmen würde.

»Ich lief den feindlichen Truppen direkt in die Arme. Remy bemerkte mein Verschwinden und suchte mich. Er schrie mir zu, ich solle fliehen, er würde sich darum kümmern. Wie er es eben immer tat …« Caleb ballte seine Hände zu Fäusten.

»Später kam die Nachricht, dass er gefallen war. Seit dem Tag sprach mein Vater kein Wort mehr mit mir. Er gab mir die Schuld. Als er krank wurde und im Sterben lag, sagte er mir, dass er bei den Kämpfen nicht nur einen, sondern beide Söhne verloren habe. Ich konnte es ihm nicht verübeln. Ich war schuld daran.«

Ein leises Prasseln an der Scheibe ließ mich zusammenzucken. Es hatte angefangen zu regnen. Kleine Tropfen sammelten sich an der Scheibe und rannen dann daran entlang hinab. Wie Tränen einer vergangenen Erinnerung, die heute genauso schmerzte wie damals.

»Die Kämpfe waren vorüber, aber das schlechte Gewissen ließ mich nicht los. Damit ich mich ablenken konnte, besuchte ich oft die Bälle der Königin. Dort fühlte man sich wie in einer eignen Welt. Mit jedem weiteren Tanz vergaß ich meine Trauer. Doch sobald die Sonne aufging, war es vorbei mit dem rauschenden Gefühl und die Gedanken waren wieder da. Also verließ ich Malufra für einige Zeit und hielt mich immer mehr in dem dunklen Wald auf. Die Stille des Waldes war wie ein Geschenk.«

Da ich nicht mehr mit ansehen konnte, wie er seine Hände zu Fäusten geballt hatte, umschlang ich sie mit meinen. Ich verschränkte meine Finger mit seinen und fuhr behutsam mit dem Daumen über seinen Handrücken. Er ließ es zu, während er weitersprach, ohne aufzusehen.

»Ich traf auf die drei Hexen Arta, Lema und Manisha. Sie hörten mir zu und gaben mir einen ihrer weisen Ratschläge. Die Hexen erzählten mir, dass die Königin von Malufra in der Lage war, dafür zu sorgen, dass man nichts mehr fühlen konnte. Doch das Ganze war an einen Pakt gebunden. Ich hörte den dreien gar nicht mehr wirklich zu, sondern machte mich sofort auf den Weg zur Königin. Und wie sich herausstellte, hatten die Hexen recht. Die Königin von Malufra war keine gewöhnliche Königin. Sie zeigte mir auf einer Karte, wo ich einen hohlen Baumstumpf finden würde, der niemals zugrunde ging. Dann gab sie mir einen Schlüssel und einen magischen Dolch mit, den sie von einer Hexe bekommen hatte. Mit diesem sollte ich mein Herz herausschneiden, es in den Baum legen und mit dem Schlüssel zuschließen.« Er machte eine kurze Pause, als müsste er nachdenken. Ich schwieg, ließ ihm die Zeit, die er brauchte.

»Du erinnerst dich bestimmt noch an Namina, Laqua und ihre Masken. Die Königin hat eine besondere Gabe, mit der sie Objekten Magie übertragen kann.«

Ein kalter Schauer kroch meinen Rücken hinab.

»Ich tat, was sie sagte. Davor musste ich ihr aber versprechen, dass ich ihr dafür einen Gefallen schulde. Als ich wiederkam, löste sie ihn ein. Sie hatte erfahren, dass ich gut mit Laqua und Namina befreundet war. Die beiden hatte ich damals kennengelernt, als ich wieder einmal durch den Wald gestreift war, um meine Sorgen zu vergessen. Die Königin hatte den beiden je eine magische Maske geschenkt. Doch ihr Plan war eigentlich gewesen, dass die beiden Schwestern dadurch nach Malufra kamen und zu ihren Gästen wurden.«

»Warum ist ihr das so wichtig?« Verwirrt schüttelte ich den Kopf.

»Jeder Mensch trägt einen winzigen Funken Magie in sich. Manche mehr, andere weniger. Dieser Teil wächst durch Träume und Wünsche. Denn umso mehr ein Mensch an das Unmögliche glaubt, desto eher kann es eintreffen. Die Königin blüht auf durch all die Gedanken und Träume ihrer Gäste. Sie nährt sich von verbotenen Wünschen, von Gefühlen, die tief in uns schlummern. All diese Dinge verleihen ihr Macht. Darum veranstaltet die Königin ständig diese Bälle, will, dass die Menschen erst gehen, wenn sie ihnen alles geraubt hat. Aber Macht bringt niemals Glück. Höchstens Verzweiflung und einen Kampf mit sich selbst. Doch für Macht würde sie alles tun, selbst über Leichen gehen. Laqua und Namina wären wunderbare Quellen gewesen. Doch die beiden blieben lieber im Wald, wo die Königin sie nicht kontrollieren konnte. Sie wollte also von mir, dass ich die Masken zurückhole. Ich tat, was sie sagte. Machte mich auf den Weg und traf auf Laqua. Unsere letzte Begegnung war nicht wirklich berauschend verlaufen, da ich ihr gesagt hatte, dass meine Gefühle nicht dieselben waren wie die, die sie für mich hegte. Doch bei meinem Anblick freute sie sich und erzählte mir gleich von der Maske. Laqua zeigte mir, wodurch sie dank der Maske in der Lage war. Sie wirkte glücklich. Also tat ich das, was ich für richtig hielt. Ich nahm ihr die Maske ab und zerstörte sie. Das tat ich, weil ich dachte, dadurch hätte die Königin keine Verbindung mehr zu ihr. Doch es passierte etwas viel Schrecklicheres. Sie wurde zum Monster und griff mich an. Bei unserer Auseinandersetzung verlor ich den Schlüssel zu meinem Herz im See.«

»Darum war er dort.« Erneut schüttelte ich den Kopf.

»Wieder hatte ich das Leben von jemandem zerstört, nur diesmal fühlte ich nichts mehr. Ich war ein Dieb, raubte den Menschen Hoffnung und Glück. Später machte mich auf den Weg zurück zur Königin, um ihr zu beichten, dass ihre Maske kaputt war. Die Königin war außer sich vor Wut. Beschimpfte mich als Lügner und Dieb. Vor lauter Zorn fesselte sie mich an den Pakt, den ich damals mit meinem Blut unterzeichnet hatte. Sie sagte mir, dass ich von nun an an den Wald gebunden war. Doch ein Dieb würde schließlich Untertanen brauchen, also würde den ersten drei Besuchern des Waldes das Gleiche widerfahren wie mir. Sie würden an den Wald gekettet sein, könnten ihn nicht mehr verlassen. Ich war mir sicher, das tat sie, damit ich mich noch schlechter fühlte. Immerhin sperrte sie mich dort ein, wo mein Bruder gestorben war, wo ich Laqua zum Ungeheuer gemacht hatte. Es reichte ja nicht aus, dass ich zwei Leben zerstört hatte, drei weitere würden folgen.«

»Aber du warst nicht wirklich an den Wald gebunden, nur dank des Schlüssels, oder?« Ich erinnerte mich daran, was er mir erzählt hatte.

»Ohne den Schlüssel konnte ich nicht aus dem Wald hinaus, aber mit ihm kann ich einige Schritte weitergehen. Zumindest habe ich es nach Malufra geschafft. Trotzdem bindet mich mein Herz an den Wald. Ich bezweifle, dass ich ohne dieses Herz und mit dem Pakt auch nur weiterkomme als bis zu den Grenzen von Malufra.«

Ich nickte verständnisvoll. »Und weißt du noch, wo der Baum steht?«

»Nein, da ich damals dachte, ich bräuchte das nicht mehr zu wissen, jetzt, wo meine Probleme gelöst waren. Ich habe oft gesucht, habe mich versucht zu erinnern. Aber der Wald ist voller Bäume und nicht einmal die Hexen wissen, wo er ist. Auch die Königin verrät mir den Ort nicht.«

»Hast du sie mittlerweile auch wieder gefragt?«

»Immer und immer wieder, aber sie lacht nur.« Endlich wandte er den Blick von dem Spiegel ab und sah mir in die Augen.

»Und die Narben an deinem Körper, war sie das?«

»Nein.« Er schüttelte den Kopf. »Namina war verantwortlich für die an meinem Hals und seitdem habe ich mir die anderen selbst zugefügt, damit ich nicht vergesse, welche Leben ich genommen habe. Narben für Remy, Laqua, meinen Vater und meine Leute aus dem Wald.«

»Danke«, flüsterte ich und umarmte ihn. Er erwiderte die Umarmung, wenn auch zögerlich. So nahe war er wohl schon lange niemandem mehr gewesen. Ich konnte nachvollziehen, warum er wütend war, warum er nicht mehr fühlen wollte.

Draußen hörte man noch immer den Regen. Wie er sanft anklopfte. Als wollte er uns etwas mitteilen.

Ich schreckte mitten in der Nacht hoch, als ein Blitz, gefolgt von einem Donner über das Himmelszelt zuckte. Caleb lag neben mir, die Augenlider geschlossen. Er schien tief und fest zu schlafen.

Abermals leuchtete ein Blitz vor dem Fenster auf. Ich stand auf, lief barfuß über den kalten Boden und zog die Vorhänge zu. Doch der Stoff war so dünn, dass man weiterhin die hellen Lichter sah. Seufzend kroch ich zurück unter die Bettdecke. Dabei stieß ich an meine Umhängetasche. Langsam öffnete ich sie und holte das kleine metallene Kästchen hervor. Meine Finger strichen über die kalte Oberfläche. *Rondama …*

Stirnrunzelnd sah ich auf das Kästchen. Hätten wir heute nicht wieder nach Rondama zurückkehren wollen? Aber warum?

Meine Gedanken wurden von einer Melodie unterbrochen. Ganz leise drang sie unter der Tür hindurch. Das Lied wurde begleitet von einer sanften Stimme. Wer würde um diese Uhrzeit singen? Es war mitten in der Nacht.

Ich rüttelte an Calebs Schultern.

»Dieb!«, raunte ich ihm zu.

»Hmm …« Verschlafen sah er auf.

»Da singt jemand.«

Caleb machte eine wegwerfende Bewegung mit seiner rechten Hand, ehe er sich wieder auf das Kissen zurücksinken ließ.

»Das bildest du dir ein«, murmelte er.

Aber ich war mir sicher, ich bildete mir das nicht ein. Ich saß noch eine Weile aufrecht, zählte die Blitze und lauschte der Melodie, ehe auch meine Augenlider zufielen.

Wo Gedanken und Träume wie Seifenblasen platzten

Zuerst merkte ich noch nicht, dass sich etwas verändert hatte. Die Tage sahen meist gleich aus. Ich nutzte meine freie Zeit für Erkundungsgänge im Schloss. Sprach mit den Dienern, besuchte den herrlich duftenden Garten oder zog mir die Kleider der Königin an. Abends saß Caleb bei mir und wir sprachen über Geschichten, über uns und seine Kameraden aus dem Wald. Doch jedes Mal, wenn wir von etwas sprachen, das eine tiefe Sehnsucht auslösen sollte, war da nichts.

Tagein, tagaus bewunderte ich die schönen Farben im Schloss, die kräftigen Töne und die Gerüche. Malufra war wunderschön. Es ließ mich aufblühen, ließ mich leben.

Es fanden wieder Maskenbälle statt und diesmal stand ich nicht wieder in der Ecke. Caleb brachte mir das Tanzen bei und Odria unterhielt sich mit mir über alles Mögliche. Sie verriet mir die Namen aller Früchte, stellte mir Gäste der Königin vor und erzählte mir, warum diese Bälle so wichtig waren. Dadurch kamen Besucher nach Malufra und so geriet die Stadt nie in Vergessenheit.

Ich hatte aufgehört zu zählen, wie viel Zeit vergangen war. Denn mir fiel nicht mehr ein, warum ich die Zeit beachten sollte. War etwas wichtiger, als glücklich zu sein? Und hier war ich doch glücklich, umgeben von all den bunten Farben.

Doch als ich eines Abends vor dem Spiegel in meinem Zimmer stand, merkte ich, dass sich etwas verändert hatte.

Die fremde Person, die mir entgegenblickte, lächelte. Sie lächelte und zeigte ihre Zähne. Dabei hatte ich nicht das Gefühl, dass ich das auch gerade tat. Aber müsste sich mein Spiegelbild nicht so verhalten wie ich?

Ganz steif stand ich da, sah in die Augen meines Gegenübers, in das trübe Blau, dessen Glanz schon längst verschwunden war. Diese Augen waren genau wie die der Gäste, blickten starr geradeaus, fixierten keinen bestimmten Punkt an.

Und diese rabenschwarze Maske lag auf ihrem Gesicht wie eine zweite Haut. Als ob sie noch nie ein Leben ohne Maske geführt hätte. Als ob allein der Gedanke daran völlig absurd wäre.

Wieder lächelte sie, drehte sich im Kreis in ihrem wunderschönen Kleid aus kleegrünem Stoff und perlenbesetztem Kragen. Die Lippen blutrot, das Haar kunstvoll geflochten.

Maskenmädchen, so nannten mich die Gäste der Königin. Nicht Malina, denn die war ich auf einmal nicht mehr. Nur noch die Königin kannte meinen Namen, aber sie sprach ihn selten aus. Sie mied mich, machte mir keine Komplimente mehr und kam mir nur so nahe, dass ich ganz am Rande wieder den Duft der Blumen wahrnahm.

Das Mädchen im Spiegel lächelte. Auf einmal spürte ich etwas Nasses auf meiner Wange. Vorsichtig fuhr ich darüber, mein Gegenüber tat es mir nach.

Tränen …

Warum weinte ich? Ich war doch so glücklich zwischen all diesen bunten Farben und wundervollen Gerüchen.

Die nächste Zeit verlief nicht anders. Ich ging in den Garten, obwohl ich nicht wusste warum. Besuchte die Bälle und tanzte, auch wenn meine Füße schon seit Stunden wehtaten und ich eigentlich müde war. Meine Tränen schienen nicht zu trocknen, wenigstens verbarg die Maske meine Trauer. Das Mädchen im Spiegel lächelte weiterhin, drehte sich im Kreis und zeigte die Zähne.

Aber nicht nur ich hatte mich verändert, der Dieb ohne Herz hatte ebenfalls den Glanz in seinen Augen verloren. Er hatte aufgehört, mich abends zu besuchen, mied mich genau wie die Königin und auch unsere verbotenen Küsse wurden seltener.

Eines Nachts, als die Königin wieder eines ihrer Lieder sang, klopfte ich an seine Zimmertür.

»Hörst du das?«, fragte ich, als er mir öffnete und verwundert aufsah. »Du hast mir damals nicht geglaubt, aber es ist die Königin, die ständig singt.«

Er schwieg, seine Augen blickten ins Leere. »Was ist los?«

»Sie singt, weil sie so die bösen Gedanken und Träume aus dem Schloss vertreiben will. Das hat sie mir erklärt. Denn wenn es dunkel wird, dann schleichen die Schatten durch die Gänge und sprechen zu ihr.« Sobald ich die Worte aussprach, merkte ich selbst, wie verrückt das alles klang. Die Königin von Malufra war verrückt. Die Magie hatte ihr den Verstand geraubt.

»Ich werde jetzt weiterschlafen«, sagte er.

»Was ist los?«, fragte ich und klammerte mich verzweifelt an die Worte, die seine Lippen verließen.

Ich erhaschte einen Blick in sein Zimmer. Sah die vielen Grüntöne, die mich hoffen ließen. Die Farbe leuchtete in meinen Augen, wirkte heller als die Strahlen der Sonne.

»Ich weiß es nicht. Ich kann es dir nicht sagen. Es ist irgendetwas anderes. Wenn mir etwas fehlen oder mich etwas stören würde, würde ich es dir sagen. Aber ich kann es nicht. Ich weiß nicht, woran es liegt«, flüsterte er.

Ich schluckte. »Dann wirst du mich weiterhin ignorieren?«

»Ich ignoriere dich nicht.«

Ich schloss die Augen für einen Moment. Es brachte nichts, mit ihm zu reden. Er war wie alle anderen geworden, hatte vergessen, was ihn ausmachte. Wusste nicht mehr, wie er wirklich fühlte.

»Ich mache mir Sorgen um dich, mehr, als du denkst, und mehr, als ich sollte«, fasste ich meine Gedanken in Worte.

»Das musst du nicht, Maskenmädchen.« Mehr sagte er nicht. Ich sah nur noch, wie er die Tür vor meinen Augen schloss und dass ich auf einmal allein war.

Ich lehnte mich mit dem Rücken dagegen und rutschte daran entlang hinab. Der Boden zu meinen nackten Füßen war eiskalt, aber ich dachte nicht länger darüber nach.

So saß ich da, während die Stimme der Königin durch die Gänge tanzte. Vor meinem inneren Auge sah ich das Mädchen aus dem Spiegel und wie es lachte.

Ja, die Menschen dachten immer, dass sie die Welt erschaffen und geformt hatten. Dabei waren sie nur ein Teil von ihr. Ihre Gedanken und Gefühle schwebten wie kleine Wolken vor ihren Augen, bevor sie wie Seifenblasen zerplatzten.

Am nächsten Tag weckten mich Geräusche, die von unten heraufdrangen. Ein Scheppern, als ob jemand Pfannendeckel aneinanderschlagen würde.

Rasch stand ich auf, machte eine Katzenwäsche und zog mich an. Die Maske legte ich mittlerweile gar nicht mehr ab, außer ich wusch mich. Sie war so angenehm. Ohne sie fühlte ich mich nicht mehr komplett.

Als ich die Treppe hinuntereilte, verstummten die Geräusche schlagartig. Vor dem Eingangsbereich saß ein Mann in dunkler Kleidung. Das braune Haar hatte er unter einem glänzenden Zylinder gebändigt und über seine Schulter hatte er große braune Tasche geschwungen. Es dauerte eine Weile, bis ich den sorgsam gepflegten Schnurrbart und die buschigen Augenbrauen erkannte.

»Guido? Guido Rawetti?«

»Razetti«, verbesserte mich der Mann, der viel Wert auf sein Äußeres zu legen schien. Er stand auf und strich sich seine Kleidung glatt. »Und Ihr seid Malina, die vor einigen Wochen bei mir im Laden war.«

Vor einigen Wochen?

»Ihr tragt nun eine andere Maske«, stellte er fest. Er selbst trug keine. Damals im Laden hatte er dem Dieb und mir erklärt warum, aber ich hatte den Grund vergessen.

»Was macht Ihr hier?« Mir fiel auf, dass er nervös wirkte. Immer wieder strich er sich verstohlen über die Stirn. Auf dem Boden zu seinen Füßen lagen drei Masken. Wunderschöne Masken, die nicht mehr alle ganz so perfekt wirkten. Eine war in der Mitte durchgebrochen, bei einer zog sich ein hässlicher Kratzer über dem Auge durch und die andere hatte einen großen Riss am Rand.

»Die Königin ...«, stammelte er und bückte sich dann wieder, um die Stücke aufzuheben. »Sie wollte neue Masken haben. Ich bringe ihr immer eine Lieferung der kostbarsten Stücke. Plötzlich bin ich über einen dieser Blumenstöcke gestolpert und habe dadurch die Ware auf dem Boden verteilt.« Durch seine ruckartigen Bewegungen rutschte ihm beinahe der Zylinder vom Kopf.

»Kann ich Euch helfen?«, fragte ich und brachte die restlichen Stufen der Treppe hinter mich.

»Nein, nein.« Er drückte die Masken an sich. »Sie darf sie nur nicht sehen.«

»Und wenn Ihr die Masken flickt?«

»Flicken?« Er lachte auf. »Die Königin möchte keine geflickten Sachen.«

Da gab ich ihm recht. Makel gab es bei ihr keine, warum sollten ihre Masken also welche haben.

Schritte waren zu hören. Es klang nach hohen Absätzen, die zielstrebig in unsere Richtung kamen.

»Oh nein«, jammerte Herr Razetti, die Masken noch immer an sich gepresst.

»Kommt!« Ich zog an den Ärmeln des älteren Mannes und führte ihn die Stufen hoch. Wenigstens jetzt würden mir meine vielen Erkundungstouren nützlich sein. Im dritten Stock des Schlosses befand sich eine Art Nähzimmer. Dort bewahrte die Königin auch einen Teil ihrer Masken auf.

»Guido?« Die Stimme der Königin hallte durch das Schloss.

»Nicht antworten«, zischte ich ihm zu und zog ihn weiter mit mir hoch.

Erst als wir in dem Zimmer angekommen waren und ich die Tür hinter uns geschlossen hatte, holte ich wieder tief Luft.

»Was habt Ihr vor?«, brachte er hervor. Der Zylinder saß nun endgültig schief auf seinem Kopf und die linke Seite seines Schnurrbartes war nicht mehr so sorgfältig gebogen wie die andere.

»Wir flicken Eure Masken.«

Er wollte gerade etwas sagen, doch ich hob nur meine Hand, um ihn zum Schweigen zu bringen. »So, dass es die Königin nicht bemerkt.«

»Und wie?« So ganz überzeugt war er noch nicht.

»Legt die Masken einmal hier drauf.«

In der Mitte des Raumes stand ein weißer runder Tisch, auf den ich nun zeigte. Daneben befanden sich unzählige Schränke und in einer Ecke stapelten sich Stoffstücke.

Guido tat, was ich sagte, wenn auch widerwillig. Aber ihm schien klar zu sein, dass es die einzige Lösung war.

Die erste Maske der drei kaputten war in der Mitte auseinandergebrochen. Sie war dunkelblau, erinnerte mich an einen tiefen Bergsee. An den Rändern hatte er glänzende Fischschuppen aufgereiht, die der Maske ein bisschen Farbe verliehen. Um die Augen herum waren winzige Wassertropfen aufgemalt worden. Im Licht schimmerten die Schuppen regenbogenfarben.

»Eine meiner besten Arbeiten«, murmelte er und ließ die Schultern sacken.

»Dann machen wir sie jetzt noch besser.« Ich schnappte mir die Maske und rauschte hinüber zu einem der Schränke. Dort drinnen lagen andere Masken. Masken, die die Königin noch nicht getragen hatte. Ich schnappte mir eine in einem Schwarz mit ähnlichen Schuppenzeichnungen wie die eines Fisches.

»Wir brechen diese auch auseinander und fügen die beiden Teile zusammen.«

»Man wird merken, wo die Bruchstelle ist!«, keuchte er auf.

»Und genau das wollen wir auch. Die Maske soll funkeln und diese Bruchstelle lenkt nur noch mehr Aufmerksamkeit auf die Königin. Das ist es, was sie will.«

Ich legte die Maske neben die andere auf den Tisch. Suchte in den Schränken nach passendem Werkzeug.

»Wartet!«, rief er.

Ich drehte mich wieder um. In der Zwischenzeit hatte er seine Tasche von der Schulter genommen und deren Inhalt auf dem Tisch ausgebreitet.

»Ich habe alles dabei«, erklärte er freudig. »Schneidwerkzeug, Muster, Schere, Flickzeug und einen speziellen Kleber, den ich einmal von einem Reisenden erhalten habe. Damit hält alles zusammen. Er löst sich aber, sobald er mit Wasser in Berührung kommt.«

»Zur Not nehmen wir den. Es regnet ja nicht auf dem Maskenball.«

»Und die anderen beiden?« Er deutete auf seine zwei weiteren Problemfälle.

»Die mit dem großen Riss am Rand überdecken wir mit einer wunderschönen Feder. Oder noch besser!« Zufrieden eilte ich aus dem Zimmer, ließ den ratlosen Herrn Razetti allein und kam erst wieder zurück, als ich ein paar dunkelrote Rosen aus einer Vase auf den Gängen stibitzt hatte.

Völlig außer Atem kam ich wieder neben ihm zu stehen. »Die Maske ist schon rot, hat ebenfalls wunderschöne Zeichnungen und eine Herzform. Wir packen ein paar Rosenblätter über den Riss und die Blätter vom Stiel nehmen wir für etwas Farbe an den Rändern.« Nun nahm ich noch die letzte Maske in die Hand. Diese war im Gegensatz zu den anderen aus Glas. Ich hatte es vermisst, solche Kostbarkeiten in meinen Händen zu halten. Dieses Gefühl war wunderschön. Das Glas fühlte sich ganz leicht an. Es kribbelte etwas, als ich es berührte. So viele Gefühle schienen darin verarbeitet worden zu sein.

»Ihr habt ein Auge dafür«, sagte er. »Die Arbeit mit Masken scheint Euch Spaß zu machen.«

»Ich liebe es«, antwortete ich darauf. Doch ich spürte nicht die Sehnsucht, die ich spüren sollte. Ich sah nur immer diese bunten Farben vor meinen Augen, wie sie mit der Umgebung verschmolzen und nicht zuließen, dass ich manche Dinge vermissen konnte.

»Wir fügen der Maske weitere Kratzer hinzu. Sie ist hellblau, wenn wir etwas Weiß hineinbringen, erinnert sie an Eis. Ein wenig funkelnder Puder an den Rändern und diese Kratzer wirken wie von einem Eisberg.«

Guido schüttelte den Kopf. Doch sein Schnurrbart bog sich leicht nach oben, als sich ein Grinsen auf seinen Lippen abzeichnete. »Kluges Mädchen.«

Und damit gingen wir an die Arbeit. Er kümmerte sich um die Halbmaske, während ich der Maske aus Glas weitere Kratzer hinzufügte. Dafür nahm ich eines seiner Werkzeuge, mit dem man normalerweise Muster ins Glas ritzte. Es war keine leichte Arbeit. Ich saß dafür auf dem Fensterbrett, hielt das Glas in den Händen und übte leichten Druck aus. Sobald ich spürte, dass es unter meinen Fingern zu stark anfing zu schwingen, hielt ich inne. Wenn ich zu fest zudrückte, konnte es zerspringen.

Doch ich hatte Glück und auch den funkelnden Puder fand ich in einem der Nebenzimmer, wo sich die Gäste oft schminkten. Sobald ich die Maske zum Trocknen in das Sonnenlicht gelegt hatte, arbeitete ich gemeinsam mit Guido an der Rosenmaske.

Es war das erste Mal seit Langem, dass ich wieder das Gefühl hatte, ich tat etwas aus einem Grund. Es war nicht wie das immer gleiche Herumirren auf den Gängen oder mein täglicher Besuch des Gartens.

»Fertig!« Zufrieden lehnten wir uns zurück. Mittlerweile war einige Zeit verstrichen, aber die Masken strahlten wieder um die Wette. Und sie waren wunderschön, trotz ihrer Makel.

»Ich danke Euch«, brachte er hastig hervor. »Ich wäre verloren gewesen. Als ich die Masken auf dem Boden sah, hatte ich keine Hoffnung mehr.« Erleichtert setzte er sich wieder den Zylinder auf, den er während der Arbeit abgesetzt hatte.

Hoffnung wie die grüne Farbe im Zimmer des Diebes.

»Ich habe Euch gern geholfen.«

Unsicher sah er mir in die Augen. »Warum seid Ihr überhaupt noch hier im Schloss?«

Warum? Ich dachte darüber nach. »Es ist schön hier«, sagte ich, da ich unmöglich alles aufzählen konnte, warum ich noch hier war. »Und es macht mich glücklich.«

»Und der junge Mann, der mit Euch unterwegs war?«

»Der Dieb ohne Herz? Er ist auch hier. Dank ihm bin ich überhaupt in dieses Schloss gekommen. Er hilft mir.«

Guido Razetti fixierte den Boden zu seinen Füßen.

»Warum fragt Ihr?«

»Weil …« Er sah wieder auf. »Weil Ihr ihm nicht trauen solltet.«

Wo Diebe Herzen stahlen ...

$\mathcal{B}$ei den Worten des Mannes zuckte ich zusammen. »Warum?«, fragte ich, auch wenn ich die Antwort gar nicht wissen wollte.

»Ihr wisst, dass er mir für seine Maske ein Geheimnis verraten hat, oder?«

Ich hatte es vergessen, aber als er es erwähnte, leuchtete die Erinnerung wieder in meinen Gedanken auf. Wie wir in dem Laden standen, all die Masken bewunderten und wie ich vor der Tür gewartet hatte, während er sein Geheimnis für eine Maske gab.

»Ja ...« Ich machte einen Schritt zurück. »Was hat das mit mir zu tun?«

»Das Geheimnis ging darum, dass er Euch nur angelogen und ausgenutzt hat.«

Angelogen, ausgenutzt ... Diese Worte sollte es in Malufra gar nicht geben. Dort, wo doch alle so glücklich waren.

»Ihr meint die Sache am See mit Laqua?« Weitere Bilder tauchten auf. Bilder, die irgendwo verborgen gewesen waren. »Dass er mich nur benutzt hat, um den Schlüssel zu erhalten? Das hat er mir gesagt, aber er hat mich aus dem Wasser gezogen, als ich beinahe ertrunken wäre.« Weitere Bilder zogen wie ein Karussell an mir vorbei. Bilder von Lev, Rabea, Tarek und den Hexen. Aber auch hier war keine Sehnsucht, kein Vermissen. Waren mir die Menschen etwa egal? Die schwarze Maske der Königin drückte gegen mein Gesicht. Unbeholfen versuchte ich sie zu richten. Seit wann war sie so unbequem?

»Ich verstehe nicht, was Ihr meint«, sagte er. »Hört ...« Er räusperte sich. »Ich habe das in all den Jahren als Maskenhändler noch niemals getan. Aber bei uns in Malufra schuldet man jemandem einen Gefallen, wenn die Person einem hilft. Darum werde ich Euch jetzt verraten, was er mir gesagt hat.«

Er öffnete seinen Mund, um fortzufahren, und ich stand stumm da. Ich wollte aufschreien, Halt rufen oder mir die Ohren zuhalten. Aber ich tat es nicht. Ich sah ihn an und schwieg, während er mir mein Bild von Caleb zerstörte. Er zerbrach all das Schöne und Gute, das ich für ihn empfunden hatte. Brach Risse hinein wie die in der Maske. Nur waren diese viel tiefer, viel schmerzhafter, und mit jedem Wort mehr hatte ich Angst, auseinanderzubrechen.

»Er wollte sein Herz wieder, also hat er die weisen Hexen um Rat gefragt. Sie erzählten ihm von einem Maskenmädchen aus Rondama. Nur es könne ihm sein Herz wiederbringen. Er schickte einen seiner Kameraden in Richtung des kleinen Fischerdorfes mit dem Auftrag, das Mädchen zu finden. Der Junge sollte das Mädchen dazu bringen, zu verraten, was es sich am sehnlichsten wünschte. So erfuhren sie, dass Ihr nach Malufra wolltet. Der Bogenschütze fälschte auf Geheiß des Diebes eine Einladung, die er durch das offene Fenster in der Küche warf. Sobald Ihr den Wald betreten hattet, hat ihr Spiel begonnen. Alles, was er getan oder gemacht hat, hat dazu gedient, dass Ihr ihm sein Herz verschafft. Er wollte den Schlüssel. Die Hexen haben ihm auch gesagt, dass dieses Abenteuer im Gegenzug Euer Herz brechen würde. Aber das war ihm egal.«

Ich setzte mich auf den blanken Boden, legte meine Handflächen auf den Stein. Ich erinnerte mich an die Begegnung mit Tarek. Aber Caleb hatte gesagt, Tarek wäre nach Rondama gekommen, um das Meer zu bewundern, weil es die Farbe der Augen … Ich krümmte die Finger, schluckte meine Wut hinunter. Die Einladung … darum hatten mich die Wachen abgewiesen. Ich hatte Irena zurückgelassen wegen einer gefälschten Einladung.

»Aber wie ich sehe, hat er sein Ziel erreicht. Euer Herz scheint gebrochen zu sein.«

Ich schnaufte noch einmal tief durch, drängte all die Gefühle und Bilder, die auf einmal wieder so klar vor meinen Augen standen, in den hintersten Winkel zurück. Die Maske drückte und schien in mein Fleisch zu schneiden. Das bedrückende Gefühl wich augenblicklich, als mir wieder einmal Tränen hinabrannen. Diesmal vor Wut und Verzweiflung. Meine eigene Dummheit hatte mich hierhergeführt.

Ich dachte gar nicht darüber nach, was ich tat, sondern stürmte los.

»Malina! Das ist noch nicht alles! Ich muss Euch noch etwas sagen ...« Guidos Stimme erstarb, als sich die Tür mit einem lauten Knall hinter mir schloss.

Auf dem Weg zu Caleb dachte ich darüber nach, was Guido gesagt hatte. Und auch wenn ich es ungern einsah, auf einmal ergab alles Sinn. Die Begegnung unten am Meer, das Treffen im Wald. Die Hilfsbereitschaft des Diebes.

Ich klopfte nicht an, trat ein in das grüne Zimmer. Der Dieb saß auf dem Bett, hatte sich nachdenklich über seine Maske gebeugt. Es war das erste Mal seit Langem, dass ich sah, dass er sie nicht trug.

Als er mich bemerkte, wirkte er überrascht. Er legte das Ding in seinen Händen auf die Seite.

»Malina?«, fragte er.

»Du hast mich die letzten Tage ignoriert, bist mir aus dem Weg gegangen und ich weiß nun auch warum. Guido hat mir alles erzählt. Das Geheimnis, das du ihm für die Maske verraten hast.«

»Ich ...« Er holte Luft, schloss den Mund dann aber gleich wieder.

»Stimmt es?«, fragte ich ihn. Dieses eigenartige Gefühl, das schon seit einer Weile in meinem Körper hauste, kämpfte sich an die Oberfläche. Es schlich durch meine Gedanken und flüsterte mir Worte ins Ohr. *Hast du es nicht schon die längste Zeit gewusst?*

Als er keine Antwort darauf gab, fragte ich ihn noch einmal, diesmal lauter als zuvor. »Stimmt es!?«

Er zuckte kurz zusammen, bevor er sich wieder fasste. Er stand auf, fuhr sich durch die dunklen Haare und sah mir dann in die Augen. »Warum bist du überrascht?«

Damit hatte ich nicht gerechnet, oder besser gesagt, ich hatte mir eine andere Antwort erhofft. Eine Antwort, die diese Stimmen in meinem Kopf hätte verschwinden lassen.

»Du hast Tarek also nach Rondama geschickt, um mich zu finden? Weil die Hexen dir gesagt haben, dass nur ich dir dein Herz wiedergeben kann?« Ich verschränkte die Arme vor der Brust. Eine Eiseskälte kroch meine Arme entlang, wanderte über meinen Körper und vertrieb dieses wohlige warme Gefühl von Geborgenheit der letzten Tage.

Auch darauf gab er keine Antwort, kehrte mir den Rücken zu und lief stattdessen zu dem Fenster. Draußen brach langsam die Nacht an. Die Helligkeit wurde vertrieben von dunklen Schatten, die wie hungrige Wölfe über den Horizont strichen und alles verschlangen, was ihnen in die Quere kam.

»Und als Tarek erfahren hatte, dass ich nach Malufra möchte, hat er den Brief mit der Einladung gefälscht und mich so direkt in deine Arme getrieben.« Und damit hatte alles angefangen. Mein kleines Abenteuer und warum ich hier festsaß, hatte ich dem Dieb ohne Herz zu verdanken.

»Was hast du erwartet von jemandem, der alles nur für sich selbst macht?«

Wütend ballte ich meine Fäuste. Ich war nicht wütend auf das, was er sagte, sondern darauf, mit welcher Gefühlskälte er es aussprach. »Und der Kuss, die letzten Tage, war das auch Teil des Plans?«

»Maskenmädchen, es ist besser, wenn du das vergisst«, sprach er, den Blick noch immer aus dem Fenster gerichtet. »Ich besitze nicht einmal ein Herz.«

»Dann ist das mit uns vorbei?« Ich schluckte. Meine Fingernägel gruben sich in meine Handflächen, hinterließen unschöne Abdrücke.

»Es ist besser, wenn du Malufra verlässt.« Caleb drehte sich langsam zu mir um. »Geh den Weg zurück und durch den Wald. Dann solltest du in drei Tagen wieder zu Hause in Rondama sein.«

Ich schnaubte, schüttelte immer wieder den Kopf. »Und was machst du?«

»Ich werde weiterhin darauf warten, dass mir die Königin verrät, wo mein Herz ist. Und wenn es ewig dauert, ich habe Zeit.« In seinen Augen lag kein Funkeln, kein Leben. Nichts, was mir sagte, dass es ihm schwerfiel, mich gehen zu lassen.

Ich wollte noch etwas sagen, ihn vieles fragen, aber die Worte blieben in meinem Hals stecken. Bevor ich vor ihm einknickte, verließ ich fluchtartig den Raum.

Und während ich durch die verlassenen Gänge lief, waren sie auf einmal da, Tränen, die wie von selbst ihren Weg die Wangen hinab fanden. Doch auch wenn mir jemand gesagt hätte, dass Liebe so wehtat, ich hätte mich dennoch darauf eingelassen. Denn manchmal, da konnte Liebe das schönste Gefühl auf Erden sein. Nur jetzt gerade, da fühlte es sich an, als hätte ich etwas verloren. Etwas, das mir unheimlich wichtig war. Es war beinahe schon so, als hörte ich das leise Knacken meines Herzens, das vor lauter Schmerz brach.

Wo ein Zauber
die Wahrheit verbarg

Meine Füße trugen mich immer weiter durch das Schloss. Ein genaues Ziel hatte ich nicht, ich wollte einfach so weit wie möglich weg von Caleb und seinen Lügen. Er hatte mir zwar oft gesagt, dass er vieles nur tat, wenn er davon profitierte, aber ich hatte ihm nicht geglaubt. Hatte gedacht, dass auch in ihm etwas Gutes schlummerte. Womöglich hatte Irena recht behalten. Sie hatte mir schon früh erklärt, dass nicht jeder gut war, dass manche Menschen genährt von Hass und Zweifeln nur noch Dinge taten, die andere verletzten.

Wütend auf mich selbst, fuhr ich mit den Händen unter der Maske hindurch, um die Tränen wegzuwischen. Wenigstens sah so nicht jeder, dass ich geweint hatte.

Mein Weg führte vorbei an all den Gemälden und es kam mir vor, als würden mich ihre Augenpaare verfolgen. Als würden sie mich auslachen für meine Dummheit.

»Malina?«

Abrupt hielt ich inne. Zuerst dachte ich, Guido oder Caleb wären mir gefolgt, aber die Stimme war weiblich.

»Malina, wohin willst du?«

Als ich mich umdrehte, stand Odria hinter mir. Wie immer trug sie ihre wunderschöne Pfauenmaske. Die Hände hatte sie vor ihrem dunkelblauen Kleid zusammengefaltet.

»Ich weiß es nicht«, antwortete ich.

»Du siehst traurig aus.« Sie kam auf mich zu, legte mir behutsam eine Hand an die Wange. »Möchtest du darüber reden?«

Eilig schüttelte ich den Kopf. »Lieber nicht.«

»Gefällt es dir hier etwa nicht mehr?«

Innerlich hoffte ich, dass meine Tränen bald aufhören würden, dass mich meine inzwischen wohl geröteten Augen nicht verraten würden.

»Ich will zur Königin«, brachte ich hervor. Caleb wollte, dass ich ging, also warum nicht. Sosehr ich diese Stadt und ihre Schönheit in mein Herz geschlossen hatte, ich wollte nicht mit jemandem hier sein, dem ich egal war.

»Ich bringe dich zu meiner Schwester.« Odria nickte zufrieden und führte mich dann wieder die Treppe hinab.

»Sie wird sich bestimmt Zeit für dich nehmen.«

»Ihr seid so verschieden«, sagte ich, als wir durch die Eingangshalle gingen. »Du wirkst nicht so distanziert wie deine Schwester.« Die Worte sprach ich so leise wie möglich aus, damit mich die Wachen der Königin nicht hörten.

Sie lachte auf. »Das sagen viele, mein Kind. Und dennoch ist sie wohl die bessere Königin. Sie kann streng sein, weiß, wie sie regieren muss und wie ihr die Leute gehorchen. Das könnte ich nicht.«

Ich bemühte mich ebenfalls zu lächeln, aber die Gedanken an Caleb hielten mich davon ab. »Du wärst eine wunderbare Königin, da bin ich mir sicher.«

Tatsächlich wirkte Odria auf mich, als ob sie sehr wohl ein Königreich führen konnte. Sie war klug, einfühlsam und machte sich nichts aus den Meinungen der anderen. Sie tat das, was für die Mehrheit richtig war, und nicht das, was von ihr erwartet wurde.

Den Rest des Weges schwiegen wir, unsere Schritte hallten über den Boden, vertrieben die Stille im Schloss. Und dann stand ich auf einmal vor den beiden großen weißen Türen, die ich noch von meiner ersten Begegnung mit der Königin kannte.

»Viel Glück.« Odria öffnete eine der Türen und nickte mir noch einmal aufmunternd zu, bevor ich im Inneren des Raumes verschwand.

Im Gegensatz zu meinem ersten Tag im Schloss waren die Vorhänge diesmal nicht zugezogen. Aber das war auch nicht nötig, denn die Nacht kam bald und damit die Dunkelheit. Die letzten verbliebenen Lichtstrahlen wanderten über den Boden, die Treppe hoch und zu den Füßen der Königin, die in rubinroten Schuhen steckten.

Heute trug sie eine dunkelrote Maske, die mich vage an die Farbe von Blut erinnerte. Funkelnde kleine Diamanten hatte man um die

Öffnungen der Augen aufgeklebt, der Rand der Maske war pech-schwarz. Im Grunde war diese Maske hier schlichter als all ihre anderen, aber nicht weniger kostbar. Würde man all diese glitzernden Steine verkaufen, könnte man damit ein ganzes Dorf für eine Weile ernähren.

Obwohl das der Königin bestimmt nicht in den Sinn kam. Sie würde diese auch verbrennen, so wie alle anderen.

»Malina«, sprach sie mit schnurrender Stimme. Das blonde lange Haar trug sie heute offen, aber auch hier hatte man kleine funkelnde Diamanten eingearbeitet. Der Rest ihres Körpers steckte in einem hochgeschlossenen roten Kleid.

Ihre Hände mit den schwarzen Nägeln lagen jeweils auf einer Lehne des Sessels. »Was führt dich zu mir?«, fragte sie.

»Ich will die Stadt verlassen. Darum bin ich hier.« Etwas unbeholfen hob ich die Maske ein wenig an. Die Tränen waren getrocknet, aber nun juckte es mich an den Stellen, wo sie hinabgelaufen waren.

»Die Stadt verlassen?« Sie starrte mich an. Für einen kurzen Moment hatte ich das Gefühl, sie würde ihre Nägel in den weichen Stoff krallen. Als ich ein zweites Mal hinsah, lagen ihre Hände wieder entspannt da.

»Ich danke Euch für die herzliche Gastfreundschaft. Malufra ist eine wunderschöne Stadt mit freundlichen Bewohnern. Auch die vielen Maskenbälle werden mir für immer in Erinnerung bleiben, aber ich würde gern aufbrechen.« Das Jucken wurde immer schlimmer.

»Ist etwas vorgefallen?« Ihre sonst so klangvolle Stimme hörte sich plötzlich hysterisch an. Ihr linkes Auge begann zu zucken.

»Nein, Eure Majestät. Es wird nur langsam Zeit, dass ich mich auf den Weg zurück nach Rondama mache.« Eilig fuhr ich mit meinem Zeigefinger unter die Maske und kratzte mich.

»Niemand verlässt Malufra freiwillig«, sagte sie kühl. »Wir sind Freunde, oder, Malina? Freunde gehen nicht einfach.«

Diesmal war ich mir sicher, dass sie ihre Nägel in die Lehne krallte.

»Ich verstehe …« Bevor ich weitersprechen konnte, löste sich auf einmal meine Maske vom Kopf. Ich hatte keine Zeit, um darauf reagieren zu können, so schnell passierte es. Die Maske rutschte von meinem Gesicht, fiel auf den harten Boden und zersprang in kleine Einzelteile. Die Scherben schlitterten in alle Richtungen, während das laute Klirren noch in meinen Ohren erklang. Zurück blieben Bruchstücke aus Glas und die Bänder aus Samt.

Erschrocken schlug ich die Hände vor meinem Mund zusammen. Bestimmt hatten meine ruckartigen Bewegungen dazu beigetragen, dass sich die Maske gelockert hatte.

Ein Schrei drang an meine Ohren. Ein schriller, ohrenbetäubender Schrei, der dazu führte, dass ich meine Ohren zuhalten musste. Jetzt, wo die Maske weg war, fühlte ich mich nicht mehr eingesperrt, sondern frei. Ich spürte, wie frische Luft an meine Haut drang, die die letzten Tage immer bedeckt gewesen war. Fast schon erleichtert atmete ich auf.

»Du Monster!«

Der Schrei kam von der Königin. Als ich wieder aufsah, hatte sie ihre Hände in den Stoff gekrallt, die Augen zu schmalen Schlitzen verzogen und ich spürte deutlich, wie die Wut in ihr aufloderte.

Erschrocken wich ich zurück. Noch nie hatte sie auch nur die kleinste Regung gezeigt.

»Meine Maske! Diese schöne Maske!« Sie krallte ihre Hände in ihre Haare und heulte auf. »Warum hast du das getan!« Wieder schrie sie. Riss sich an den Haaren, sodass die winzigen Diamanten auf den Boden prasselten. »Monster!«

In ihrer Verzweiflung erinnerte sie mich an Laqua.

Ich duckte mich, da ich Angst hatte, sie würde mit ihren langen Fingern nach mir greifen. Rasch wich ich aus und trat einen Schritt auf das Fenster zu. Nur einen kurzen Blick riskierte ich nach draußen, aber dieser reichte aus, um die Wahrheit zu begreifen.

Schutt, dunkle Häuser und, wohin man blickte, Trauer und trostlose Reste von Mauern. Die Nacht kroch über die ausgedörrten Wiesen unten in der Stadt. Das Spiel der Farben am Horizont wirkte von hier aus farblos, fast schon mitleiderregend. Auf einmal sah ich nicht mehr alles bunt und wunderschön. Das Gelb der Möbel in dem Raum war viel zu kräftig. Das Kleid der Königin gefiel mir auch nicht mehr und der Zorn in ihren Augen machte sie zu einem wahrlich hässlichen Menschen.

Der blumige Duft war verflogen, genau wie der Schleier vor meinen Augen.

»Irena! Rondama!« Entsetzt schlug ich die Hände vor den Mund. Ich hatte vergessen, warum ich überhaupt nach Malufra gekommen war. Das starke Gefühl von Sehnsucht, das all die Tage zurückgehalten wurde, breitete sich aus.

»Monster!«, brüllte sie erneut und erhob sich aus ihrem Sessel. Bei dem Lärm wunderte ich mich, warum die Wachen noch nicht da waren. Die Diener mit ihren starren Augen.

»Die Masken …«, brachte ich hervor und wich noch einen Schritt zurück.

»Die Masken sind voll von Magie. Sie waren es, die mich Malufra anders sehen ließen. Die dafür gesorgt hatten, dass ich hierbleiben wollte. Schleichend hatten sie meine Sicht auf die Dinge verändert. Hatten dafür gesorgt, dass ich nicht mehr ich selbst war. Caleb hatte mir davon erzählt, aber ich hatte es nicht begriffen. Ich hatte wie immer nur an das Gute geglaubt. Hatte blind vertraut und mich blenden lassen.« Dieser Kampf, den ich die letzten Tage mit mir selbst geführt hatte, wurde mir erst jetzt bewusst. Die Malina, die zurück nach Rondama wollte, hatte mit der Malina gekämpft, die dank der Maske bleiben wollte. Dieses ständige Gefühls-auf-und-Ab, die Sehnsucht, die Trauer. Das alles war nicht ich gewesen.

»Wachen!«, rief sie eilig. »Halt deinen Mund!«, fügte sie hinzu. Die klangvolle Stimme war verschwunden. Genau wie all das, was mich in dieser Stadt festgehalten hatte.

Die Tür wurde aufgerissen und zwei Männer mit Schwertern stürmten herein.

»Du Monster«, sagte sie noch einmal, bevor sie mich blitzschnell am Arm packte und ihre Nägel in mein Fleisch grub. »Die Schatten hatten mir gesagt, dass du nur Unheil bedeutest. Malina mit den großen Träumen.«

Vor Schreck brachte ich kein weiteres Wort zustande. »Welche Schatten?«

»Die Schatten, die abends an mein Bett gekrochen kommen. Die Schatten, die sich nähren aus dunklen Gedanken und tiefen Abgründen.« Ihr linkes Auge begann wieder zu zucken. Der Griff um meinen Arm wurde immer fester. Vor Schmerz schrie ich auf, aber das animierte sie nur dazu, fester zuzudrücken.

»Ihr seid verrückt!«, keuchte ich. »Es gibt keine Schatten.«

Was hatte der Dieb ohne Herz gesagt? Jedes Märchen hatte zwei Seiten und jede Magie ihren Preis. Von der wunderschönen Königin war nicht mehr viel übrig. Sie klammerte sich so verzweifelt an die Maskenbälle wie jetzt gerade an meinen Arm. Sie hatte für all die Magie bezahlt.

»Bringt mir einen Dolch!«, rief sie über meinen Kopf hinweg.

Nun brach Panik in mir aus. »Was habt Ihr vor?«

Einer der Wachen reichte ihr einen kleinen silbernen Dolch. Sie riss ihn ihm aus der Hand.

»Ich werde dich töten, Maskenmädchen. Du wirst mir nicht dazwischenfunken.«

»Warum?« Wieder versuchte ich mich loszureißen, aber sie war stärker. In ihren Augen loderte etwas unbeschreiblich Boshaftes, Mächtiges. Es war, als würden all die Regungen, die sie die letzten Wochen unterdrückt hatte, an die Oberfläche gelangen.

»Du wirst es ihnen erzählen, wirst ihnen sagen, was die Masken bewirken. Du wirst dafür sorgen, dass niemand wieder herkommt«, spuckte sie aus. »Ich brauche die Besucher, die Menschen mit ihren Gefühlen und Träumen. Sie sind es, die mir all diese Macht geben. Nur durch sie fühle ich mich lebendig.«

Sie hielt mir die kalte Klinge an den Hals. Ich spürte, wie sich das Metall gegen meine Haut drückte, konnte meinen Pulsschlag hören, wie er dagegenschlug. Vor lauter Verzweiflung versuchte ich so flach wie möglich zu atmen, nur keine ruckartigen Bewegungen zu machen.

Die Panik schien mir ins Gesicht geschrieben zu sein, denn in ihren Augen funkelte Zufriedenheit auf. Sie liebte es, Macht auszukosten.

»Ich werde nichts sagen«, flüsterte ich. Die Kälte an meinem Hals ließ mich panisch werden. Würde sie mich töten? Würde jemand Irena Bescheid sagen? »Bitte …«, flehte ich erneut.

»Leb wohl«, formte sie mit ihren Lippen.

Ich schloss meine Augen, kniff sie fest zu. Hoffte, dass all das nur ein Traum war und ich bald in meinem Zimmer aufwachen würde.

»Malina!«

Es war die Stimme von Caleb, die mich dazu brachte, meine Augen ruckartig wieder zu öffnen.

Er stürmte in den Saal, Panik lag in seinem Blick. Die Wachen stürzten sich, ohne zu zögern, auf ihn, doch er war schneller. Der Dieb warf die Maske, die er in der Hand hielt, weit von sich. Einer der Wachleute hechtete ihr nach, versuchte das kostbare Stück zu fangen, während der andere nach Caleb griff. Dieser holte aus, schlug mit der geballten Faust gegen die Maske des Wachmannes, sodass ein lautes Knacken erklang und die Maske zu Bruch ging. Benommen fiel die Wache auf den Boden.

»Der Dieb ohne Herz«, zischte die Königin, den Dolch noch immer an meiner Kehle.

»Lass sie los!«, rief er.

»Was tust du?«, flüsterte ich. Das kalte Metall bohrte sich immer tiefer in meine Haut.

»Ich tue endlich das Richtige!« Er lachte auf, fuhr sich durch die Haare und wartete, bis nun der zweite Wachmann in seiner Nähe war. Auch diesen wollte er mit einem gezielten Schlag auf den Boden befördern, doch er war schneller als sein Kamerad. Er duckte sich, zog sein Schwert und richtete die Spitze auf Caleb.

Dieser hob die Hände, wich zurück, um dann erneut auf den Wachmann zuzueilen. Diesmal änderte er im letzten Moment die Richtung, schlitterte über den blanken Boden und schlug dem Mann direkt in die Kniekehle, sodass dieser zu Boden fiel. Dabei ließ er das Schwert los, das sich Caleb schnappte.

»Du hast mich glauben lassen …«, keuchte er in die Richtung der Königin, »… dass ich alle Menschen um mich herum verletze.«

»Das tust du auch«, gab sie unwirsch zurück.

Ich traute mich nicht wirklich, eine Regung zu machen. Nur zu gern hätte ich eingegriffen, aber der Dolch sorgte dafür, dass ich erstarrte. Ich musste auf einen Moment warten, in dem sie ihre Konzentration auf etwas anderes fokussierte.

»Nein.« Er lachte wieder auf. Nun richtete er das Schwert auf den Wachmann, der sich wieder aufgerappelt hatte. »Malina hat mir gezeigt, dass ich nicht nur dieser schlechte Mensch bin. Dinge sind geschehen, die ich nicht rückgängig machen kann. Die Vergangenheit lässt sich nicht ändern, aber die Zukunft.« Er trat einige Schritte auf die Königin zu.

»Halt!«, rief sie. »Du denkst also, dass du ein besserer Mensch durch all das wirst?« Ihre Stimme zitterte leicht. Die Königin strahlte solch eine Kälte aus, dass mir beinahe schlecht wurde.

»Du vergisst ...«, begann sie, »... dass dir immer noch etwas fehlt, damit du wieder Mensch sein kannst.«

Caleb zögerte. Mitten in seiner Bewegung hielt er inne.

Die Königin lockerte ihre Hand mit dem Dolch. Diesen Moment nutzte ich, um mich wegzudrehen. Ich duckte mich, versuchte, so viel Abstand wie nur möglich zwischen die boshafte Frau und mich zu bringen. Sie beobachtete mich, machte keine Anstalt, etwas zu unternehmen. Ihre Augen waren kalt und starr. Fast als ob sie bereits tot wäre und nur noch ein winziger Funke sie am Leben erhielt.

»Lasst uns gehen«, sagte ich zögerlich. Noch immer klopfte mein Herz und ich drückte meine Handflächen an meine Kehle. Als ich sie wieder wegnahm, hatte ich kleine rote Abdrücke an meinen Händen. Caleb ballte die Hände zu Fäusten. »Sag mir, wo es ist.«

Die Königin hob den Dolch direkt vor ihr Gesicht. Fast schon liebevoll strich sie mit dem linken Zeigefinger über die Klinge. »Töte das Mädchen und ich erzähle dir, wo du dein Herz findest.«

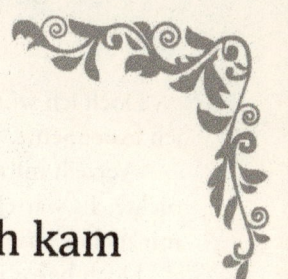

Wo manches Ende zu früh kam

Entsetzt sah ich sie an. Meine Gedanken rasten, mein ganzer Körper zitterte. Wie benommen wich ich zurück an das große Fenster in meinem Rücken. Die Tür des Saales stand einen Spaltbreit offen. Wenn ich schnell genug wäre, würde ich entkommen können.

»Töte sie«, sagte die Königin noch einmal.

Der Dieb richtete seine Aufmerksamkeit kurz auf mich. Es war nur ein kurzer, verzweifelter Blick, aber er genügte.

»Ich …«, begann er. Er drehte sich nun komplett zu mir. Zufrieden hielt ihm die Königin den Dolch hin. »Tu, was du tun musst. Dann bist du endlich frei.«

Frei …

Ich schluckte. Seit einiger Zeit suchte er nach seinem Herz. Das war ein Teil seiner Geschichte. Ein Teil seines Lebens, und ich …

»Es tut mir leid«, sagte er leise. Dabei sah er mir nicht in die Augen. Nahm den Dolch und umklammerte ihn mit seiner Hand. Er zitterte, sah auf die Klinge in seinen Händen. Das Schwert ließ er achtlos fallen. Das Scheppern, das erklang, als dieses auf dem Boden aufschlug, war laut. »All das …« Er biss sich auf die Unterlippe. »Tut mir so leid …« Er holte tief Luft, seine Stimme zitterte wie die der Königin zuvor. Auch er kämpfte gegen sich selbst.

So viel Schmerz lag in diesem Saal. So viel Trauer, unausgesprochene Gedanken und verlorene Wünsche. Die Königin war bestimmt nicht schon immer so gewesen. Die Macht hatte sie zu einem Monster gemacht, das andere leiden ließ, um zu gewinnen.

»Stirb, Malina«, sagte sie, und obwohl ich ihre Lippen nicht sah, war ich mir ziemlich sicher, dass sie lächelte. Zufrieden darüber, dass ihre Pläne aufgingen.

Doch ich würde nicht aufgeben. Wenn Caleb zu mir käme, würde ich losrennen.

»Verzeih mir«, sagte der Dieb. Er hob die Hand, sah mich an und nickte. Es war ein kurzes Nicken, eines, das so flüchtig war, dass ich mir nicht sicher war, ob ich es mir bloß eingebildet hatte.

Doch bevor ich darüber nachdachte, holte er aus. Er holte viel zu früh aus, denn ich befand mich nicht wirklich in seiner Nähe.

»Verzeih mir«, flüsterte er erneut, während die Klinge des Dolches durch die Luft glitt. Im Saal war es still, fast schon beängstigend still. Niemand rührte sich, niemand sagte etwas. Da waren nur die Klinge und der entsetzte Blick der Königin, als sie begriff.

Die Klinge bohrte sich in ihre Herzgegend. Sie keuchte auf, wollte etwas sagen, aber kein Ton kam aus ihrem Mund. Der Dieb zog den Dolch wieder heraus, warf ihn so weit wie möglich von sich. Zitternd starrte er auf seine Hände.

Die Königin presste ihre schlanken Hände auf ihre Wunde, aber das Blut floss bereits. Es rann über ihr rotes Kleid, färbte es dunkel und wirkte wie Wasser auf dem Stoff. Sie blickte geradeaus, den Mund noch immer offen.

Nun kam Bewegung in den Wachmann, der am Boden lag. Wütend rappelte er sich auf, stürzte sich auf Caleb.

»Nein!«, schrie ich. Erst jetzt konnte ich mich regen. Ich rannte los, hechtete auf den Wachmann zu und riss ihn zu Boden.

»Malina!«, rief Caleb laut. Ich versuchte den Mann auf dem Boden zu halten, während er wütend um sich schlug und nach dem Schwert zu greifen versuchte, das neben uns lag.

Ich kämpfte mit ihm, trat um mich und krallte mich in die Haut meines Gegenübers. Der Dieb eilte mir nun zu Hilfe, trat das Schwert weg und stürzte sich auch auf meinen Gegner.

Dieser kämpfte, als ob es um sein Leben ging. Mit einem gezielten Schlag warf er mich von sich, sodass mein Kopf auf dem harten Boden aufschlug. Keuchend blieb ich liegen, versuchte die schwarzen kleinen Punkte vor meinen Augen zu ignorieren.

Direkt vor mir stand die Königin. Immer mehr Blut lief über ihre Hände, färbte den Boden um sie herum dunkel. Es roch metallisch und ich musste ein Würgen unterdrücken.

Mit offenem Mund sackte sie in sich zusammen, schlug neben mir auf dem Boden auf. Das helle Haar lag wie eine Krone um ihr Haupt, die kleinen Diamanten rundherum. Ihre Maske wurde von einem Riss durchzogen. Ein kleines Stückchen um ihren Mund herum war weggebrochen, lag auf dem Boden direkt neben ihrer Hand.

Man sah nur ihre dunklen Lippen, die zu einem Lächeln verzogen waren, und schneeweiße, makellose Haut.

Die Welt drehte sich wie ein Karussell. Der Boden schien die Decke zu sein und die Decke der Boden. Alles stand Kopf, doch bevor mir schlecht wurde, drehte es sich wieder.

Ich schloss die Augen, tauchte ein in Bilder und Gefühle wie in ein tiefes schwarzes Loch, das kein Ende zu haben schien.

Ein Rauschen drang an meine Ohren, blendete alle anderen Stimmen aus. Ich konnte nichts mehr spüren, wie taub lag ich auf dem kalten Boden, dessen Kälte mir in dem Moment wie eine tröstende Umarmung vorkam. Und der einzige Gedanke, den ich fassen konnte, bevor ich das Bewusstsein verlor, war der, dass ich mich nicht bei Irena entschuldigt hatte.

»Malina!«

»Sie ist ganz blass, das arme Kind.«

»Malina!«

»Macht einen Schritt zur Seite, sonst bedrängt ihr sie!«

Etwas benommen richtete ich mich auf. Das Rauschen in meinen Ohren wurde immer weniger und verabschiedete sich zeitgleich mit den tanzenden Punkten vor meinen Augen.

»Sie ist wach!«

»Was …« Meine Stimme brach ab, gefolgt von einem röchelnden Husten. Ich griff mir an den Hals. Als ich meine Hände wieder wegnahm, waren sie rot.

»Bin ich tot?« Bei dem Gedanken daran raste mein Puls. Doch wenn man gestorben war, hatte man gar keinen mehr, oder?

»Du warst nur ohnmächtig.« Eine Pfauenmaske schob sich in mein Blickfeld. »Du bist zusammengebrochen, Kind.« Odria hatte sich über mich gebeugt und fühlte nun nach meiner Stirn. »Eiskalt«, sagte sie zu jemandem hinter sich.

»Und der Puls?«

Ich erkannte die Stimme von Guido Razetti. Nun beugte auch er sich über mich. Den Zylinder hatte er abgesetzt, das Haar stand ihm in alle Richtungen ab.

Unsicher sah ich mich um. Ich lag auf dem Boden in dem gelben Saal. Doch die Königin war verschwunden. Mir fiel nur auf, dass sich eine Schar von Leuten hinter mir befand und sich über etwas beugte. Aufgeregtes Tuscheln drang an meine Ohren.

»Was ist los?« Ich streckte die rot befleckten Hände von mir.

»Maskenmädchen!« Der Dieb ohne Herz kniete links von mir und zog mich an sich. Überrascht ließ ich es zu. »Es tut mir leid«, flüsterte er in mein Haar.

»Was ist los?«, fragte ich erneut, als er sich wieder von mir gelöst hatte. Er trug seine Maske nicht mehr.

Niemand von den dreien antwortete mir. In ihren Blicken lag Mitgefühl.

Erst jetzt fiel mir alles wieder ein. Wie kleine Puzzleteile erschienen Bilder in meinen Gedanken, fügten sich zusammen zu einem großen Ganzen.

»Ist sie tot?« Niemand gab mir eine Antwort, aber das brauchten sie nicht. Ich wusste auch so, dass die Königin gestorben war. Langsam stand ich auf, sah hinab auf meine roten Hände und verspürte ein unglaubliches Gefühl von Trauer. Das letzte Bild in meinen Gedanken war das der Königin, wie sie leblos dalag. Selbst im Tod sah sie wunderschön aus. Aber was hatte es ihr gebracht, schön zu sein, sich hinter Masken zu verbergen und nach Magie und Macht zu greifen.

Odria schüttelte leicht den Kopf. »Meine wunderschöne Schwester.«

Jetzt regte sich auch Caleb neben mir. »Ich konnte nicht zulassen, dass sie dich tötet. Dass ich noch einmal dafür verantwortlich bin, dass jemand, der mir viel bedeutet, stirbt.«

»Aber …« Die Trauer wurde immer größer, mischte sich mit dem schlechten Gewissen. »Sie war die Einzige, die wusste, wo dein Herz ist«, brachte ich hervor. »Sie war deine einzige Möglichkeit.« Noch immer konnte ich nicht begreifen, was er getan hatte.

Er nickte. Mit seiner linken Hand umklammerte er seine Maske. Die silbernen Linien hatten die Form von Tränen. »Ich hätte mein Herz nicht finden wollen, wenn du gestorben wärst.«

»Ich wollte Euch schon vorhin etwas erklären.« Jetzt baute sich Guido neben mir auf. »Dass die Masken der Königin Magie besitzen. Wenn man sie trägt, dann verliert man das Zeitgefühl. Man sieht nur noch schöne Sachen, will hierbleiben und die Königin weiterhin mit Gedanken füttern.«

Ich nickte. »Meine Maske ist zerbrochen. So habe ich davon erfahren, dass das alles nur eine Illusion der Königin war.«

»Genau davor hatte ich Angst.« Caleb holte tief Luft. »Diese Maske hat den Rest meiner Gefühle verschwinden lassen.«

»Dann hat sie mich bestimmt auch angelogen, was Irena betrifft.« Ich biss mir auf die Lippe, um nicht loszuheulen. Das alles war umsonst gewesen. Und am Ende hatte es das Leben von jemandem gefordert.

»Irena?« Odria hob fragend eine Augenbraue.

»Wegen ihr bin ich hierhergekommen. Sie stellt Masken her und ich bin bei ihr aufgewachsen. Leider brauchen die Menschen in Rondama immer weniger von diesen kostbaren Dingen. Dadurch bekommt sie weniger Aufträge und hat so kaum noch Geld, um zu überleben. Ich wollte nach Malufra, um die Königin zu bitten, Masken bei Irena zu bestellen.«

»Verstehe …« Sie neigte ihren Kopf, sodass die Federn leise raschelten.

»Es tut mir leid«, wandte sich Caleb an Odria. »Wegen deiner Schwester.«

»Alles hat seinen Grund«, flüsterte sie. Ihre Stimme klang seltsam gedämpft.

»Und nun?« Fröstelnd rieb ich mir über die Arme. Alles war grau und kalt. Der Tod der Königin schien im Raum zu hängen.

»Ihr müsst gehen.« Odria deutete auf die Tür des Saales. »Verlasst Malufra so schnell wie möglich. Durch den Tod meiner Schwester hat sich ihre Magie vollständig gelöst. Sobald die Menschen das realisieren, werden sie hierherkommen.«

»Komm, holen wir deine Tasche.« Caleb nahm meine Hand in seine und zog mich weg von dem Schauplatz.

»Maeva«, murmelte Odria leise. »Meine wunderschöne Schwester.«

Wir verließen den Saal und ließen all das hinter uns. Meine Gedanken blieben aber bei der Königin. Selbst nachdem ich meine Sachen gepackt, die Hände gewaschen hatte und zusammen mit Caleb die breiten Stufen hinab geeilt war.

»Lebt wohl, meine Freunde«, rief Guido.

»Danke«, rief ich zurück. Auch der Dieb hob seine Hand, sprach noch ein paar Worte, die ich nicht mitbekam.

Ich dachte an die kleinen Diamanten, an das Schloss und all seine Diener, die wie verlorene Schachfiguren herumstanden. Ratlos sahen sie sich an, dieses Funkeln in ihren Augen.

Wir überquerten die Brücke, ließen den Garten hinter uns und tauchten ein in den trostlosen Teil von Malufra.

Ich dachte daran, wie ich auf den Maskenbällen getanzt hatte und wie die sanfte Stimme der Königin abends durch die Gänge gewandert war. Der Zauber der Masken war verflogen. Zurück blieben die Scherben auf dem Boden.

»Geht es dir gut?«, fragte Caleb. Seine Hand lag immer noch in meiner. Ein seltsam tröstendes Gefühl.

»Ja ...«, kam es über meine Lippen. Doch ich brachte das Bild der toten Königin nicht aus meinem Kopf. Wie sie dagelegen hatte, als würde sie schlafen. Das Lächeln auf ihren Lippen, die blasse Haut.

»Es ist nicht mehr weit«, ermutigte er mich und drückte sanft meine Hand. Trotzdem fühlte ich mich, als wäre ich weiterhin ohnmächtig. Als würden alle Gedanken und Gefühle an mir vorbeirauschen.

Wir liefen vorbei an dem Gasthaus von unserer ersten Nacht in Malufra. Kein Licht brannte, keine Menschen hatten sich davor versammelt, um zur Musik zu tanzen.

Auf den gepflasterten Straßen lag Dreck und Müll. Die Fassaden der Häuser waren grau. Nach Farbe suchte man hier vergeblich.

Weiter unten trafen wir auf die ersten Menschen. Eine Gruppe von jungen Frauen. Sie nahmen ihre Masken ab, rieben sich über die Augen und schüttelten immer wieder den Kopf.

Ein kleines Kind fing an zu weinen, während ein älterer Herr sich verzweifelt an eine Hausfassade klammerte. Immer wieder schloss er die Augen, um sie dann so schnell wie möglich wieder zu öffnen.

Menschen traten aus ihren Geschäften. Brachen in Tränen aus, als sie sahen, wie schrecklich es um ihre Stadt stand. Manche von ihnen kauerten sich auf den Boden und beteten zu den Göttern aus längst vergangener Zeit.

Die Trauer aus dem Schloss hatte es bis hinunter in die Stadt geschafft. Der Zauber war verflogen, und was zurückblieb, war die bittere Wahrheit. Malufra war nicht das, was die Menschen mit den Masken gesehen hatten.

»Können wir ihnen helfen?«, fragte ich Caleb.

»Leider nein.« Er schüttelte traurig den Kopf und führte mich weiter in Richtung der Mauern. »Es wird eine Weile dauern, bis sie wieder Vertrauen in jemanden haben.«

»Wird Odria nun Königin?«

»Ich weiß es nicht.«

Die Besitzerin eines Blumengeschäftes stand vor ihrem Laden und weinte. Alle Blumen ließen ihre Köpfe hängen, manche von ihnen waren schon braun und verdorrt.

Der Laden von Guido war auch noch da. *Maskenwelt geschlossen,* stand auf dem Holzschild vor der Tür.

Hier hatte alles angefangen.

Auch auf dem Marktplatz spielte sich eine ähnliche Szene ab. Die Stände waren verlassen. Die farblosen Tücher flatterten im Wind. Zerbrochene Masken lagen auf dem Boden, ein Tisch war umgeworfen worden.

»Es wird eine Weile dauern ...«, flüsterte Caleb erneut. Auch er wirkte mitgenommen von alldem.

Ich fühlte mich verantwortlich dafür. Gab mir die Schuld an all den traurigen Gesichtern.

Wieder tauchten Bilder aus dem Schloss in meinen Gedanken auf. Die Schmetterlingsmaske, die vielen Gänge und der weiße Marmorboden, der niemals dreckig zu sein schien.

Das braune Tor kam in Sicht. Es stand offen und von den Wachtposten fehlte jegliche Spur.

Wir durchquerten es, ließen die Stadt der Masken hinter uns.

Ich hatte gehofft, dass dieses bedrückende Gefühl verschwinden würde, sobald ich unter dem Torbogen hindurch war, aber es blieb.

Die Trauer und alles, was ich mit Malufra verband, würde nicht einfach vom Wind davongetragen werden. Sie grub sich tief in meine Gedanken, wo sie auch für eine Weile bleiben würde. Wie Caleb gesagt hatte, es brauchte seine Zeit. Denn die Zeit heilte die Wunden zwar nicht gänzlich, aber sie ließ den Schmerz vergessen.

Wir überquerten die Wiesen, liefen den Hügel hinab bis hin zum See. Diesmal blickte ich nicht nach links und rechts, um die Landschaft zu bewundern.

Sobald wir anhielten, ließ ich seine Hand los. Die glatte Oberfläche des Sees lag direkt vor uns. Heute war das Wasser ruhig, kein Anzeichen von Laqua.

»Wir müssen reden«, sagte er schließlich.

Also setzten wir uns einander gegenüber in das hohe Gras. Eine Weile lang sagte keiner von uns etwas. Bis der Dieb sich auf einmal räusperte.

»Ich weiß gar nicht, wo ich anfangen soll.« Seufzend fuhr er sich durch die Haare.

»Stimmt das, was Guido gesagt hat?«

»Es stimmt.« Er zupfte an ein paar der Grashalme. Riss sie aus und ließ sie dann achtlos fallen. »Als mir die Hexen erzählten, dass dieses Maskenmädchen meine einzige Chance auf mein Herz wäre, habe ich nicht nachgedacht. Ich habe Tarek losgeschickt und dich hierhergeholt. Das Herz war mein wichtigstes Ziel. Ich dachte mir, dass es mir egal sein würde, noch jemanden zu verletzen. Nur war es das nicht. Du hast an das Gute in mir geglaubt, obwohl ich den Gedanken daran schon längst aufgegeben habe.«

»Dann bedeute ich dir also etwas?«

»Das tust du, Maskenmädchen.« Er grinste leicht. »Ich habe die Königin getötet. Einmal im Leben hatte ich mehr Angst um ein anderes Herz als um mein eigenes.«

»Das beruhigt mich zu hören.« Nun musste ich auch lächeln.

»Es tut mir leid, alles.«

»Das braucht es nicht«, versicherte ich ihm. »Wegen mir hast du nun keine Möglichkeit mehr, dein Herz zu finden.« Ich merkte, wie schrecklich müde ich eigentlich war. Mein Kopf begann zu pochen, meine Arme sackten kraftlos hinab.

»Irgendwann werde ich es finden.« Er nickte mir zuversichtlich zu. Doch in seinen Augen sah ich nur Trauer.

»Das hast du doch schon«, beeilte ich mich zu sagen und rutschte etwas näher an Caleb heran.

»Tatsächlich?«

»Du magst zwar dein eigenes Herz nicht mehr haben, aber ich gebe dir die Hälfte von meinem.« Vorsichtig legte ich meine Hand auf die Stelle, wo sein Herz vor langer Zeit einmal gewesen war.

»Das geht leider nicht, Maskenmädchen.« Wieder lächelte er, legte seine Hände auf meine und beugte sich zu mir.

Ich gab ihm einen Kuss. Einen, der mich an all meine Träume denken ließ. Wenn die Sterne jetzt über mir wären, dann würde ich mir wünschen, dass der Dieb wieder Caleb sein durfte, und dafür würde ich einen Teil meines Herzens bieten.

»Ich kann nicht einfach ein anderes Herz nehmen.«

»Aber ich schenke es dir«, versuchte ich es noch einmal.

»Maskenmädchen.« Erneut küsste er mich. »Wir sollten uns auf den Weg machen.«

Er stand auf, klopfte sich die Hände an den Hosen ab und reichte mir die Hand, um mir aufzuhelfen.

Gemeinsam liefen wir an dem See vorbei. Noch immer lag er ruhig da, die Strahlen der Sonne spiegelten sich darin.

»Wenn der Zauber der Königin gebrochen ist, bedeutet das, dass Laqua wieder …«, setzte ich an.

»Ich hoffe es.« Calebs Blick verweilte für einen Moment auf dem blauen Wasser. »Ich würde es ihr wünschen.«

Die schwarzen Blätter an den Bäumen waren geblieben.

»Namina hat mir eines davon geschenkt.« Das hatte ich völlig vergessen. Ich griff in meine Tasche und holte es hervor.

»Es ist heller geworden.« Das Blatt in meinen Händen war nicht mehr dunkelgrün. Es leuchtete in den Tönen von Calebs Zimmer im Schloss.

»So hast du wenigstens eine Erinnerung an dieses Abenteuer.«

»Meinst du, Namina ist auch noch hier?«

Er musste mir auf diese Frage gar nicht antworten, denn wir kamen bei der nächsten Abzweigung an ihrem Lager vorbei. Viel war davon nicht mehr übrig. Die Hütte stand noch, der Kreis der Feuerstelle auch, aber der Rest war verschwunden. Als ob jemand ziemlich eilig aufgebrochen war.

»Ich hoffe, dass auch sie ihren Frieden gefunden hat.«

Wir liefen eine Weile nebeneinander her. Mit jedem Schritt mehr hatte ich das Gefühl, tiefer in den Wald einzutauchen. Es fühlte sich an wie eine Art Heimkommen. Inzwischen neigte sich der Tag auch dem Ende. Die Sonne ging unter und bald würde es dunkel werden.

Als auf einmal Schritte näher kamen. Blätter raschelten, Stimmen drangen aus der Ferne zu uns.

»Bleib hinter mir«, sprach er und spannte sich an.

Nervös drückte ich meine Tasche an mich. War es vielleicht Namina, die zurückgekehrt war?

Das Rascheln wurde lauter, die Stimmen erstarben, bis auf einmal drei Gestalten vor uns standen.

Dank der anbahnenden Dunkelheit erkannte man die Gesichter nicht sofort.

»Malina?«

Bevor ich etwas sagen konnte, wurde ich an einen Körper gedrückt. Zwei schlanke Arme wurden mir um meinen Hals gelegt.

»Wo warst du schon wieder?«

»Rabea?!«, rief ich vor Freude aus.

Ich legte ihr die Hände auf die Schultern, schob sie von mir und konnte nicht anders, als vor Glück zu strahlen.

»Es ist so schön, euch wiederzusehen«, meinte sie und begrüßte nun auch noch Caleb.

»Wir dachten schon, ihr taucht nie wieder auf.« Tarek zwinkerte mir zu. Auch er wirkte erfreut darüber, dass wir wieder aufgetaucht waren.

Nur Lev stand als Einziger abseits, die Hände in den Hosentaschen. »Ihr habt euch Zeit gelassen«, brummte er.

»Wir waren bei der Königin in Malufra«, erklärte Caleb. »Habt ihr in der Nähe ein Lager?«, fragte er dann an Tarek gewandt. Dieser nickte und gemeinsam liefen wir noch ein paar Minuten durch den Wald, bis wir zu einer Lichtung kamen. Schnell war ein Feuer entfacht, bevor die Dunkelheit alles verschlang.

Caleb ließ sich auf einen Baumstumpf am Boden fallen, streckte die Füße von sich und schloss die Augen. »Ich bin so froh, wieder hier zu sein«, fügte er hinzu.

Der Wind wehte ihm durch die Haare, die Blätter über unseren Köpfen raschelten und es lag ein leichter Frühlingsduft in der Luft. Als ob der Wald erfreut darüber wäre, dass der Dieb ohne Herz zurück war.

»Wir haben euch vermisst!«, fuhr Rabea fort.

»Nicht alle.« Lev lehnte sich gegen einen der Bäume und starrte in den Himmel.

»Ach, tu nicht so«, ermahnte Rabea ihn und verdrehte dabei die Augen.

»Und wie war es bei der Königin?« Tarek setzte sich zu uns an das Feuer.

Lächelnd sah ich zu, wie Caleb ihnen erzählte, was passiert war. Von der Begegnung zwischen Laqua und mir, den Stadtwachen und den Maskenbällen. Als er zu dem Teil mit der Königin kam, merkte man, wie sich die Stimmung veränderte.

»Sie ist tot?« Lev stieß sich vom Baum ab und kam näher. »Die Königin?« Im Gegensatz zu den anderen sah er darin keine Hoffnung. Aber mittlerweile wusste ich ja auch warum.

»Dann sind wir befreit von dem Pakt?«, hakte Tarik nach.

»Genau …« Caleb nickte. »Zumindest sollten wir das.«

Rabea warf ein weiteres Scheit ins Feuer. Nachdenklich sah sie zu, wie die Flammen emporstiegen. »Aber wenn der Pakt gebrochen ist und die Magie der Königin weg, warum lebst du noch?«

Sie sprach aus, über was ich mir in den letzten Stunden keine Gedanken hatte machen wollen. Doch nun war es so weit.

»Ich nehme an, das hat damit zu tun, dass das Messer, mit dem ich mein Herz entfernt habe, nicht der Königin gehört hat. Die Magie darauf kam von einer Hexe, nicht von ihr. Der Pakt ist aufgelöst, aber die Magie, die mich leben lässt, besteht noch.«

»Wenigstens eine gute Sache«, brummte Lev.

»Das sind viele tolle Sachen.« Rabea legte ihren Arm um seine Schulter. »Wir sind frei!«

»Dann verlassen wir den Wald?«, fragte Tarek. Unsicher warf er mir einen Blick zu. »Nach all den Jahren können wir also nach Hause?«

»Ihr seid nicht mehr an mich oder den Wald gebunden.«

Sobald Caleb die Worte ausgesprochen hatte, jubelten Tarek und Rabea los. Sie standen auf, tanzten um das Feuer herum und ließen es sich nicht nehmen, vergnügt in die Nacht hinauszurufen.

»Frei!!«, schrie Rabea.

»Nach Hause!«, rief Tarek.

Nur Lev saß da und starrte das Feuer an, als wäre es Schuld an alldem.

»Wann brechen wir auf?«, fragte Rabea eilig. Sie schien es kaum erwarten zu können. Aber ich konnte sie verstehen. Seit Jahren war sie an diesen Wald gebunden. Sah immer nur grüne Bäume und den Waldboden vor sich. Da draußen gab es noch so viel zu entdecken, die Welt war groß.

Auch wenn in Malufra nicht nur positive Dinge passiert waren, so war meine Sehnsucht nach Abenteuern dank der Maskenstadt gestiegen.

»Ich will heute noch mit den Hexen reden. Dann können wir gehen«, erklärte Caleb. Auch er blickte nachdenklich ins Feuer. Dabei durfte er sich doch am meisten freuen.

»Dann hopp, hopp.« Rabea stupste ihn freundschaftlich mit dem Ellbogen an. »Ich will nach Hause.«

Ich dachte an das Märchen von dem Rabenmädchen. An das junge Kind, das so wenig besaß und es mit dem Tier teilte. Sie hatte es verdient, glücklich zu sein.

»Wir gehen nach Hause, oder?« Rabea rückte wieder näher zu Lev. »Wir könnten uns eine kleine Hütte in meinem Dorf kaufen. Von mir aus auch ein Haus in den Bergen. Was meinst du?«

Lev sah sie erstaunt an. »Dann willst du, dass ich mitkomme?«

»Natürlich, du Dussel.« Sie schnaubte. »Du bist Teil meines Lebens, warum sollte ich dich dalassen?«

Und das war das erste Mal, wo ich sah, wie Lev richtig lachte.

Tarek schien den gleichen Gedanken zu haben. »Ist das etwa dein freundliches Gesicht?«

»Mein allerfreundlichstes.« Lev lächelte so breit, dass man sein Zahnfleisch sah.

Nun mussten wir anderen auch lachen.

Spätabends, als das Feuer langsam erlosch und wir unsere Sachen zusammenpackten, um zu den Hexen zu gehen, da merkte ich, wie sehr mir die vier ans Herz gewachsen waren.

»Können wir uns etwas versprechen?«, begann ich. »Dass wir einmal im Jahr wieder hierherkommen?«

»Wirst du sentimental, Maskenmädchen?« Caleb zwinkerte mir zu.

»Ich finde die Idee gut«, stimmte mir Tarek zu. Rabea nickte ebenfalls und Lev schwieg. Das hingegen zählte ich als gutes Zeichen. Wäre er nicht einverstanden gewesen, hätte er etwas gesagt.

»Dann machen wir das«, bestätigte Rabea.

Und während wir durch den dunklen Wald liefen, da war es, als wären all die traurigen Gedanken an Malufra ein wenig weiter weggerückt. Randoma lag ganz in meiner Nähe und diesmal würde mich nichts mehr aufhalten, zurückzukehren. Weder eine Königin noch eine magische Maske.

Wo drei Hexen Lebewohl sagten

Tarek, Lev und Rabea hatten sich auf den Weg zu dem Hauptlager gemacht, während Caleb und ich nach den Hexen suchten. Zum Glück erschienen die Irrlichter mit der Dunkelheit und zeigten uns den richtigen Weg durch den Wald.

»Was machst du eigentlich jetzt?«, fragte ich, nachdem wir eine Weile lang schweigend geradeaus gelaufen waren.

»Du meinst, wohin ich jetzt gehe?«

»Genau.« Denn das war auch eine dieser unangenehmen Fragen, die mir in meinen Gedanken herumspukten.

»Ich werde dich nach Rondama bringen, wenn du einverstanden bist.«

Die Irrlichter vor uns wurden immer schneller.

»Natürlich.« Ich hatte mir erhofft, dass er das sagen würde. Ich kannte ihn noch nicht lange, aber auch so wusste ich, dass mein Leben von nun an ohne ihn nicht mehr das gleiche war.

»Komm, gleich da vorn ist es.« Er beeilte sich, den kleinen Lichtkugeln nachzueilen.

Schon von Weitem sah man den Feuerschein eines Lagerfeuers. Sobald die Lichter in die Nähe des Feuers kamen, verschwanden sie eilig wieder zurück im Wald.

Arta, Lema und Manisha saßen auf einem umgefallenen Baum. Sie wirkten nicht überrascht, als sie uns sahen, eher im Gegenteil.

»Ihr habt euch reichlich Zeit gelassen«, sagte Mansiha als Erstes. Sie zupfte an einer schwarzen Feder in ihrem Haar. »Wir wären beinahe vor Langeweile umgekommen.«

»Nun sind wir ja da.« Caleb verbeugte sich vor den dreien, bevor er sich auf den Waldboden setzte. »Auch euch habe ich vermisst.«

Ich setzte mich neben ihm hin. Unauffällig rutschte ich näher an das Feuer heran. Ohne die Sonne war es ganz schön kalt mit einem Kleid im Wald.

»Ihr habt Fragen?« Lema richtete ihren Blick auf mich.

Ich nickte. »Ich wollte euch gern um einen Gefallen bitten«, brachte ich hervor.

Manisha lachte auf. Ihre trüben Augen zuckten wild hin und her. »Einen Gefallen möchtest du, Mädchen?«

»Hast du denn nichts gelernt?«, fragte Lema. Sie beugte sich näher an mich heran. »Eine Königin, das Gesicht hinter Masken. Die blutleeren Lippen, die Augen wie Glas. Der letzte Atemzug, der letzte Gedanke und doch so viel Angst in ihren Knochen«, flüsterte Lema.

Bei dem Gedanken an die Königin von Malufra fröstelte es mich. Und diesmal lag es nicht an der Kälte.

Arta, die Hexe, der ich damals als erste im Wald begegnet war, klopfte dreimal gegen das Holz des Baumes. Sofort schwiegen die anderen beiden.

»Was für ein Gefallen?«, fragte Mansiha.

»Ich würde gern meine Geschichte erfahren. Ich kann mich nur noch an den Tag erinnern, an dem ich bei Irena in Rondama aufgetaucht bin. Der Rest meiner Vergangenheit ist wie wegradiert.«

Manisha schüttelte den Kopf und drehte sich weg von dem Feuer. Arta hatte auf einmal denselben mitfühlenden Blick wie Odria im Schloss.

»Du denkst also, dass wir dir erzählen können, wer du bist und woher du kommst?« Lema schnaubte.

»Ich weiß, es ist viel verlangt, aber es würde mir helfen.« Verzweifelt richtete ich meinen Blick auf Caleb.

»Ihr könnt solche Dinge. Ihr seid die mächtigsten Hexen, die ich kenne«, kam es nun von ihm.

»Wohl auch die einzigen«, flüsterte Manisha in die Dunkelheit.

»Nun gut, aber sei nicht enttäuscht von dem, was ich dir sagen werde.« Lema fuhr sich durch ihre braunen Haare, suchte eines der lavendelfarbigen Bänder und zog daran, bis es riss. Mit ausgestrecktem Zeigefinger warf sie es ins Feuer. Es zischte laut, dunkler Rauch stieg empor in den Nachthimmel.

»Schatten …«

»Schatten?«, wiederholte ich ihre Worte.

»Sie sieht Schatten«, erklärte mir Manisha.

»Ich verstehe nicht.«

Das farbige Band war verbrannt und der letzte Rauch kroch durch die Luft, dann war der Zauber vorbei.

»Das ist merkwürdig.« Lema zupfte an einem weiteren Band, diesmal an einem blauen, und warf es dann abermals ins Feuer.

»Wieder Schatten.« Sie schüttelte den Kopf, sah zu den anderen beiden. Aber auch Mansiha und Arta hatten dem nichts hinzuzufügen. Daher drehte sich Lema wieder zu mir um.

»Ich sehe Schatten, da wo deine Vergangenheit ist. Da ist nichts, an was du dich erinnern könntest.«

Sie musterte mich von oben bis unten.

»Schatten«, flüsterte sie noch einmal, wie um mir deutlich zu machen, dass das die einzige Erklärung dafür wäre.

»Das kann nicht sein.« Ich stand ruckartig auf, krallte meine Hände in den Saum meines Kleides. »Ich habe eine Vergangenheit.«

»Das Feuer sagt etwas anderes.« Manisha erhob sich ebenfalls. Sie griff nach einer Feder in ihrem Haar und zupfte leicht daran. »Nur Schatten.«

Ich legte den Kopf in den Nacken und versuchte, nicht meinen Gefühlen die Oberhand zu gewähren. Die Enttäuschung war bitter, doch irgendwo hatte ich noch Hoffnung. Nur weil die Hexen nichts sahen, hieß das nicht, dass ich niemals erfahren würde, wer ich wirklich war.

Hexen konnten sich irren.

»Auch sie irren sich manchmal«, sagte Caleb, als hätte er meine Gedanken gelesen.

»Tun wir das?« Mansiha legte ihren Kopf leicht schräg.

»Ihr habt gesagt, dass Malina die Einzige wäre, die mir mein Herz wiederbeschaffen könnte. Aber ich habe es nicht.«

»Hast du nicht?« Lema lachte auf. »Dummer Junge.«

Arta deutete mit ihrer linken Hand auf die Gegend, wo sich ihr Herz befand.

»Hörst du es nicht? Es ist ohrenbetäubend laut«, wisperte Manisha.

Der Dieb wurde plötzlich ganz bleich. Dann legte er seine Hand auf die Brust, zog sie aber gleich darauf wieder weg. »Das geht nicht!« Er erhob sich, fühlte wieder, nahm die Hand weg und schüttelte den Kopf. »Das ist unmöglich!«

»Was ist los?«, fragte ich und kam näher.

»Gib mir deine Hand.« Panik stand ihm ins Gesicht geschrieben. Noch immer war er kalkweiß im Gesicht, fast bleicher als die feine Linie an seinem Hals.

Ich hielt ihm meine Hand hin und er führte sie zu seinem Herz.

Da spürte ich es, wenn auch ganz leicht. Es war das Pochen eines Herzschlages. Ganz leise klopfte es gegen meine Handfläche.

»Von nun an bist du nur noch ein Dieb«, sagte Lema. Auf ihrem Gesicht zeichnete sich vollste Zufriedenheit ab. »Wir Hexen haben immer recht.«

»Wie geht das?« Caleb raufte sich die Haare. »Ich habe den Baum gar nicht gefunden.«

»Nein, aber das Mädchen hat dir seine Liebe geschenkt. Sie hat an dich geglaubt«, erklärte Lema weiter. Manisha lächelte und Arta klatschte begeistert in ihre Hände.

»Ich hab ein Herz …«, flüsterte er wie benommen. Er wirkte, als wüsste er nicht, ob er weinen oder jubeln sollte, also zog er mich an sich und umarmte mich. »Danke«, wisperte er gegen mein Ohr.

»Das sind doch tolle Neuigkeiten«, sagte Manisha begeistert.

Wir lösten uns voneinander, Caleb hielt seine Hand immer noch dorthin, wo nun sein Herzschlag war.

Meine Freude für ihn vertrieb meine Gedanken an meine Vergangenheit. Der Dieb ohne Herz besaß wieder eines.

Lema runzelte die Stirn. »Der Pakt ist nun gebrochen, was werdet ihr machen?«

»Ich werde Malina nach Rondama begleiten.«

Und während wir um das Feuer herumstanden und uns ansahen, da fühlte ich mich, als würde ich träumen. Ich dachte an den ersten Moment, als Caleb und ich uns begegnet waren. Seitdem war einiges geschehen, hatte sich einiges verändert.

»Dann verlässt du uns, Dieb?«, vergewisserte Lema sich.

»Ja, aber keine Sorge, ich komme wieder.«

Auch wenn sie es wahrscheinlich niemals zugeben würden, aber ich war mir sicher, auch die Hexen würden ihn vermissen.

Später an dem Abend, als die hellen Lichter wieder aus der Dunkelheit angekrochen kamen und der Mond rund und voll am Himmel hing, sagten wir Lebewohl zu den drei Hexen.

Gemeinsam liefen wir zurück zu dem Hauptlager des Diebes. Dort warteten bereits Lev, Tarek und Rabea.

Wir blieben noch hier, bis die Sonne aus ihrem Schlaf erwachte. Gemeinsam saßen wir um das Feuer herum, dessen Glut immer kleiner wurde, während die ersten Strahlen über die Baumkronen wanderten.

Wir waren alle müde, aber schlafen wollte niemand. Der Gedanke an Abschied lag in der Luft. Niemand wollte gehen, aber wir wussten, es war Zeit.

Während ich dabei half, ihre Sachen zu packen, dachte ich daran, wie schlimm dieser Abschied wohl für sie sein musste. Mir tat er schon im Herzen weh und ich kannte sie erst seit kurzer Zeit.

Und dann war es so weit. Lev und Rabea brachten uns noch bis zu dem Eingang des Waldes, den Beginn von Rondama. Danach würden sie in eine andere Richtung aufbrechen und zwar gemeinsam.

Wir standen bei den zwei knorrigen Eichen, die wie Wächter auf den Wald aufpassten. Allzu gut erinnerte ich mich daran zurück, wie ich fest entschlossen daran vorbeigelaufen war, immer tiefer in den Wald hinein.

Ein kühler Wind ging, strich über die Felder, die vor uns lagen, wirbelte die Blätter von den Bäumen und trug sie nach Rondama. Von hier aus sah ich Irenas Haus, die Segelboote in weiter Ferne und die endlose Weite des Meeres. Tiefe Sehnsucht breitete sich in meinem Herzen aus. Am liebsten wäre ich losgerannt.

»Dann heißt es wohl Abschied nehmen«, brachte Rabea hervor. Sie hatte sich ihre Kapuze tief ins Gesicht gezogen, sodass man ihre Augen nicht sah.

»Weinst du etwa?«, fragte Lev und erhielt dafür nur einen Tritt ans Schienbein.

»Aua!«, rief er aus. Aber auch er wirkte nicht wirklich glücklich darüber, zu gehen.

»All die Jahre habe ich mir nichts anderes gewünscht, als aus diesem Wald rauszukommen, und jetzt? Jetzt will ich bleiben.« Tarek lachte auf. In seinen Händen hielt er den Bogen.

»Du solltest endlich deine Freundin suchen.« Caleb klopfte ihm freundschaftlich auf die Schulter. »Der Wald wird auch noch in einigen Jahren hier sein.«

»Und trotzdem werde ich euch vermissen«, sagte Tarek und alle nickten.

»Also los, bevor wir alle weinen.« Rabea umarmte zuerst Tarek, Caleb und dann mich. Ich drückte sie noch einmal fest an mich, versuchte mir den Moment in Erinnerung zu behalten, damit ich ihn niemals vergaß.

»Warum bist du überhaupt in den Wald gegangen?«, fragte ich ganz leise.

»Ich hatte einfach so ein Gefühl, dass ich gebraucht werde. Wie eine Art Ruf. Und wie sich herausgestellt hat, war mein Gefühl richtig.« Sie nickte. »Leb wohl, Maskenmädchen.«

»Leb wohl, Rabenmächen.«

Als Letztes verabschiedete ich mich von Lev. Zu meiner Verwunderung zog auch er mich in eine Umarmung.

»Ich kann dich immer noch nicht leiden«, sprach er, aber auch er musste dabei lächeln.

»Bei Frühlingsanfang treffen wir uns wieder hier! Sobald der letzte Schnee geschmolzen ist und die Blumen ihre Köpfe heben«, rief Rabea uns zu, als wir bereits über die Wiese liefen.

Ich sah noch einmal zurück. Sah zu, wie die beiden Gestalten am Eingang des Waldes immer kleiner wurden, bis die Bäume sie irgendwann verschluckten.

»Herrlich!« Tarek seufzte laut auf. »Einfach einmal keine Bäume.« Glücklich streckte er das Kinn der Sonne entgegen.

»Es ist wunderschön.« Auch Caleb schien Gefallen an der Sonne gefunden zu haben.

Mich persönlich interessierte die Sonne oder der Geruch von frischem Gras wenig. Ich hatte nur einen Gedanken in meinem Kopf.

Je näher ich meinem Zuhause kam, desto schneller lief ich. Ich überholte die beiden und rannte die letzten Meter auf das Haus zu.

In Malufra hatte es ein prächtiges Schloss mit vielen Zimmern und Kostbarkeiten gegeben. Doch nichts war für mich in dem Moment schöner, als meine kleine alte Behausung zu erblicken. Die bunten Bilder, die jemand vor langer Zeit an die Hausfassade gemalt hatte. Der Rauch, der aus dem Schornstein stieg.

Ich riss die Tür auf, rannte in das Haus hinein und wäre dabei fast in Irena geprallt.

»Malina!«, rief sie erschrocken aus. Sie sah mich an, als wäre ich ein Gespenst. Das schwarze Haar hing kraftlos von ihrer Kopfhaut, die grünen Augen wirkten trüb. Außerdem war sie in der Zeit ziemlich dünn geworden, die Haut schien eingefallen zu sein.

»Es tut mir leid«, brachte ich hervor und vergrub meinen Kopf an ihrer Schulter, schluchzte in den weichen Stoff ihres schwarzen Oberteiles und schloss meine Augen.

»Bist du es wirklich?«, fragte sie zögerlich.

»Aber ja!« Ich sog ihren vertrauten Geruch ein. Ein Hauch von Feuerholz und Orange. Am liebsten hätte ich ihr noch viel mehr gesagt, aber keine Worte drangen aus meinem Hals. Mein Mund fühlte sich staubtrocken an und mir war ganz schwindlig vor lauter Glück. Es war unglaublich, wie sehr man einen Menschen vermissen konnte und wie stark einem das bewusst wurde, wenn dieser Mensch wieder vor einem stand.

»Wo warst du?«, fragte sie und drückte mich sanft aus der Umarmung. »Ich habe mir schreckliche Sorgen gemacht.«

»Ich war in Malufra«, erklärte ich. »Bei der Königin, aber sie ist jetzt tot. Ich wollte dir Aufträge holen, aber sie hat mich angelogen, und dann waren da noch Laqua und der Wald mit den Jägern, die nach Geheimnissen suchen.« Die Worte purzelten mir regelrecht aus dem Mund. Dabei vergaß ich sogar Luft zu holen und musste zuerst einmal tief durchatmen, bevor ich weitersprach. »Die Masken waren verzaubert. Die Königin hat eine Schwester und der Dieb ohne Herz wieder ein Herz.«

»Langsam, Malina!« Irena unterbrach mich, indem sie in die Hände klatschte. »Eines nach dem anderen. Du zitterst ja, willst du einen warmen Tee?«

Ich nickte eilig.

»Und ich habe zwei Freunde mitgebracht.« Erst jetzt fiel mir wieder ein, dass Caleb und Tarek noch vor der Tür standen.

»Willst du sie mir vorstellen?«

Irena hatte sich wieder gefasst, strich ihre Hände an der weißen Schürze ab und öffnete dann die Haustür.

»Zwei junge Männer.« Sie wandte sich wieder an mich. »Was für eine Überraschung. Gleich zwei an diesem Tag.«

»Ich bin Tarek, ein äußerst talentierter Bogenschütze und Frauenversteher«, stellte er sich vor. Er lächelte charmant und reichte Irena seine Hand.

»Und ich bin …« Caleb zögerte einen Moment, als müsste er überlegen, wie er sich am besten vorstellen sollte. Bisher war er immer der Dieb ohne Herz gewesen, aber jetzt war er das nicht mehr. »Caleb.«

»Caleb, ein sehr schöner Name. Kommt herein, ihr zwei. Wir haben noch einen anderen Gast hier.« Sie scheuchte die beiden in die Küche, wo bereits Edmund am Tisch saß.

Wie immer war seine Uniform makellos, das schwarze Haar sorgsam gekämmt. Selbst am Tisch saß er mit angespannter Haltung, den Rücken gerade, wie man es von einem Wachmann erwartete.

»Malina!« Bei meinem Anblick strahlte er vor Freude. »Irena hat sich schreckliche Sorgen gemacht!«

»Jetzt ist sie ja wieder da«, sagte Irena. Sie machte sich gleich daran, das Teewasser aufzukochen, brachte einen weiteren Stuhl und wies uns an, dass wir uns setzen sollten.

»Dann erzählt mal.« Sie stellte jedem von uns eine heiße Tasse mit einer Kräutermischung vor die Nase, ehe sie sich selbst hinsetzte.

Diesmal erzählte ich die ganze Geschichte von unserem kleinen Abenteuer. Ab und zu fügten Caleb oder Tarek etwas hinzu. Als ich fertig war, stand die Sonne bereits hoch am Himmel und Edmund räusperte sich.

»Ich sollte wieder hinunter ins Dorf. Aber ihr scheint einige Abenteuer erlebt zu haben.«

»Ich müsste auch dorthin.« Eilig stand Tarek auf. »Ich will nach Bolinski!«

»Dann bringen wir euch noch vor die Tür.« Irena stellte die leeren Tassen auf die Seite und folgte uns.

»Noch eine Verabschiedung mehr und ich weine wirklich«, sagte ich.

Tarek schüttelte den Kopf mit einem leichten Grinsen. »Wir sehen uns wieder. Schon vergessen?«

»Im Frühling, sobald der Schnee geschmolzen ist«, wiederholte ich die Worte von Rabea.

Auch ihn umarmte ich lange und wünschte ihm im Stillen viel Glück auf seiner weiteren Reise. Hoffentlich würde er dieses Mädchen wiederfinden und glücklich sein.

»Seltsamer Abschied, nicht wahr?«, sagte er noch einmal, bevor er Edmund folgte.

»Ist nicht jeder Abschied seltsam?«, fragte ich, doch er hörte meine Worte gar nicht mehr. Sie wurden bereits vom Wind fortgetragen.

Das waren damals die ersten Sätze gewesen, die er zu mir gesagt hatte. Nur dass es damals um den Abend und nicht um den Abschied ging. Aber auch das packte ich zu all den Bildern und Momenten in meinem Herzen und verschloss sie dort fest.

»Dann lasst uns wieder hineingehen.« Caleb hatte mir schon den Rücken zugewandt, als Irena einen Schritt auf mich zu machte. »Die Königin ist wirklich tot, oder?«

»Ja …«, kam es über meine Lippen. »Caleb hat mich gerettet und sie getötet.«

»Ich dachte mir schon, dass da etwas nicht stimmen kann.« Nachdenklich fuhr sie sich über die Haare. »Ich habe einen Brief erhalten mit einem Auftrag für Masken.«

»Aus Malufra?« Überrascht sah ich sie an.

»Von einer gewissen Odria.« Sie runzelte die Stirn. »Kennst du die Dame?«

»Die Schwester der Königin«, unterbrach Caleb unser Gespräch. »Sie wird sich wohl jetzt um alles kümmern.

»Dann war unsere Reise doch nicht umsonst!«

»Nein …« Doch Irena schien sich nicht zu freuen. Etwas bedrückte sie.

»Was ist los?«

»Caleb …«, begann sie. »Würdest du bitte drinnen auf uns warten?«

»Aber sicher.« Er warf mir noch einen Blick zu, bevor er hineinging und die Tür schloss.

»Setz dich, Malina.« Sie wies auf die kleine Holzbank an der Hausmauer.

»Irena?« Nun war ich unsicher. Es war doch alles wieder gut. Caleb hatte sein Herz und sie ihre Aufträge.

»Ich würde dir gern noch ein allerletztes Märchen erzählen.«

»Warum?« Der Wind blies immer kräftiger, zog und zerrte an meinen Haaren, als wollte er mich warnen.

»Weil du dieses Märchen noch nicht kennst.« Sie schluckte und setzte sich neben mich. »Es ist das Märchen vom Maskenmädchen.«

Wo alles zu Ende ging
mit einem letzten Märchen

*H*ör mir gut zu, denn ich erzähle es nur ein einziges Mal.«

Da war es wieder, das ungute Gefühl, das anklopfte. Ich verschränkte die Hände ineinander und blickte hoch zu dem Wald.

»Die Geschichte beginnt wie alle Märchen mit einem einfachen *Es war einmal …*« Irenas Stimme zitterte ganz leicht bei den Worten. »Es war einmal eine Frau, die ihre Eltern früh verloren hatte. Ihr Bruder hatte sie auch nach einer Weile verlassen und so blieb sie allein zurück in dem kleinen Fischerdorf Rondama. Sie liebte die Stille, die Nacht und alles, was mit Kreativität zu tun hatte. Vor ihr lebte schon eine Frau in diesem Haus und diese Frau hatte ihre Arbeit zurückgelassen, als sie eines Abends plötzlich mit dem restlichen Hab und Gut die Stadt verlassen hatte. Es waren Masken, eine schöner als die andere, und so beschloss die neue Besitzerin des Hauses, auch damit anzufangen, Masken herzustellen.«

»Das Märchen handelt von dir«, murmelte ich leise.

»Die Frau arbeitete Tag und Nacht an den Masken. Es war eine anstrengende Arbeit, aber eine, die ihr gefiel. Denn sie lenkte sie von ihrem Kummer ab. Doch tief in ihr drin, da hegte sie den Wunsch, diese kostbare Arbeit mit jemandem zu teilen. Neben dem Maskenherstellen las sie unglaublich gern Märchen. Ihr liebstes Märchen war das von der Königin von Malufra mit ihrem wunderschönen hellen langen Haar. Und eines Tages, da las sie von dem Märchen der Wünsche.«

Sie holte tief Luft, schloss die Augen und sprach erst dann weiter. »Diese Frau wünschte sich schon lange eine Tochter. Ein hübsches Mädchen mit ebenso hellen Haaren wie die der Königin von Malufra. Ein Mädchen, das gern Märchen hörte und ihr half, Masken herzustellen. Aber die Frau konnte keine Kinder bekommen, also lief sie eines Abends nach draußen und blickte hoch in den Himmel. Sie wünschte sich eine Tochter mit ebendiesen Eigenschaften.«

»Und was hast du dafür geboten?« Ich biss mir auf die Zunge, um nicht mehr Fragen zu stellen. Mein ganzer Körper zitterte.

»Das spielt keine Rolle.« Sie schnalzte mit der Zunge. »Der Preis für dieses Mädchen war nicht hoch. Sie glaubte im ersten Moment auch nicht daran, dass dieses Märchen der Wahrheit entsprach. Sie dachte auch nicht daran, als in einer verschneiten Nacht solch ein Mädchen vor ihrer Tür stand und nach einer Maske verlangte. Einer Maske mit Sternen, denn das war das Erste, was dieses Mädchen gesehen hatte. Erst nach einigen Monaten dämmerte es der Frau. Ihr Wunsch war in Erfüllung gegangen. Sie war glücklich, so glücklich über dieses Geschenk des Himmels. Aber da sie Angst hatte, man würde sie ihr wegnehmen, schwieg sie darüber. Sie erzählte niemandem von der Geschichte des Maskenmädchens.«

»Bis heute«, unterbrach ich sie.

»Du hast keine Geschichte, Malina. Deine Vergangenheit existiert nicht. Du bist Teil eines Märchens.«

Ich schluckte, während zum zweiten Mal an diesem Tag Tränen über meine Wangen liefen. »Warum hast du es mir nie gesagt?«, brachte ich mit zitternder Stimme hervor.

»Weil ich nie wusste wie. Ich wollte dich nicht verletzen.«

»Aber das hast du …« Ich schüttelte den Kopf, krallte meine Hände in meine nackten Beine. Das Kleid an meinem Körper erinnerte mich an diese eine Nacht. In der es stark gewindet hatte, Schnee vom Himmel fiel und ich an die Tür zu diesem Haus geklopft hatte. Die erste Nacht meines Lebens, die erste Erinnerung.

»Und warum erzählst du es mir jetzt?« Eilig fuhr ich mir über die Wange, wischte die Tränen weg.

»Weil du alt genug bist, um die Welt zu entdecken, Malina. Das wolltest du doch immer, und jetzt ist die Gelegenheit.«

»Aber nicht so …« Ich stand auf, schlang meine Arme um den zitternden Körper und lief über die Wiese. Meine Tränen schienen gar nicht mehr aufzuhören. Immer wenn ich dachte, jetzt wäre es genug, kamen weitere.

Ich lief immer weiter, den Wind im Nacken, die Augen rot von dem vielen Weinen. Das Eisentor bei der Mauer stand heute offen. Edmund schien noch nicht zurück zu sein. Bestimmt brachte er Tarek bis zu der Grenze auf der anderen Seite, um sicherzugehen, dass er den richtigen Weg einschlug. Edmund war ein unglaublich toller Mensch.

Wieder schluchzte ich auf, rieb mir über die Augen und stolperte blindlings weiter hinab, bis das Geräusch des Wassers an meine Ohren drang. Ich hatte keine Vergangenheit ... nur dunkle Schatten, die durch die Luft zogen. Wie die Hexen gesagt hatten, sie hatten immer recht.

Langsam setzte ich mich auf eine Mauer neben einem der Segelboote, ließ die Füße ins Wasser hängen.

Es war schrecklich, nicht zu wissen, wer man war. Und noch schrecklicher war es, dass ich das im Grunde schon immer geahnt hatte.

Epilog

*K*leine wunderschöne Schneeflocken tanzten über den Himmel. Keine war gleich, jede von ihnen war einzigartig. Sie berührten sich, stoben wieder auseinander und tauchten hinab auf die Menschenwelt. Wie längst vergangene Träume, die der Himmel ziehen ließ.

»Maskenmädchen?«

Die Stimme von Caleb holte mich aus meiner Welt der Träume. Aus einer Welt voller Masken, bunter Farben und Schmetterlingen, die dem Feuer zu Opfer gefallen waren.

Da waren sie, diese smaragdgrünen Augen, und das schelmische Grinsen auf seinen Lippen.

»Du hast wieder geträumt, oder?« Er nahm meine Hand in seine und zog mich näher an sich.

Der Dieb, der inzwischen wieder ein Herz besaß, und ich hatten uns auf eine Reise in Richtung Norden aufgemacht. Hier befanden sich nicht viele Häuser, die Natur hatte die Oberhand. Manchmal sah man nichts als weite Landschaften, Berge, die höher waren als das Schloss in Malufra, oder dichte Wälder, die mich an den Anfang meines Abenteuers erinnerten.

Aber ich war glücklich. Die Stille, die uns an manchen Tagen umgab, war beinahe schon magisch. Aber eine gute Art von Magie und nicht eine besitzergreifende, wie die Königin von Malufra sie besessen hatte.

Die letzten Nächte verbrachten wir in einem kleinen Dorf am Rande eines Sees, dessen Oberfläche zu der Jahreszeit zugefroren war. Wenn man davorstand und hineinblickte, sah man sein Spiegelbild. Und wenn man seine Handflächen gegen die glatte Fläche drückte, spürte man das sanfte Pulsieren des Wassers, das mit all seinen darunter verborgenen Geheimnissen dalag.

Die Bewohner waren gastfreundlich, gaben uns eine warme Mahlzeit und ein Bett für die Nacht. Sie lauschten unseren Geschichten und waren fasziniert von all den Märchen, die wir kannten. Besonders die Kinder fanden Gefallen daran, bis spätabends nach Geschichten zu bitten. Wie wild sprangen sie herum, riefen unsere Namen und zogen an dem Saum meines Mantels. Aber sobald ich von einem Märchen erzählte, das mir gerade in den Sinn kam, hingen sie wie gebannt an meinen Lippen und es wurde mucksmäuschenstill.

Doch so schön das alles auch war, schon bald, wenn wir genug von dieser Seite der Welt hatten, würden wir wieder nach Rondama zurückkehren. Das hatte ich Irena versprochen, als ich mich damals von ihr verabschiedet hatte.

Und manchmal, wenn ich abends wach lag und die Sterne beobachtete, dann tat es mir im Herzen weh, wenn ich daran dachte, dass ich sie in Rondama zurückgelassen hatte. Im Stillen wünschte ich mir dann, dass Tarek seine Liebe wiedergefunden hatte und dass Rabea und Lev bis ans Lebensende glücklich miteinander wären. Ich wünschte mir, dass jetzt, wo die Magie der Königin verschwunden war, Laqua wieder die Gestalt eines Menschen angenommen hatte.

Denn jeder von ihnen hatte sein eigenes glückliches Ende verdient. Sie alle waren Teil meines Lebens, Teil meiner Geschichte, die weder Anfang noch Ende hatte.

Das Feuer vor meinen Augen führte einen seltsamen Tanz auf. Es spiegelte sich in den neugierigen Kinderaugen, dessen Besitzer so nah wie möglich aneinandergerückt bei uns saßen. Es war wieder einmal spät geworden, der Himmel färbte sich bereits in den schönsten Rottönen. Und während die Sonne sich langsam verabschiedete und der Mond wach wurde, erzählte ich ihnen eine neue Geschichte. Die vom Dieb ohne Herz und dem Mädchen ohne Geschichte, und wie er ihr eine Geschichte gab und sie ihm ihr Herz.

Danksagung

Auch dieses Buch ist nicht ohne Hilfe entstanden. Ich kann mich wirklich glücklich schätzen, dass ich so viele tolle Menschen in meinem Leben habe, die hinter mir stehen und mich unterstützen. Ohne euch wäre ich nicht hier, würde meine Gedanken nicht in Worte und Sätze wandeln.

Leider kann ich nicht alle aufzählen, aber ein paar möchte ich gerne hier erwähnen:

Danke an Ana Neves für die wunderschönen Bilder. Ich bin froh, dass du immer Zeit für meine Werke findest und daraus diese atemberaubenden Illustrationen zauberst.

Danke an meine Familie und Freunde, besonders hier auch ein Dankeschön an meine beste Freundin Melanie. Du bist ein wunderbarer Mensch und einfach fantastisch. Ich erinnere mich gerne an dieses eine Wochenende, als wir vor dem Lagerfeuer saßen, während Sternschnuppen über den Himmel zogen und ich dir genau diese Geschichte erzählt habe.

Danke an Tanja (Flüsternde Kerzen kommen hier zwar nicht vor, aber im nächsten Werk – versprochen), Angelina, Seda, Luna, Emely, Jessi, Maja und Katrin. Manchmal lernt man tolle Freunde eben doch über das Internet kennen. Ihr begleitet mich schon so lange auf meinem Autorenweg. Danke dafür!

Danke an meine Schreibgruppe mit den wundervollen Mädels Ebru, Kati und Nati. Ihr seid spitze und unersetzlich.

Dankeschön auch an den Drachenmond Verlag! Und damit meine ich alle, die Teil davon sind, egal ob Lektoren, Autoren, Korrektoren, Blogger oder Coverdesigner. Ohne euch gäbe es dieses Werk nicht.

Besonderen Dank auch an Astrid, die wohl tollste Drachenmama. Als ich die Zusage für mein Werk erhalten habe, hätte ich heulen können. Ich bin dir unendlich dankbar für diesen Augenblick und freue mich, Teil von deinen Drachen zu sein.

Und zum Schluss Danke an meine wundervollen Leser. Ich mag zwar die Geschichte erschaffen haben, aber ihr seid es, die dafür sorgen, dass die Charaktere weiterleben.

Jenny Pieper

Knochenfeuer – Das Geheimnis hinter den goldenen Augen

ISBN: 978-3-95991-511-3, kartoniert, EUR 14,90

Ein Mädchen, in dem das Feuer des Sommerdrachen lodert.
Ein Junge, der die Welt nur aus Geschichten kennt.

Mit ihren goldenen Augen unterscheidet sich Kindra von den nicht-magischen Bewohnern des Gezeitenreiches. Die Magie, die in ihrem Körper schlummert, gefährdet ihr Leben: Die Einwohner der benachbarten Eisen-dynastie jagen sie, gieren nach der Kraft, die die Magier durch sie erlangen können. Kurz nach ihrem 18. Geburtstag wird Kindra aus ihrem Dorf entführt und muss sich ihrem ärgsten Feind entgegenstellen – der eisernen Königsfamilie. Ihre große Liebe, Saki, bleibt zwischen den Trümmern seiner Heimat zurück und trifft eine gefährliche Entscheidung.
In einer Welt, in der die Drachen verschwunden sind und die Magie ver-blasst, suchen sie nach einem Weg, zusammen zu sein. Werden sie einander finden – oder sich bei dem Versuch selbst verlieren?

Liane Mars

Seelentraum – Das schlafende Wolkenvolk

ISBN: 978-3-95991-344-7, kartoniert, EUR 14,90

Aya Teufelsbraut hat den gefährlichsten Job der Welt: Hoch oben am Himmel hütet sie eine Herde Wolkenschafe. Das fliegende Volk gilt als ausgestorben, die Himmelsstädte sind verwaist. Einzig die Schafe erinnern an die vergangene Welt. Doch dann erweckt Aya versehentlich den mächtigen Wolkenkrieger Enron zum Leben und löst damit den Untergang des Erdenvolkes aus. Um ihre Familie zu retten, muss Aya herausfinden, warum das Wolkenvolk vom Himmel fiel. Das jedoch ist eine Mission, die ihr ganzes Leben infrage stellt.

Kathrin Solberg
Spiegelfluch & Eulenzauber
ISBN: 978-3-95991-607-3, kartoniert, EUR 14,90

Seit zehn Jahren suchen Anthea und der verwunschene Wolf Matej nach dem Zauberspiegel, der ihre Freundin Myrsina gefangen hält. Das Blatt scheint sich zu wenden, als sie eine Eulenmagierin treffen, die sich mit Zauberglas auskennt. Doch der Preis, den sie für ihr Wissen verlangt, ist hoch. Jenseits der Wälder gewöhnt sich die frisch verheiratete Lisbeth indes an ihre Rolle als Gräfin von Wolkenstein. Sie gewinnt die Herzen der Burgbewohner und schafft es sogar, ihre Liebe zu dem Jäger Jakob geheim zu halten. Alles würde sich gut entwickeln, wäre da nicht der Spiegel, dessen Flüstern Lisbeth bis in ihre Träume verfolgt.

Während der Fluch des Spiegels sich ausbreitet, steuern die Wege von Lisbeth, Anthea und Matej unaufhaltsam aufeinander zu. Keiner von ihnen kann sich dem Ruf der Glasstimmen entziehen – und keiner von ihnen ahnt, welche Prüfungen im dunklen Herz des Spiegels auf sie warten.

Liane Mars

Seelentraum – Das schlafende Wolkenvolk

ISBN: 978-3-95991-346-1, Klappenbroschur, EUR 19,90

»Ich liebe diese Frau«, sagte Elendar in die entstandene Stille.
»Um sie zu töten, musst du erst an mir vorbei.«

Wer sind die unheimlichen Fremden, die sich in den Wäldern rund um Siranys Dorf niedergelassen haben? Grausame Gerüchte eilen ihnen voraus. Sind sie wirklich die Krieger des schlimmsten Königs der Welt? Morden sie in seinem Namen? Ausgerechnet ihr Anführer Elendar rettet Sirany das Leben und freundet sich mit ihr an. Doch Elendars Zukunft ist so finster wie die Gerüchte, die sich um ihn ranken. Welche Verbindung gibt es zwischen ihm und dem schrecklichen König? Und warum will dieser Sirany töten? Um einander zu retten, müssen Elendar und Sirany einen Sturm entfachen. Einen Sturm, der Grenzen verschiebt, Könige stürzt und Völker vereint..

Du brauchst Lesenachschub und möchtest dich überraschen lassen
oder wünschst Empfehlungen? Da können wir helfen!
Wir stellen für dich ganz individuell gepackte Buchpakete zusammen – unsere

DRACHENPOST

Du wählst, wie groß dein Paket sein soll, wir sorgen für den Rest.

Du sagst uns, welche Bücher du schon hast oder kennst und zu welchem Anlass es sein soll.
Bekommst du es zum Geburtstag #birthday
oder schenkst du es jemandem? #withlove
Belohnst du dich selber damit #mytime
oder hast du dir eine Aufmunterung verdient? #savemyday
Je mehr wir wissen, umso passender können wir dein Drachenmond-Care-Paket schnüren.
Du wirst nicht nur Bücher und Drachenmondstaubglitzer vorfinden, sondern auch Beigaben,
die deine Seele streicheln. Was genau das sein wird, bleibt unser Geheimnis …

Die Wahrscheinlichkeit ist groß,
dass sich das ein oder andere signierte Exemplar in deiner Box befinden wird. :)

Wir liefern die Box in einer Umverpackung, damit der schöne Karton heil bei dir ankommt und
als Geschenk nicht schon verrät, worum es sich handelt.

Lisan bringt das kleinste Drachenpaket zu dir, wobei *klein* bei Drachen ja relativ ist. € 49,90
Djiwar schleppt dir in ihren Klauen einen seitenstarken Gruß aus der Drachenhöhle bis vor die Tür. € 79,90
Xorjum hütet dein Paket wie seinen persönlichen Schatz und sorgt dafür, dass es heil bei dir ankommt –
und wenn er sich den Weg freibrennt! € 99,90

Zu bestellen unter www.drachenmond.de